Zum Buch:

Jake hat alle Brücken hinter sich abgebrochen. Sein einziger Wegbegleiter ist sein Dalmatiner Smoke. Er ist alles, was ihm von seiner verstorbenen Frau geblieben ist. Nach deren tragischem Tod ist Jake in das beschauliche Willowbrook gezogen. Hier hofft er, Ruhe zu finden. Doch dann schneit die quirlige Evie in sein Leben, und plötzlich ist es mit seinem Einsiedlerdasein vorbei. Bald merkt Jake, dass sie und ihn einiges verbindet. Evie versteht seinen Schmerz und warum er die anstehenden Feiertage vergessen möchte. Das Fest der Liebe erinnert ihn daran, was er verloren hat. Als es zu einem Kuss zwischen ihm und Evie kommt, muss Jake sich entscheiden: Ist er bereit, noch einmal sein Herz zu verschenken?

Zur Autorin:

Sophie Claire schreibt emotionale Geschichten, die in England und in der Provence spielen, in der sie als Kind viele Sommer verbracht hat. Sie ist in Afrika geboren und in Manchester aufgewachsen, wo sie auch heute noch zusammen mit ihrem Ehemann und ihren beiden Söhnen lebt. Schon immer wollte sie das Schreiben zu ihrem Hauptberuf machen und ist überglücklich, dass sie nun ihre Tage damit verbringen kann, sich herzerwärmende Liebesromane an wunderschönen Schauplätzen auszudenken.

Sophie Claire

Weihnachtsglück in Willowbrook

Roman

Aus dem Englischen von
Sabine Schilasky

HarperCollins

Die Originalausgabe erschien 2019 unter dem Titel
The Christmas Holiday bei Hodder & Stoughton, London

1. Auflage 2021

Deutsche Erstausgabe

Umschlaggestaltung von zero-media.net, München
Umschlagabbildung von FinePic®, München
Gesetzt aus der Stempel Garamond
von GGP Media GmbH, Pößneck
Druck und Bindung von GGP Media GmbH, Pößneck
Printed in Germany
ISBN 978-3-95967-532-1
www.harpercollins.de

Klimaneutral
Druckprodukt
ClimatePartner.com/15109-2009-1001

MIX
Papier
FSC FSC® C014496

Für die Quilter von Bowdon:
Jay Cawley, Elizabeth Craig, Betty Croke,
Val Imm, Marian Keall, Charlotte Logan,
Maureen Scapens und Glenys White.

Kapitel Eins

Evie hatte ein mieses Gefühl bei diesem Haus. Vielleicht lag es schlicht an der Kälte und daran, dass sie schwer beladen von ihrem Wagen nach Old Hall eilte. Für heute Nacht war Schnee angesagt. Sie betete, dass er erst fallen würde, wenn sie hier alles erledigt hatte und wieder unten im Dorf war. Es sollte höchstens eine Stunde dauern, und sobald sie zurück in ihrem kleinen Cottage war, durfte es schneien, so viel es wollte. Dort würde sie sich mit einer Wärmflasche unter ihren warmen Quilt ins Bett kuscheln. Morgen würde sie die Rechnung per E-Mail schicken. Je schneller sie bezahlt wurde, desto glücklicher wäre ihr Bankberater. Vielleicht hörte er sogar endlich auf, ihr ständig im Nacken zu sitzen.

Sie schloss die Tür des großen Hauses auf und schaltete das Licht an, wobei sie versehentlich gegen den Garderobenständer stieß – ihn aber abfangen konnte, ehe er umkippte. Dann lief sie ins Esszimmer. Der Raum wurde von zwei Kronleuchtern erhellt, und sie sah ihr Spiegelbild in den hohen, blanken Fenstern. Ihr roter Mantel glich einem Leuchtsignal in der offenen Tür. Behutsam legte Evie den Vorhang auf den prächtigen Esstisch. Schließlich warf sie sich ihren langen Zopf über die Schulter und eilte zurück zu ihrem Auto. Bodenlang und burgunderrot mit Golddamast, der das Licht einfing, würden die Vorhänge perfekt in das Esszimmer passen, allerdings waren sie so schwer, dass Evie die vier Schals einzeln reintragen musste.

Als sie zum letzten Mal von ihrem Wagen kam, fielen die ersten Schneeflocken. Evie lächelte, da sie ihr die Wangen kitzelten, beschleunigte jedoch ihre Schritte und machte zurück im Haus die schwere Eichentür zu, um die eisige Luft auszusperren. Nicht dass es in dem riesigen leeren Haus viel wärmer wäre. Ihr Atem hinterließ kleine Wolken in der Luft, während sie durch den Flur ging. Vielleicht würde hier alles zum Leben erwachen, sobald der neue Besitzer eingezogen war.

Ihr Fuß verhakte sich hinter etwas Hartem, und sie stolperte. Ein Türstopper aus Metall lag auf der Seite. Mit der Stiefelspitze schob sie ihn unter die Esszimmertür, damit sie offen blieb. Dann legte sie ihr schweres Paket zu den anderen, hielt inne und horchte.

Komisch, sie hatte geglaubt, ein Bellen zu hören.

Was natürlich nicht sein konnte. Ihr Wagen war der Einzige in der Auffahrt, und bei ihrer Ankunft war alles dunkel gewesen. Der Eigentümer sollte erst in einer Woche einziehen.

Evie tat den Gedanken ab und trug ihre Leiter ans Fenster, die laut quietschte, als sie das Ungetüm ausklappte. Vorsichtig wickelte sie den ersten Vorhangschal aus der Plastikfolie, schwang ihn sich geübt über die Schulter und stieg auf die oberste Leiterstufe. Diese Fenster waren hoch, und es war ein Balanceakt, mit einer Hand das Gewicht des Stoffes zu stützen und mit der anderen den Vorhang aufzuhängen. Sie war mit dem ersten Schal fertig und fing mit dem zweiten an, da ertönte wieder ein Bellen, diesmal lauter, und sie verharrte regungslos ganz oben auf der Leiter. Es war nicht das hohe Kläffen eines kleinen Hundes, sondern ein tiefes, dröhnendes.

Evies Herz schlug schneller. Was, wenn hier ein Wachhund herumlief?

Nein, das konnte nicht sein. Die Assistentin des Eigentümers hatte ihr den Schlüssel übergeben, und seit Wochen gingen hier Handwerker ein und aus.

Dennoch könnte der Besitzer denken, dass sie tagsüber kommen würde. Sie blickte auf die Uhr. Es war halb zehn Uhr abends.

Sie hörte Schritte und eine tiefe Männerstimme. Nun zuckte sie bei einem erneuten Bellen zusammen, denn zugleich vernahm sie das Kratzen von Krallen – vielen womöglich? – aus dem Flur. Wie versteinert beobachtete sie die offene Tür und wagte nicht, den Vorhang loszulassen, der bisher nur an drei Haken befestigt war. Sie riss die Augen weit auf, denn ein großer Dalmatiner stürmte herein und sprang sofort an der Leiter hoch.

Schreiend klammerte sie sich an den Haltebügel, als die Leiter heftig wackelte. Die Vorhangstange wurde ihr aus der Hand gerissen, und sie hörte ein Knirschen. Sowie sie aufblickte, erkannte sie, dass die Vorhangstange in einem schiefen Winkel hing.

»Smoke! Runter!«, rief der Mann.

Der Hund ignorierte ihn und sprang wieder bellend gegen die Leiter. Evie stieß einen stummen Schrei aus, als sie ins Schwanken geriet und in einem Gewirr von Metall, Stoff und bellendem Hund zu Boden stürzte.

Verwirrt blinzelte sie. Sie und die Gardinen lagen in einem

Berg auf dem Fußboden. Automatisch hob sie einen Arm, um ihr Gesicht zu schützen, da der Hund einen Satz auf sie zu machte, doch anstelle von Raubtierzähnen fühlte sie eine warme, sehr nasse Zunge, die ihre Hand abschleckte.

»Was …« Erschrocken ließ sie den Arm sinken und starrte den Hund an. Der neigte den Kopf zur Seite und beäugte sie seinerseits, bevor er freundlich winselte. Evie lachte. »Nach dem Auftritt willst du noch, dass ich dir die Ohren kraule? Das ist ja wohl nicht dein Ernst!« Sie kraulte den Dalmatiner dennoch hinter den Ohren, und er gab wohlige Laute von sich.

Ihr Lächeln erstarb allerdings, kaum dass sie die Löcher im Putz bemerkte, wo die Vorhangstange aus der Wand gerissen war. »Oh, schau dir an, was du getan hast …« Sie versuchte, sich aus den Gardinen zu befreien, war jedoch gründlich in ihnen verwickelt, und das zusätzliche Gewicht von Leiter und Hund hielten sie unten.

»Er soll sich anschauen, was *er* getan hat?«

Sie und der Hund drehten sich zu der strengen männlichen Stimme um.

Nun sah Evie den großen, unrasierten Mann, der wenige Schritte entfernt stand. Sie schätzte ihn auf Mitte dreißig, war sich aber nicht sicher. Er kam näher, um den Haufen aus Leiter, Metallstange und Vorhang zu inspizieren, in dem Evie gefangen war, und sie roch eine starke Alkoholfahne. Die Bartstoppeln verliehen ihm etwas Bedrohliches, sein Haar war zerzaust, und während er sie direkt anschaute, bemerkte sie, dass seine Augen blutunterlaufen waren.

»Er schützt bloß mein Eigentum. Die Frage ist, was *Sie* hier machen?«

Da war keine ausgestreckte Hand, um ihr aufzuhelfen, kein »Haben Sie sich verletzt?« Nur ein vorwurfsvoller Blick, als hätte er sie bei einem Einbruch erwischt.

Ihr Herz schlug schneller. Niemand wusste, dass sie hier war – allein mit diesem wütenden Fremden und seinem Hund. Plötzlich fühlte sie sich wehrlos.

»Wie sieht es denn aus? Als würde ich hier einbrechen?«

Er starrte sie weiter erbost an. Evie seufzte. »Ich passe natürlich diese Vorhänge an«, erklärte sie.

»Natürlich«, antwortete er trocken. »Weil es völlig normal ist, das um« – er sah auf seine Uhr, die im Licht der Kronleuchter blitzte – »fast zehn Uhr abends zu tun.«

Jetzt fing Evie an, sich zu ärgern. »Ich habe einen Schlüssel!« Sie wollte sich aus dem Stoff befreien, was ihr nicht gelang. Der Dalmatiner trat vor und stupste gegen ihre Hand. Es war schwer, dem schrecklichen Mann böse zu sein, wenn sein Hund so bezaubernd war.

»Klar.«

Sein Sarkasmus war eine Beleidigung. Unwillkürlich kam Evie ihr Ex in den Sinn, doch sie verdrängte ihn gleich wieder, um sich auf das Hier und Jetzt zu konzentrieren. »Ja!« Sie wollte den Schlüssel aus ihrer Manteltasche holen, was das Vorhanggewirr leider unmöglich machte. »Heidi hat ihn mir gegeben.«

Als er den Namen hörte, blinzelte er einmal kurz, was ihr sagte, dass er zumindest wusste, wer Heidi war. »Und hat Heidi Sie eingeladen, mitten in der Nacht herzukommen?«

»Ich habe es nicht eher geschafft«, sagte sie und biss die Zähne zusammen. Endlich schaffte sie es, sich aus der Stoffumklammerung zu kämpfen und aufzustehen. Im selben

Moment jagte ihr ein scheußlicher Schmerz durch den linken Knöchel, und sie verlor das Gleichgewicht. Instinktiv griff sie nach dem nächsten Objekt – einem Stuhl.

»Was ist?«, fragte der Fremde, der eher genervt als besorgt klang.

»Nichts.« Sie griff in ihre Manteltasche. »Hier ist Ihr verfluchter Schlüssel. Jetzt zufrieden?«

Voller Verachtung starrte er das mittelalterlich anmutende Ding an, bevor er wieder zu dem erbärmlichen Vorhanghaufen schaute.

»Das ist wohl kaum der passende Ausdruck. Ist Ihnen aufgefallen, was für einen Schaden Sie hier angerichtet haben?«

Sie folgte seinem Blick zu den Löchern in der Wand, wo die Vorhangstange ausgerissen war. Ihr Kiefer verspannte sich, während sie sich mehrere denkbare Erwiderungen verkniff. Ihr war klar, dass er, sollte er der neue Besitzer sein, auch ihr Kunde war, doch sie hatte bloß ihren Job erledigt. Diese Behandlung hatte sie nicht verdient, und er war mit Abstand der unverschämteste Kunde, mit dem sie jemals zu tun gehabt hatte.

Leider war er nicht der erste Mann, der ihr das Gefühl vermittelte, klein und minderwertig zu sein. Ihr Ex Tim und dieser Mann waren anscheinend aus demselben Holz geschnitzt. Doch eines hatte sie durch Tim gelernt: Nie wieder würde sie sich von einem Mann als Fußabtreter benutzen lassen.

Der Hund lief aufgeregt um sie herum, abwechselnd an den Vorhängen schnüffelnd und den Kopf an ihrem Bein reibend. Evie klammerte sich an den Stuhl und gab sich alle Mühe, das Gleichgewicht nicht zu verlieren und den linken Knöchel nicht zu belasten. »Also, anstatt dass Sie sich für das

Benehmen Ihres Hundes entschuldigen, geben Sie mir hierfür die Schuld? Ich könnte ebenso gut fragen, wer Sie sind und was Sie hier zu suchen haben?«

»Dies ist mein Haus. Ich muss meine Anwesenheit Ihnen gegenüber nicht rechtfertigen.«

Aha. Also *war* er der Kunde. Und diese Vorhänge hatten allein an Material ein Vermögen gekostet. Sie konnte es sich nicht leisten, dass er sich weigerte zu zahlen, sonst würde sie noch größere Probleme mit der Bank bekommen, als sie ohnehin schon hatte.

»Aber ... aber Heidi hat mir gesagt, dass Sie erst nächste Woche einziehen!« Hätte sie gewusst, dass er hier war, sie hätte vorher angerufen.

Und wie sehr wünschte sie sich, sie hätte!

»Mein Einzug ist meine Sache«, erwiderte er barsch. Ein merkwürdiger Ausdruck huschte über sein Gesicht, bevor er zur Seite schaute.

»Tja, das ist unglücklich gelaufen. Aber ich habe bloß meine Arbeit gemacht.« Sie reckte das Kinn. »Vielleicht wäre weniger Schaden entstanden, hätten Sie Ihren Hund im Griff, und mir wäre der Schreck meines Lebens erspart geblieben.«

Sie hätte sich auch nicht verletzt. Sie tastete nach ihrem Knöchel, und der Hund leckte ihr über die Hand.

»Smoke!«, sagte der Mann streng. »Hier!«

Der Hund sah auf, als sein Name fiel, ignorierte jedoch das Kommando. Der Mann starrte seinen Hund an, als wäre er ein Verräter, seufzte und fing an, das Chaos zu beseitigen. Er hob die Leiter hoch und lehnte sie an die Wand. Der Alkoholgeruch wurde strenger, sowie er näher kam, und Evie beobachtete ihn misstrauisch. Er war aufgebracht und betrunken, und es wusste niemand, dass sie hier war.

Sie nahm den Vorhang, klopfte einen Putzbrocken ab und untersuchte ihn auf Schäden. »Es scheint alles in Ordnung zu sein, Gott sei Dank. Ich habe Stunden gebraucht, die zu nähen.«

Sie drapierte den Vorhangschal vorsichtig über dem Tisch, damit der Stoff nicht zerknitterte.

Der Mann sammelte Putzbrocken auf. »Verraten Sie mir noch mal, warum Sie hier im Dunkeln Vorhänge liefern.«

Sie ballte die Hände zu Fäusten in den Manteltaschen. Tim hatte genauso abfällig mit ihr gesprochen, wenn sie mit Kollegen aus waren und sie zu viel redete oder in seinen Augen das Falsche sagte.

»Ich habe einen Laden im Ort«, erklärte sie, »also liefere ich meine Vorhänge abends.« Die meisten Kunden schätzten diesen Service, weil sie wussten, dass die Läden üblicherweise von ihren Kunden erwarteten, ihre Vorhänge selbst abzuholen und zu Hause anzubringen.

»Und angesichts des Wetters hätten Sie nicht bis morgen warten können?«

»Nein, konnte ich nicht. Morgen hat meine Freundin Geburtstag und …« Dieser rotäugige Mann würde ihr Liquiditätsproblem nicht verstehen. Ihm gehörte dieses Herrenhaus, verdammt. Kein Haus, ein Anwesen!

»Und?«, hakte er nach.

Sie beschloss, ehrlich zu sein. »Und ich musste die fertigbekommen und ausliefern, damit ich die Rechnung schreiben kann.«

Prompt verengte er die Augen; mit dieser Reaktion hatte sie bereits gerechnet. »Also geht es hier um Geld?«

»Nein! Na ja, schon.«

Seine blutunterlaufenen Augen wurden zu roten Schlitzen.

»Ich habe die ganze letzte Woche an diesen Vorhängen gearbeitet …«, fuhr sie rasch fort. »Und die Materialkosten gingen in die Hunderte – was bei mir für ein finanzielles Problem gesorgt hat. Ich habe einen kleinen Laden, und ich muss auf sofortige Bezahlung bestehen, sonst schreibe ich rote Zahlen.«

»Hätten Sie nicht eine Rechnung schicken und die Vorhänge dann herfahren können? Hier wäre doch normalerweise gar keiner gewesen.«

Entsetzt sah sie ihn an. »Ich stelle nie eine Rechnung aus, bevor ich nicht die Vorhänge übergeben und mich überzeugt habe, dass sie richtig passen.«

»Sie haben die doch sicher vorher ausgemessen.«

Sprach jemand, der in seinem Leben noch nie Vorhänge aufgehängt hatte. »So einfach ist das nicht – deshalb bringe ich sie ja selbst an und vergewissere mich, dass alles richtig hängt.«

Er zog eine Augenbraue hoch. »Alles richtig hängt?«

»Ja.« Seine herablassende Haltung machte sie wütend. »Was haben Sie denn gedacht? Dass die Gesetze der Schwerkraft in diesem Haus nicht wirken?«

Bei jedem anderen hätte sie es für einen Scherz gehalten. Doch er machte sich über sie lustig. »Sie haben eindeutig keine Ahnung von Vorhängen.«

»Stimmt. Belehren Sie mich gern eines Besseren, denn ich habe bisher noch keine gesehen, die nicht nach unten hängen, sondern horizontal schweben.«

Evie knirschte mit den Zähnen. »Vorhänge können perfekt ausgemessen sein und trotzdem nicht gut aussehen, wenn die Falten nicht richtig gesetzt sind, steif wirken – und seltsam.«

»Seltsam?« Seine Mundwinkel zuckten spöttisch, was Evies Blutdruck noch weiter in die Höhe trieb.

»Ja! Deshalb drapiere ich sie gern selbst, um das beste Ergebnis zu erzielen.« In ihrer Nähtasche befanden sich immer Gewichte, mit denen sie den Fall des Stoffs korrigieren konnte, auch wenn es gewöhnlich nur eine Frage des Faltenarrangierens war, und das wiederum hatte sie in ihrer Ausbildung gelernt.

Irgendwie war sein Schweigen schlimmer als die abfälligen Worte.

»Sie können jetzt gehen«, sagte er schließlich und deutete Richtung Tür. »Hier haben Sie genug Schaden angerichtet. Ihre Dienste werden nicht mehr benötigt.«

Evie starrte ihn an, während ihr unzählige Gedanken durch den Kopf schossen. Er warf sie raus, nachdem sein Hund sie angegriffen hatte? Und sie wurde nicht länger *benötigt*? Hieß das, er würde sie nicht bezahlen? Ihr Herz raste bei der Erinnerung an die finstere Warnung, die ihre Bank ausgesprochen hatte. Es gebe keine Gnade mehr, sollte ihr Konto wieder in die roten Zahlen rutschen.

»Jetzt hören Sie mal zu! Sie können nicht einfach diese Vorhänge nicht bezahlen – vor allem nicht, weil Ihr Hund für den Schaden verantwortlich ist, nicht ich!«

»Ich rede nicht von der verdammten Bezahlung. Dreht sich bei Ihnen alles ums Geld?«

»Nein! Aber Sie haben gesagt …«

»Ich habe Sie gebeten zu gehen. Dort ist die Tür.«

Sie funkelte ihn wütend an, schnappte sich ihre Nähtasche und griff nach ihrer Leiter.

»Die trage ich«, sagte er und nahm ihr beide Sachen ab.

Evie hatte nicht die Kraft, sich zu sträuben. Sie humpelte hinter ihm her, doch jedes Mal, wenn sie den linken Knöchel belastete, jagten ihr Schmerzen durch das Bein. Sie zuckte zusammen. Was für ein furchtbarer Mann! Der Dalmatiner trottete fröhlich neben ihr her und stupste hin und wieder tröstend ihre Hand an, der Süße.

»Was ist mit den übrigen Vorhängen?«, fragte sie und blickte sich zu den beiden noch eingepackten Schals um.

»Zuerst lasse ich den Schaden reparieren«, antwortete er, ohne auch nur in ihre Richtung zu sehen.

»Wenn die Handwerker da waren, komme ich, hänge die Vorhänge auf und beende meine Arbeit.«

»Das wird nicht nötig sein. Ich lasse Sie wissen, falls es ein Problem gibt – ob mit der Schwerkraft oder anderem.«

Evie zuckte mit den Schultern. »Wie Sie meinen.«

Ein kalter Luftschwall blies herein, als er die Haustür öffnete, und Evie riss die Augen weit auf. Ihr Wagen war unter einer glitzernden Decke begraben, und tänzelnde Schneeflocken erhellten die Nacht. Sie fielen dicht und schnell. Zu jeder anderen Zeit wäre es wunderschön gewesen – sogar magisch –, aber heute Abend nicht. »Oh nein …«

»Haben Sie den Wetterbericht nicht gehört? Sie haben angekündigt, dass es schneien soll.«

»Weiß ich. Doch es ist der erste Dezember. Ich dachte nicht, dass es so viel wird.«

Die Flocken schwebten Federn gleich nach unten, und alles war unheimlich still – obwohl es das oben auf dem Hügel immer sein dürfte. Evie war das Leben im Dorf gewohnt, wo stets Nachbarn und Freunde in der Nähe waren.

»Wo soll ich mit der hin?«, fragte er und zeigte auf die Leiter.

»Nach hinten, bitte«, antwortete sie und ging nach draußen, um das Auto aufzuschließen. Der Schnee knirschte unter ihren Füßen, und sie stellte erleichtert fest, dass er noch nicht allzu tief war. »Sie passt in den Fußraum.«

Er schob die Leiter hinein und betrachtete nachdenklich den Wagen. »Ich helfe Ihnen, den Schnee wegzufegen.«

Seine teuer aussehenden Budapester sanken halb ein. Zum Glück trage ich kniehohe Stiefel, dachte Evie. »Ist nicht nötig«, entgegnete sie hastig. »Ich komme zurecht.« Sie wollte nur, dass er verschwand. Bald bin ich zu Hause, sagte sie sich, als sie den Schnee von der Windschutzscheibe schabte.

»Gut, dann mache ich mich mal auf den Weg. Ich bin übrigens Evie.« Sie streckte ihm die Hand hin. »Evie Miller.« Es war ein wenig spät für Nettigkeiten, doch es fühlte sich auch falsch an wegzufahren, ohne sich vorgestellt zu haben, zumal morgen ihre Rechnung an ihn rausgehen würde.

Er blickte ihre Hand an und schüttelte sie. »Jake Hartwood.«

Seine Hand war so kalt wie Evies, aber sein Händedruck war fest und stark. Aus der Nähe ließ sie der Alkoholgestank zurückweichen. Wie traurig, dass solch ein gut aussehender Mann zu einem so verbitterten und unangenehmen Menschen geworden war. Er wäre durchaus attraktiv gewesen – hätte er eine andere Persönlichkeit.

Doch zumindest hatte sie sich gegen ihn behauptet. Tatsächlich überraschte es sie selbst. Warum konnte sie es nicht gegenüber Tim? Oder ihren Eltern?

»Fahren Sie langsam und in einem niedrigen Gang. Nicht zu hoch schalten«, warnte er sie, während sie einstieg.

»Es geht schon. Es schneit ja noch nicht lange.« Sie schloss die Fahrertür und blickte zu der langen Einfahrt, die sich durch die schneegesprenkelte Dunkelheit schlängelte. Der Mann und sein Hund beobachteten von der Tür des Hauses aus, wie sie den Motor anließ.

»Niedriger Gang, von wegen«, murmelte sie und trat aufs Gaspedal. Sie konnte gar nicht schnell genug wegkommen. Weg von ihm und seinem mürrischen Gesicht.

Der Wagen machte einen Satz nach vorn, und Evie grinste. Gott sei Dank war der Schnee nicht allzu hoch ... doch kaum dass der Wagen an Schwung gewann, erstarb ihr Grinsen. Sie bewegte das Lenkrad, und es passierte nichts. Ihr Auto rollte nicht die Einfahrt hinunter, sondern nach rechts. Es war schwierig, etwas zu sehen, aber sie glaubte, sich an einen steilen Hang hinunter zum Garten zu erinnern. Energisch trat sie auf die Bremse. Der Wagen schoss einfach nach vorn. Sie drehte das Lenkrad herum, als die Einfahrt einen Knick nach links machte, doch nichts geschah. Wieder drückte sie mit dem Fuß auf die Bremse. Ihr Puls beschleunigte sich vor Angst. Sie versuchte eine Vollbremsung, aber der Wagen schlitterte weiter, und das Lenkrad fühlte sich locker an.

»Nein!«, murmelte sie und umklammerte es fester. Das Auto wurde schneller, weil es bergab ging. Evie stammelte ein Gebet und einen Fluch, als sie abermals versuchte, ihren Wagen unter Kontrolle zu bringen. »Stopp!«, schrie sie, stieg aufs Bremspedal und zog die Handbremse nach oben.

Der Wagen wurde schneller. Evie riss am Lenkrad, trat alle Pedale, nahm den Gang raus und legte ihn wieder ein – doch immer noch schlitterte sie unaufhaltsam weiter. Ihr Herz wummerte wie verrückt. Sollte sie rausspringen und das Auto aufgeben? Nein. Sie konnte sich keine Reparatur leisten, sollte es einen massiven Schaden erleiden. Andererseits hatte sie keine Chance, den zu vermeiden. Sie blickte nach hinten. Beobachtete Hartwood sie noch? Sie konnte nichts erkennen, und überhaupt rutschte sie nun von der Einfahrt und nach links den Hang hinunter.

Evie rang nach Luft, als der Wagen zum Stehen kam, und blinzelte.

Das Auto stand schief und hatte sich offenbar mit irgendetwas verkantet, sie war aber unverletzt – zumindest das. Als sie versuchte rückwärts zu fahren, passierte gar nichts. Sie probierte es vorwärts, was sehr optimistisch war, doch vielleicht konnte sie wenden und den Hang wieder hinauffahren. Nachdem sie ihr Seitenfenster hinuntergelassen hatte, steckte sie den Kopf nach draußen und gab vorsichtig Gas. Die Räder drehten durch, und das Auto versank tiefer im Schnee. Verzweifelt schloss Evie die Augen. Sie musste einsehen, dass sie hier hilflos festhing.

Kapitel Zwei

Aus dem Schneegestöber tauchte Jake Hartwoods Gesicht auf. »Sind Sie verletzt?«, fragte er.

»Mir geht es gut«, antwortete sie verbissen.

Er trat einen Schritt zurück und betrachtete das verkantete Auto. »Sieht nicht gut aus.«

»Ich weiß nicht, was passiert ist – der Wagen ließ sich nicht lenken!«

»Dann hatten Sie nicht vor, in den Graben zu fahren?« Da war kein Funken Humor zu erkennen.

»Haha, sehr witzig!«

Sie stieg aus. Er sah aus wie der Sensenmann, als er sie skeptisch beobachtete.

Dies war definitiv nicht ihr Glücksabend. Erst wurde sie von der Leiter gestoßen, und jetzt war sie in einen Graben gefahren. Sie neigte von je her zu Unfällen, doch dies hier schoss den Vogel ab.

»Ist schon gut«, meinte sie munter. »Ich gehe zu Fuß nach Hause und hole das Auto morgen Vormittag.«

Sie konnte nur wenig von der Umgebung ausmachen, aber sie würde die Taschenlampenfunktion ihres Handys nutzen. Humpelnd machte sie sich auf den Weg, allerdings war der Schnee tiefer, als er aussah, und wegen ihres lädierten Knöchels war sie unsicher auf den Beinen.

»Sie wollen nach Hause laufen?«, rief er ihr ungläubig nach.

»Nein, ich wollte einen Schneemann bauen«, scherzte sie und drehte sich zu ihm um. »Ja, ich laufe. Es ist nicht weit.«

Zumindest war es ihr nicht weit vorgekommen, als sie nach Old Hall gefahren war.

»Wohnen Sie im Dorf?«

Sie nickte und versuchte weiterzugehen. Dabei konnte sie sich nicht entscheiden, was schmerzhafter war: Sich so normal wie möglich zu bewegen oder den Fuß unten zu lassen und ihn durch den Schnee zu schleifen, der sich anfühlte, als würde sie durch nassen Zement waten. Vielleicht fand sie einen abgebrochenen Ast, den sie als Gehstock benutzen könnte …

Sie machte noch einen Schritt vorwärts, allerdings gab ihr Knöchel nach, und sie plumpste in den Schnee.

Ah, super! Benommen lag sie da, während die Schneeflocken auf sie herabrieselten, ihr ins Gesicht fielen und sich in ihren Wimpern verfingen. Jetzt hatte sie sich richtig lächerlich gemacht.

Ein Paar starke Hände griffen nach ihr und richteten sie auf.

»Danke«, murmelte sie und klopfte sich den Schnee vom Mantel. Ihre Wangen brannten so sehr, dass sie bestimmt wie Glühwürmchen leuchteten.

»Sie können nicht nach Hause laufen«, sagte er ruhig. »Das Dorf ist zwei Meilen entfernt, es ist dunkel, und es schneit.« Er blickte sich um. »Ich würde ja anbieten, Sie zu fahren, aber ich habe die Promillegrenze überschritten.«

Sie folgte seinem Blick in Richtung der Garage. Das erklärte, warum sie bei ihrer Ankunft keinen anderen Wagen gesehen hatte.

Hartwood seufzte. »Kommen Sie lieber wieder rein.«

Es war nicht gerade die warmherzigste aller Einladungen. Evie schaute zum Haus und zurück zur Zufahrt. »Sind Sie sicher? Ich möchte Ihnen nicht zur Last fallen.«

»Wir haben wohl keine Wahl«, erwiderte er. »So hatte ich mir meinen Abend nicht vorgestellt.«

»Ich mir meinen auch nicht!«, erwiderte sie und verfluchte ihn im Geiste. Hätte sie sich den Knöchel nicht verletzt, wäre sie jetzt schon halb die Zufahrt hinunter und auf dem Weg zu einem heißen Bad und ihrem gemütlichen Bett gewesen.

»Es ist sinnlos, hier in der Kälte herumzustehen.« Er hob sie hoch.

Evie schrie auf. »Was machen Sie denn? Lassen Sie mich runter!«

»Warum? Damit Sie sich wieder im Schnee vergraben können? Falls es Ihnen nicht aufgefallen ist, funktioniert die Heizung im Haus noch nicht. Daher rate ich davon ab, dass Sie noch nässer und kälter werden, als Sie schon sind.«

Sie atmete tief durch. Ihr Stolz sollte heute Abend wohl genauso sehr leiden wie ihr Knöchel. Hätte jemand anders angeboten, sie zu tragen, hätte sie es als ritterliche Geste zu schätzen gewusst. Nur war sie sicher, dass in Jake Hartwood gar nichts Ritterliches schlummerte. Er stapfte den Hügel hinauf durch den Schnee, und sie musste ihm zugestehen, dass er recht glaubwürdig vorgab, sie wäre nicht schwer. Derweil blickte sie starr zur Tür, denn dies hier war viel zu intim und vollkommen schräg.

Smoke bellte, als sie sich näherten. Drinnen trat Jake die Tür hinter ihnen zu, die mit einem lauten Knall ins Schloss fiel.

»Sie können mich jetzt runterlassen«, sagte Evie.

Er bedachte sie mit einem ungerührten Blick und ging weiter durch die Diele und am Esszimmer vorbei. Smoke trottete neben ihnen her und kläffte aufgeregt.

»Lassen Sie mich runter. Ich bin zu schwer.«

Er zog eine Augenbraue hoch.

»Wo gehen Sie hin?«, fragte sie und wurde ein wenig nervös, als er eine Tür nach der anderen passierte, nach links bog, nach rechts und wieder nach links. Dieses Haus war ein Labyrinth. Es fühlte sich an, als würde er meilenweit laufen, wobei seine Schritte laut auf dem Parkett zu hören waren.

»Zur Bibliothek«, antwortete er knapp. »Dem einzigen Raum mit einem Feuer.«

Schließlich blieb er vor einer angelehnten Tür stehen, stieß sie mit der Schulter auf und trug Evie zu einem von zwei Sesseln vor einem Kamin. Während er ihr einen Fußschemel hinschob, schaute Evie sich um. Hier war es merklich wärmer als im Rest des Anwesens, und die verkohlten Überreste eines dünnen Scheits im Kamin erklärten, warum. Evie begriff, weshalb sie irrtümlich geglaubt hatte, allein zu sein: Dieses Zimmer befand sich ganz hinten im Haus. Bei Tage hatte man von hier gewiss einen schönen Blick in den Garten und vielleicht auch zum Dorf Willowbrook im Tal. Dieser Raum war eindeutig noch nicht renoviert worden; die dunklen Samtvorhänge waren zerschlissen und ausgeblichen, und die holzvertäfelten Wände konnten eine Lasur vertragen. Aber es war gemütlich, und Evie verstand, warum Hartwood sich dieses Zimmer ausgesucht hatte und nicht eines der größeren vorn.

Ihre Panik schwand, doch sie tat zweifellos gut daran, auf der Hut zu sein, denn sie wusste nichts über diesen Mann.

»Hier.« Er zeigte auf den Schemel. »Legen Sie Ihren Fuß hoch.«

»Danke«, sagte sie und zog die nassen Stiefel aus.

Er schloss die Tür und kniete sich vor den Kamin, um mehr Scheite ins Feuer zu legen. Die Flammen züngelten auf, und prompt fühlte Evie sich besser. Sie streckte die Hände zum Kamin aus, während sie aus dem Augenwinkel beobachtete, wie Hartwood seine nassen Schuhe und Socken abstreifte, bevor er sie näher vors Feuer stellte. Dann öffnete er eine kleine Reisetasche, aus der er ein Paar trockene Socken hervorholte. Evie beäugte die Tasche verstohlen. Offensichtlich hatte er nicht vor, länger als eine Nacht zu bleiben, und sie fragte sich, warum er hergekommen war. Die maßgefertigten Bücherregale und der Schreibtisch hinter ihr waren leer; dieses Haus war noch nicht für den Einzug bereit. War er hier, um die Fortschritte der Renovierungsarbeiten zu begutachten?

»Sind Sie allein hier?«, fragte sie vorsichtig.

Misstrauisch sah er sie an. »Ja.«

Nun setzte er sich in den anderen Sessel ihr gegenüber. Neben ihm auf einem kleinen Beistelltisch standen eine halb leere Flasche und ein Glas, in dem winzige Eiswürfelreste in einer bernsteinfarbenen Flüssigkeit schwammen. Er füllte das Glas bis zum Rand auf und bot ihr etwas an, doch sie schüttelte den Kopf.

So hatte ich mir meinen Abend nicht vorgestellt, hatte er gesagt. Evie fragte sich, was für ein Mann sich in einem kalten, leeren Haus verschanzte, um allein zu trinken.

»Ich hab's – ich rufe mir ein Taxi!«, rief sie plötzlich, und diese Idee baute sie richtig auf.

Er schaute sie ungläubig an, schwieg jedoch und trank seinen Whisky, während Evie ihr Handy aus der Tasche kramte.

Bei der Taxizentrale war besetzt. Sie versuchte es immer wieder, bis sie schließlich durchkam. »Ich brauche ein Taxi«, erklärte Evie, »von Old Hall ins Dorf Willowbrook.« Weit war es nicht, weshalb sie ein großzügiges Trinkgeld geben würde, damit es sich für den Fahrer lohnte.

»Tut mir leid. Es wurde noch nicht gestreut, und die Hauptstraße ist nicht befahrbar.«

»Oh.« Evie war frustriert.

»Kein Glück?«, fragte Hartwood, als sie das Gespräch beendet hatte.

Sie schüttelte den Kopf. »Der Schnee hat alles lahmgelegt.«

Smoke lief rastlos zwischen ihnen beiden hin und her, ehe er sich schließlich neben Evie niederließ. Sie kraulte ihm die Ohren und bemerkte, dass Hartwood seinem Hund einen strengen Blick zuwarf. Die Stille im Zimmer wurde unangenehm. Evie wünschte, sie hätte ihre Patchwork-Arbeit bei sich, damit wenigstens ihre Hände beschäftigt gewesen wären. Doch ihr Nähzeug war im Auto. Wenn sie die ganze Nacht in diesem Haus festhingen, könnte es gut sein, dass es bei dem feindseligen Schweigen blieb.

»Hier waren Sie also, als Sie mich gehört haben?«, fragte sie, tastete nach dem Zipfel ihres langen Zopfes und begann, ihn gedankenverloren mit den Fingern aufzuwickeln.

»Smoke hat Sie gehört«, korrigierte er sie.

Als er seinen Namen hörte, hob der Hund den Kopf und bellte einmal kurz.

»Still, Smoke. Alles gut«, beruhigte Evie ihn.

»Ich hätte mit Freuden jeden Eindringling ignoriert, aber Smoke wollte nachsehen.«

Dass er sich von ihr einfach nur gestört fühlte, war unmissverständlich. Noch nie war ihr jemand begegnet, der so unverschämt und ungesellig war.

»Du bist also ein guter Wachhund, ja?«, sagte sie zu dem Dalmatiner, und er neigte den Kopf, damit sie ihn hinter dem anderen Ohr kraulte.

Sie verlagerte ihre Position und verzog das Gesicht, da ihr wieder ein gleißender Schmerz durch den Knöchel fuhr.

»Komisch ist, dass er, sobald er Sie gesehen hat, von Wachen auf Spielen umgeschaltet hat. Ich fürchte, er hat noch nicht gelernt, dass es nicht gut ankommt, Leute anzuspringen.«

Bei seinen Worten zuckten unwillkürlich Evies Mundwinkel. »Aber du weißt es ja nicht besser, was?«, meinte sie zu Smoke. »Er war bloß freundlich«, fügte sie an Hartwood gerichtet hinzu.

Im Gegensatz zu seinem Halter, Mr. Arktis.

Evie blickte sich wieder im Zimmer um und bemühte sich sehr, das Positive zu sehen. »Dieses Haus ist wunderschön, nicht?«

Er reagierte nicht, wovon sie sich nicht schrecken ließ.

»Ich habe gehört, dass die Aussicht von hier unglaublich sein soll, und das Haus hat solch eine lange Geschichte. Sie müssen sich privilegiert fühlen, hier zu wohnen.«

Er schüttelte den Kopf. »Ich hätte mir etwas Neues kaufen sollen, das nicht so viel Arbeit erfordert. Dann wäre auch der Umzug sehr viel leichter und schneller über die Bühne gegangen.«

»Oh, aber hier haben Sie die Chance, alles nach Ihrem Geschmack zu gestalten. Wenn es fertig ist, ist es genauso, wie Sie es wollen.«

Sie träumte von der Chance, einen Ort wie Old Hall ganz nach ihren Vorstellungen einzurichten. Ein so großes Haus, das so viel Raum bot. Hier konnte man in jedem Zimmer andere Farbkombinationen und Stile ausprobieren. Sehr moderne Gästezimmer zum Beispiel und vielleicht eine Küche im Shaker-Stil. Dieser Raum bettelte geradezu darum, dass man all die Originalelemente wie die Holzvertäfelung und den Kamin wiederbelebte.

»Bis dahin habe ich jedenfalls keine Heizung, kein warmes Wasser und lauter lästige Handwerker und Dienstleister wie Sie, die hier ein und aus gehen.«

Er blickte düster in sein Whiskyglas, und sie fragte sich, wann er das letzte Mal – sofern überhaupt – gelächelt hatte.

»Tja, wenigstens brennt das Feuer wieder richtig, und es ist warm hier«, sagte sie munter.

Er verschluckte sich an seinem Whisky und sah sie ungläubig an.

»Was?«, fragte sie.

»Na, um es mal zusammenzufassen: Ich hatte mich auf einen ruhigen Abend allein zu Hause eingestellt, doch stattdessen haben Sie in meinem neuen Esszimmer ein Chaos angerichtet, und nun sind wir eingeschneit. Was in Ordnung ist, weil ein Feuer im Kamin brennt, und es ›warm hier‹ ist.«

Sie ballte die Hände zu Fäusten. Er klang wie Tim: unfreundlich und überheblich. »Ich habe bloß versucht, es positiv zu sehen. Es könnte schlimmer sein.«

»Ah, klasse«, murmelte er in sein Glas. »Und um es noch zu toppen, sitze ich hier mit Pollyanna persönlich fest.«

»Wie haben Sie mich genannt?«

»Pollyanna.«

Nun reichte es ihr. Er mochte ihr Kunde sein, doch sie würde einen Teufel tun, sich wieder von einem Mann das Gefühl geben zu lassen, dumm und klein zu sein. »Wäre es Ihnen lieber, würde ich mich so verächtlich und unhöflich aufführen wie Sie?«

»Mir wäre es lieber, Sie wären gar nicht hier. Aber da wir nun mal in dieser Lage sind, sollten wir uns duzen.«

Sie krallte die Finger in die Armlehne, und ihr war gleich, ob es Dellen in dem braunen Leder hinterließ. »Wie nett. Und mir gefällt diese Situation genauso wenig. Aber mein Einfluss auf das Wetter scheint vorübergehend begrenzt zu sein. Und glaub mir, hätte ich mir nicht den Knöchel verletzt, wäre ich jetzt schon halb zu Hause. Lieber würde ich mir Frostbeulen holen, als den Abend mit dir zu verbringen!«

Der Hund winselte wegen ihres harschen Tons, und als sie nach unten griff, um ihn zu streicheln, wurde ihr bewusst, dass sie allmählich wie ihr Gastgeber klang: sarkastisch, schlecht gelaunt und gar nicht nett. Es stresste sie, hier mit ihm festzusitzen, und deshalb verhielt sie sich so. Normalerweise war sie ein heiterer Mensch. Und auch wenn er »Pollyanna« als Beleidigung gemeint hatte, glaubte sie fest daran, dass man nur richtig hinschauen musste, um das Gute in der Welt zu sehen.

Allerdings hatte sie momentan Probleme, irgendetwas Gutes an ihm zu entdecken.

Hartwood schaute sie von der Seite an. »Wie schlimm ist es?«

»Was?«

»Dein Knöchel.«

Er klang ehrlich besorgt. »Mir geht es gut.«

Ihr Knöchel pochte schmerzhaft, aber das würde sie nicht zugeben – nicht vor ihm.

»Lass mich mal sehen.« Er stand auf und kniete sich neben ihren Fuß.

Misstrauisch musterte sie ihn. »Warum?« Wollte er das Ganze mit einem Hammer zu Ende bringen, wie die Frau in der Steven-King-Verfilmung? Nein, natürlich nicht. Er wollte bloß, dass sie nicht länger als zwingend nötig blieb.

»Was glaubst du denn?«

Sie blinzelte und runzelte die Stirn. »Tja, jedenfalls nicht, weil es dich interessiert, also habe ich keine Ahnung.«

»Ich versuche zu helfen.« Er kniff den Mund zusammen, bevor er merklich widerwillig hinzufügte: »Ich war früher Arzt.«

»Du warst?« Er bedeutete ihr, die Jeans unten aufzukrempeln, und aus irgendeinem Grund – vielleicht, weil es wirklich wehtat – befolgte sie seine stumme Anweisung. »Erzähl mir nicht, du hast mit deiner Art alle Patienten vergrault.«

Er antwortete nicht. Stattdessen neigte er den Kopf und widmete sich ihrem Knöchel. Seine Berührungen waren entwaffnend sanft, seine Finger warm auf ihrer Haut, und er drehte oder drückte nicht einmal an ihr herum, womit sie gerechnet hatte.

»Ist dir die Approbation entzogen worden?«, fragte sie und verspannte sich bei dem Gedanken.

»Nein.«

Sie beruhigte sich ein wenig, doch ihre Neugier war geweckt. »Und warum bist du dann kein Arzt mehr?«

»Ist eine lange Geschichte.«

»Und ich gehe nirgends hin«, entgegnete sie und lächelte grimmig bei der Aussicht, dass sie hier festsaß mit ihm, bis … wer weiß, wie lange? Doch da sie schon mal in dieser Situation waren, konnten sie auch die Zeit totschlagen. Außerdem wollte sie es wirklich wissen. Man brauchte Jahre, um Arzt zu werden. Warum sollte jemand sich von solch einem hart erarbeiteten Beruf abwenden?

Er seufzte. »Kannst du bitte aufhören zu reden, damit ich mich konzentrieren kann?«

Sie zuckte mit den Schultern und betrachtete ihn genauer. Seine Bartstoppeln verliehen ihm etwas Verwegenes, doch sein dunkles Haar war hübsch gelockt, und er hatte ein markantes Gesicht. Evie war beinahe enttäuscht, als er ihren Knöchel losließ und die Jeans wieder herunterkrempelte.

»Sieht nicht dramatisch aus«, sagte er.

Seine Augen waren blau, eines aber war dunkler als das andere. Oder der tänzelnde Feuerschein ließ es so erscheinen.

»Eis wird gegen die Schwellung helfen. Ich hole welches.« Er stand auf und ging zur Tür.

Der Hund folgte ihm.

»Kommst du mit?«, fragte Hartwood.

Der Hund sah wieder zu Evie, zögerte und trottete zurück zu ihr.

»Wie du meinst«, sagte Hartwood und schloss die Tür hinter sich.

Evie blickte zu der halb leeren Whiskyflasche. Der Mann

konnte eindeutig eine Menge vertragen. Oder ihr unerwartetes Eindringen hier hatte ihn nüchtern werden lassen.

»Ein Arzt, was, Smoke?«, sagte sie leise. »Wer hätte das gedacht?«

Sie schaute sich im Zimmer um. In der Ecke neben seinem Sessel stand ein Hundebett, daneben lagen eine Leine und ein ziemlich zerkauter Ball.

Wenig später kehrte Hartwood mit einer Tüte Eiswürfel zurück, die er verknotete und in einen Schal wickelte. »Drück das hier so lange auf die Schwellung, wie du kannst«, sagte er.

Er war bisher nicht eingezogen, und das Haus war noch nicht beheizt, aber er hatte Eiswürfel, Whisky und ein Bett für den Hund mitgebracht? Seltsam.

»Danke«, meinte sie und hielt sich die Eispackung an den Knöchel. »Also, wenn du kein Arzt mehr bist, was machst du jetzt?«

»Ich habe einen Weinimport«, antwortete er knapp.

Er hörte sich nicht begeistert an, und Evie hätte gedacht, dass die Arbeit als Mediziner deutlich befriedigender wäre, doch offensichtlich hatten sie nicht dieselben Werte. Trotz seiner sanften Berührung konnte sie sich nicht vorstellen, dass er eine natürliche Begabung hatte, Menschen zu helfen und Kranke zu versorgen.

Sie änderte ihre Position ein wenig. Die Stille machte sie nervös. Womöglich würden sie den ganzen Abend hier sitzen, ohne zu sprechen. Wieder sah sie sich um und dachte an all die frisch renovierten Räume in diesem prächtigen Haus.

»Hast du das Anwesen geerbt?«, fragte sie.

»Geerbt? Wie kommst du darauf?«

»Weil es ein großes Haus ist, und … du bist jung.«

»Nicht so jung. Und, nein, ich habe nicht geerbt.« Er nahm sein Glas in die Hand und trank einen Schluck, schien es allerdings nicht zu genießen. Er schnitt eine Grimasse und stellte das Getränk wieder ab.

»Trinkst du jeden Abend so viel?«

»Nein!«, antwortete er barsch, doch sein Ärger wich einer solch traurigen Miene, dass er Evie fast leidtat – bis sie sich daran erinnerte, wie unhöflich er war. Ihr Mitgefühl verpuffte.

»Hör mal, es war reizend, mich mit dir zu unterhalten, aber macht es dir etwas aus, wenn ich mich jetzt irgendwo hinlege?« Sie deutete mit dem Kopf in Richtung Tür. Selbst ein unbeheiztes Schlafzimmer wäre besser, als hier bei ihm zu bleiben. »Ich habe morgen eine Menge zu tun, und wenn ich nur ein paar Stunden schlafen könnte, dann stehe ich früh auf und du bist mich hoffentlich umso eher los.«

Mit ein bisschen Glück war der Schnee bis morgen früh geschmolzen.

»Die Betten werden erst nächste Woche geliefert«, erklärte er.

»Eine Matratze würde reichen.«

»Du verstehst mich nicht. Oben sind nichts als leere Zimmer.«

»Gibt es überhaupt keine Betten im Haus?«

»Kein einziges.« Er trank noch einen Schluck.

»Und warum bist du hier? Wo wolltest du schlafen?«

»Gar nicht.«

Sie wartete, dass er mehr sagte. Er schwenkte den Whiskyrest in seinem Glas und runzelte angestrengt die Stirn, als er irgendeinen inneren Kampf ausfocht.

»Ich bin hergekommen, um … zu fliehen«, murmelte er.

»Und zu trinken?«

Er blickte auf. »Du kannst den Whisky echt nicht leiden, was?«

»Ich kann Leute nicht leiden, die so viel trinken, dass sie unangenehm werden.« Wobei sie nicht wusste, ob er nüchtern nicht ebenfalls unangenehm war. Gedankenverloren streichelte sie den Hund. »Wenn du so weitermachst, bist du morgen früh sturzbesoffen. Entweder das oder an einer Alkoholvergiftung gestorben.«

Er lachte bitter. »Ich kann es kaum erwarten.«

Sie schlang sich die Arme um den Oberkörper. Der Ausdruck in seinen Augen verstörte sie ebenso wie die Aussicht, die Nacht mit ihm in dieser Bibliothek zu verbringen, ohne seinem Sarkasmus entkommen zu können. Selbst ihr fiel es jetzt schwer, dem Ganzen etwas Gutes abzugewinnen. Was, wenn er weitertrank? Er fand sie offensichtlich lästig. Und wenn seine Geduld erschöpft war und er sie erwürgte, weil sie irgendetwas zu Fröhliches gesagt hatte? Ihr lief ein Schauer über den Rücken. Keiner wusste, dass sie hier war.

»Du hast recht, ich sollte aufhören zu trinken«, unterbrach er ihre Furcht einflößenden Gedanken und seufzte. Überrascht sah sie zu, wie er den restlichen Whisky ins Feuer goss, sodass die Flammen aufschossen und wieder kleiner wurden. »Es hat sowieso nicht geholfen.«

Evie stutzte. »Wobei geholfen?«

Er ignorierte ihre Frage und strich sich mit der Hand durchs Haar. »Wie wäre es, wenn ich uns beiden einen Kaffee mache? Oder eine heiße Schokolade. Ich glaube, ich habe welche in der Küche gesehen. Heidi nimmt die überall mit hin.«

Seine plötzliche Wandlung verblüffte sie, doch sie fror immer noch, und ein wärmendes Getränk war verlockend. »Eine heiße Schokolade wäre schön.«

Er warf noch ein paar Scheite ins Feuer. »Ich bin gleich wieder da.« Er schaute den Hund an und klopfte sich an den Oberschenkel. »Komm mit, Smoke.«

Der Hund öffnete ein Auge, rührte sich aber nicht von Evies Seite.

Hartwood bedachte den Dalmatiner mit einem verärgerten Blick. »Wie du willst.«

Als er weg war und die Tür hinter sich geschlossen hatte, beugte Evie sich vor und streichelte Smoke. »Sehr vernünftige Entscheidung«, sagte sie. »Warum mit ihm in die Kälte gehen, wenn du hier bei mir bleiben kannst?«

Der Hund stand auf und trottete zu seinem Bett. Evie holte ihr Handy hervor und tippte eine Nachricht an ihre Freundin Natasha: Bin eingeschneit, als ich die Vorhänge nach Old Hall geliefert habe. Sitze hier mit einem sehr mürrischen Mann fest, der behauptet, Jake Hartwood zu sein. Falls morgen früh meine Leiche gefunden wird, weißt du Bescheid. Der Typ ist überhaupt nicht nett.

Während sie so darüber nachdachte, wurde ihr klar, dass er von der Polizei gesucht werden könnte, doch als er mit einem Tablett mit heißen Getränken und Keksen zurückkehrte, wurde es schwierig, an diesem Gedanken festzuhalten. Er stellte einen Becher mit heißem Kakao auf den kleinen Tisch neben ihrem Sessel und nahm sich den Becher mit schwarzem Kaffee.

Dann sah er zu Smoke und zuckte merklich zusammen. »Hast du das getan?« Er wies auf Smokes Hundebett, das aus der Zimmerecke neben den Sessel gezogen worden war, in dem Evie saß.

»Nein.« Sie lachte. »Das muss er gewesen sein, als ich eine Textnachricht geschrieben habe.«

Er musterte seinen Hund mit einem strengen Blick, doch Smoke beachtete ihn nicht und schloss die Augen.

»Vielleicht wollte er näher ans Feuer«, sagte Evie.

»Kann sein«, antwortete er matt und gab ihr die halb volle Kekspackung.

»Oh, Haferkekse!«, meinte sie. »Die mag ich am liebsten.«

Er zog die Augenbrauen hoch. »Vielleicht sind die pappig – die Handwerker haben sie hiergelassen. Milch war auch noch da, aber die ist nicht mehr gut.«

»Und du hast die Gelegenheit nicht genutzt, um mich zu vergiften?«

Diese Bemerkung würdigte er keiner Antwort, auch wenn Evie glaubte, ein Lächeln gesehen zu haben. Sie hielt ihm die Kekse hin, aber er schüttelte den Kopf. Schulterzuckend nahm Evie sich noch einen Keks.

»Anscheinend hast du Hunger«, sagte er.

Sie hörte auf zu kauen. *Willst du das wirklich essen?* war Tims Lieblingsfrage gewesen. Wann immer er sie dabei ertappt hatte, wie sie sich etwas Leckeres in den Mund steckte, hatte er sie mit einem Blick betrachtet, bei dem sie in sich hatte zusammensinken wollen. Sie wusste, dass sie ein paar Pfunde zu viel wog, doch wie trübsinnig wäre das Leben, wenn man ausschließlich Salat aß? Andererseits war Hartwoods Blick nicht vorwurfsvoll, sondern eher neugierig. Dennoch reckte Evie das Kinn. »Ich bin am Verhungern, denn ich habe den ganzen Abend gearbeitet, um deine Vorhänge fertigzubekommen.« Nicht dass er es ihr danken würde. Und um fair zu sein, wieso sollte er? Wahrscheinlich war es ihm vollkommen schnurz, wann seine Vorhänge geliefert wurden. »Ich wollte essen, wenn ich wieder zu Hause bin – den Rest Lasagne«, fügte sie wehmütig hinzu. Bei dem Gedanken lief ihr das Wasser im Mund zusammen.

»Ich fürchte, dass ich dir nichts dergleichen anbieten kann.«

»Kein Problem. Die hier sind prima«, sagte sie, hielt einen Keks in die Höhe und biss hinein. *Vielleicht nimmst du sogar ein bisschen ab, wenn du mal eine Mahlzeit auslässt.* Sie verdrängte die Erinnerung an Tims schneidende Worte.

»Also verdienst du deinen Lebensunterhalt damit, Vorhänge zu nähen?«, fragte er nach einer langen Pause.

»Ich habe einen Handarbeitsladen, ich mache Patchwork-Arbeiten und quilte. Die Vorhänge sind ein Nebenverdienst, um die Kosten zu decken, bis sich das Geschäft richtig etabliert hat.«

»Patchwork-Arbeiten und Quilten?«

»Ich verkaufe Quilts, Stoff, Garn – alles, was man für einen Quilt braucht.«

»Was für Quilts?« Er sah verwundert aus.

»Solche, die man als Bettüberwurf benutzt – falls man ein Bett hat – oder zur Dekoration. Oder Patchwork-Decken.«

Jetzt schien er zu begreifen, und Evie fiel auf, dass er gut aussähe, würde er nicht so oft die Stirn runzeln.

»Von denen könnten wir jetzt ein oder zwei gebrauchen, um uns warmzuhalten«, murmelte er.

Sie fand, dass es mit dem Kaminfeuer schon recht gemütlich war, sprach es allerdings nicht aus. Stattdessen sagte sie:

»Vielleicht kann ich dich überreden, welche zu kaufen, wenn deine Betten da sind.« Es war dreist, aber was hatte sie zu verlieren?

»Sprich mit Heidi. Sie ist für die Einrichtung zuständig.«

Evie wunderte sich. »Heißt das, du suchst gar nichts selbst aus?«

Er schüttelte den Kopf.

»Nicht mal die Farben?«

Er umfasste den Kaffeebecher mit seinen langen Fingern. »Solche Details interessieren mich nicht im Geringsten.«

Evie starrte ihn an, unfähig, ihren Schock zu verbergen. Ihr Laden war eine Schatztruhe voller Farben und Muster. Jedes Mal, wenn sie einen neuen Quilt anfing, genoss sie es, die Regale abzuwandern, mit den Händen über unterschiedliche Stoffe zu streichen und die Farbkombinationen und Muster auszuwählen, die sie nehmen wollte. Eine warme Palette an Herbstfarben oder frische Zitrustöne, ein niedliches Blumenmuster für einen romantischen Touch oder Weiß mit modernen Farbblöcken … Es gab endlose Möglichkeiten. Sie konnte sich nicht vorstellen, in ein Haus von dieser Größe zu ziehen und alles von jemand anderem aussuchen zu lassen.

»Und wenn sie sich für ein Muster entscheidet, das du hasst?«

»Solch triviale Sachen sind für mich nicht von Bedeutung. Es sind schließlich nur Vorhänge und Tapeten.«

Trivial? Nur Vorhänge und Tapeten? Dies war sein *Zuhause*. Sie musterte seinen schwarzen Pullover und die Jeans. Innen an der Tür hing ein langer dunkelblauer Mantel. Er hatte offenbar nichts für helle Farben übrig. Erneut war ihre Neugier geweckt. Wie nahm jemand wie er die Welt wahr?

Wo Evie schöne Farben und Muster sah, was sah er da? Nichts? Grauschattierungen?

»Wie heißt er?«, fragte er.

Evie blickte ihn verwundert an.

»Dein Laden, wie heißt der?«

»Ach so. The Button Hole, also wie das Knopfloch.«

Sie rechnete damit, dass er spöttisch grinste, doch er nickte nur. Sie erzählte ihm nicht, dass die Eingangstür passend zum Namen große Griffe aus Holz in Form von Knöpfen hatte und drinnen stoffbezogene, bunte Knöpfe von der Decke hingen. Evie fand sie witzig und ausgefallen, war sich allerdings sicher, dass er es als albern abtun würde.

»Und du wohnst im Dorf?«

»Ja, gleich um die Ecke vom Laden in der Love Lane«, antwortete Evie lächelnd.

»Im Ernst? Love Lane?«

Sie nickte. »Es ist die niedlichste kleine Straße, die du je gesehen hast. Sie ist zu schmal für Autos, deshalb ist es dort sehr ruhig, und zu beiden Seiten stehen hübsche kleine Reihenhäuser aus Sandstein mit Schieferdächern.«

»Du wohnst dicht an dicht mit deinen Nachbarn?« Er wirkte entsetzt.

»Ich habe sehr nette Nachbarn: auf der einen Seite die alte Dorothy, auf der anderen George, ein pensionierter Feuerwehrmann.«

Er starrte sie an, als spräche sie in einer ihm fremden Sprache zu ihm. Aber er wollte ja auch freiwillig ganz allein in diesem Riesenhaus hier oben auf einem Hügel leben.

Plötzlich kam ihr der Gedanke, dass sie gar nicht wusste, ob er allein war. Er könnte in einer Beziehung sein, sogar eine

Familie haben und bloß hier sein, um sich zu vergewissern, dass die Renovierung nach Wunsch verlief, ehe alle einzogen.

»Und warum hast du dich dafür entschieden, hier zu leben?«, fragte sie.

Sein Blick wurde abweisend, als hätte sie etwas Falsches gesagt.

»Ich mache einen Neuanfang«, antwortete er ohne einen Anflug von jener Vorfreude, die gewöhnlich mit einem Neuanfang einherging.

Evie hätte ihren Laden darauf verwettet, dass er sich scheiden ließ. Falls ja, galt ihr Mitgefühl definitiv seiner Ex. Niemand könnte mit ihm zusammenleben. Mit seiner finsteren Weltsicht sog er förmlich den Sauerstoff aus dem Raum. »Es ist ein riesiges Haus.« Bisher hatte sie in vier großen Zimmern Vorhänge angepasst, und sie schätzte, dass oben noch mindestens sechs Schlafzimmer sein mussten. »Ziehst nur du hier ein, oder hast du Familie?«

»Nur ich.« Er blickte zu dem Hund, der neben Evie schlief. »Und Smoke.«

Sie zuckte zusammen, als ihr Handy auf ihrem Schoß piepte und eine Textnachricht auf dem Display aufleuchtete. Sie war von Natasha: *In Old Hall? Jake ist ein Freund von Luc! Hoffentlich kümmert er sich gut um dich. Halt dich warm. X.*

Erleichtert atmete Evie auf. Er mochte ein echter Griesgram sein, wurde aber wohl kaum von der Polizei gesucht, wenn er mit Luc befreundet war. »Kennst du Luc Duval?«, fragte sie, wobei sie Jake ansah.

»Ja, warum?«

»Seine Frau Natasha ist eine gute Freundin von mir.«

Er schien eher genervt als erfreut, von dieser Verbindung zu erfahren. »Ich habe diesen Ort gewählt, weil er ruhig ist und ich gehofft habe, man würde mich hier in Frieden lassen«, murmelte er.

»Ha! Das wird nicht passieren. In Willowbrook kennt jeder jeden, und wir alle passen auf einander auf. Es ist ein richtig wunderbares Dorf mit einer sehr eingeschworenen Gemeinschaft.«

»Na super.« Er schloss die Augen, als würde ihm diese Neuigkeit Qualen bereiten. »Das hatte Luc vergessen zu erwähnen.«

Seine schroffe, abfällige Haltung war genau wie Tims. Doch Evie mochte Luc und vertraute seinem Urteil. Vielleicht war Jake Hartwood weniger schlimm, wenn man ihn kannte.

Sie trank ihre heiße Schokolade aus und richtete die Eispackung, die zu schmelzen begann. Der Schmerz in ihrem Knöchel ließ bereits nach, und sie war froh, denn sie konnte es sich nicht leisten, jemanden zu bezahlen, der im Laden übernahm, während sie lahmgelegt war. »Kann ich das jetzt wegnehmen? Es ist so kalt.«

»Ja.«

»Woher kennst du Luc?«, erkundigte sie sich und zog ihre Socke wieder an. Sie fühlte sich warm und weich an, und Evie wackelte mit den Zehen.

»Wir haben uns vor Jahren durch einen gemeinsamen Freund kennengelernt. Als ich meine Firma gründete, hat er mir mit Rat und Tat zur Seite gestanden.«

Sie gähnte. Vielleicht lag es an der Wärme des Feuers oder an der Tatsache, dass sie gestern bis tief in die Nacht seine

Vorhänge genäht und danach den ganzen Tag gearbeitet hatte. »Was machst du noch gleich?«, fragte sie schläfrig.

Er sah sie an. »Habe ich doch gesagt. Ich importiere Wein.«

»Ach ja.« Sie unterdrückte ein weiteres Gähnen. »Hört sich langweilig an, aber ich schätze, es hilft, dass du gerne trinkst.« Wieder schaute sie zur Whiskyflasche.

Er presste die Lippen zusammen. »Du musst das übrigens nicht die ganze Nacht durchhalten.«

»Was durchhalten?«

»Dieses sinnlose Geplapper. Es ist spät, und du redest zu viel.«

Sinnloses Geplapper? Sie redete zu viel? Was für eine Frechheit! »Und du bist unverschämt!«, konterte sie, denn seine Worte kränkten sie. Wie schaffte er es, dass sie sich so klein fühlte? Sie hatte lediglich Konversation betrieben, was ja wohl besser war, als sich anzuschweigen.

»Stimmt.«

Seine Zustimmung kam so unerwartet, dass Evie zuerst blinzelte und dann grinste. »Ja.«

Er zog die Mundwinkel leicht nach oben. »Tja, wenigstens sind wir uns in einem Punkt einig.« Sein Ton wurde einen Hauch weicher. »Warum versuchst du nicht zu schlafen? Du siehst müde aus.«

»Danke. Du weißt wahrlich, wie man einer Frau schmeichelt, was?« Allerdings wurden ihr die Lider schwer.

»Ich sage es, wie es ist. Weiter nichts.«

Erneut gähnte sie. »Hat deine Mutter dir nicht beigebracht, dass es manchmal netter ist, nichts zu sagen?«

»Schlaf. Ich halte das Feuer in Gang.«

»Willst du nicht schlafen?«

Er zuckte mit den Schultern, als wäre es ihm egal.

Evie lehnte sich in dem Sessel zurück und gähnte abermals. Na gut, sollte er seinen Willen bekommen. Tatsächlich sehnte sie sich danach, die Augen zu schließen und so zu tun, als wäre sie nicht hier. »Dieser Sessel ist sehr gemütlich. Hat Heidi den auch ausgesucht?«

»Nein, die Möbel hier gehörten zum Anwesen. Die Vorbesitzer haben sich verkleinert und einige Sachen zurückgelassen, für die sie in ihrem neuen Haus keinen Platz haben.«

»Aber keine Betten. Schade.«

Er stand auf, legte mehr Scheite nach, nahm den Schürhaken und stocherte im Kamin. Die Flammen tänzelten hypnotisierend. Evie senkte die Lider. Morgen ist Suzies Geburtstag, dachte sie müde. In wenigen Stunden würde sie sich mit ihr und Natasha im Pub treffen, und die Aussicht, ihre Freundinnen zu sehen, tröstete sie …

Plötzlich kam ihr ein Gedanke, und sie riss die Augen auf. »Meine Autoschlüssel stecken noch!«

Er stocherte nach wie vor im Feuer herum, drehte den Kopf aber zu ihr. »Keine Sorge, Pollyanna. Dein Auto fährt heute Nacht nirgends hin.«

»Hör auf, mich so zu nennen. Und ich bin nicht besorgt, sondern sage nur …«

Ihr fielen die Augen wieder zu. Smoke schnarchte leise neben ihr, und das Geräusch hatte eine überaus einschläfernde Wirkung. »Gute Nacht, Mr. Arktis«, murmelte sie.

»Wie hast du mich genannt?« Jake wandte sich wieder zu ihr um, doch sie schlief; ihr Atem ging tief und regelmäßig.

Mr. Arktis. Er lachte leise. So ganz falsch lag sie nicht.

Das Feuer brannte stetig, und er kehrte zu seinem Sessel zurück. Evies Zopf hing ihr über eine Schulter. Ihr Haar war dick und von einem warmen Kastanienbraun, durchzogen mit honiggelben Strähnen. In dem scharlachroten Mantel war sie ein Farbtupfer in diesem dunklen Raum. Und sie hatte eine gute Figur. Auch wenn sie es abstritt, war sie leicht zu tragen gewesen. Er vermutete, dass manche Männer sie hübsch nennen würden. Doch sie lächelte zu viel, und ihr albernes, munteres Plappern war ihm auf die Nerven gegangen.

Er stellte sich Maria vor, wie er sie so oft gesehen hatte, am Fenster sitzend und Geige spielend. Sie war groß, schlank und von einer natürlichen Anmut gewesen, die ihn verzaubert hatte. Er erinnerte sich, wie er ihr das lange dunkle Haar aus dem Gesicht gestrichen hatte. Bis heute konnte er ihre porzellanglatte Haut fühlen und die Liebe in ihren Augen lesen. Es versetzte ihm einen Stich ins Herz.

Er war hergekommen, um mit seiner Trauer allein zu sein. Weil er genug von dem Mitleid hatte, von den besorgten Verwandten und Freunden, die vor seiner Tür aufkreuzten und sich selbst einluden – wozu? Um ihm Gesellschaft zu leisten? Um ihn von der Bedeutsamkeit des Datums abzulenken? Um ihn aufzumuntern? Er schnitt eine Grimasse. Sie verstanden nicht, dass der Schmerz unausweichlich war und ihr Gerede ihn nicht ablenkte, sondern nur seine angegriffenen Nerven strapazierte.

Deshalb war er spontan hergefahren. Offiziell zog er erst nächste Woche ein, weshalb er davon ausgegangen war, das Haus für sich zu haben. Er hatte es seinem Hund bequem gemacht, den Whisky geöffnet und schnell getrunken in der

Hoffnung, das nächste Glas würde ihn vergessen lassen, die Erinnerungen aus seinem Kopf spülen und ihn jene Stelle in seiner Brust nicht mehr spüren lassen, wo sich einst sein Herz befunden hatte – bevor es zu einer trockenen Hülle verkümmert war.

Die Flüssigkeit hatte ihm in der Kehle gebrannt wie die knackenden Scheite im Kamin, doch er beachtete es nicht und trank trotzig weiter, damit er die Bilder vertreiben konnte.

Bis Pollyanna auftauchte.

Smoke hatte sie als Erster gehört. Jake hätte den Eindringling mit Freuden ignoriert, aber der Hund hatte keine Ruhe gegeben. So war er gezwungen gewesen, die Bibliothek zu verlassen und nachzusehen.

Der Dalmatiner schnarchte einmal laut und schnüffelte im Schlaf, ehe er wieder in den Tiefschlaf versank. Es war komisch, wie der Hund zu Evie gelaufen war, als handelte es sich um eine alte Freundin. Jake verstand es nicht. Gewöhnlich war Smoke Fremden gegenüber misstrauisch, während sie den Hund quasi auf den ersten Blick für sich gewonnen hatte.

Und jetzt saß Jake mit ihr hier fest. Mit dem denkbar lästigsten Hausgast. Er legte den Kopf nach hinten und seufzte. Jeder Atemzug war anstrengend.

Er hatte gehofft, herzukommen würde ihm helfen, neu anzufangen. Weit weg von dem Haus, in dem Maria und er gemeinsam gelebt hatten. Die Möbel waren verkauft, ihre Kleider und sonstige Habe weg, und er zählte darauf, dass der Schmerz etwas weniger würde, das Leben und Atmen ein bisschen leichter.

Er hatte gehofft, obwohl es dumm gewesen war. Denn er wusste genau, wie sehr einen das Leben bestrafen konnte. Anscheinend war es ihm bestimmt, für immer in dieser düsteren, bleiernen Trauer zu verharren. Zwei Jahre waren vergangen, dennoch war dieser Tag bitter. Die Zeit hatte weder den unerträglichen Schmerz noch die Wut gelindert oder das gewaltige Loch geschlossen, das ihr Tod in seinem Leben hinterlassen hatte. Warum sie? Warum so früh? Warum, wenn sie so talentiert und so wichtig für ihn gewesen war? Warum hatte sie nicht ihren fairen Anteil an Zeit auf dieser Erde bekommen? Warum hatte sie ihr Leben verloren, während andere, die es weniger verdienten, verschont blieben? Die Ungerechtigkeit zerfraß ihn innerlich. Er hatte versucht, es zu akzeptieren und nach vorn zu blicken, doch er fand nicht heraus aus dieser Finsternis voller Fragen, die keiner beantworten konnte. Und es war zerstörerisch, das wusste er. Es machte ihn zynisch. Schroff. *Mr. Arktis*. Es hinderte ihn daran, zu leben.

Er rieb sich die Augen. Sie juckten und fühlten sich wund an, aber ihm war klar, dass er heute Nacht nicht schlafen würde. Er musste die Zähne zusammenbeißen und es ertragen – er blickte zum Whisky – ohne die Betäubung des Alkohols, weil er morgen früh nüchtern genug sein wollte, um Pollyanna nach Hause zu fahren, weg aus seinem Leben.

Kapitel Drei

Evie öffnete ein Auge. Sie brauchte einen Moment, um zu begreifen, wo sie war.

Dann fiel es ihr wieder ein. Der Schnee, Jake Hartwood mit den blutunterlaufenen Augen und seinem wundervollen, allzu freundlichen Hund.

Hier in der Bibliothek waren die Vorhänge geschlossen, doch an den Rändern drang genügend Licht herein, um dem Raum etwas unheimlich Graues zu verleihen. Jake schlief in seinem Sessel, und Smoke lag noch genauso zusammengerollt da wie letzte Nacht, nur dass sein Atem jetzt kleine Wolken in der Luft hinterließ.

Langsam setzte Evie sich auf. Ihre Schultern und ihr Nacken waren verspannt vom Schlafen im Sessel, und ihre Finger waren eiskalt. Sie bemerkte, dass das Feuer ausgegangen war, was die Kälte erklärte. Sie versuchte, ihren Knöchel zu bewegen. Er war steif, tat aber nicht mehr so weh wie gestern. Gut. Der Hund regte sich, als sie aufstand, und sie hielt sich stumm einen Finger an die Lippen, wobei sie lächelte und hoffte, er würde still bleiben und sein Herrchen nicht wecken. Im Schlaf war Jakes Atmung langsam und tief und seine Stirn glatt. Seine langen Wimpern ruhten auf seinen Wangen. So sah er alles andere als Furcht einflößend aus, denn da war kein Hauch von Missbilligung in seiner Miene. Vielmehr hatte er durch die kleinen Falten um seine Augen etwas beinahe ... Verwundbares.

Sie rief sich seinen Sarkasmus von gestern Abend ins Gedächtnis und verwarf den letzten Gedanken umgehend, bevor die Fantasie mit ihr durchging. Verwundbar? Er? Niemals!

Evie schlich auf Zehenspitzen davon, ihre Stiefel in einer Hand, und nahm Smoke mit nach draußen, bevor sie die Tür so leise wie möglich hinter sich zuzog, um jede noch verbliebene Wärme in der Bibliothek zu halten.

Im Flur machte Smoke den Eindruck, sich hier auszukennen, und Evie hoffte inständig, er würde sie zur Küche oder dem Bad führen. Und tatsächlich landeten sie in der Küche, wo Smoke zielsicher auf eine Seitentür zustrebte.

»Was ist da denn?«, fragte Evie und öffnete die Tür.

Es handelte sich um einen Wirtschaftsraum mitsamt Schirmständer und Kleiderhaken. Zur einen Seite war eine kleine Toilette, doch Smoke lief direkt auf die Tür nach draußen zu und winselte.

»Ah, verstehe«, sagte Evie, schloss auf und öffnete. »Du musst auch mal.«

Als sie beide zurück in der Küche waren, kam ihr wieder in den Sinn, dass Jake gesagt hatte, es gebe nichts zu essen. Zumindest entdeckte sie einen Beutel Hundetrockenfutter für Smoke. Sie füllte ihm etwas davon in einen bereitstehenden Napf und machte sich eine Tasse schwarzen Kaffee, während sie überlegte, was sie tun sollte. Sie spähte aus dem Fenster: Der Schnee war nicht geschmolzen. Im Gegenteil. Es musste die ganze Nacht weitergeschneit haben, denn sämtliche Spuren in der Zufahrt, wo ihr Wagen ins Schlittern geraten war, waren von Schnee bedeckt und nicht mehr zu sehen. Sie konnte versuchen, jemanden zu rufen, aber wenn deren Wagen wie ihrer im Graben landete, würde sie sich das nie verzeihen. Oder sie konnte versuchen, zu Fuß nach Hause zu gehen. Ihr Knöchel hatte sich ein wenig erholt, und sie hatte ein paar alte Gehstöcke in dem Wirtschaftsraum gesehen. Vermutlich würde sie es schaffen. Vermutlich.

»Was soll ich tun, Smoke?«, fragte sie den Hund, der gierig gefuttert hatte und jetzt Wasser schlabberte. »Nach Hause laufen? Eine Freundin anrufen? Es wieder bei der Taxizentrale probieren? Eines steht fest: Hier kann ich nicht bleiben. Dein Herrchen hat viel zu schlechte Laune. Außerdem habe ich heute reichlich zu tun.«

»Guten Morgen«, sagte eine schroffe, tiefe Stimme.

Sie drehte sich ruckartig um. »Jake!«

Sie rechnete mit einer harschen Erwiderung, doch er sagte nichts. So wie er im Türrahmen lehnte und blinzelnd die Augen gegen das Tageslicht abschirmte, nahm sie an, dass er den Preis für den Alkohol gestern Abend zahlte. Smoke sprang auf ihn zu und kläffte begeistert. Jake brachte ihn zum Schweigen, streichelte ihn aber freundlich, und sie sah ihm an, dass er auf seine mürrische, verhaltene Art auch froh war, seinen Hund zu sehen.

»Geht es dir gut?«, fragte sie und schaute genauer hin. Sein Gesicht sah eingefallen aus, und seine Haut war praktisch grau.

»Kopfweh.«

»Wundert mich nicht. Du hast fast eine ganze Flasche Whisky getrunken!«

Er zog einen Barhocker vor, setzte sich hin und blickte zu den Hundenäpfen. »Danke, dass du Smoke versorgt hast.«

»Kein Problem. Er ist bezaubernd.« Im Gegensatz zu seinem Herrchen. Obwohl sie nicht umhinkonnte, ein bisschen Mitleid mit Jake zu empfinden, der so sichtlich litt. Sie holte ein Glas Wasser und stellte es ihm hin.

»Danke.« Er trank es zügig und deutete mit dem Kopf aufs Fenster. »Der Schnee ist nicht geschmolzen, oder?«

»Nein, es hat tüchtig geschneit. Hast du nicht gesagt, dass dein Wagen in der Garage steht?«

»Der wird bei diesem Wetter nichts nützen.«

»Ach so.« Sie konnte ihre Enttäuschung nicht verbergen.

»Wie geht es deinem Knöchel?«

»Viel besser, danke. Die Schwellung ist praktisch weg.«

»Aber du humpelst noch.«

»Wird schon.«

Er schüttelte den Kopf.

»Was?«, fragte sie.

»Pollyanna. ›Die Schwellung ist praktisch weg‹«, äffte er sie nach. »Aber du kannst den Fuß nicht belasten.«

Sie schürzte die Lippen. Nichts förderte ihre Konzentration so verlässlich wie seine missmutige Gegenwart, und Evie traf eine Entscheidung, denn sie konnte es nicht erwarten, von hier zu verschwinden. »Es wird Zeit, dass ich gehe.« Sie machte sich auf den Weg zum Wirtschaftsraum, um sich einen Gehstock zu leihen. »Jetzt ist es hell, also besteht keine Gefahr, dass ich mich verlaufe.«

»Warte!«, rief Jake und hielt sich gleich eine Hand an den Kopf.

Sie blieb an der Tür stehen.

Er stand auf. »Ich glaube, es gibt irgendwo ein Quad.«

»Du glaubst? Aber du weißt es nicht?«

»Ich erinnere mich, dass der Makler es erwähnte. Die Vorbesitzer haben es hiergelassen.« Er öffnete ein paar Küchenschubladen, bis er die richtige gefunden hatte, und hielt triumphierend ein Schlüsselbund in die Höhe. »Gib mir ein paar Minuten und komm dann zur Hintertür.«

Tatsächlich hörte Evie Minuten später das dumpfe Röhren eines Motors, dann sah sie ihn am Küchenfenster vorbeifahren. Smoke bellte aufgeregt. »Bedaure, Smoke«, sagte Evie zu ihm, »aber du musst hier warten.«

Sie öffnete die Hintertür, und so kalte Luft blies ihr entgegen, dass sie fröstelte. In seinem eleganten Wollmantel und den Budapestern wirkte Jake grotesk auf diesem Quad mit den großen, klobigen Rädern. Der Schnee hatte alles zugedeckt, so weit das Auge reichte, und das Sonnenlicht ließ die weiße Landschaft glitzern und schimmern wie ein Brautkleid. »Wow, ist das hier oben schön!«

»Steig auf«, befahl Jake und klopfte auf den Sitz hinter ihm.

Sie zögerte kurz und tat dann, was er sagte. »Bist du schon mal so ein Teil gefahren?«, fragte sie.

»Einmal.«

»Das stimmt mich nicht sehr zuversichtlich.«

»Ich kann es wieder wegbringen, wenn du willst. Die Vibrationen helfen meinem Kopf nicht, so viel steht fest. Hier, setz den Helm auf.«

»Was ist mit dir?«

»Es gibt nur den einen.«

»Was ist, wenn wir stürzen? Du könntest dich verletzen.«

Er zuckte mit den Schultern, als wäre sein Leben unwichtig.

»Bist du sicher, dass du fahren kannst? Du hast gestern Abend viel getrunken.«

»Nicht so viel, wie ich vorhatte«, erwiderte er. »Und es ist Stunden her – also festhalten!«

Widerwillig legte sie die Arme um ihn. Es fühlte sich viel zu intim an, doch woanders konnte sie sich nicht festhalten. Also bemühte sie sich zu vergessen, dass er ihr Kunde war und sie gestern Abend schrecklich aneinandergerasselt waren. Und sie versuchte zu ignorieren, wie stark er sich anfühlte – muskulös und breitschultrig.

Plötzlich gab er Gas, und Evie atmete einen Schwall eisige Luft ein, als sie die Zufahrt hinunter zur Hauptstraße fuhren, vorbei an ihrem Wagen. Das Quad hatte keinerlei Mühe, durch den Schnee zu kommen, und vor Aufregung schlug Evies Puls höher. Auf der Hauptstraße lag der Schnee genauso dick – Schneepflüge wären vonnöten, um sie zu räumen – doch das Quad bewältigte ihn mit Leichtigkeit.

Evie grinste, als sie das Dorf erreichten. »Das hat Spaß gemacht!«, sagte sie, als er das Tempo drosselte. Er antwortete nicht, aber sie würde sich von ihm nicht die Laune verderben lassen, und ihr Lächeln blieb.

Das Dorf lag verlassen und unheimlich still da, abgesehen vom Dröhnen des Quadmotors. Die Geschäfte waren dunkel, und an manchen Türen hingen Schilder mit dem Hinweis *Leider wetterbedingt geschlossen*. Eine Handvoll Hundehalter waren unterwegs, die sich mit dicken Stiefeln und Wollmützen gerüstet hatten. Evie winkte Lynn zu, der Postbotin, als sie an ihr vorbeikamen.

»Wo soll ich dich absetzen?«, fragte er.

Sie dirigierte ihn zu ihrem Cottage in der Love Lane. Vor ihrer Haustür stellte er den Motor aus. Evie stieg ab und löste den Riemen des Helms.

»Soll ich dich nicht zu deinem Laden fahren?«, fragte er.

Sie nahm den Helm ab und gab ihn ihm. »Die anderen Geschäfte sind alle zu, also werde ich wohl auch nicht öffnen. Ich kann mir nicht vorstellen, dass bei diesem Wetter viele Leute Stoffe kaufen wollen, und so kann ich zu Hause die Buchhaltung aufarbeiten.«

Außerdem dachte sie, es wäre gut, ihren Knöchel heute noch zu schonen in der Hoffnung, dass er dann schneller heilte. Eine längere Ausfallzeit könnte sie sich nicht leisten.

»Meine Rechnung, meinst du?«, fragte Jake trocken.

»Nein! Die schicke ich erst, wenn der Schaden behoben ist und du mit den Vorhängen zufrieden bist.«

Es verging ein Moment, bevor er antwortete: »Ich mache dich für den Schaden gestern Abend nicht verantwortlich.« Er wandte seine blauen Augen ab, und klang da ein bisschen Reue in seiner Stimme mit? »Außerdem hast du die Vorhänge geliefert, also schick mir ruhig die Rechnung.«

Sie blinzelte verwundert. »Okay, mache ich«, sagte sie und war froh, als sie an ihren Kontostand dachte. »Danke fürs Fahren.« Sie humpelte zu ihrer Tür.

»Geh mit dem Knöchel mal zum Arzt!«, rief er ihr nach.

Sie drehte sich um und grinste. »Dein Kater ist ernster.«

Seine Mundwinkel zuckten. »Nichts, was ein wenig Schlaf nicht kurieren könnte.«

Sie zögerte und fügte rasch hinzu: »Pass auf dich auf.«

Er nickte ihr zu, ließ den Motor an und fuhr davon.

Evie blickte ihm nach und fragte sich, ob sich seine Laune bessern würde, wenn die Kopfschmerzen aufhörten. Er sah so grau und krank aus, dass man leicht vergessen konnte, wie unverschämt er gewesen war und wie wenig willkommen sie sich gestern Abend gefühlt hatte.

Dennoch. Er *hatte* die Verantwortung für den Leiterunfall übernommen. Immerhin etwas.

Jake ging über den Waldweg, hielt beinahe mit Smoke Schritt, der mal nach links, mal nach rechts huschte, schnüffelte und Fährten folgte, Baumwurzeln untersuchte und hin und wieder nachsah, ob Jake noch in der Nähe war.

Die stumme, unaufdringliche Gesellschaft des Hundes war ein Segen. Jake tat immer noch der Kopf weh bei der Erinnerung an Evie Millers pausenloses Geplapper. Nachdem er sie bei ihrem Cottage abgesetzt hatte, war er zurückgefahren und hatte versucht zu schlafen, was ihm nicht gelungen war. Und weil Smoke unbedingt rauswollte, hatten sie sich aufgemacht, das Anwesen zu erkunden.

In diesem Teil des Waldes überwogen Nadelbäume, sodass der Boden nicht verschneit war. Die frische Luft war wie eine kalte Dusche, und die einzigen Geräusche waren das Knirschen seiner Stiefel auf den Zweigen und ab und zu Vogelgesang. Was hätte Maria von einem Umzug hierher gehalten? Sie hatte London geliebt und immer beteuert, ein Stadtmensch zu sein. Hier draußen hätte sie die Universität vermisst, an der sie lehrte, die Bibliotheken und ihre Bücher. Sie hätte die Konzerte vermisst, genauso wie die Orchester und die Gruppen, mit denen sie spielte. Natürlich hätte sie die Schönheit dieser sanften Hügel und historischen Cottages zu schätzen gewusst, jedoch alles zu ruhig gefunden.

Hingegen war es ebendiese Ruhe, die Jake suchte. Er war müde und fühlte sich Jahrzehnte älter als fünfunddreißig. Er sehnte sich vor allem nach Frieden, einem ungestörten Leben. Denn nur allein konnte er sich darauf konzentrieren, die Tage zu überstehen und den Schmerz zu lindern.

Sein Kopf wurde eben erst klarer, als das gedämpfte Klingeln seines Handys die Stille zerriss. Seufzend griff er in seine Manteltasche.

»Jake, ist alles in Ordnung?« Es war seine Schwester, Louisa. »Du bist gestern Abend nicht ans Telefon gegangen, und du warst nicht zu Hause, als ich geklingelt habe. Da war alles dunkel. Ich habe mir solche Sorgen gemacht!«

Er verdrehte die Augen, und das Pochen in seinen Schläfen setzte wieder ein. »Mir geht es gut, Louisa.«

»Warum hast du dann nicht aufgemacht oder bist ans Telefon gegangen?«

»Weil mein Handy ausgeschaltet war und ich nicht zu Hause – zumindest nicht in London.«

»Wo warst du denn?«

»Ich bin in den Cotswolds, im neuen Haus.«

»Wolltest du da nicht erst in einer Woche einziehen?«

»Doch, aber ich wollte für eine Nacht fliehen, um allein zu sein.«

Es war nicht geplant gewesen. Der Druck hatte sich im Laufe des gestrigen Tages stetig aufgebaut, und am Ende war er zu groß geworden. Da war er weggelaufen.

»Oh, Jake, hältst du das für klug?«

Darauf antwortete er nicht. »Ich habe Smoke mitgenommen und dachte, es wäre gut für ihn, das Haus schon mal kennenzulernen und sich daran zu gewöhnen. So wird der Umzug vielleicht kein solcher Schock für ihn.«

»Hättest du mir doch nur was gesagt! Ich wusste nicht, wo du bist oder ob es dir gut geht.«

»Tut es. Ich bin erwachsen, Louisa. Du musst mich nicht bemuttern, als wäre ich Teil deiner Brut.«

»Es ist ja nur, weil ich dich so mag, kleiner Bruder«, erwiderte sie sanft.

Er seufzte. Louisa handelte in bester Absicht, aber er war schlicht nicht bereit, die Form von Unterstützung anzunehmen, die sie ihm geben wollte. Seit Marias Tod versuchten seine beiden Schwestern, ihn übers Wochenende oder zu Geburts- und Feiertagen zu ihren jungen Familien einzuladen. Aber mit anderen zusammen zu sein, machte es alles andere als leichter. Die Energie und Freude der Kinder stand in solch krassem Gegensatz zu seinen Gefühlen, dass es unsagbar anstrengend war, den anderen Erwachsenen vorzutäuschen, man wäre bester Dinge. Letztes Jahr hatte es beim Weihnachtsessen einen kleinen Eklat gegeben, als Jake es nicht mehr ausgehalten hatte und plötzlich aufgesprungen und gegangen war. Er hatte einfach nicht mehr gekonnt.

Louisa war verzweifelt gewesen, Scarlett wütend. Es hatte Tränen und Fragen gegeben. *Was haben wir denn getan? Habe ich irgendetwas Falsches gesagt?* Und Jake, überwältigt von Anspannung und Trauer, hatte es nicht gut gehandhabt. Weshalb er beschlossen hatte, die Feiertage in diesem Jahr allein zu verbringen.

»Hat es bei dir geschneit?«, fragte Louisa.

»Ja, sogar reichlich.«

»Hier auch. Die Jungs waren heute Morgen so begeistert, dass sie noch vor der Schule einen Schneemann gebaut und eine Schneeballschlacht gemacht haben, wobei sie sich auch gegenseitig Schnee hinten in den Kragen steckten. Sie waren durch und durch nass, als sie wieder reinkamen.«

Er grinste ein wenig. »Sind eben Kinder.«

Es entstand eine kurze Pause, bevor sie fragte: »Und was hast du gestern Abend gemacht?«

»Ach, du weißt schon. Ich hatte einen ruhigen Abend.« Mit einer Flasche Whisky, aber den Teil ließ er aus.

Genauso wenig erzählte er ihr von der Frau, die unerwartet aufgekreuzt und mit ihm eingeschneit worden war. Wenn er ehrlich war, wollte er daran gar nicht denken. Ein unangenehmes Gefühl fing an, sich in ihm festzusetzen, und Scham regte sich. Letzte Nacht hatte er sich nicht von seiner besten Seite gezeigt. Hatten ihn der Druck des Datums und die Wirkung des Alkohols übermannt? Es wäre nicht das erste Mal gewesen.

Das Weihnachtsdesaster im letzten Jahr war ja exakt der Grund, weshalb er sich gestern isoliert hatte. Und er konnte nichts dafür, dass ein uneingeladener Gast seinen Abend gestört hatte.

»Du meinst, du hast dich furchtbar betrunken und leidest jetzt unter einem fiesen Kater?«

»Woher weißt du das?«

»Du klingst wie ein Penner.«

»Danke, Schwesterherz. Was für ein entzückendes Kompliment.«

»Wann willst du aufhören, dich so zu bestrafen? Alkohol ist keine Lösung.«

Er verkrampfte sich. Aus ihrem Mund klang es so logisch. Aber sie verstand nicht, wie es sich anfühlte. Wie unmöglich es für ihn war, seine Liebe zu Maria loszulassen oder sie in irgendeiner Form abzuschwächen. Wie er die Erinnerungen an ihre kurze Ehe hegte, über sie nachdachte, sie auskostete und sich zugleich unter dem gigantischen Schmerz krümmte, den sie auslösten.

Plötzlich blieb Smoke stehen und begann, einen Vogel anzubellen. »Still«, sagte Jake, lief zu ihm und klopfte ihm beruhigend auf den Rücken. »Komm, hier entlang.«

»Und wann dürfen wir das neue Haus besichtigen?«, fragte Louisa.

»Ich sage dir Bescheid.«

»Ich verstehe nicht, warum du in die Pampa ziehen willst.«

»Hier ist es friedlich.«

»Wohl eher einsam.«

»Ich bin gern allein.«

Er hörte sie seufzen. »Das ist ungesund, Jake. Was willst du da den ganzen Tag machen?«

»Dasselbe wie in London: arbeiten, essen, schlafen.«

»Ich meine, wenn du nicht arbeitest. Gehst du raus? Triffst du Leute? Oder willst du endgültig zum Eremiten werden?«

»Bei der Arbeit habe ich genug Sozialkontakte.«

»Jake, ich sorge mich um dich.«

»Musst du nicht.«

»Hast du mal diesen Therapeuten angerufen, den ich dir empfohlen habe?«

»Nein.«

»Warum nicht?«

»Das weißt du.«

»Es könnte helfen, mit jemandem zu reden.«

Wie sollte das helfen? Es wäre, als würde man eine alte Wunde wieder aufreißen. »Ist nicht mein Stil«, antwortete er knapp.

Ihr Tonfall wurde weicher. »Es ist jetzt zwei Jahre her. Findest du nicht, es wird Zeit, dass du nach vorn siehst?«, sagte sie vorsichtig.

Jake holte tief Luft. »Ja, du hast recht, große Schwester. Ich drücke einfach auf den Schalter, nicht? Den, der alle Erinnerungen ausradiert und meinen Status zurück auf ›Single und offen für Angebote‹ zurücksetzt.«

»Jake! Du weißt, dass ich das nicht …«

Verärgert beendete er das Gespräch und schaltete sein Handy aus. Dann schloss er die Augen. Er fühlte sich mies, denn Louisa meinte es nur gut.

Er bemerkte, dass Smoke stehen geblieben war und auf ihn wartete. Vor ihm war der Weg von etwas überwuchert, das wie Brombeerzweige aussah. Jake hob einen kräftigen abgebrochenen Ast hoch und schlug den Weg für sich und Smoke frei.

Das Problem war, dass niemand verstand, wie ihm zumute war. Und er war es leid zu hören, er müsse nach vorn schauen. Was er für Maria empfand, war nicht flüchtig, nicht oberflächlich. Er würde sie immer lieben und immer vermissen.

Der Weg führte in die offene Landschaft, und Jake nahm sich einen Moment, sich zu fangen. Die sonnige Schneelandschaft war blendend hell, und links führte ein Pfad zum Old Hall. Jake wandte sich in die Richtung.

Er zog es vor, sich in seinem Tempo und auf seine Art durch die Trauer zu arbeiten. Und dazu musste er den

Schmerz mit allen Mitteln betäuben, die wirkten. Was am besten funktionierte, wenn er allein war.

Der Frost hatte Eisblumen an die Ränder der Fenster des Cottages gemalt, die nun den Rahmen für die bezaubernde Szenerie draußen abgaben. Evie saß auf der Fensterbank, den verletzten Knöchel auf ein Kissen gelegt, einen Becher Tee neben sich, und nähte mit schnellen Bewegungen. Es lief »Somewhere Over The Rainbow«, und sie sang laut mit, während sie den Baumschmuck fertigte, den sie auf dem Weihnachtsmarkt nächste Woche verkaufen wollte. Dafür hatte sie Herzen und Sterne aus rotem Filz geschnitten, die sie nun mit weißem Garn bestickte und mit dem Knopf verzierte, der das Markenzeichen ihres Ladens war. Doch beim Nähen wurde sie von den Schneeflocken abgelenkt, die vor ihrem Fenster tanzten und zu Boden schwebten.

Schnee hatte eine magische Wirkung auf sie und weckte kindliche Ehrfurcht und Freude in ihr. Lag es daran, dass es so selten schneite? Oder weil er die Landschaft so radikal veränderte? Willowbrook hatte stets etwas Märchenhaftes – die schmalen Straßen mit den winzigen, schindelgedeckten Cottages, die an frühere Jahrhunderte gemahnten –, doch heute ganz besonders. Die steilen Dächer waren weiß, die Zweige der Bäume formten filigrane Muster vor den pludrigen Wolken, und die einzige Bewegung war der sich kräuselnde Rauch aus den Schornsteinen. Es war, als hätte ein Künstler einen Pinsel genommen und all die dunklen, trüben Farben und scharfen Kanten übermalt, sodass nur noch dieses zauberhafte Bild blieb. Es war allerdings viel leichter, das Wetter von ihrem wohlig warmen Cottage aus zu genießen.

Sie nagte an ihrer Unterlippe und überlegte, ob Jake Hartwood die restlichen Vorhänge woanders in Auftrag geben würde …

Das Klingeln ihres Handys zerschnitt die Stille. Evie zuckte zusammen und kippte ihren Tee um. Sie war so sehr damit beschäftigt, den Tee aufzuwischen und gleichzeitig mit der anderen Hand nach ihrem Telefon zu angeln, dass sie nicht darauf achtete, welchen Anrufer das Display ankündigte.

»Evelyn.«

Sie runzelte die Stirn, als sie Tims Stimme hörte, und ihr Puls begann schneller zu schlagen. Die Teepfütze musste warten, bis sie das Gespräch beendet hatte. »Was willst du?«

»Hast du noch mal über meinen Vorschlag nachgedacht?«

»Ich habe dir doch gesagt, dass ich jetzt mein eigenes Leben führe. Ich komme nicht zurück.«

»Das meinst du nicht ernst.«

»Und ob ich es ernst meine!«

»Evelyn, du musst dich den Tatsachen stellen. Diesen Laden aufzumachen, war komplette Idiotie. Du hast es aus einer Laune heraus getan. Ich weiß, dass du wütend warst, aber jetzt sei mal vernünftig. Komm zurück in die Stadt, und gib uns noch eine Chance. Ich helfe dir, einen richtigen Job zu finden. Ich habe Kontakte, die ich …«

»Ich komme nicht zurück, Tim«, fiel sie ihm ins Wort. Allein bei dem Gedanken an seine sterile Wohnung zog sich alles in ihr zusammen. Sie hatte ihre Nähsachen versteckt, weil er nichts von ihrem Hobby hielt. Immerzu hatte sie versucht, seinen Erwartungen gerecht zu werden – und war gescheitert. Bei ihm hatte sie permanent das Gefühl gehabt, nicht sie selbst sein zu dürfen, weil das nie gut genug für ihn gewesen war.

»Das sagst du, aber ...«

»Kein Aber. Es ist so, wie es ist, und nichts wird mich umstimmen. Je eher du das akzeptierst, desto besser, Tim.«

»Schatz, sei nicht so.« Seine Stimme glich einem tiefen Schnurren. »Du weißt, dass ich dir nie wehtun wollte ...«

Tränen schossen ihr in die Augen, und sie schüttelte den Kopf. Er hatte nie gewollt, dass sie es herausfand, war wohl zutreffender.

Doch das hatte sie. Noch immer versetzte es ihr einen Stich ins Herz. Fünf Monate war es jetzt her – wie konnte er sie immer noch so traurig machen? Nach dem, was er getan hatte, hätte sie immun gegen ihn sein müssen. Doch jedes Mal, wenn sein Name auf ihrem Display aufleuchtete, kehrten die Erinnerungen an den Mann zurück, mit dem sie verlobt gewesen war und der sie mit einer anderen Frau betrogen hatte. Und zugleich wurde ihr klar, dass er, hätte Evie sie nicht zufällig ertappt, sie geheiratet hätte.

»Ich möchte, dass du mich nicht mehr anrufst, Tim.«

»Ach, Schatz, das meinst du nicht ...«

»Doch, ich meine es so! Ich will keinen Kontakt mehr zu dir, verstanden? Keine Anrufe oder SMS oder sonst was mehr.«

Er seufzte. »Du bist bloß ...«

»Leb wohl, Tim.«

Mit zittrigem Finger tat sie, was sie schon vor Monaten hätte tun sollen: Sie blockierte seine Nummer und löschte ihn aus ihrer Kontaktliste. Dann legte sie das Handy beiseite. Ihr Atem ging angestrengt, und das Herz hämmerte ihr gegen die

Rippen. Sie blickte hinaus zur verschneiten Szenerie, doch die Ruhe, die sie vorher empfunden hatte, war dahin. Es ärgerte sie, dass er sich in ihr neues Leben hier in Willowbrook drängen wollte.

Tja, sie würde es nicht zulassen. Sie hatte einen Schlussstrich gezogen, und das würde er jetzt hoffentlich auch.

Kapitel Vier

»Herzlichen Glückwunsch, Suzie!« Evie, Natasha und Suzie stießen mit ihren Proseccogläsern an.

Im Dog and Partridge war es wegen des Wetters ruhiger als sonst, aber Suzie hatte darauf bestanden, dass sie sich trotzdem trafen, und so waren die drei hingegangen. Ihre Gummistiefel standen ordentlich aufgereiht am Eingang, und sie alle hatten ein Paar Wechselschuhe mitgebracht.

Evie lebte noch keine sechs Monate in Willowbrook, dennoch fühlten sich Natasha und Suzie bereits wie ihre Familie an. Nein, näher als eine Familie, dachte Evie mit einem Anflug von Schuldgefühl.

»Wie hast du dir den Knöchel verletzt?«, fragte Suzie und deutete auf den Gehstock, den Evie sich von ihrer Nachbarin Dorothy geliehen hatte.

Evie fasste das Drama von gestern Abend kurz zusammen.

»Also warst du mit Jake Hartwood in Old Hall eingeschneit.« Natasha grinste und trank einen Schluck Prosecco. Sie war sehr geschickt im Nägel lackieren, und heute waren ihre Fingernägel blau mit glitzernden Schneeflocken.

»Es war furchtbar«, sagte Evie kopfschüttelnd.

»Warum?«, fragte Natasha. »Ich bin ihm erst wenige Male begegnet, aber wenn mich nicht alles täuscht, ist Jake ziemlich scharf.«

Evie dachte an seine blutunterlaufenen Augen und die Bartstoppeln. Allerdings erinnerte sie sich auch, wie stark er sich angefühlt hatte, als sie sich auf der Fahrt mit dem Quad an ihm hatte festhalten müssen. Diesen Gedanken verscheuchte sie gleich wieder. »Gutes Aussehen kann nicht wettmachen, dass er die Persönlichkeit eines Grizzlys hat. Außerdem war es eiskalt, und er ist noch nicht eingezogen, also gab es keine Betten, und wir mussten die Nacht zusammen in seiner Bibliothek verbringen.« Sie rieb sich den Nacken, der immer noch verspannt war. Wenigstens tat ihr Knöchel nicht mehr so weh.

»Eines Grizzlys?«, wiederholte Natasha. »Reden wir über denselben Mann?«

»Was hat er denn getan?«, fragte Suzie.

»Er hat sich benommen, als wäre es meine Schuld, dass ich mich verletzt habe, und mir sehr deutlich zu verstehen gegeben, dass er mich nicht dort haben wollte.«

»Seltsam«, sagte Natasha. »Er ist still, das stimmt, aber die wenigen Male, die ich ihm begegnet bin, war er immer absolut höflich.«

»Höflichkeit kommt in seinem Verhaltensrepertoire nicht vor«, widersprach Evie. »Sarkasmus, ja, Beleidigungen und Zynismus auch. Ich würde mich freuen, wenn ich ihn nie wiedersehen müsste.«

Was ausgeschlossen war, denn ihr Wagen stand noch auf seinem Grundstück; nicht zu vergessen, dass sein Auftrag für die Vorhänge das Einzige war, was ihren Laden über Wasser hielt. Ihre Wangen glühten bei der Vorstellung, wieder nach Old Hall zu müssen. Sollte er weitere Vorhänge bei ihr bestellen, müsste sie sich eben nach Kräften bemühen, ihm aus dem Weg zu gehen.

Suzie und Natasha wechselten einen Blick.

»Vielleicht steckt was anderes dahinter«, scherzte Suzie.

»Was meinst du?« Evie sah sie fragend an.

»Vielleicht gab es eine gewisse … Chemie zwischen euch.« Natasha grinste, und ihr weißblondes Haar wippte im warmen Lampenschein, als sie nickte.

Evie lachte. Suzie könnte gar nicht weiter danebenliegen. »Das war das Gegenteil von Chemie. Es war …« Sie suchte nach dem richtigen Wort, aber es war schwer zu beschreiben, wie wütend er sie gemacht und welche Empörung er in ihr hervorgerufen hatte. »… gegenseitige Abneigung.«

Und dennoch hatte sie sich von ihm nicht einschüchtern lassen. Sie war sogar insgeheim froh, dass sie sich gegen ihn behauptet hatte.

Suzie zog eine Augenbraue hoch. »Und warum wirst du rot?«

»Weil … weil er mich wütend gemacht hat und so … so unvernünftig war!«

Wieder wechselten die beiden anderen einen Blick. Evie seufzte. Hätten sie gehört, wie er mit ihr geredet hatte, würden sie es verstehen. »Wenn da überhaupt irgendwelche Chemie war, dann zwischen seinem Hund Smoke und mir. Der ist so süß, das glaubt ihr nicht!«

»Der Hund, der dich mitsamt Leiter umgeworfen hat?«

»Ach, das wollte er doch nicht. Er war bloß freundlich. Wahrscheinlich war er entzückt, einem menschlichen Wesen zu begegnen, das nicht unverschämt und betrunken war.«

»Betrunken? Jake?« Natasha sah sie ungläubig an.

Evie nickte. »Obwohl er immerhin nüchtern genug wurde, um mich heute Morgen nach Hause zu fahren, und dafür war ich ihm dankbar. Ich bin noch nie vorher auf einem Quad gefahren. Das hat Spaß gemacht.« Sie konnte nicht umhin, bei der Erinnerung versonnen zu lächeln.

»Jake hat ein Quad? Das passt gar nicht zu ihm. Mir ist er immer ziemlich konservativ vorgekommen.«

»Es gehört zum Haus.«

»Das leuchtet ein«, sagte Suzie. »Zu dem Anwesen gehören die Felder rund herum und auch ein Teil des Waldes, oder?«

Natasha bejahte. »Das hat ihm ja so gefallen daran. Es ist abgelegen und privat. Luc hat gesagt, seit seine Frau gestorben ist, ist er zum Einsiedler geworden.«

Evie, die eben einen Schluck hatte trinken wollen, erstarrte. »Seine Frau ist gestorben?«

Natasha nickte.

»Wann?«

»Weiß ich nicht genau. Vor einem Jahr vielleicht, oder vor zwei Jahren. Sie war erst neunundzwanzig. Das war so tragisch.«

»Davon wusste ich nichts ...«, murmelte Evie, der sofort der entsetzliche Anruf in den Sinn kam, den sie erhalten hatte, als ihre Schwester Zara vor fünf Jahren bei einem Unfall ums Leben gekommen war. Sie war erst sechsundzwanzig gewesen. Viel zu jung.

Sie dachte an Jakes Verbitterung, und es fiel ihr schwer, jetzt kein Mitgefühl mit ihm zu haben. Sie wusste, was es bedeutete, einen geliebten Menschen zu verlieren und sich ein Leben ohne ihn aufbauen zu müssen, gelähmt vor Schock und Trauer. Vielleicht war das, was sie als Feindseligkeit interpretiert hatte, eher eine komplizierte Mischung aus Schmerz und Verlust gewesen.

»Kann sein, dass er ein bisschen abweisend rübergekommen ist«, sagte Natasha, »aber im Grunde ist er ein netter Mann. Ich finde wirklich, dass du ihm noch eine Chance geben solltest, Evie. Eventuell stellst du fest, dass ihr mehr gemeinsam habt, als du denkst.« Sie zwinkerte ihr zu.

Die beiden irren sich gewaltig, dachte Evie und trank rasch einen Schluck Prosecco. »Seit der Trennung von Tim habe ich den Männern abgeschworen.«

»Belästigt er dich noch?«, fragte Natasha.

Evie nickte. »Die Frau, mit der er mich betrogen hat, hat ihn abserviert, und seitdem ruft er mich dauernd an. Er hat offenbar erwartet, dass ich sofort zu ihm zurückgelaufen komme.«

»Nach dem, was er getan hat? Der muss ein echt überdimensioniertes Ego haben!«

»Größer geht es gar nicht.«

Natasha berührte Evie am Arm und lächelte verständnisvoll. »Aber du solltest dich von einer schlechten Erfahrung nicht abschrecken lassen. Nicht alle Männer sind so.«

»Weiß ich. Trotzdem muss ich momentan alle meine Kraft auf den Laden konzentrieren.« Bei dem Gedanken an ihre Geldsorgen runzelte sie die Stirn.

»Läuft es nicht gut?«, fragte Suzie.

Sie schüttelte den Kopf. »Und jetzt hat mir die Bank ein Ultimatum gestellt.«

»Oh nein!«

»Ich habe noch bis Februar, um die Gewinnzone zu erreichen«, sagte sie und versuchte, ihre Panik zu bändigen. Sie hatte Schwierigkeiten gehabt, die Miete und die Rechnungen zu bezahlen, weshalb sie mit ein paar Kreditraten in Verzug geraten war. Es war eine simple Rechnung: Sie nahm nicht genug ein, um die Ausgaben zu decken.

»Und wenn du es nicht schaffst?«

»Dann verliere ich den Laden.«

Natasha riss die Augen weit auf. »Oh, Evie. Lass mich dir doch ein bisschen Geld leihen.«

»Kommt nicht infrage.« Sie hielt eine Hand in die Höhe. »Es ist sehr nett, dass du es anbietest, aber ich kann mir nicht von einer Freundin Geld leihen, wenn ich mir schon welches bei der Bank geliehen habe. Nein, ich muss anfangen, Gewinn zu machen, oder mich der Tatsache stellen, dass mein Unternehmen keinen Erfolg hatte und es ein alberner, naiver Traum war zu glauben, ich könnte das hinbekommen.«

»Es ist weder albern noch naiv zu tun, was man liebt«, widersprach Natasha. »Meinen Blumenladen aufzumachen, war das Beste, was ich je getan habe. Es ist harte Arbeit, aber ich liebe es und würde nichts anderes machen wollen.«

»Nur bringt mein Laden nichts ein. Ich habe einfach nicht genug Kunden.«

Evie konnte es sich bildhaft vorstellen, wie sie die Schlüssel zu ihrem kleinen Geschäft abgeben und sich eingestehen musste, dass sie mal wieder gescheitert war. Und sie sah die Gesichter ihrer Eltern vor sich. Ihr Vater würde die Augen verdrehen, ihre Mutter würde sie enttäuscht ansehen, und dann würde folgen, was sie schon so oft gehört hatte: dass ihre Schwester Zara die beiden nie enttäuscht hatte; dass Zara vernünftig gewesen wäre und nicht all ihre Ersparnisse für eine Laune ausgegeben hätte; dass Zara einen guten Job und einen genauso erfolgreichen Verlobten gehabt hatte. Vor ihr hatte noch ihre ganze Zukunft gelegen …

Evie senkte den Blick und bemühte sich, das fiese Gefühl zu unterdrücken, sie würde einen Hang hinabrutschen. Ihren Laden zu verlieren wäre, als würde sie ihren kostbarsten Traum zu Grabe tragen. Sie hatte so sehr gehofft, es dieses eine Mal zu schaffen. »Wie dem auch sei«, sagte sie tapfer lächelnd. »Weihnachten steht vor der Tür. Vielleicht zieht das Geschäft da an.«

»Ja, bestimmt«, meinte Suzie aufmunternd. »Jeder wird auf Geschenkejagd sein.«

»Hoffentlich.« Evie strengte sich an, ihre Ängste beiseitezuschieben und positiv zu denken. »Und diese Vorhänge für Old Hall halten mich beschäftigt. Die Einnahmen daraus müssten mir bis zum nächsten Jahr etwas Luft verschaffen ...« Vorhänge zu nähen, machte ihr keinen Spaß, doch dieser Job war momentan ihre einzige Einnahmequelle. »Allerdings werde ich mich vergewissern, dass ich die nächsten liefere, wenn Jake Hartwood nicht da ist.«

Am nächsten Tag waren die Schneepflüge da gewesen und die Straßen gestreut, sodass die Leute wieder unterwegs waren. Aber Evie war froh, dass die Gärten, die Dächer und die Hügel um das Dorf herum noch schneebedeckt waren. Ihr Knöchel fühlte sich viel besser an, und samstags war in ihrem Laden gewöhnlich am meisten los, deshalb öffnete sie wieder. Sobald sie eine Minute Zeit hatte, würde sie bei der Autowerkstatt anrufen und fragen, ob sie ihren Wagen holen könnten. Notfalls würde sie etwas früher schließen, um nach Old Hall zu fahren. Die Aussicht, Jake Hartwood zu treffen, machte sie erneut ein wenig nervös, doch sie war sicher, dass er inzwischen wieder in London war.

Die Türglocke läutete, und Evie blickte auf. Im Eingang stand ein muskulöser Mann in einem ölfleckigen Overall und mit schmutzigen Händen, der sich unsicher umblickte. Hoffentlich fasste er hier nichts an! »Kann ich Ihnen helfen?«, fragte Evie munter.

»Evie Miller?«, fragte er und kam näher. »Ich habe gerade Ihren Wagen hergeschleppt. Mr. Hartwood hat mich gebeten, ihn Ihnen zu liefern. Er parkt vor der Tür.«

Er hielt ihr ein Schlüsselbund hin, und sie erkannte den herzförmigen Schlüsselanhänger mit ihrem Knopf in der Mitte.

»Mr. Hartwood?«, wiederholte sie verwundert. »Vielen Dank. Was bekommen Sie von mir?«

Der Mann schüttelte den Kopf. »Ist schon bezahlt. Ich habe den Scheinwerfer vorne repariert und nach sonstigen Schäden am Fahrzeug gesehen. Gefunden habe ich nichts, aber falls Sie irgendwas feststellen, sagen Sie einfach Bescheid.«

»Klar, ja. Danke.«

Sie staunte. Jake Hartwood hatte ihren Wagen herschleppen lassen *und* die Reparatur bezahlt?

Der Mann blickte sich abermals um, betrachtete die Quilts an den Wänden und sah genauer in den Korb mit genähten Stoffquadraten neben der Kasse. »Meine Frau mag diese Sachen sehr«, sagte er und wies auf den Quilt hinter Evie. Er war für eine Babywiege gedacht und bestand aus lauter Liberty-Stoffen. »Sie sagt immer, dass sie gerne nähen lernen würde. Geben Sie zufällig Kurse?«

»Ja, montagnachmittags und dienstagabends findet jeweils ein Anfängerkurs statt. Sie darf sehr gerne kommen und es ausprobieren. Die erste Stunde ist gratis, damit sie sehen kann, ob es etwas für sie ist, bevor sie einen ganzen Kurs bezahlt.« Evie überreichte ihm eine Karte mit dem Namen des Geschäfts und der Telefonnummer.

»Danke.« Beim Rausgehen pfiff er fröhlich vor sich hin.

Ich sollte Jake anrufen und ihm danken, dachte Evie, als die Türglocke wieder bimmelte, aber sie hatte seine Nummer nicht. Also würde sie bei der nächsten Lieferung eine Nachricht für ihn dalassen. Seine Assistentin hatte Vorhänge für drei weitere Räume bestellt, und er hatte Evies Rechnung umgehend bezahlt, wie sie bei einem Blick in ihren Computer festgestellt hatte. Das war aber schnell gegangen! Sie war erleichtert. Ihr Konto würde noch einen Tag überleben.

Sie hatte keine Zeit, länger über das Thema nachzugrübeln, denn die Glocke ertönte wieder, und Natasha kam mit einem Kranz in jeder Hand herein. »Die habe ich heute Morgen gebunden und dachte, du möchtest vielleicht welche für den Laden und dein Haus haben.«

Evie machte große Augen. »Oh, Nat, die sind fantastisch!« Die gefrosteten Pinienzapfen und das Grün glitzerten, und es duftete göttlich. Sie zeigte auf die weißen Beeren. »Sind das Misteln?«

»Sind es«, bestätigte Natasha grinsend.

»Mir gefällt die Vorstellung, dass sich meine Kunden unter dem Mistelzweig küssen. Was bin ich dir schuldig?« Sie griff nach ihrem Portemonnaie unter dem Verkaufstresen.

»Nichts. Die sind ein Geschenk«, antwortete Natasha. »Wie gesagt, ich habe einen ganzen Schwung gemacht, und es ist eine gute Werbung für mich, wenn die Leute sie möglichst viel im Dorf sehen.«

»Na, ich werde auf jeden Fall jedem erzählen ...« Weiter kam sie nicht, weil ihr Telefon klingelt. Evie entschuldigte sich und nahm ab. »The Button Hole, was kann ich für Sie tun?«

»Ich bin es.«

Beim Klang seiner Stimme erstarrte sie. »Tim!« Dann wurde sie misstrauisch. »Woher hast du diese Nummer?«

Ihr lief ein kalter Schauer über den Rücken. Er sollte nicht wissen, wo sie nun lebte. Dies war ihr neues Leben und ihr Geschäft. Es stand für ihren Neuanfang, nachdem sie ihn verlassen hatte.

»Das spielt keine Rolle. Wichtig sind wir beide. Können wir uns treffen?«

»Nein.«

»Bitte, gib mir eine Chance, dir ...«

»Nein!«

Innerhalb einer Sekunde wechselte er von flehend zu überheblich. »Wann kommst du endlich zur Vernunft?«

Sie biss die Zähne zusammen. Immer noch behandelte er sie, als wäre sie ein dummes Gör, das schon wieder einen Fehler gemacht hatte.

Tja, hatte sie nicht. Ihr einziger Fehler war gewesen, ihm zu vertrauen. Ihm zu glauben, als er gesagt hatte, dass er sie lieben würde und sie heiraten wolle. »Tim, unsere Beziehung ist vorbei. Das musst du hinnehmen, und hör auf, mich anzurufen.«

»Ich weiß von deinem Laden, Evelyn.«

»Was soll das heißen?«

»Ich weiß, dass du bis über beide Ohren verschuldet bist und noch keinen Penny Gewinn gemacht hast.«

Ein Kribbeln überlief sie. Er ließ ihr keine Zeit, zu reagieren.

»Es ist bloß eine Frage der Zeit, bis das den Bach runtergeht, und dann wirst du es dir anders überlegen. Du kannst kein Geschäft leiten. Das ist aussichtslos, denn du machst alles kaputt, was du anfasst. Das wird in einer Katastrophe enden, und du weißt es.«

Ihre Hand zitterte. Da sie sprachlos war, knallte sie den Hörer auf.

Natasha beobachtete sie besorgt. »Alles in Ordnung?«

Evies Gesicht brannte, und Wut und Kummer brodelten in ihr. Wie konnte Tim nach allem, was er gesagt und getan hatte, noch die Frechheit besitzen vorzuschlagen, dass sie zu ihm zurückkam? Von wegen! Erst jetzt, nach wenigen Monaten weit weg von ihm, war ihr klar geworden, wie beharrlich er ihre Selbstachtung untergraben hatte. Immerfort hatte er Kleinigkeiten bemängelt – ihr Haar, ihre Kleidung, ihre Hobbys – und sie an sich selbst zweifeln lassen. Sie hatte sich wie auf rohen Eiern bewegt, ständig befürchtet, sie könnte irgendetwas fallen lassen oder zerbrechen, das Falsche sagen und von ihm gescholten werden.

Und jetzt hallten ihr wieder seine Worte durch den Kopf. *Es ist bloß eine Frage der Zeit, bis das den Bach runtergeht … Das ist aussichtslos …*

»War das dein Ex?«, fragte Natasha.

»Ja, er akzeptiert einfach kein Nein.«

»Na, jetzt dürfte er es kapiert haben. Du warst ja recht deutlich.«

Evie schüttelte den Kopf und wickelte ihr Zopfende mit dem Finger auf, während sie versuchte, die Angst zu ignorieren, die ihr über den Rücken kroch. »Tim ist kein guter Verlierer.«

Sie fürchtete, dass sie nicht zum letzten Mal von ihm gehört hatte.

Evie hatte den Schlüssel in der Tasche, klingelte aber trotzdem. Wenn sie eines aus ihrem letzten Besuch gelernt hatte, war es, dass Jake Hartwood keine spontanen Besuche schätzte.

Smokes Bellen wurde lauter, dann schwang die breite Eichentür auf. Der Hund schoss aufgeregt wedelnd auf sie zu und rieb den Kopf an ihrem Knie. Evie bückte sich, um ihn zu streicheln.

»Oh, du bist es.«

Sie glaubte, einen Hauch von Ironie in Jake Hartwoods Tonfall wahrzunehmen, doch der Ausdruck seiner dunklen Augen war so undurchdringlich wie in ihrer Erinnerung. Sie richtete sich wieder auf. »Ja, ich«, antwortete sie. »Wie der Pizzabote, nur mit Vorhängen.«

Jake reagierte nicht. Nicht mal ein Lächeln. Okay, es war ein lahmer Scherz gewesen, aber konnte er nicht der Höflichkeit halber so tun, als fände er ihn witzig? Nein. Nachdem sie einen Abend mit ihm verbracht hatte, wusste sie, dass ihm Höflichkeit fernlag. Ihr Puls raste, obwohl sie keinen Schimmer hatte, warum. Es musste Nervosität sein. Er war eine imposante Erscheinung, wie er in einer schwarzen Jeans und einem blauen Pullover den Türrahmen ausfüllte. Wieder hatte er einen dunklen Bartschatten, doch seine Augen waren nicht blutunterlaufen, und er sah beinahe gut aus – auch wenn er immer noch zu finster dreinblickte und sie nicht vergessen hatte, wie unverschämt er das letzte Mal gewesen war.

Smoke umkreiste sie und blieb immer wieder stehen, um sich kraulen zu lassen. Sie lachte über die hemmungslose Freundlichkeit des Hundes. »Ich dachte, du wärest bei der Arbeit, deshalb komme ich tagsüber. Ich wollte dich nicht stören.«

»Ich arbeite von zu Hause«, erklärte er sachlich.

»Ach so.« Es war offensichtlich, dass er sich gestört fühlte, doch Evie ermahnte sich innerlich, sich von seiner schroffen Art nicht einschüchtern zu lassen. »Ich gestehe, dass ich ein bisschen Angst hatte, wieder herzukommen, aber deine Zufahrt ist geräumt, was es erheblich einfacher gemacht hat.«

Je strenger er sie anschaute, desto schneller sprudelten ihr die Worte über die Lippen. »Oh, und übrigens danke, dass du letzte Woche mein Auto hast abschleppen lassen. Der Mann hatte es mir direkt vor die Tür gestellt und mir erklärt, dass du alles bezahlt hast. Das ist wirklich sehr nett von dir.«

Zu spät fiel ihr ein, was er in jener Nacht gesagt hatte: *Du redest zu viel.*

Er zuckte mit den Schultern. »Nicht der Rede wert.«

Wahrscheinlich war er froh gewesen, ihren Wagen los zu sein, und hatte keine weitere Begegnung mit ihr riskieren wollen. Jetzt stand sie erneut vor seiner Tür, denn leider ließen sich diese Besuche nicht vermeiden. Schließlich brauchte er Vorhänge, und sie brauchte seinen Auftrag.

Endlich setzte Smoke sich neben sie. Evie trat von einem Bein auf das andere. Als ihr klar wurde, dass Jake nicht vorhatte, sie reinzubitten, beschloss sie, dieses Elend zu verkürzen. »Ich bringe noch ein paar Vorhänge für unten und muss oben in den Zimmern Maß nehmen. Ginge es jetzt?«

»Hast du vier Vorhangschals in weniger als einer Woche genäht?«

War das vorwurfsvoll oder erstaunt gemeint? Sie wusste es nicht. »Ich dachte, dass du wahrscheinlich alles vor Weihnachten fertig haben willst – falls du Verwandte zu Besuch erwartest.«

»Hast du? Oder bin ich dein einziger Kunde?«, fragte er.

Ihre Wangen wurden glühend heiß, aber es war zwecklos zu leugnen, so beschämend es auch sein mochte. »Ja, das auch«, gestand sie leise. »Danke, dass du die Rechnung so schnell bezahlt hast.«

Er nickte kurz, rührte sich jedoch nicht. Und weil Evie jemanden bezahlte, in der Zwischenzeit auf ihren Laden aufzupassen, sagte sie: »Gut, tja, dann hänge ich mal die Vorhänge auf, nicht? Es dauert nicht lange, vorausgesetzt, ich werde nicht von der Leiter geworfen.«

Sie war sicher, dass sich seine Mundwinkel ein ganz klein wenig bogen. »Ich wollte sowieso weg.« Er klopfte sich ans Bein, um Smoke zu signalisieren, dass er mitkommen sollte. »Zeit für deinen Spaziergang, Smoke.«

Stimmte das, oder wollte er sie einfach nur meiden? Der Dalmatiner blieb sitzen und blickte fragend zu Evie. Jake griff hinter die Tür und holte eine Leine hervor, doch der Hund folgte lieber Evie, als sie zu ihrem Wagen ging, um die Vorhänge zu holen. Vorsichtig hob sie den modernen, weichen Tweed in Blassgrau, mit gedämpftem Rosa und Blau durchwirkt, heraus.

»Dann bist du jetzt eingezogen?«, fragte sie, als sie zurückkehrte.

»Bin ich.«

Versehentlich stieß sie im Vorbeigehen gegen den Garderobenständer, der heftig schwankte. Zum Glück fing Jake ihn ab und richtete ihn wieder auf. »Danke«, meinte sie und machte sich auf eine wütende Bemerkung gefasst, sie solle vorsichtiger sein – an die hatte sie sich bei Tim gewöhnt –, aber es kam keine.

Stattdessen hielt er die Hundeleine in die Höhe. »Los, Smoke.«

Der Hund ignorierte ihn und trottete hinter Evie her, als sie sich in Richtung Bibliothek wandte. Jake wartete kurz, ehe er ihr ebenfalls folgte.

»Lass mich das tragen«, sagte er und deutete mit dem Kinn auf die Vorhänge in ihren Armen.

Sie nahm sein Aftershave wahr, während er näher kam. »Schon gut, ich habe sie.«

»Dann geht es deinem Knöchel besser?«, fragte er, als sie weitereilte.

»Viel besser, danke. Oh – du hast den Putz ausbessern lassen!« Sie blieb vor dem Esszimmer stehen.

Die Vorhangstange war wieder angebracht, wie auch ihre Vorhänge, und der Raum war möbliert. Dennoch wirkte er trotz des teuren Sideboards, der funkelnden Spiegel und Gemälde an den Wänden nicht behaglich – weit entfernt davon. Es sieht aus wie das Zuhause eines wohlhabenden, aber einsamen Mannes, dachte sie, und es versetzte ihrem Herzen einen komischen Stich.

»Ja«, erwiderte Jake und blieb neben ihr stehen. Smoke lief eine Acht um sie beide herum.

»Gefallen dir die Vorhänge?«

»Sie sind zufriedenstellend.«

Ruckartig drehte sie den Kopf zu ihm. »Nur zufriedenstellend?« Das war enttäuschend, denn sie hatte sich solche Mühe mit ihnen gegeben und war ziemlich stolz auf das Ergebnis.

»Nun, sie hängen vertikal und lassen sich abends schließen.« Er verzog keine Miene, aber da war ein amüsiertes Blitzen in seinen Augen.

Evie überkam eine enorme Erleichterung, und sie lachte. Sie ermahnte sich, dieses Kribbeln in ihrem Bauch nicht zu beachten, zumal sie unsicher war, was es ausgelöst hatte.

»Und der Umzug verlief reibungslos, wie ich gehört habe«, sagte sie und steuerte weiter auf die Bibliothek zu.

»Wie du gehört hast? Wie meinst du das?«, fragte er, und als sie zu ihm sah, war seine Stirn gerunzelt. »Hier war niemand außer mir und den Umzugsleuten.«

Er überholte sie und hielt ihr die Tür auf. Evie schaute sich um. Die hohen Regale waren mit Büchern gefüllt, und im Raum standen Sessel, die in demselben Tweed bezogen waren wie die Vorhänge in ihren Armen. Es sah wunderschön aus – nur ein wenig leer. Hier fehlten ein paar Teppiche und ein wenig Krimskrams.

»Ach, alle im Dorf reden über dich.« Sie grinste, als sie die Vorhänge über einen der Sessel legte. »Hauptsächlich wollen sie wissen, ob du die Tradition mit dem Weihnachtsball beibehältst.«

Sie glaubte, die Antwort bereits zu kennen. Gastfreundschaft war keine von Jake Hartwoods Stärken.

»Welche Tradition?«

»Die Besitzer von Old Hall haben einen Ball für das Dorf veranstaltet. Die letzten zweihundert Jahr gab es hier jedes Weihnachten einen Ball, wurde mir erzählt.«

»Wirklich?«, fragte er matt.

Erwartungsvoll sah sie ihn. »Also, behältst du es bei?«

»Was?«

»Den Ball zu geben?«

Er stieß einen Laut aus, der ein Lachen gewesen sein könnte. »Definitiv nicht.«

Sie biss sich auf die Unterlippe, um nicht zu grinsen. Je entsetzter er wirkte, desto kühner wurde sie. »Oh, das ist ein Jammer. Die Leute werden sehr enttäuscht sein.«

»Ich öffne mein Haus nicht für ein Dorf voller Fremder, damit die herkommen und sich betrinken.«

Tja, wenn man es so formulierte, war es ein stichhaltiges Argument. »Sicher würden sich alle gut benehmen.«

»Kommt nicht infrage. Und erzähl lieber herum, dass ich nichts von Bällen, Partys oder sonstigen Zusammenkünften halte.«

»Und was ist mit dem Gemeinschaftsgeist?« Es klang wie eine harmlose Frage, aber sie blickte ihn eindringlich an.

Jake verengte die Augen. »Von dem halte ich auch nichts. Ich habe dieses Haus gekauft, weil es mir größtmögliche Privatsphäre bietet.«

Natasha hatte gesagt, dass er seit dem Tod seiner Frau wie ein Eremit lebte, und etwas in Evie wurde weich vor Mitgefühl. Mit dem Verlust von geliebten Menschen kannte sie sich aus. Allerdings musste es einen nicht reizbar und ungesellig machen. »Niemand kann so leben«, sagte sie leise, »in kompletter Isolation.«

Sofort verhärteten sich seine Züge. »Ich schon.«

»Wir haben alle unsere Pflichten und unsere Verantwortung. Wir alle brauchen andere Menschen, auf die eine oder andere Art.« Sie dachte an ihre Nachbarn: die alte Dorothy, die gebrechlich war und der es schwerfiel, das Haus zu verlassen, und an George, der physisch noch auf der Höhe war, sich aber einsam fühlte.

»Ich nicht.«

Mehr sagte er nicht, und sie begriff, dass sie den Mund halten sollte. Es ging sie nichts an, wie er sein Leben lebte. Leider war ihr Wunsch zu helfen stärker. Sie hatte von Natur aus das Bedürfnis, auf andere zuzugehen.

»Doch musst du! Zum Beispiel hast du Smoke.«

»Okay, ich habe Smoke. Seine Gesellschaft stört mich nicht. Er stellt keine Fragen.« Er fixierte sie mit seinen blauen Augen. »Es sind die menschlichen, geschwätzigen Wesen, denen ich möglichst aus dem Weg gehe.«

Wie sie. Botschaft angekommen.

Er bückte sich, streichelte Smoke und befestigte die Leine. »Komm, gehen wir an die frische Luft und lassen Pollyanna hier ihre Arbeit machen.«

Nachdem er ihr einen strengen Blick zugeworfen hatte, entfernte er sich und knallte die Haustür hinter sich zu.

Evie blieb in der Bibliothek und beobachtete vom Fenster aus, wie er über den Rasen zum Wald ging. Hätte sie doch nur den Mund gehalten und daran gedacht, dass er ihr Kunde war! *Das ist aussichtslos, denn du machst alles kaputt, was du anfasst …*

Trotz allem, was Natasha sagte, war es schwer, mit Jake Hartwood warm zu werden. Er war nicht kühl, sondern regelrecht eisig, und er gab überhaupt nichts von sich preis. Ausgenommen hin und wieder ein Aufblitzen von trockenem Humor – oder Sarkasmus? –, der gleich Sonnenstrahlen an einem bewölkten Tag hervorbrach.

Sie machte sich daran, die mitgebrachten Vorhänge aufzuhängen, und nahm Maß für die letzten Gästezimmer. Bei der Arbeit summte sie vor sich hin und überprüfte alle ihre Maße und Berechnungen doppelt. Dabei musste sie an ihre frühere Mathelehrerin, Mrs. Fox, denken, als sie die Prüfungsergebnisse bekannt gegeben hatte: »Evie Miller, die Schlechteste.« Bei Vorhängen von dieser Größe und Stoffqualität konnte sie sich keine Fehler leisten. Noch dazu hatte sie das Gefühl, dass Jake einen weiteren Patzer von ihr nicht tolerieren würde.

Sobald sie alle Maße hatte, die sie brauchte, warf sie das Notizbuch in ihre Tasche, nahm ihre Leiter und ging zur Treppe. Vor dem Hauptschlafzimmer blieb sie stehen und spähte neugierig hinein. Sie wollte wissen, was dieser Raum über seinen Bewohner verriet, da er nun offiziell eingezogen war. Sie sah auf ihre Uhr. Wie lange würde er wohl noch unterwegs sein? Sie wollte sich auf keinen Fall noch hier aufhalten, wenn er zurückkam. Andererseits hatte seine Assistentin ein paar Quilts bei ihr für die beiden größten Schlafzimmer bestellt. Zwar war unwahrscheinlich, dass Evie sie vor Weihnachten fertigbekam, aber wenn sie jetzt die Maße nahm und sich Notizen zu den Farben machte, konnte sie über die Feiertage mit dem Nähen anfangen, denn da war es ruhig im Laden, da alle die Zeit mit ihren Familien verbrachten.

Sie ließ ihre Leiter auf dem Flur, ging ins Zimmer und maß das Bett aus. Es war riesig, größer als Kingsize, mit einem sandfarbenen Kopfteil. Das Farbschema in diesem Zimmer war kastanienbraun und cremeweiß mit einigen kirschroten Akzenten in Form von Kissen und Bildern. Insgesamt wirkte es maskulin, aber warm. Da hätte sie eine Menge Spielraum, was die Farben für den Quilt anging. Und hier war es sehr ordentlich, fiel ihr auf, ganz anders als ihr Schlafzimmer, in dem Kleiderstapel, Haarbürsten und Haarspangen überall verstreut waren. Jake Hartwood mochte sein Leben offenbar sehr aufgeräumt. Auf dem Nachttisch standen nur zwei Sachen: ein Wecker und ein gerahmtes Foto. Evie ging auf Zehenspitzen hin, um es sich anzusehen. Eine Frau, deren dunkles Haar zu einem sehr eleganten Chignon gesteckt war, lächelte in die Kamera. Ihre Haut war sonnengebräunt und glatt, und ihr modisches dunkelblaues Seidenkleid und die Perlohrringe schrien förmlich »kultiviert.« Sie war wunderschön – und so sehr jung.

Genau wie Zara. Evie holte tief Luft, als sie mit ihrer eigenen Trauer zu kämpfen hatte.

Ein Bellen ließ sie zusammenzucken, und durchs Fenster sah sie Smoke den Hügel hinaufpreschen, gefolgt von Jake. Wieder sah sie auf ihre Uhr. Sie sollte sich lieber beeilen, bevor er sie hier entdeckte und sie einen weiteren missbilligenden Blick kassierte. Rasch sammelte sie ihr Maßband und ihre Nähtasche ein und verließ das Zimmer.

Jake bog um die Hausecke und sah gerade noch, wie Evie ihre Leiter hinten ins Auto lud, hastig einstieg und davonfuhr. Sie hatte es sichtlich eilig. Zufall? Oder hatte sie ihn kommen sehen?

Nachdenklich klopfte er sich den Schnee von den Stiefeln und ging nach drinnen. Ihm fehlte die Geduld für Nettigkeiten. Ja, er war reizbar, intolerant und bis an die Schmerzgrenze geradeheraus. Normalerweise scherte es ihn nicht, also warum wurde er jetzt von Schuldgefühlen geplagt, weil seine Worte mal wieder diesen verletzten Ausdruck in Evie

Millers Augen bewirkt hatten? Nach ihrer ersten Begegnung hatte er dafür gesorgt, dass sie ihr Auto zurückbekommen und mehr Aufträge für sein Haus erhalten hatte, um sein Gewissen zu beruhigen. Was sollte er noch tun?

Sie meiden. Das war die einfachste Lösung. Jeden menschlichen Kontakt meiden.

Er war nicht für die Gesellschaft anderer geeignet. Die anderen störten ihn bloß. Allein konnte er sich in seinen Erinnerungen verlieren, sie in Gedanken noch einmal durchspielen, Marias Gesicht im Geiste heraufbeschwören, ihr Lachen hören, ihr kurzes, aber intensives Glück wiederauferstehen lassen. Manchmal konnte er sich selbst glauben machen, sie wäre nicht tot, wäre da, wenn er sich umdrehte. Natürlich dauerte diese Illusion nie länger als eine Nanosekunde, doch die Erleichterung und die Freude, die sie ihm brachte, waren alles wert.

Verdammt, du fehlst mir so sehr, Maria. Vergib mir.

Unten an den Eingangsstufen blieb er stehen, und Smoke sah ihn fragend an. Doch Jake konzentrierte sich auf seine Atmung und wartete, dass der Schmerz in seiner Brust nachließ, damit er weitergehen konnte. Na los, Hartwood. Einen Fuß vor den anderen setzen.

Diese Jahreszeit war am schlimmsten. Der Jahrestag war erst der Anfang. Je näher Weihnachten rückte, desto intensiver wurde alles, und er merkte, wie sich die Anspannung in seinem Nacken und seinen Schultern verstärkte. Genau wie letztes Jahr – bevor es am Weihnachtstag zum Eklat gekommen war.

Oben zog er müde seine schneenasse Hose aus und schlüpfte in eine trockene, als er ein Notizbuch auf seinem

Bett bemerkte. Er nahm es in die Hand. Darin fand er seitenweise Maße und Skizzen von etwas, das er für Patchwork-Entwürfe hielt. Der letzte Eintrag war mit seinem Namen überschrieben und lautete: *Schlafzimmer Nr. 1, Quilt, Farben: cremeweiß, kastanienbraun, warmes Rot.*

Er runzelte die Stirn. Sie musste das hier vergessen haben. Er beschloss, ihr Bescheid zu sagen, dass es bei ihm war, und es das nächste Mal, wenn sie kam, vorn an der Haustür bereitlegen. Andererseits benutzte sie dieses Notizbuch vermutlich dauernd. Morgen früh musste er ohnehin ins Dorf, dann würde er bei ihrem Laden vorbeigehen und es der vergesslichen Besitzerin zurückgeben.

Kapitel Fünf

Jake öffnete die Ladentür und verdrehte die Augen angesichts der übergroßen Knäufe in Form gigantischer Knöpfe. Er trat beiseite, um eine junge Frau vorbeizulassen. »Und danke für das Band, Evie!«, rief sie auf dem Weg nach draußen. Hinter ihr fiel die Ladentür zu.

Drinnen sah er Evie hinter einem Tisch stehen und mit einem Paar reden. Jake hatte ihr Notizbuch in der Hand, aber sie war eindeutig damit beschäftigt, die beiden Leute zu bedienen, also vertrieb er sich die Zeit damit, die schmalen Gänge abzuwandern. Riesige Knöpfe in bunte Stoffe gehüllt und dicke, glitzernde Wollknäuel hingen von der Decke. Sie drehten sich träge, und Jake musste sich ducken, um nicht gegen sie zu stoßen. Er sah zu den Regalen mit den ordentlich aufgereihten Stoffballen darauf. Das Preisschild an einem erregte seine Aufmerksamkeit. Teurer Bestand. Kein Wunder, dass sie sich Sorgen um ihre Finanzen machte. Schon die Grundausstattung dieses Ladens dürfte Unsummen verschlungen haben.

»Wann hörst du auf zu träumen und nimmst endlich Vernunft an?«

Die laute Stimme ließ Jake innehalten. Ihm fiel der affektierte Akzent auf.

»Du hattest einen anständigen Job in London und einen

Mann, der dich heiraten wollte. Der dich immer noch heiraten will, wenn du endlich mal zur Besinnung kommst!«

Verborgen hinter den Regalen mit Stoffballen lauschte Jake aufmerksam der Unterhaltung, in die er zufällig hineingestolpert war.

»Dad, wenn ihr hergekommen seid, um mich zu überreden, zu Tim zurückzugehen, verschwendet ihr eure Zeit …«

Jake runzelte die Stirn. Also keine Kunden, sondern ihre Eltern.

»Mit uns war das nichts. Ich bin glücklicher ohne ihn.«

»Blödsinn! Ihr zwei wart schon Freunde, da wart ihr noch kniehoch.«

»Nein.« Sie seufzte. »*Ihr* wart mit seinen Eltern befreundet, deshalb mussten wir immer zusammen sein – das ist nicht dasselbe.«

Sie sprach ruhig und geduldig, wohingegen ihr Vater lauter und wütender wurde.

»Tim ist ein anständiger Kerl mit einer tollen Stellung und noch besseren Aussichten. Man muss bekloppt sein, den zu verlassen!«

Jake linste um die Ecke und sah, dass die Wangen des Mannes gerötet waren und einen unschönen Kontrast zu seinem grünen Tweedjackett bildeten. Neben ihm stand eine zierliche Frau mit silbernem Haar, der sichtlich unwohl zumute war.

»Dad, bitte nicht so laut! Was ist, wenn Kundschaft kommt?«

Evie griff nach dem Ende ihres langen Zopfes und wand ihn sich um die Finger. Jake erkannte diese nervöse Angewohnheit wieder von dem Abend, als sie eingeschneit gewesen waren.

»Kundschaft?«, wiederholte der Mann ätzend. »Hier steht doch keiner Schlange! Bei dir ist nichts los. Und wenn jemand reinkommt, um was zu kaufen, gibst du alles umsonst weg!«

»Ich habe ihr ein Stück Band gegeben, sonst nichts. Sie hatte schon ein ganzes Stück von dem Stoff gekauft!«

»Kein Wunder, dass du kein Geld verdienst.«

»Und deshalb sind wir hier, Evie«, meldete die Frau sich zu Wort. »Liebes, du weißt, dass wir uns Sorgen um dich machen. Bitte überleg es dir noch mal – bevor es zu spät ist und Tim jemand anderen findet.«

»Hat er euch hergeschickt?«

»Nein, natürlich …«, begann ihre Mutter.

»Na ja, er …«, sagte ihr Vater gleichzeitig.

Beide verstummten, dann fuhr ihr Vater fort: »Seine Eltern waren bei uns. Sie haben uns gebeten, dich zur Vernunft zu bringen. Er ist verzweifelt und sagt, dass du etwas falsch verstanden hast und überreagierst.«

Evie seufzte. »Dachte ich mir doch.«

»Er wird nicht ewig warten«, fügte ihr Vater hinzu.

»Schön, dann hört er vielleicht auf, mich zu belästigen. Er scheint die Bedeutung des Wortes Nein nicht zu kennen.«

»Er wartet darauf, dass du endlich zur Einsicht kommst.«

»Dad, ich will nichts mehr mit Tim zu tun haben. Tut mir leid, wenn es euch schwerfällt …«

»Schwerfallen ist untertrieben, Mädchen. Hast du eine Vorstellung, wie sehr das unser Verhältnis zu seinen Eltern belastet?«

»Es tut mir ehrlich leid, aber ich habe mich entschieden. Und ich werde ihn bestimmt nicht heiraten, weil es für euch oder seine Eltern schön wäre.«

»Evie, bitte …«, hob die Frau an, wurde jedoch sofort unterbrochen.

»Du lebst in einer Fantasiewelt!«, donnerte der Mann. »Verlässt Tim, um herzuziehen und einen Laden mitten im Nichts aufzumachen, in dem du Sachen anbietest, die keiner kaufen will. Als Kind hast du schon Fantasiespiele gespielt, aber jetzt bist du achtundzwanzig, Evelyn. Es ist Zeit, dass du erwachsen wirst!«

Jake runzelte die Stirn. Er trat vor, um sich bemerkbar zu machen, doch keiner nahm Notiz von ihm. Evie blinzelte hektisch. Sie wirkte entmutigt, geschlagen. Und das bereitete Jake Sorgen. Wo war ihr Kampfgeist? Die Frau, die er in Old Hall kennengelernt hatte, war energisch und stolz gewesen. Jetzt sah sie wie ein verlorenes kleines Mädchen aus. Sie trug ein leuchtend grünes Kleid mit gestreiften Ärmeln, die aussahen, als wären sie von einem Pullover abgeschnitten und an das Kleid genäht worden, aber das farbenfrohe Outfit betonte nur, wie blass sie war. Ihre braunen Augen glänzten im Lampenschein.

»Du hast genug Zeit – und Geld – mit diesem Laden verplempert. Es reicht!« Ihr Vater nahm ein gefaltetes Stoffstück und klatschte es auf den Tisch. »Denkst du, ich weiß nicht, wie viel du dir von der Bank geliehen hast? Dein Geschäft ist gescheitert. Du musst dich jetzt mal der Realität stellen und das einsehen!«

Jake räusperte sich und trat vor. Alle drei fuhren herum und sahen ihn erschrocken an.

»Jake!«, flüsterte Evie, und ihr entsetzter Ton passte zu ihrem Blick.

»Evie«, antwortete er nickend und fragte sanft: »Wie lange gibt es deinen Laden schon?«

»Seit September, also – ähm – drei Monate.« Ihre Wangen färbten sich hübsch himbeerrot.

Er wandte sich an ihren Vater. »Es dauert länger als drei Monate, solch ein Geschäft zum Laufen zu bringen. Ihre Kritik ist unangemessen scharf und voreilig.«

Stille trat ein. Einer der großen Knöpfe drehte sich langsam nach rechts und wieder zurück. Jake hatte das Gefühl, dass dieses Paar mit seiner maßgeschneiderten Tweedkleidung und den sichtlich wertvollen alten Armbanduhren es nicht gewohnt war, auf Widerspruch zu stoßen. Pech.

Jake hatte sich noch nie zurückhalten können, wenn es darum ging, sich auf die Seite der Schwachen zu schlagen.

»Wer sind Sie?«, fragte der Mann.

»M ... Mr. Hartwood ist ein Kunde«, stammelte Evie.

Ihr Vater reckte das Kinn und musterte Jake von oben bis unten. »Selbstverständlich haben wir damit gerechnet, dass es ein bisschen Zeit braucht, doch hier ist es so still wie in einer Leichenhalle. Bis zum Frühjahr wird sie bankrott sein.« Er sah Evie an. »Du deckst nicht mal deine Kosten. Keiner will diese – diese Dinger kaufen!« Er zeigte zu dem Quilt hinter ihr. Darunter hing ein Preisschild mit einer dreistelligen Zahl. »Erst recht nicht zu solchen Preisen!«

»Es ist ein handgemachter Quilt!«, entgegnete Evie empört. »Und der Preis ist gerechtfertigt.«

»Es ist überteuert. Das bezahlen die Leute nicht!«

Evie sah unglücklich aus. Sie versuchte, erhobenen Hauptes dazustehen, auch wenn ihre Augen verdächtig glänzten. Wo war ihr Feuer, ihre Begeisterung?

»Aber jeder braucht Vorhänge«, warf Jake gelassen ein.

Überrascht runzelte ihr Vater die Stirn.

»Du verkaufst Vorhänge?«, fragte er seine Tochter.

»Ich nähe und verkaufe sie.«

»Meine zum Beispiel«, sagte Jake. »Ich kann bestätigen, dass sie von hervorragender Qualität sind. Weit besser als alle, die man üblicherweise kaufen kann, und natürlich meinen Wünschen entsprechend gefertigt.«

Der Mann sah ihn entgeistert an. Sein Mund bewegte sich, doch er brachte keinen Ton heraus.

Evie blickte Jake verwundert an.

»Tja, ein paar Vorhänge reichen nicht, um deine Schulden zu begleichen«, sagte ihr Vater. »Du musst jetzt mal aufhören zu träumen und dir einen richtigen Job suchen.«

»Dad«, erwiderte sie und ging zur Ladentür, »dies ist jetzt mein Job, und ich habe Kundschaft, um die ich mich kümmern muss. Es ist sehr nett von euch, mich zu besuchen, aber es passt gerade nicht. Ich … ich rufe euch an.« Die Glocke bimmelte, als sie die Tür öffnete und wartete.

Jake gratulierte ihr im Geiste, dass sie sich souverän behauptet und die Situation wieder in den Griff bekommen hatte.

Das Paar murmelte etwas Unverständliches, ging aber, und Jake sah Evie ihre Erleichterung an, als sie endlich draußen waren und sie die Tür hinter ihnen schließen konnte. Ein letztes Mal bimmelte die Glocke, und Evie atmete langsam aus. »Danke«, sagte sie leise.

Jake zuckte mit den Schultern. »Wofür?«

»Dass du für meinen Vorhangservice geworben hast und …« Ihre Augen glänzten immer noch, doch sie blinzelte, und es verschwand. »Und dich für mich eingesetzt hast.«

»Ich habe bloß die Wahrheit gesagt.«

Sie blickte hinaus zur Straße. »Oh Gott, das war furchtbar! Es ist mir so peinlich, dass du das gehört hast.« Wieder wurde sie rot.

»Es sind deine Eltern, nehme ich an?«

Sie nickte. »Mein Vater kann manchmal … ein bisschen herrisch sein.«

Er zog eine Augenbraue hoch. »Ein bisschen?«

Evie lachte freudlos. »Sie haben eine ziemlich klare Vorstellung, wie ich mein Leben leben sollte, und ich – ich enttäusche sie nur. Immer wieder.« Sie senkte den Blick, doch zuvor sah er den traurigen Ausdruck in ihren Augen.

»Tust du? Oder stellen sie unmögliche Forderungen?« Nun sah sie ihn verblüfft an. »Ich meine, es ist ein wenig archaisch, seiner Tochter den Ehemann aussuchen zu wollen, findest du nicht?«

»Ist es wohl. Aber sie waren auch gegen meine Entscheidung, meinen alten Job aufzugeben und diesen Laden zu eröffnen.« Sie seufzte. »Was das Finanzielle angeht, haben sie recht. Ich bin hoch verschuldet, und so, wie die Dinge stehen, bin ich nicht sicher, ob ich das jemals abzahlen kann.«

»Reichen die Vorhänge und Quilts für mein Haus nicht aus, um dich über Wasser zu halten?«

»Doch! Werden sie – tun sie. Und ich bin sehr dankbar für die Aufträge.« Sie richtete einen Stoffballen. »Aber ich wüsste gerne, ob ich danach auch noch die Miete bezahlen kann. Die Vorhänge sollten eine vorübergehende Sache sein, bis der Laden richtig in Schwung gekommen ist. Bis er Gewinne abwirft.«

Jake schaute sich um. Sie hatte einige Blickfänge im Laden dekoriert, allerdings war es ein sehr spezialisiertes Angebot. Und wer nähte heutzutage noch?

»Ehrlich gesagt bin ich nicht sicher, ob ich hierfür gemacht bin. Mein Vater hat recht – ich kann es mir nicht leisten, den Kunden irgendwas umsonst zu geben, wie vorhin.«

»Wie viel hat dich das gekostet?«

»Ein Stück Band? Ungefähr zwei Pfund.«

»Ich würde sagen, die sind gut investiert. Die Kundin wird sich daran erinnern und wiederkommen wollen, wenn sie das nächste Mal Stoff braucht. Und sie wird herumerzählen, wie nett, hilfsbereit und großzügig du bist.«

Ihre Wangen leuchteten fruchtig rosa. »Ich fasse es nicht!«

»Was?«

Sie grinste. »Mr. Arktis macht mir ein Kompliment.«

»Ich gebe dir geschäftlichen Rat«, korrigierte er. Alarmglocken schrillten in seinem Kopf. Ihr Laden und ihre Probleme hatten nichts mit ihm zu tun. Er sollte sich raushalten, ihr das Notizbuch geben und gehen.

Dennoch blieb er, wo er war.

»Woher kennt dein Vater deinen Bankberater? Ich hätte gedacht, dass solche Informationen über deinen Kredit vertraulich sind – es sei denn, dein Vater hat dir geholfen, ihn zu bekommen.«

»Oh nein, damit hatte er nichts zu tun«, sagte sie hastig. »Ich habe mit meinen Ersparnissen die Anzahlung geleistet und allein das Darlehen aufgenommen. Aber er spielt Golf mit dem Bankdirektor. Mein Vater gibt gerne damit an, viele solche … Kontakte zu haben.« Sie seufzte. »Ich denke, der Bankdirektor hat das Vertrauen in mich verloren und erkannt, dass ich nicht das Zeug dazu habe, eine Geschäftsfrau zu sein. Wie sich herausstellt, bin ich nicht gut, wenn es um die Buchhaltung geht. Ich nähe gerne – und helfe Leuten beim Nähen –, aber das allein genügt nicht, um meinen Laden rentabel zu machen.« Sie blickte ihm kurz in die Augen, ehe sie gestand: »Ich fürchte, wenn ich Insolvenz anmelden muss, muss ich zurück nach London und in meinem alten Job weitermachen, den ich gehasst habe. Oder, schlimmer noch, wieder bei meinen Eltern wohnen.« Bei dem Gedanken schüttelte sie sich, und ein paar Haarsträhnen fielen ihr ins Gesicht, als sie den Kopf hängen ließ.

Ihre Offenheit überraschte ihn, ebenso wie diese Verwundbarkeit. Ihn überkam der seltsame Impuls, einen Schritt auf sie zu zu machen, anstatt wie sonst zurückzuweichen. »Wenn du davon ausgehst, dass du scheiterst, wirst du es auch«, warnte er sie leise.

Ihre Grübchen zeigten sich. »Danke. Genau das wollte ich hören. Worte der Hoffnung und Zuversicht!« Sie ging wieder hinter den Tresen und ordnete die Stoffstücke, die ihr Vater durcheinandergebracht hatte. Jake folgte ihr und beobachtete, wie sie die Stoffe zurück in den Korb legte und hübsch auffächerte. Ihre Hände bewegten sich schnell und geübt.

»Der Umkehrschluss ist, wenn du daran glaubst, dass es klappen kann, wird es das wahrscheinlich auch.«

»Gefällt mir schon viel besser.« Sie lächelte nur flüchtig. »Aber mein Vater hat recht, ich kann das nicht. Es war dumm von mir, etwas anderes zu denken.«

Er wollte nicht glauben, was er da hörte. Bisher hatte er sie für eine ewige Optimistin gehalten.

Andererseits hatte er miterlebt, wie ihre Eltern mit ihr redeten. Sie waren so kritisch, dass es jedem das Selbstvertrauen geraubt hätte. Sogar Pollyanna.

»Warum hast du diesen Laden eröffnet?«, fragte er.

»Weil ich gerne nähe.«

»Warum? Was magst du daran?«

»Ist das eine Fangfrage?«

»Ganz und gar nicht. Ich sehe den Reiz nicht und möchte es verstehen.«

»Komm mit«, sagte sie und ging voraus ins Hinterzimmer. »Es ist leichter, wenn ich es dir zeige.«

Auf dem großen quadratischen Tisch in der Mitte befanden sich eine Nähmaschine und etwas, das wie halb fertige Vorhänge aussah. Evie blieb vor einer Tischseite stehen, auf der Dutzende Stoffsechsecke lagen. »Siehst du die Farben?«, fragte sie, hob alle scharlachroten Stücke hoch und wies auf die verbliebenen Farbtöne. »Siehst du, wie das Schokobraun der Anker ist? Und wie die Cremetöne Kontrast und Wärme dazugeben? Und dieses beigebraune Karomuster überbrückt die Kluft zwischen Hell und Dunkel …«

Er blickte verständnislos von dem Stoff zu ihr. Trotzdem fuhr sie fort und legte die roten Sechsecke zurück. »Und das Rot schließlich sorgt für den Farbtupfer, der alles lebendig macht.« Zufrieden lächelnd trat sie zurück. Ihre Augen leuchteten.

»Das macht dir Spaß?« Ihre Leidenschaft war offensichtlich, nur konnte er es überhaupt nicht nachvollziehen.

»Ja! Farben und Muster zusammenzustellen. Jede Kombination ist einzigartig. Es ist ein bisschen wie Malen, schätze ich. Und dann das Nähen. Nicht so sehr, wenn es um Vorhänge geht, aber beim Quilten. Nichts ist entspannender oder befriedigender, als mit der Hand zu nähen. Aber das muss man ausprobiert haben, um es zu begreifen.«

»Zeig es mir.«

»Im Ernst?«

Er nickte.

»Okay.« Sie strahlte wie ein Kind zu Weihnachten, nahm ein paar Sechsecke sowie eine Nadel und einen Faden. »Hast du das schon mal gemacht?«

»Noch nie.«

»Du legst die Stoffstücke links auf links und nähst. Winzige Stiche – sieh mal.« Sie beugte sich zu ihm, um es ihm vorzumachen. Die Nadel huschte über und durch den Stoff – so schnell, dass er es kaum sehen konnte. Ihre Fingerbewegungen waren flink und präzise, und das Licht spiegelte sich in ihrem Fingerhut. Innerhalb von Sekunden hatte sie die zwei Stoffstücke zusammengenäht und faltete sie vor ihm auf, damit er die andere Seite sah. Die Stiche waren kaum zu erkennen; sie waren eine Reihe von winzigen, ebenmäßigen Linien. »Hier, und jetzt du.«

Er tat es ihr zuliebe, aber das Ergebnis seines Versuchs sah ungeschickt und wenig elegant aus. »Wundnähte waren nie meine Stärke«, murmelte er.

»Versuch, die Stiche gleichmäßig zu setzen«, ermunterte sie ihn.

Er konzentrierte sich, stach sich aber versehentlich in den Finger und fluchte. »Und das macht dir Spaß?«, fragte er, bevor er das Blut wegsaugte.

Ihr Lachen war wie Glockenklang. »Wenn man es erst raushat, ist es wunderbar. Und mit dieser Meinung bin ich nicht allein. Bei meinen Workshops erzählen mir die Leute oft, wie sehr sie es genießen – vor allem die mit Bürojobs. Es tut gut, mit den Händen zu arbeiten und kreativ zu sein. Das ist unglaublich erfüllend.«

»Dann glaube ich es dir mal.« Er gab ihr die Stoffsechsecke zurück. »Also machst du nur Vorhänge, weil du das Geld brauchst, würdest aber lieber Quilts nähen?«

Sie nickte. »Und Kunden bedienen. Ich liebe es, den Leuten bei der Auswahl der Farben zu helfen oder mich mit ihnen über ihre Projekte zu unterhalten.«

»Ja, ich kann mir vorstellen, dass du gut im Reden bist«, bemerkte er trocken.

Sie wurde rot und lächelte. Ihre Schüchternheit war seltsam reizend. Ohne das Gespräch zu unterbrechen, gingen sie wieder nach vorn in den Verkaufsraum.

»Wenn der Laden das ist, was du am meisten liebst, warum fokussierst du dich dann nicht voll und ganz darauf?«

»Habe ich – tue ich. Aber es ist immer so still, und die wenigen Kunden, die ich habe, kommen nur her, um mal eine Garnrolle zu kaufen.« Sie gab ein trauriges Lachen von sich. »Tim, mein Ex, hat prophezeit, dass mein Geschäft keine sechs Monate überlebt. Und allmählich sieht es aus, als sollte er recht behalten.«

»Du bist eine begabte Schneiderin und genießt es, anderen zu helfen. Es gibt keinen Grund, warum dein Geschäft scheitern sollte. Hast du dich mal gefragt, wie du mehr Kunden anlocken könntest? Wie viel Werbung hast du gemacht? Hast du wirklich alles versucht, um Erfolg zu haben?«

»Na ja, nicht alles … Ich bin so mit den Vorhängen beschäftigt, dass es schwierig ist, sich gleichzeitig ganz dem Laden zu widmen.«

»Vielleicht solltest du mal um die Ecke denken.« Sein Blick fiel auf ihre bunt gestreiften Manschetten. »Du musst an dich selbst glauben. Investiere hundert Prozent in dein Geschäft.

Andernfalls, mit halbem Herzen, wird es weitergehen wie bisher.«

»An mich selbst glauben?«, wiederholte sie.

Er nickte.

Für einen Moment hatte sie einen merkwürdigen Gesichtsausdruck, dann wurde sie sehr still, als wäre ihr eben erst etwas eingefallen. »Was führt dich her?«

An das Notizbuch hatte er gar nicht mehr gedacht. Nun griff er in seinen Mantel. »Du hast dies hier bei mir vergessen, und ich dachte, dass du es vermutlich brauchst.«

»Das habe ich schon überall gesucht! Vielen Dank! Aber deshalb hättest du nicht extra herkommen müssen. Du hättest anrufen können, und ich hätte es abgeholt.«

»Ich hatte deine Nummer nicht zur Hand, und es war keine Mühe, weil ich sowieso ins Dorf musste.«

Sie nahm eine Visitenkarte von einem Stapel neben der Kasse und schrieb etwas auf die Rückseite. »Hier ist meine Handynummer – falls du mich mal wieder erreichen musst.«

»Danke, aber ich hoffe, es wird nicht zur Gewohnheit, dass du Sachen in meinem Schlafzimmer liegen lässt.«

»Selbstverständlich nicht! So habe ich es nicht gemeint …«

Er lächelte und hielt die Karte hoch. »Wenn ich einen Nähnotfall habe, weiß ich, wen ich anrufe.«

Sie erwiderte sein Lächeln, und ihre Augen funkelten im Schein der Lampe. »Aber da du schon hier bist, möchtest du vielleicht irgendwelche Stoffe für den Quilt aussuchen, den ich dir nähe?«

Der Gedanke schreckte ihn. »Nein.«

»Interessiert es dich denn überhaupt nicht?«

»Sicher machst du das sehr gut.«

»Was ist, wenn dir meine Farbwahl nicht gefällt?«

»So wird es nicht sein.«

»Und wenn doch?«

Er zuckte mit den Schultern. Es interessierte ihn nicht die Bohne. Er hatte die Quilts lediglich bestellt, weil sie sagte, sie habe ein Liquiditätsproblem. Und weil er immer noch ein schlechtes Gewissen wegen der Nacht des Schneesturms hatte?

Hastig schob er diesen Gedanken beiseite.

»Okay, tja, in dem Fall werde ich von allem übertrieben Blumigen und Femininen Abstand nehmen. Streifen und Karos, kein Firlefanz.«

»Langweile mich bitte nicht mit Einzelheiten.«

Sie riss die Augen weit auf, dann furchte sie die Stirn. »Du bist so unverschämt – das weißt du, oder?«

»Ich bin ehrlich«, korrigierte er. »Und das Leben wäre unkomplizierter, würden mehr Menschen meinem Beispiel folgen.«

»Ich wette, so sprichst du nicht mit deinen Kunden.«

Sie hatte recht, tat er nicht. Was er aber nicht zugeben würde. »Dein Vater war auch unverschämt, und bei ihm hast du nichts gesagt.« Aus unerfindlichen Gründen wünschte er sich, sie hätte sich gewehrt. Etwas an der Art, wie sie die Kritik eingesteckt hatte, störte ihn. Er zog das Energiebündel vor, das ihm jetzt gegenüberstand.

Evie wandte den Blick ab, nahm ein Stoffrechteck von dem Stapel hinter der Kasse und zitterte ein klein wenig, als sie es zusammenlegte.

»Meine Eltern …« Ihre Stimme bebte. »Es ist schwierig für sie.«

Schwierig? Er dachte daran, wie ihr Vater auf sie losgegangen war, sie kleingemacht und ihre Bemühungen als lächerlich abgetan hatte. Jake spürte, wie sich ein unbekanntes Gefühl in ihm regte. Was war das? Empörung? Wut um ihretwillen? Was es auch sein mochte, es kam überraschend, denn die letzten zwei Jahre war er außerstande gewesen, etwas anderes als Trauer zu empfinden. Eventuell hatte er doch noch ein Herz. »Dich so anzugreifen und zu schelten, wie sie es getan haben, ist vollkommen ungerechtfertigt. Wie kannst du dir das …?«

»Du weißt nichts über meine Familie!«, fiel sie ihm ins Wort. Ihre braunen Augen blitzten warnend.

Doch Jake hielt ihrem Blick stand. Es stimmte, aber so hatte er sie noch nie erlebt.

Sie ergriff ein weiteres Stoffstück und faltete es mit nervösen, schnellen Bewegungen, wobei sogar er erkannte, dass es schief geriet. Er sah zu der Karte mit dem Knopf-Logo in seiner Hand, und für einen kurzen Moment überlegte er, ihr seine Nummer zu geben. Vergiss es, Hartwood! Er hielt nichts davon, sich mit Menschen anzufreunden, die für ihn arbeiteten.

»Gut«, sagte er. »Ich gehe lieber. Smoke wartet draußen in der Kälte.«

Sie schaute auf. »Smoke ist hier?«

Jake verstand nicht, warum ihn bei ihrer offensichtlichen Freude ein flüchtiger Anfall von Eifersucht heimsuchte. »Ja.« Er blickte nach draußen, und sie sah ebenfalls hin.

Dann griff sie unter den Tresen, eilte durch den Laden und öffnete die Tür. Jake folgte ihr und fand sie draußen vor, wo sie den Hund mit Leckerlis fütterte und ihn streichelte. Es war eiskalt, was ihr jedoch nichts auszumachen schien. Natürlich war Smoke begeistert und bellte aufgeregt. »Da freut sich jemand, dich zu sehen«, sagte Jake.

»Das beruht auf Gegenseitigkeit«, antwortete sie, und ihre Grübchen wirkten wie Sonnenstrahlen, die zwischen lauter Wolken hervortraten.

Smoke sprang an Evie hoch, und sie rieb ihre Wange an seiner.

Bei dem Anblick verdrehte Jake die Augen. »Lasst euch bloß von mir nicht stören.«

Sie blickte sich zu ihm um. »Er ist eindeutig der Umgänglichere von euch beiden.«

Er schaute ihr in die Augen und erkannte, dass sie ihn vergnüglich neckte. Wie lange war es her, seit ihn jemand so aufgezogen hatte? »Kann sein, aber ich jage nicht meinen eigenen Schwanz oder pflege unaussprechliche Gewohnheiten.«

»Bin ich froh, das zu hören!«, meinte Evie grinsend.

Er band Smokes Leine los. »Auf Wiedersehen, Pollyanna.«

»Wiedersehen«, rief sie ihm nach, »und danke, dass du mir mein Notizbuch gebracht hast!«

»Nicht der Rede wert.« Er verschwand zügig in der Kälte.

Smoke zog an der Leine, als sie durch die winzigen, mit Kopfstein gepflasterten Straßen gingen. Sie erreichten den Dorfrand, überquerten den Bach, und nun machte Jake die Leine los, woraufhin Smoke den Hügel hinauf zu der Abkürzung nach Old Hall flitzte, die sie entdeckt hatten. Unter Jakes Stiefeln knirschte der Schnee, und er sank ein wenig ein. Sein Atem hinterließ kleine Wolken in der Luft, und obwohl der Weg beständig steiler wurde, fühlte er sich energiegeladen. Er fragte sich, was ihn so leichtfüßig machte. Es war ungewohnt – aber willkommen. Jede Pause von dem Schmerz in seiner Brust war ein Segen.

Unwillkürlich dachte er an Evies gekränkten Blick, als sie ihren Eltern gegenübergestanden hatte, und an ihr tapfer gerecktes Kinn. Sie war eine eigenartige Mischung aus Courage und Verletzlichkeit, und es faszinierte ihn.

Nicht dass er vorgehabt hätte, sich näher mit ihr einzulassen. Sie lieferte Vorhänge für sein Haus, sonst nichts. Es war unnötig, dass er sich mit ihrem Leben oder ihren Schwierigkeiten auseinandersetzte.

Doch als er sich zum Dorf im Tal unten umschaute, sah er sie im Geiste hinter ihrem Tresen stehen und sich den langen Zopf um den Finger wickeln. Evie Miller war keine Person, die man leicht vergaß.

Tja, wer hätte geahnt, dass Mr. Arktis doch eine menschliche Seite besitzt? dachte Evie, als sie beobachtete, wie Jake und sein Hund um die Ecke am Ende der Straße bogen. Dass er in den Laden gekommen war, war schon eine Überraschung gewesen, aber dass er sie auch noch vor ihren Eltern in Schutz genommen hatte, verblüffte sie jetzt noch. Er schien um ihretwillen entrüstet gewesen zu sein, aber zugleich trat er ihr gegenüber immer noch brüsk und sarkastisch auf. Aus dem Mann wurde sie nicht schlau. Kopfschüttelnd ging sie zurück nach drinnen und schloss die Tür, damit nicht noch mehr Kälte eindrang.

Oh Gott! Jetzt wusste Jake alles über ihre Probleme und ihre Ängste. Blut schoss ihr in die Wangen, und sie rieb sie hastig mit den Händen.

Wenn du davon ausgehst, dass du scheiterst, wirst du es auch. Jakes Worte hallten ihr durch den Kopf, als sie sich an ihre Nähmaschine setzte, um noch zwei Vorhangschals für Old Hall zu nähen. Der blaue Satin mit dem Silberfaden schimmerte wie Frost in der Sonne.

Hatte sie insgeheim damit gerechnet, dass der Laden nicht laufen würde? Ganz sicher nicht. Sie strich den blauen Stoff glatt, bevor sie zu nähen begann.

Und dennoch hatte sie nicht gewagt, auf Erfolg zu hoffen, oder? Denn wenn sie nicht hoffte, konnte sie auch nicht enttäuscht werden. Und obwohl sie gewöhnlich ein optimistischer Mensch war, war das Muster verlässlich, was ihre eigenen Pläne betraf: eine Enttäuschung nach der anderen. In der Schule hatte sie die Erwartungen ihrer Eltern und ihrer Lehrer nicht erfüllen können; im Beruf war sie gescheitert und in ihrer Beziehung gleichfalls.

Während der Tirade ihres Vaters hatte sie sich sogar selbst gefragt, was der Sinn dieser vielen Stunden an der Nähmaschine war, wenn sie es nur sehr knapp schaffte, sich damit über Wasser zu halten. Anstatt sich ihren Eltern zu widersetzen, wäre es doch womöglich leichter, das Handtuch zu werfen und zu akzeptieren, dass sie es wieder einmal nicht geschafft hatte, oder?

Sie erreichte das Ende des Saums und stoppte.

Du musst an dich selbst glauben. Diese Worte von Jake bedeuteten ihr mehr, als er ahnen konnte. Keiner hatte das je zu ihr gesagt, geschweige denn sie dabei so ernst angesehen – als würde er an sie glauben. Jedenfalls schon sehr lange nicht mehr.

Zara hatte es früher getan. Evie erinnerte sich, wie ihre große Schwester ihr aufgeholfen hatte, als sie von ihrem Pferd gefallen war, und gesagt hatte: *»Komm, Eves, versuch es noch mal. Du kannst das. Ich weiß, dass du es kannst.«*

Sie blickte sich in ihrem farbenfrohen kleinen Laden mit den ordentlichen Regalen voller Stoffe und den an den Wänden ausgestellten Quilts um und erinnerte sich daran, dass dies hier jahrelang ihr Traum gewesen war, ehe sie endlich den Mut aufgebracht hatte, es zu wagen. Nähen war ihre Leidenschaft. Sie mochte es lieber als alles andere auf der Welt, und sie wollte wirklich, dass ihr kleines Geschäft ein Erfolg wurde. Mehr als alles andere. Vielleicht hatte Jake recht. Vielleicht musste sie stärker daran glauben – und an sich.

Sie nahm ihr Telefon. »Natasha? Ich bin es. Hast du heute Abend etwas vor? Ich bräuchte deine Hilfe …«

Kapitel Sechs

»Deshalb muss ich mir einen Plan ausdenken, wie ich das Geschäft ankurble«, sagte Evie, schlug ihren Notizblock auf und nahm ihren Stift zur Hand. »Einige Ideen habe ich schon, aber könnt ihr mir bitte sagen, was ihr davon haltet?«

Ihre Freundinnen nickten. Sie saßen vor dem Kamin in Natashas Wohnzimmer. Ihr Ehemann Luc war geschäftlich in den USA, und ihre zweijährige Tochter Lottie schlief oben. Auf dem Sofatisch standen drei Becher mit heißem Kakao und ein Teller mit Kuchen, die Evie von der Bäckerei neben ihrem Laden mitgebracht hatte: Cremeschnitten, süße Schnecken und Marmeladentörtchen.

»Klar«, antwortete Suzie und legte sich eine Cremeschnitte auf den Teller.

»Und vielleicht können wir noch ein bisschen brainstormen«, schlug Natasha vor. »Aber zuerst verrate mal, warum du uns heute Abend zusammengetrommelt hast, Evie? Ist irgendwas passiert? Macht die Bank dir wieder Druck?«

Sie hatte bereits den Mund geöffnet, um ihren Freundinnen von Jakes Besuch im Laden zu erzählen, entschied sich jedoch in letzter Sekunde dagegen. Aus irgendeinem Grund wollte sie nicht zugeben, wie stark seine Worte auf sie gewirkt hatten. Ihre Freundinnen würden da zu viel hineindeuten. »Meine Eltern waren bei mir. Sie finden, dass ich den

Laden aufgeben und zu Tim zurückkehren soll. Ihm eine zweite Chance geben.«

Suzie und Natasha sahen entsetzt aus.

»Nach dem, was er getan hat?«, fragte Natasha ungläubig.

»Der Laden muss bald Gewinn machen, damit ich ihnen beweisen kann, dass ich keine Versagerin bin.«

»Selbstverständlich bist du keine Versagerin.« Natasha schnappte sich ein Marmeladentörtchen. »Deine Quilt-Workshops sind richtig beliebt. Warum bietest du die nicht häufiger an?«

»Ja, ich hatte gedacht, dass ich vielleicht noch andere Leute anheuern könnte, die auch Kurse geben. Sie könnten das unterrichten, was ich nicht kann, wie Häkeln oder ungewöhnlichere Nähprojekte.«

»Super Idee. Und wie wäre es mit Kursen für kleinere Projekte?«, fragte Suzie. »Ein ganzer Quilt kann für Anfängerinnen wie mich ziemlich beängstigend sein. Könntest du auch etwas Schlichteres ins Programm nehmen?«

Evie überlegte kurz. »Wie wäre es mit Topflappen? Oder Handyhüllen?«

»Genial! Genau so etwas meine ich.«

»Und vielleicht könnte ich auch Gutscheine anbieten, falls Leute so einen Kurs verschenken wollen.«

Natasha nickte. »Stell sie in deinem Fenster aus, als Anregung für alle, die noch auf der Suche nach Geschenken sind. In zwei Wochen ist Weihnachten.«

Suzie leckte sich Vanillecreme von den Fingern. »Wie wäre es mit einer Strickgruppe? Eher wie ein gemütliches Beisammensein als ein Kurs, wo Leute sich treffen und bei einer Tasse Tee plaudern und stricken. Nicht nur kämen manche dann mal öfter vor die Tür, sondern es würde sich herumsprechen, dass dein Hinterzimmer für Handarbeitsgruppen verfügbar ist.«

»Ein ›Strick- und Plaudertreff‹ – ja, das würde meiner Nachbarin Dorothy gefallen. Und ich könnte Kuchen von der Bäckerei nebenan servieren«, sagte Evie und deutete auf den Teller vor ihnen.

»Das würde garantiert Leute anlocken«, ergänzte Natasha. »Bist du auf einer von diesen Internet-Plattformen, wo man zum Beispiel seine Handarbeiten verkaufen kann?«

»Registriert habe ich mich, ja«, entgegnete Evie ein wenig zerknirscht, »aber ich habe noch keine Zeit gehabt, mehr zu machen. Da werde ich Fotos von meinen Quilts einstellen und damit werben, dass ich sie in jedem Design und jeder Farbe anfertigen kann, ganz nach individuellen Wünschen.«

»Maßgeschneiderte Quilts«, sagte Suzie zustimmend. »Die Leute werden begeistert sein.«

»Und morgen ist Weihnachtsmarkt«, fuhr Natasha fort. »Hast du dort einen Stand? Ich weiß, dass er ein bisschen wie ein Flohmarkt wirkt, aber das ganze Dorf geht hin. Es wäre auf jeden Fall eine gute Gelegenheit, Leute kennenzulernen.«

»Ja, ich stelle dort Vorhänge und Quilts aus, und ich habe Christbaumschmuck und Karten gebastelt in der Hoffnung, so mit den Leuten ins Gespräch zu kommen.«

Evie blickte auf ihre Liste. Sie hatte zwei Seiten voller Notizen. Es war eine Menge für den Anfang. »Habt vielen Dank, ihr zwei. Ich habe echt schwarzgesehen, aber jetzt bin ich optimistischer, dass ich die Kurve kriege. Ich habe einen Plan, und das Geld, das ich mit Jake Hartwoods Vorhängen verdiene, sollte mir die Luft verschaffen, die ich brauche, um mich ganz auf das Ankurbeln des Ladens konzentrieren zu können.«

»Hoffentlich machen dir deine Eltern vorerst keinen Stress mehr. Ich fasse nicht, dass sie dich zu deinem Ex zurückscheuchen wollen«, sagte Suzie. »Nach dem, was du uns erzählt hast, ist er ein kranker Kontrollfreak, der deine Selbstachtung in Grund und Boden getreten hat.«

»Hat er.« Erst jetzt wurde Evie bewusst, welche Angst sie während ihres Zusammenlebens immer gehabt hatte. Ständig hatte sie sich gesorgt, versucht, ja keinen Fehler zu machen, nicht ungeschickt zu sein oder das Falsche zu sagen. Es war schwer zu erklären, warum sie so lange bei ihm geblieben war oder wie schleichend, beinahe unbemerkt sie beide sich verändert hatten. Zuerst hatte sie seinen selbstbewussten Humor anziehend gefunden. Überdies bewegten ihre Eltern sich in denselben Kreisen, was es so leicht für sie gemacht hatte, ein Paar zu werden. Doch als er begonnen hatte, Karriere zu machen, war er angespannt und kritisch geworden. Er hatte angefangen, sie mit den Partnerinnen seiner Kollegen zu vergleichen, die alle Spitzenanwältinnen oder andere Karrierefrauen zu sein schienen, und da hatte er Evie für minderwertig befunden. Vielleicht war er frustriert gewesen, weil er ein paarmal bei Beförderungen übergangen worden war. Was es auch gewesen sein mochte, er hatte sie immer häufiger mit Vorwürfen traktiert und lächerlich gemacht. Anfangs war es so subtil gewesen, dass sie geglaubt hatte, sie wäre das Problem.

Jetzt wusste sie es besser.

»Seit ich hier bin, kann ich ich selbst sein – und das ist solch eine Wohltat!«

»Natürlich kannst du du selbst sein«, sagte Natasha. »Du bist perfekt, wie du bist, und vergiss das nie, Evie Miller!«

Sie lachte, und unweigerlich dachte sie an Jakes *Auf Wiedersehen, Pollyanna*, bei dem er ein wenig gezwinkert hatte. »Ich glaube nicht, dass ›perfekt‹ das richtige Wort ist – nicht für jemanden, der so tollpatschig ist wie ich.«

»Und ob es das ist. Du bist einer der nettesten und positivsten Menschen, die ich kenne, ob tollpatschig oder nicht. Ich könnte ausflippen, wenn ich daran denke, was du dir von deinem Ex anhören musstest. Der hat dein Selbstvertrauen echt erschüttert, was?«

»Ich glaube nicht, dass es Absicht war …«, setzte sie an, fragte sich allerdings, warum sie Tim verteidigte. »Er wollte einfach nur, dass ich mehr die Frau bin, die er sich gewünscht hat.«

Die Holzscheite knackten leise im Kamin.

»Dasselbe Gefühl hat mir meine Großtante als Kind gegeben«, sagte Natasha leise. »Und es ist das Patentrezept schlechthin für die Katastrophe – in jeder Beziehung. Man kann nicht ändern, wer man ist. Wir alle können nur wir selbst sein, und wenn er dich so nicht annehmen konnte, war und ist er nicht der Richtige für dich.«

Suzie nickte. »Wenn er dich wirklich geliebt hätte, hätte er all deine guten Eigenschaften zu schätzen gewusst, anstatt hyperkritisch zu sein. Hat er eigentlich aufgehört anzurufen?«

Evie sah zu ihrem Handy. Tatsächlich hatte er sich seit dem letzten Anruf nicht mehr gemeldet. »Ja, hat er«, sagte sie, und ihr wurde prompt leichter ums Herz.

»Gut«, sagte Natasha. »Drücken wir die Daumen, dass er die Botschaft endlich verstanden hat.«

»Oh ja, bitte!« Evie lächelte.

Andererseits hatten ihre Eltern zugegeben, dass Tim sie kontaktiert hatte, und ihr Lächeln schwand. Gedankenverloren wickelte sie ihren Pferdeschwanz um den Finger. Sie fragte sich, wie Tim die Nachricht aufnehmen würde, dass ihre Eltern sie nicht hatten überreden können, zu ihm zurückzukehren. Gar nicht gut, befürchtete sie.

Am nächsten Abend schloss Evie ihre Haustür ab und ging den kurzen Weg zum Dog and Partridge. Sie bewegte sich leichtfüßig, befeuert von Adrenalin. Der Parkplatz des Pubs war fast voll, was für einen Samstagabend nicht ungewöhnlich war, und als sie die Tür öffnete, herrschte drinnen Hochbetrieb. Der Lärm von Unterhaltungen und Gelächter kam ihr mit einem Schwall warmer Luft entgegen. Evie blieb stehen, bis sie Suzie und Natasha an einem Tisch in der Nähe entdeckte. Suzie winkte sie zu ihnen.

»Wir haben gedacht, dass dir nach heute sicher die Füße wehtun, deshalb haben wir dir schon mal ein Glas Weißwein geholt, damit du nicht anstehen musst.«

»Vielen Dank!« Evie grinste. »Und was meine Füße angeht, habt ihr wahrlich recht.« Sie knöpfte ihren roten Mantel auf und sank auf einen Stuhl.

»Und, wie war der Weihnachtsmarkt?«, fragte Suzie. »Dein Stand sah fantastisch aus. Die Quilts und Vorhänge waren ein echter Blickfang. Und als ich da war, wirkten die Leute sehr interessiert.«

»Stimmt«, bestätigte Evie zufrieden. Ihr Stand hatte sich wirklich von den anderen abgehoben. Alle anderen hatten nur alte Puzzles, Bücher mit Eselsohren und sonstigen Flohmarktkram angeboten, und keiner hatte sich so viel Mühe gegeben wie sie. Aber es hatte ja auch keiner von ihnen ein Geschäft, das kurz vor dem Bankrott stand, und ein Ultimatum von der Bank im Nacken. »Besser hätte es gar nicht laufen können. Ich habe haufenweise Werbeflyer für die neuen Kurse und Workshops ausgedruckt, über die wir gesprochen haben, und ich habe sämtlichen Baumschmuck und alle Weihnachtskarten verkauft. Die waren sogar so beliebt, dass ich versprochen habe, bis Montagmorgen noch mehr zu machen.«

Morgen hätte sie mit den Karten und Jakes Vorhängen reichlich zu tun.

»Das ist wunderbar!« Suzie erhob ihr Glas. »Auf Evie und Button Hole!« Die drei stießen an.

»Es freut mich riesig für dich«, sagte Natasha. »Du hast so hart an deinem Stand gearbeitet.«

»Ja, aber diese Filzdeko bastle ich inzwischen im Schlaf!« Evie lachte leise. »Und es macht mir Spaß.«

»Ist es sehr schwierig?«, fragte Suzie. »Ich könnte morgen vorbeikommen und dir helfen, wenn du willst.«

»Eigentlich ist es ganz einfach. Und es wäre wunderbar, Hilfe zu haben. Danke, Suzie.«

Ein kalter Luftzug war zu spüren, und Evie blickte auf. An der Tür stand eine einsame Gestalt, und Evies Lächeln gefror.

»Wenn es nicht zu fummelig ist«, fuhr Suzie fort. »Vielleicht könnte ich dann mit den Kindern in der Schule eine simplere Version als Geschenke basteln. Sie mögen so was richtig gern …«

Den Rest hörte Evie nicht, denn das Blut rauschte ihr laut in den Ohren.

»Evie? Was ist?« Suzie lachte. »Du siehst aus, als hättest du einen Geist gesehen.«

Sie schluckte. Suzie und Natasha folgten ihrem Blick zu dem Mann am Eingang. Er schaute sich suchend in dem vollen Pub um. Evie duckte sich nach links und hoffte, er würde sie nicht sehen, aber zu spät.

Als er sie sah, veränderte sich seine Miene sofort, und er bahnte sich einen Weg durch die Menge zu ihr.

»Wer ist das?«, fragte Suzie.

»Ich muss gehen«, sagte Evie schnell und sprang auf. »Er kann nicht – ich kann nicht – nicht hier!«

Doch es war zu spät. Er blieb vor ihr stehen. »Evelyn.«

Sie versuchte, sich an ihm vorbeizudrängen, aber da waren zu viele Leute, die ihr den Weg versperrten, und er war zu nahe. Sie sah, wie ihre Freundinnen einen besorgten Blick wechselten.

Da es keinen Ausweg gab, straffte Evie die Schultern und funkelte ihn wütend an. »Hau ab, Tim. Ich will nicht mit dir reden. Wir haben uns nichts zu sagen.«

»Schatz, bitte«, sagte er mit diesem unbekümmerten Lächeln, das sie einst so charmant gefunden hatte. Aber das war vorbei. Jetzt wusste sie, dass er es ausschließlich für seine Zwecke einsetzte. »Hör mich einfach an.«

Sie sah rot. »Nein! Nichts, was du sagst, wird irgendwas ändern.«

Um sie herum verstummten die Gespräche, und es wurde sehr still im Pub. Alle starrten sie an. Evie lief ein kalter Schauer den Rücken hinunter, und Tim musste ihr Entsetzen bemerkt haben, denn er bekam diesen triumphierenden Ausdruck: Jetzt hatte er ein gebanntes Publikum.

»Komm zurück zu mir. Ich will dich heiraten. Es war gut mit uns.«

Nicht hier, nicht jetzt. Das Herz hämmerte ihr wütend in der Brust. Na schön. Wenn dieser Schuft es so wollte …

»Im Ernst? Nachdem ich dich mit einer anderen im Bett erwischt habe?«

Überall rangen Leute erschrocken nach Luft, und sie hörte, wie aufgeregt geflüstert wurde. Evie wappnete sich. Sie würde sich von ihm nicht niedermachen lassen. Das hatte er schon zur Genüge getan, als sie noch zusammen gewesen waren. Damals hatte seine subtile, aber beharrliche Kritik ihr Selbstwertgefühl vernichtet. Jetzt aber, da sie für Abstand gesorgt hatte, erkannte sie, wie viel von seiner Mäkelei grundlos gewesen war.

Tim verengte die Augen. Es war keine Spur von Reue in seinem Blick, nur Verärgerung, weil sie sein Fremdgehen angesprochen hatte. »Ich habe einen Fehler gemacht. Bloß einen!« Er legte ihr die Hände auf die Schultern, und sofort verspannte Evie sich. »Sei nicht herzlos. Lassen wir das hinter uns.«

Sie schlug seine Hände weg. »Dass du hier mit Klischees um dich schmeißt, verrät nur, wie wenig ernst du es meinst. Du hast nie irgendwas für mich empfunden, Tim. Ich bezweifle, dass du überhaupt jemals für jemanden Gefühle hattest, außer für dich selbst.«

»Stimmt nicht. Ich habe dich geliebt, Evelyn. Das tue ich noch.«

»Ach ja?«, fragte sie. »Und dennoch war ich dir nie schlank oder elegant genug. Ich habe nie die richtigen Sachen gesagt oder angemessen über die Witze gelacht, die deine frauenfeindlichen Freunde so lustig fanden.«

Er sah sie verwundert an und schien für einen Moment sprachlos zu sein. Dem Meister des Süßholzraspelns fehlten offenbar die Worte. Und sie wusste auch, warum. Früher hatte sie sich ihm gegenüber nie behauptet. Aber heute war sie nicht mehr diese unsichere Frau. Ihn zu verlassen und herzukommen, war die beste Entscheidung überhaupt gewesen. Sein Betrug hatte ihr das Herz gebrochen, aber es war auch ein Segen gewesen, denn es war der Ansporn, den sie gebraucht hatte, um ihn hinter sich zu lassen und ein neues Leben anzufangen.

»Du hast mich früher nicht geliebt, und jetzt könnte ich dich nie wieder lieben.« Er öffnete den Mund, aber sie hielt eine Hand in die Höhe. »Und ich werde es mir nicht anders überlegen, also verschwinde bitte, Tim. Jetzt.«

Der Wirt, Gary, trat vor. »Soll ich den Herrn zur Tür begleiten, Evie?«

Sie warf ihm ein Lächeln zu, gerührt von seiner Geste, bevor sie wieder zu Tim sah. »Danke, aber ich bin sicher, dass er allein nach draußen findet.«

Tim zögerte und blickte sich im Pub um, wo er lauter wütende Gesichter sah; dann drehte er sich um und ging.

Evie ließ sich zurück auf ihren Stuhl fallen, und Suzie umarmte sie.

»Alles klar bei dir?«, fragte Natasha.

»Mir geht es gut«, antwortete Evie.

Obwohl sie nicht sicher war, wie sie das jemals ungeschehen machen sollte. So viel zum Thema »Schmutzwäsche in der Öffentlichkeit waschen«! Ab jetzt kannte jeder in Willowbrook ihr Geheimnis, und das war sagenhaft peinlich.

Jake arbeitete in der Bibliothek, als sein Telefon klingelte.

Louisa.

Er seufzte. Nicht schon wieder!

»Hast du noch mal über meine Einladung nachgedacht?«, fragte seine Schwester. Als er nicht gleich antwortete, fügte sie hinzu: »Zu Weihnachten?«

»Louisa, ich habe dir schon geantwortet«, sagte er gereizt und tippte mit seinem Stift auf den Schreibtisch. Evie Miller passte in einem der Schlafzimmer Vorhänge an, und er konnte entfernt hören, wie sie dabei sang und summte.

»Aber ich hatte dich gebeten, es dir noch mal zu überlegen, schon vergessen? Bitte, Jake. Ich ertrage den Gedanken nicht, dass du Weihnachten allein verbringst.«

Am anderen Ende konnte er seine Neffen rufen und lachen hören. »Nicht mal, wenn es meine eigene Entscheidung ist?«

»Nicht mal dann.« Sie seufzte. »So schlimm sind wir doch nicht, oder? Ich weiß, dass die Jungs ein bisschen anstrengend sein können, aber du warst mal …«

»Louisa«, unterbrach er sie ruhig, »es geht nicht um dich oder die Jungs. Erinnerst du dich an letztes Jahr? Ich will es nicht wieder verderben.«

»Das wird sicher nicht passieren. Und selbst wenn du …«

»Nein!« Er blickte aus dem Fenster auf das überfrorene Tal und zum aufragenden Kirchturm im Dorf. Er war dies hier schon zigmal mit Louisa durchgegangen und mit seiner jüngeren Schwester Scarlett ebenfalls. Und er war es leid, sich erklären zu müssen.

Da er nicht allein im Haus war, zwang er sich, ruhig zu sprechen. »Ich will überhaupt kein Weihnachten, okay? Mir ist nicht nach Feiern.«

»Wir können es auch ganz klein halten. Scarlett ist damit einverstanden.«

»Das ist unfair gegenüber den Kindern.«

»Ohne dich wäre es nicht dasselbe, Jake. Bitte!«

In seinen Schläfen setzte ein Pochen ein. Was war nötig, damit seine Schwester es gut sein ließ? »Es ist besser für alle, wenn ich wegbleibe.«

»Du darfst nicht allein sein! Was willst du machen?«

Weihnachten ignorieren. So tun, als fände es nicht statt. »Das ist wirklich egal. Ich komme klar.«

Sie holte tief Luft. »Hör zu, Jake, Scarlett und ich denken beide …«

»Entschuldige, es ruft jemand an. Ich muss Schluss machen.«

»Ich glaube dir nicht. Du sagst das nur, um …«

Er beendete das Gespräch. Das Display des Handys wurde schwarz, und er starrte es an. Er mochte weder sich noch das, was er eben getan hatte.

Du bist ein Feigling, Hartwood. Ein wahrer Mann würde die Zähne zusammenbeißen und den Zirkus um seiner Schwestern willen durchstehen.

Solch ein Mann war er nicht. Für einen Moment schloss er die Augen.

Maria hatte Weihnachten geliebt. Sie entstammte einer großen italienischen Familie, und oft hatte er sie dabei ertappt, wie sie sehnsüchtig seine Nichte und seine Neffen ansah. Maria und er hatten gehofft, eines Tages eigene Kinder zu haben. Mindestens vier, hatte sie immer gescherzt. Und sie wäre eine großartige Mutter gewesen, geduldig, liebevoll und so vielseitig begabt. Früher hatte er sich oft vorgestellt, wie sie mit einem Kind auf den Knien und einem neben ihr am Klavier saß.

Jake ließ den Kopf hängen und klammerte sich an die Schreibtischkante, als wäre sie ein Rettungsring. Was dachte er sich dabei, seinen Gedanken einfach freien Lauf zu lassen?

Der Gesang oben wurde lauter und Jake sah stirnrunzelnd zur Decke. Was sang Evie da? Er kannte das Lied aus irgendeinem Musical oder so.

Wieder klingelte sein Handy. Seufzend dachte er, es wäre Louisa – bis ihm klar wurde, dass es sich um einen potenziellen Kunden handelte, den er schon seit Tagen zu erreichen versuchte.

»François, hallo!«, sagte er. »Haben Sie meine E-Mail bekommen?«

Der Winzer redete sehr schnell auf Französisch, und Jake hielt sich das andere Ohr zu, um Evies Gesang auszublenden. »Können Sie das bitte wiederholen?«

Wenige Minuten später legte er auf. Keiner von ihnen hatte sich dem anderen verständlich machen können. Jake rieb sich die Stirn und hoffte, das Pochen in seinem Kopf würde sich beruhigen. Das Quietschen einer Trittleiter, die bewegt wurde, ließ ihn aufschauen, und das hohe Singen hob erneut an. Genervt schob Jake seinen Stuhl zurück, sprang auf und stampfte die Treppe hinauf.

Ganz oben auf ihrer Leiter hielt Evie inne, um die atemberaubende Aussicht auf die von Schneekristallen glitzernden Hügel und Dächer des Dorfes zu bewundern. Sie war versucht gewesen, sich einen Monat lang in ihrem Cottage zu verkriechen, bis alle in Willowbrook das Fiasko mit Tim im

Pub vergessen hatten. Leider war das ein Luxus, den sie sich nicht leisten konnte. Sie hatte zu arbeiten, und ganz oben auf der Liste stand die nächste Vorhanglieferung für Old Hall.

Sie wandte sich wieder vom Fenster ab und ihrer Aufgabe zu, wobei sie vor sich hin summte (auf der Fahrt nach Old Hall hatte sie *Das Phantom der Oper* gehört, und jetzt ging ihr die Melodie nicht mehr aus dem Kopf). Jedenfalls war das Positive, dass sie spannende Pläne hatte, um das Geschäft anzukurbeln, und heute Morgen war sie bei den anderen Ladenbesitzern im Dorf gewesen, um zu fragen, ob sie Werbeplakate für ihre neuen Kurse bei ihnen aufhängen durfte. Sie hatte auch ihren Auftritt auf der Website aktualisiert und Bilder von ihren Quilts hochgeladen, und morgen würde sie ihr Schaufenster mit einigen Geschenkideen neu dekorieren. Hoffentlich würde all das bald das Interesse an ihrem Laden wecken.

Sie hängte die Vorhänge zu Ende auf, stieg von der Leiter und trat einen Schritt zurück, um ihre Arbeit zu begutachten. Die Vorhangschals hingen wunderbar. Der schieferblaue Satin mit dem silbernen Stickmuster verlieh dem Raum eine elegante Note. Evie begann, den Stoff in ordentlichen, gleichmäßigen Falten zu drapieren. Was hatte Jake noch gesagt? *Glaub an dich selbst.* Lächelnd reckte sie das Kinn. Ja. Ihre Szene mit Tim war beschämend gewesen, doch sie würde sich von ihm nicht mehr ausbremsen lassen. Sie war entschlossen, ihre ganze Kraft in den Laden zu stecken. Und angespornt von diesem Gedanken, begann sie wieder zu singen. Sie war eben bei der Stelle des Phantoms angekommen, als sich jemand laut räusperte. Erschrocken drehte Evie sich um.

Jake stand in der Tür, und seiner Miene nach zu urteilen, war er nicht hier, um ein Duett mit ihr zu singen. »Kannst du bitte leiser sein? Ich versuche zu arbeiten.« Seine Züge bestanden ausschließlich aus dunklen Schatten und harten Kanten.

»Ups, entschuldige! Es ist so ein großes Haus, dass ich gedacht habe, du hörst mich nicht.« Ihre Wangen wurden glühend heiß.

»Ich arbeite direkt unter diesem Zimmer, und der Lärm lenkt mich sehr ab. Vor allem wenn ich mit einem Kunden in Frankreich telefoniere.«

»Natürlich. Tut mir leid.« Sie musste sich zügeln, keinen Knicks zu machen. Was war es an diesem Mann, das ihn wie eine Figur aus einem viktorianischen Schauerroman wirken ließ?

Er nickte kurz und verschwand wieder. Als sie seinen Schritten auf der Treppe lauschte, fragte sie sich, wie sie bei seinem Besuch im Laden auf die Idee gekommen war, er hätte eine menschliche Seite. Seine Standardeinstellung war »reizbar« und »schlecht gelaunt«.

Evie holte die Haltebänder aus ihrer Tasche, die sie aus auf Draht gefädelten Knöpfen und Perlen gemacht hatte, und befestigte sie an den Zierhaken an der Wand. Als sie einen Schal zurückgebunden hatte und beinahe mit dem zweiten fertig war, stieß sie versehentlich ihre Schachtel mit Gardinenhaken vom Fensterbrett. Die winzigen Plastikhaken kullerten über den Holzboden. Evie bückte sich, um sie aufzusammeln, doch als sie sich wieder aufrichten wollte, verfing sich ihr Haar in dem einen Halteband, und sie gab ein leises Quieken von sich.

Sie versuchte, den Kopf zu drehen, um sich die Bescherung anzusehen, konnte ihn jedoch kaum rühren. Blind tastete sie mit den Fingern. Es hatte sich nicht bloß eine dünne Strähne verfangen, sondern eine sehr dicke, und das ziemlich weit oben. Vorsichtig bewegte sie das Haar mal in die eine, mal in die andere Richtung, um es loszubekommen.

Fünf Minuten später war sie kein Stück weiter – hatte ihr Haar vermutlich sogar noch übler verheddert – und ihr Herz flatterte vor Panik. Sie sah zu ihrer Nähtasche. Die war in Griffweite, und in ihr befand sich eine Schere, nur müsste sie ihr Haar weit oben abschneiden, und das würde sehr auffallen.

Evie ging im Geiste ihre Optionen durch: Jake arbeitete unten, wäre aber der Letzte, den sie fragen konnte, vor allem nach seinen strengen Worten vorhin. Sie angelte ihr Handy aus der Tasche und scrollte durch ihre Kontakte, bis sie Natasha gefunden hatte.

»Nat?«, fragte sie leise.

»Evie! Warum flüsterst du?«

»Erkläre ich dir später. Wo bist du gerade?«

»Zu Hause. Lottie und ich backen einen Weihnachtskuchen. Warum?«

»Du musst mir helfen. Ich hänge fest …« Sie erklärte, was passiert war.

»Ist Jake zu Hause?«, fragte Natasha.

»Ihn kann ich nicht fragen. Er hält mich sowieso schon für bescheuert, und dies hier wird es nur bestätigen. Lieber schneide ich mir die Haare ab, als ihn um Hilfe zu bitten.«

»Nein, schneide sie nicht ab! Was du auch tust, versprich mir, sie nicht abzuschneiden, okay?«

Evie biss sich auf die Unterlippe. Sie konnte schlecht ewig hierbleiben.

»Evie, du hast fantastisches Haar. Versprich es!«

»Okay, versprochen.«

»Gib mir fünf Minuten, und ich regle das.«

»Danke, Nat. Bis gleich.«

Sie steckte ihr Telefon wieder ein und kniete sich so bequem wie möglich auf den harten Boden. Dann öffnete sie den Mund, um sich mit Singen aufzumuntern, als sie das Klingeln von Jakes Telefon unten daran erinnerte, dass es keine gute Idee war. Nicht zum ersten Mal fand sie sich in solch einer misslichen Lage. Als Kind hatte sie sich einmal den Kopf zwischen den Stäben des Treppengeländers eingeklemmt, weil sie eine Tante hatte belauschen wollen, die unten zu Besuch gewesen war. Ihr Vater war sehr wütend gewesen. Evie hob die Knie abwechselnd ein wenig an, weil sie anfingen wehzutun. Hätte ihr Vater sie jetzt sehen können, hätte er *Um Himmels willen, Evelyn, nicht schon wieder! Kannst du denn nicht aufpassen?* gesagt.

Sie war achtundzwanzig Jahre alt, und immer noch war sie mit demselben Kummer beschäftigt.

Die Tür hinter ihr wurde geöffnet, und sie erschrak. »Wie bist du so schnell hergekommen?«, fragte sie und probierte vergebens, den Kopf weit genug zu drehen, um Natasha zu sehen.

»So weit ist es eigentlich nicht«, antwortete eine tiefe Männerstimme.

Vor Entsetzen war sie wie versteinert. »Jake?«

Sie hörte ihn nahen. »Natasha hat mich angerufen.«

Evie schloss die Augen. *Danke, Natasha. Tausend Dank!* Was würde er jetzt von ihr denken?

»Ich … ich weiß nicht, wie das passiert ist. Ich habe mich gebückt, um etwas aufzuheben, und jetzt bekomme ich mein Haar nicht wieder frei.«

Er tauchte neben ihr auf und bückte sich, um sich die Misere anzusehen. Der Duft seines Aftershaves stieg Evie in die Nase und gefiel ihr außerordentlich gut.

»Ich habe eine Schere hier, falls du sie brauchst«, sagte sie verlegen. Plötzlich erschien es ihr gar nicht mehr so schlimm, sich das Haar abschneiden zu lassen und schnellstmöglich zu verschwinden. Alles wäre besser, als in dieser peinlichen Situation mit Jake Hartwood gefangen zu sein.

»Ich musste Natasha schwören, dass ich nichts abschneide«, sagte er. Sie hörte seiner Stimme an, dass er sich konzentrierte, und spürte die flinken Bewegungen seiner Finger.

»Es könnte unvermeidlich sein.«

»Sag Bescheid, wenn es ziept«, sagte er ruhig.

»Tut es nicht.« Seine Berührung war sanft, und er arbeitete geduldig. Sie stellte sich seine langen schmalen Finger vor, und ihre Haut prickelte.

»Es könnte ein bisschen dauern.«

»Ich gehe nirgends hin«, sagte sie und lachte leise. Warum musste ausgerechnet er sie in dieser beschämenden Situation erleben?

Sie hörte seinen leichten, regelmäßigen Atem, und es kam ihr seltsam vertraut vor. Ihre Muskeln spannten sich an, und ihre Haut brannte förmlich. Vielleicht hatte Natasha recht gehabt, als sie sagte, er sei heiß.

Was dies hier umso qualvoller machte.

»Ich hoffe, dein Ex hat dich seit Samstagabend nicht wieder belästigt.«

Vor Schreck riss Evie die Augen weit auf. Ein Kribbeln kroch ihr von der Brust den Hals hinauf. »Davon hast du gehört?« Sie versuchte, ihn anzusehen.

»Nicht bewegen.«

»Entschuldige.«

»Ich habe nicht davon gehört, sondern ich war dort.« Eine kurze Pause folgte. »Ich hatte eine Besprechung wegen einer Weinlieferung.«

Oh Gott. Zuerst lernte er ihre Eltern kennen, und nun hatte er auch noch ihren Streit mit Tim bezeugt. Was musste er denken? »Nicht alle meine Beziehungen sind dysfunktional, ehrlich nicht! Nur die zu meinen Eltern … und zu meinem Ex.«

»Es ist, glaube ich, recht normal, dass zwischen Expartnern eine gewisse Feindseligkeit herrscht.«

»Exverlobten«, berichtigte sie ihn. Warum das eine Rolle spielte, konnte sie nicht sagen. Der Mistkerl war für immer aus ihrem Leben verschwunden. »Du hast recht. Trotzdem war es unangenehm, dass es in der Öffentlichkeit geschah. Mir wäre es lieber gewesen, er hätte akzeptiert, dass es vorbei ist, und wäre mir ferngeblieben.«

»Also hat er dich belästigt?«

Sie nickte und verzog das Gesicht, weil es ziepte. »Erst seit seine Freundin ihm den Laufpass gegeben hat, und bis Samstag nur mit Anrufen. Es war das erste Mal, dass er hergekommen ist. Hoffentlich auch das letzte.« Es bereitete ihr Sorgen, dass er wusste, wo sie wohnte. »Was ich nicht verstehe, ist, dass er kein bisschen zu bereuen scheint, was er getan hat. Ginge es nach ihm, würden wir immer noch Besprechungen mit dem Vikar haben und die Hochzeit durchziehen.« Sie lachte bitter. »Gott, was wäre das für eine Ehe geworden? Das Konzept der Treue hat er jedenfalls nicht begriffen.«

»Manche Menschen betrachten die Ehe als bequemes Arrangement, nicht als lebenslange Verpflichtung.«

»Ja … Ich weiß nicht, was ich jemals in ihm gesehen habe.« Evie rang sich ein Lächeln ab. »Dennoch hat er mir einen Gefallen getan, denn jetzt weiß ich sicher, dass ich ohne ihn besser dran bin. Ohne irgendeinen Mann. Und das Timing ist wirklich gut, denn ich muss mich ganz auf meinen Laden konzentrieren.«

»Pollyanna«, sagte er ruhig, und sie hörte den Anklang eines Lächelns in seiner Stimme, »suchst du in jeder Situation nach dem Silberstreif am Horizont?«

»Oh ja! Und es stimmt – ich habe keine Zeit für eine Beziehung, deshalb ist es gut, dass er mich erst einmal von Männern kuriert hat.«

Er lachte leise, und sie wurde rot, weil ihr klar wurde, dass sie schrecklich viel gesagt hat. Immerhin war er ein Kunde.

Beide schwiegen, allerdings hatte es nichts Bedrückendes. Draußen wurde es dunkel; in der Ferne bellte ein Hund, und unten im Haus antwortete Smoke darauf.

»Danke übrigens für deinen Rat mein Geschäft betreffend. Ich habe einige Pläne gemacht und bin schon viel zuversichtlicher.«

»Schön.«

»Möchtest du sie hören?«

»Deine Pläne? Nicht unbedingt.«

Ganz gleich, wie viel Zeit sie mit diesem Mann verbrachte, seine schroffe Art schockierte sie immer wieder aufs Neue. »Oh«, sagte sie und konnte ihre Enttäuschung nicht verbergen. Warum hatte sie auch bloß eine Sekunde lang angenommen, er wäre interessiert?

»Nähen ist nicht mein Fachgebiet«, fügte er versöhnlich hinzu.

»Nein, wohl nicht.«

»Aber ich bin froh, dass ich dir ein wenig helfen konnte. Wie es sich anhörte, hast du all deine Energie in die Vorhangaufträge investiert und dadurch nicht genug in den Laden.«

»Ja, habe ich. Dumm von mir …«

»Nein, nicht dumm. Eventuell ein wenig kurzsichtig, aber wenn das Geld knapp ist, macht man diesen Fehler gewiss leicht.«

Er hatte recht. Unter dem Druck, die Miete und die laufenden Kosten zahlen zu müssen, hatte sie sich auf jeden Vorhangauftrag gestürzt, der sich ihr geboten hatte. Aber jetzt würde sie sich um ihr Geschäft kümmern. Wenn sie den Auftrag für Old Hall erledigt hatte, verstand sich.

»So«, sagte er eine kleine Weile später.

Sie spürte, wie ihr Haar nach unten fiel, und atmete erleichtert auf. »Ich danke dir vielmals.« Sie stand auf und rieb sich die schmerzenden Knie. Dann strich sie ihr Haar glatt, so gut es ging. »Ich habe dich schon wieder bei der Arbeit gestört. Das tut mir leid.«

»Nicht weiter wild«, antwortete er milde, doch sie wusste, dass es nicht stimmte. Schließlich hatte er sie erst Minuten zuvor sehr streng aufgefordert, mit dem Singen aufzuhören.

Sein Gesichtsausdruck verriet ihr nicht, was in ihm vorging, aber ihr war es sagenhaft unangenehm, dass er sie nicht nur in dieser Lage vorgefunden hatte, sondern auch bei ihrem Streit mit Tim im Pub dabei gewesen war. Jetzt kannte er all ihre beschämenden Geheimnisse: ihre finanziellen Schwierigkeiten, ihre gestörte Beziehung zu ihren Eltern und Tim und ihre unglaubliche Tollpatschigkeit.

»Ich gehe dann mal. Ich … ich war sowieso fast fertig.« Sie wurde wieder rot. Eilig sammelte sie ihre Sachen zusammen, wobei sie erst ihr Handy, dann ihre Tasche fallen ließ. Jake sagte nichts, aber sie spürte seinen missbilligenden Blick, als sie in ihren Jackentaschen nach ihren Autoschlüsseln suchte. Endlich angelte sie den Bund heraus und ließ ihn ebenfalls gleich fallen, sodass er laut klimpernd auf dem Boden landete.

Jake hob die Schlüssel auf und reichte sie ihr. »Du hast heute keinen guten Tag.«

»Danke«, murmelte sie. Gott, er musste sie für einen hoffnungslosen Fall halten! »Ich war schon immer ungeschickt – schon als kleines Mädchen.«

Er quittierte es mit einem kaum merklichen Nicken. »Doch es ist schlimmer, wenn du nervös oder in Eile bist, stimmt's?«

Woher wusste er das? »Ja, genau.«

»Und du hast es immer eilig, von hier wegzukommen. Kein Wunder, dass du letztes Mal dein Notizbuch vergessen hast.«

Sie runzelte die Stirn, weil ihr nicht klar war, worauf er hinauswollte. »Tut mir leid«, sagte sie hastig. »Ich bin ziemlich sicher, dass ich jetzt alles habe. Ich werde dich nicht wieder stören.« Sie schnappte sich ihre Leiter und ging zur Tür.

»Warte!«, rief er.

Evie drehte sich um. Da war ein eigenartiger Ausdruck in seinen Augen, und seine Lippen waren zu schmalen Linien zusammengekniffen. Beklemmende Stille trat ein, in der er dastand, die Hände in den Hosentaschen, und grimmig dreinblickte.

Er musste die Nase voll haben von ihren ewigen Störungen und Katastrophen. Sie hatte sich alle Mühe gegeben, ihn möglichst in Ruhe zu lassen, aber das war ihr nicht gelungen. Evie wappnete sich für das, was er ganz bestimmt gleich sagen würde: Nämlich dass er mit seiner Geduld am Ende sei und sie bitten würde, nicht mehr wiederzukommen. Dass er fortan seine Vorhänge woanders kaufen würde.

Jake schluckte. Ihn kümmerte selten, was andere von ihm dachten, doch dass er eine Frau so fahrig und unsicher machte, beunruhigte ihn. Es bereitete ihm ein schlechtes Gewissen. Er erinnerte sich, was sie zu ihrem Ex gesagt hatte: *Ich war nie schlank oder elegant genug. Ich habe nie die richtigen Sachen gesagt …* Ihre Wangen waren feuerrot, und ihr Blick wirkte verletzt. Jake hatte miterlebt, wie ihre Eltern und ihr Ex sie – zu Unrecht, soweit er es beurteilen konnte – klein gemacht hatten; ihr das Gefühl gaben, minderwertig und ungeschickt zu sein, sodass sie so einen verunsicherten Eindruck gemacht hatte wie jetzt.

Und ihm wurde klar, dass er sich wie ihr Ex und ihre Eltern verhalten hatte. Deshalb floh Evie aus dem Haus, wann immer er auftauchte, und das in solcher Eile, dass sie zu einem Nervenbündel wurde.

Was einzig seine Schuld war.

Das hatte auf seinem Gewissen gelastet, sich schrittweise aufgebaut, bevor Natasha angerufen hatte. Jetzt konnte er es nicht mehr ignorieren: Er war unverzeihlich barsch zu ihr gewesen, als sie sich zum ersten Mal begegnet waren und wegen des Schnees die Nacht gemeinsam verbracht hatten.

»Du musst nicht gehen. Mach ruhig alles hier fertig.«

»Nein, das beende ich ein anderes Mal. Ich habe dich wirklich schon genug gestört – hiermit, mit meinem Singen …« Abermals wurde sie rot, sodass ihre Wangen die Farbe von Pfirsichen annahmen. Von samtigen, reifen Pfirsichen.

Er presste die Lippen zusammen, denn er war gar nicht zufrieden mit sich. »Was das Singen betrifft – tut mir leid. Du hattest mich in einem unglücklichen Moment erwischt. Mein Französisch ist mäßig, und die Verbindung war schlecht. Der Winzer und ich haben uns kaum verstanden, und das schon bevor du angefangen hast zu singen.« Er räusperte sich. »Ich hätte nicht so hart sein dürfen. Es war nicht deine Schuld.«

Sie sah ihn misstrauisch an. »Ist schon gut. Ich weiß, dass dir deine Privatsphäre wichtig ist, und das respektiere ich.«

»Tja, solltest du nicht.«

Sie blinzelte erschrocken.

Leise fragte er: »Hättest du dir wirklich eher die Haare abgeschnitten, als mich um Hilfe zu bitten? Bin ich so schlimm?«

Als sie die Augen weit aufriss, bemerkte er, dass sie die Farbe eines sommergrünen Waldes hatten, eine faszinierende Mischung aus Grün und Kastanienbraun.

»Das hätte Natasha dir nicht erzählen dürfen.« Sie machte auf dem Absatz kehrt und ging schnellen Schrittes davon.

Jake holte sie ein, nahm ihr die Leiter ab und trug sie die Treppe hinunter. »Natasha hat mich lediglich daran erinnert, auf meine Manieren zu achten. Und mir ist klar, dass du mich nicht von meiner besten Seite erlebt hast – heute nicht, aber erst recht nicht in der Schneenacht.«

Sie kamen am unteren Ende der Treppe an und blieben stehen. Evie hatte es so eilig gehabt, dass sie nun außer Atem war. Sie sah ihn stirnrunzelnd an, sagte aber nichts. Smoke, der brav unten gewartet hatte, rieb seinen Kopf an ihrem Oberschenkel.

»Ich … ähm …« Jake strich sich mit der Hand durchs Haar. »Ich entschuldige mich, Evie.«

Ihr Mund bildete einen perfekten Kreis, als sie ihn stumm anstarrte, und ihr Gesicht war von losen Haarsträhnen umrahmt. Sie ist hübsch, dachte er plötzlich. Oder vielmehr mussten andere Männer sie hübsch finden. Besonders wenn sie sich entspannte, wie sie es jetzt sichtlich tat.

»Entschuldigung angenommen«, sagte sie leise und lächelte.

»Und ich schulde dir eine Erklärung«, fügte er hinzu.

»Wofür?«

»Für die Nacht, in der wir eingeschneit waren. Ich war nicht – ich meine, es war nicht – so bin ich nicht immer.« Er rang nach Luft, denn ein bleierner Schmerz regte sich in ihm. Allein darüber zu sprechen, tat weh – weshalb er das Thema nie von sich aus ansprach. Normalerweise nicht.

»Du meinst, du kippst nicht jeden Abend eine ganze Flasche Whisky in dich rein?«, fragte sie schüchtern. Ihre Augen blitzten, und ihre Grübchen kamen zum Vorschein.

Er wollte lächeln, aber er war auch entschlossen, sein Verhalten zu erklären. Also atmete er tief ein. »Es war der Todestag meiner Frau«, sagte er, obgleich ihm bewusst war, dass es keine Entschuldigung für sein feindseliges Benehmen Evie gegenüber war.

»Der Todestag? Ich … ich habe nicht gewusst …«

»Woher solltest du auch? Mir tut aufrichtig leid, wie ich mich aufgeführt und was ich gesagt und getan habe.«

Könnte er die Zeit zurückdrehen, hätte er nicht so viel Whisky getrunken. Er hätte sich in dem Moment entschuldigt, in dem Smoke sie von der Leiter geworfen hatte, und er hätte sich besorgt nach ihrem Befinden erkundigt, anstatt sie anzublaffen, weil sie seine private Trauer störte.

Doch könnte er die Zeit zurückdrehen, gäbe es eine Menge Dinge in seinem Leben, die er anders gemacht hätte. »Ich hatte auf die betäubende Wirkung des Alkohols gehofft. Die natürlich nicht eintrat.«

»Verstehe.« Sie sah ihm direkt in die Augen.

Er räusperte sich abermals. »Ich wollte gerade Abendessen machen.«

Sie folgte seinem Blick zur offenen Küchentür. Auf der Arbeitsplatte lagen eine Packung Reis, eine einsame Zwiebel und ein Stück Fisch. »Natürlich, entschuldige, ich halte dich nicht länger auf«, sagte sie und wandte sich zum Gehen.

»Möchtest du vielleicht bleiben?«, fragte er rasch.

Sie blieb stehen und sah ihn verwundert an.

»Ich weiß, dass ich mir bei dir nicht den Ruf eines idealen Gastgebers erworben habe«, sagte er reumütig, »aber ich möchte es gern wiedergutmachen und dir zeigen, dass ich nicht immer solch ein ungeselliges Monster bin.«

»Zum Abendessen bleiben?« Sie wirkte verwirrt, jedoch auch erfreut.

Prompt wurde er skeptisch. Sie sollte sich keine falschen Vorstellungen machen. Dies war kein romantisches Date, nur ein Essen. Ein schlichtes Essen noch dazu. Andererseits war er nicht arrogant genug sich einzubilden, dass sie sich irgendwie zu ihm hingezogen fühlte, bedachte man den ersten Eindruck, den sie von ihm gewonnen hatte.

»Lachsrisotto – falls du Lust hast.«

Ihre Augen funkelten wie die reifbedeckten Pinienzapfen draußen. »Das klingt köstlich.«

»Dann deute ich das als Ja?« Ihre Begeisterung entlockte ihm ein Grinsen.

»Ein Essen plus die Möglichkeit, Mr. Arktis ein bisschen auftauen zu sehen? Das würde nur ein Idiot ablehnen! Ich bringe die Sachen hier nur zum Wagen.«

Er nahm die Leiter und folgte ihr nach draußen. Es war dunkel und eiskalt, dennoch empfand er eine ungewohnte Wärme in seiner Brust.

Es ist Erleichterung, sagte er sich. Erleichterung, weil er die Gelegenheit genutzt hatte, sein Verhalten in jener Nacht zu erklären und Abbitte zu leisten.

Sie verriegelte ihren Wagen. »Ich helfe dir beim Kochen, sozusagen als Sous-Chef!«

War es richtig gewesen, sie einzuladen? Sie war wahrlich erbarmungslos heiter.

Jake schälte und würfelte die Zwiebel. Evie saß gegenüber an der Kücheninsel auf einem Barhocker, beobachtete ihn und trank Orangensaft, und Smoke lag in seinem Hundebett, das seinen festen Platz in der Küchenecke gefunden hatte. In der kurzen Zeit, die er hier wohnte, hatte Jake festgestellt, dass er diesen Raum, neben der Bibliothek, die zu seinem Büro geworden war, am meisten nutzte.

Evie wies zum Fenster. »Sieh mal, es schneit wieder!«

»Keine Sorge«, sagte er trocken. »Ich habe jetzt vollständig eingerichtete Gästezimmer. Es besteht keine Gefahr, wieder mit mir im selben Raum festzusitzen.«

Sie lächelte.

»Wirkt sich das Wetter auf dein Geschäft aus?«, fragte er, während er die Zwiebeln im Topf umrührte und froh war, zu einem neutralen Thema zurückzukehren.

»Ja, tut es. Bei Schnee fahren die Leute ungern weit. Und laut Wetterbericht soll es bis Weihnachten kalt bleiben. Aber es ist wunderschön, nicht?« Verträumt sah sie zum Fenster. »Wie eine Märchenlandschaft.«

»Nein, es nervt gewaltig. Alle meine Kunden erleiden Einbußen, dabei ist dies gewöhnlich die umsatzstärkste Zeit für Restaurants. Und sogar die Hundespaziergänge sind anstrengender als sonst.«

»Das meine ich nicht. Ich wette, du liebst den Schnee, nicht wahr, Smoke?« Der Hund sah schläfrig zu ihr. Sie wandte sich wieder zu Jake, der Reis in den Topf schüttete und heiße Brühe aus einem Krug hinzugab. »Du machst das wie ein Profi. Kochst du jeden Abend?«

»Nein, nicht jeden, weil ich oft beruflich unterwegs bin. Aber wenn ich zu Hause bin, finde ich es entspannend. Was ist mit dir?«

»Ich koche auf Vorrat, mache einen großen Topf Suppe oder Eintopf, und das esse ich dann die ganze Woche.« Sie lächelte, griff nach ihrem Glas und warf es um. Smoke bellte und Orangensaft verteilte sich überall.

Evie sprang auf. »Oh nein, das tut mir so leid!«

»Ist nicht weiter schlimm«, sagte Jake, stellte das Glas wieder auf und winkte ab, als sie helfen wollte. »Sieh mal, es ist nicht mal kaputt gegangen. Nichts passiert.«

»Ich hole was.« Sie schnappte sich einen Lappen von der Spüle und trat neben ihn.

Ihre Schulter berührten sich, und sie stießen mit den Händen gegeneinander, als sie den Saft aufwischten. Jake verspürte einen merkwürdigen Anflug von – Verlegenheit? Ja, das musste es sein. Schließlich war er es nicht gewohnt, dass jemand ihm so nahe kam.

»Wie wäre es, wenn du auf das Risotto aufpasst?«, schlug er vor und zeigte auf den Topf hinter sich. »Nur umrühren und nach und nach Brühe dazugeben.«

»Okay«, sagte sie unglücklich.

Als er fertig war, schenkte er ihr ein frisches Glas ein und übernahm wieder das Risotto.

»Es tut mir leid«, wiederholte sie.

Etwas an ihrem Gesichtsausdruck erinnerte ihn an Smoke, als er ihn gefunden hatte. »Was? Wir alle werfen hin und wieder Sachen um.«

Sie schüttelte den Kopf. »Ich bin tollpatschiger als die meisten Leute.«

Jake fiel das gerötete Gesicht ihres Vaters ein, und er fragte sich, ob die Vorwürfe, mit denen ihre Eltern sie überhäuft hatten, etwas mit ihrem beschämten Ausdruck jetzt zu tun hatte. »Aber du machst es ja nicht absichtlich, oder?«

»Selbstverständlich nicht.«

»Na dann«, sagte er schulterzuckend, »ist eine Entschuldigung überflüssig.«

Sie ließ die Schultern sacken und schien erleichtert zu sein. Er probierte das Risotto. »Es ist fertig«, verkündete er und füllte auf.

»Köstlich!«, sagte Evie nach dem ersten Happen.

Es war ein simples Gericht, nichts Besonderes. Andererseits schien Pollyanna alles exzessiven Lobes und strahlenden Lächelns würdig zu sein.

»Zitrone?«, fragte er und gab ihr ein Achtel.

»Danke.«

»Was? Warum siehst du mich so an?«

»Ich komme nicht dahinter, welche Farbe deine Augen haben. Sie sehen blau aus, aber in dem linken ist ein brauner Klecks.«

»Segmentale Iris-Heterochromie.«

»Wie bitte?«

Er wiederholte die Bezeichnung. »Es ist erblich. Es kann das Auge vollständig oder teilweise befallen. Bei mir ist es teilweise.«

»Davon habe ich noch nie gehört.«

»Es betrifft auch nur ein Prozent der Menschen.«

»Ein Prozent? Hast du ein Glück!« Sie grinste.

Er neigte den Kopf zur Seite. »So habe ich es nie gesehen.«

»Solltest du aber! Du bist besonders. Außergewöhnlich. Aber das weißt du ja schon, Mr. Arktis.« Sie zwinkerte, und er begriff, dass sie sich über ihn lustig machte.

So seltsam es war, er mochte es, wenn sie diesen Ton anschlug und ihre Augen einen frechen Ausdruck bekamen. Es war erfrischend.

»Du hast gesagt, dass du viel beruflich unterwegs bist«, sagte sie. »Wohin reist du?«

»Meistens nach Frankreich. Ich importiere hauptsächlich französische Weine.«

Er bemerkte, dass sie mit Genuss aß. Und es gefiel ihm, weil er es nicht leiden konnte, wenn Leute in ihrem Essen herumstocherten. Aus dieser Nähe nahm er ihr Parfüm wahr: ein fruchtiger Geruch, der ihn an Äpfel denken ließ.

»Warum französische?«

»Ist eine persönliche Vorliebe. Und viele Leute würden mir zustimmen, dass die Franzosen die besten Weine der Welt machen.«

»Warst du schon mal bei Lucs Familie? Nat hat mir erzählt, dass ihr Weingut und das Château wunderschön sind.«

»Ja, er hat mit mir eine Führung gemacht, als ich neu in das Geschäft eingestiegen bin.«

»Warum hast du die Medizin aufgegeben und bist auf Weinimport umgestiegen?«

Er hörte auf zu essen. Erinnerungen stiegen in ihm auf, die ihm das Denken und Sprechen schwer machten. Evie sah zu ihm.

»Als Maria starb«, sagte er schließlich angespannt, »habe ich meinen Job gekündigt. Ich wollte von vorn anfangen, eine neue Herausforderung.«

Sie nickte, obwohl sie immer noch verwundert aussah. »War es schwierig – beruflich noch einmal von vorn zu beginnen?«

»Ja, aber es hat mir gutgetan, mich mit etwas Neuem zu beschäftigen, und es macht mir nichts aus, viel zu arbeiten. Im Grunde war es mir nur recht.« Wie Alkohol, war auch Arbeit ein Anästhetikum, hielt seinen Verstand beschäftigt und lenkte ihn vom Denken oder Fühlen ab. Leider konnte es ihn nicht von dem Gewicht auf der Brust befreien. Und am Ende des Tages, wenn alle E-Mails verschickt waren und das Telefon nicht mehr klingelte, war das knurrende Monster Trauer immer noch da und wartete auf ihn.

Mitfühlend sah Evie ihn an. »Ich weiß, was du meinst. Mir macht es auch nichts aus, viel zu arbeiten, weil es immer mein Traum gewesen ist, einen Quilt-Laden zu eröffnen und meinen Unterhalt mit dem zu verdienen, was ich liebe.« Sie spießte ein Stück Fisch auf, und er stellte fest, dass sie für jemanden, der behauptete, ungeschickt zu sein, sehr anmutig sein konnte. Mit ihren schlanken Fingern strich sie sich eine lose Haarsträhne hinters Ohr. »Und mir wird nie langweilig wie in meinem alten Job.«

Ihr heiterer Ausdruck verschwand. Es war eine solch drastische Wandlung, dass Jake mehr erfahren wollte. »Was hast du denn vorher gemacht?«

»Ich habe bei einem Juwelier in Knightsbridge gearbeitet. Der stumpfsinnigste Job aller Zeiten.«

Kapitel Sieben

Evie dachte an die Tage, an denen sie sich jeden Morgen aus dem Bett hatte kämpfen müssen. Sie hatte das Glück gehabt, in einer hübschen Wohnung mit viel Grünflächen und Parks drum herum zu leben, dennoch hatte sich die Großstadt so … grau angefühlt. All der Asphalt, der Verkehr und die hohen Gebäude hatten sie zunehmend eingeengt. Manchmal hatte sie Angst gehabt, wenn sie länger bliebe, würde sie selbst sich in Beton verwandeln, wie ihre Umgebung, oder zu einer weiteren Gestalt in einem Businesskostüm in der U-Bahn werden, die auf ihre Füße starrte.

»Warst du von den vielen Diamanten und dem Gold nicht begeistert?«, fragte Jake.

Sofort schüttelte sie den Kopf. »Letztlich sind es nur Steine. Ja, einige sind sehr schön, es aber nicht wert, für sie Hunderttausende Pfund auszugeben.«

»Ich nehme an, deine Kunden waren sehr vermögend?«

Sie rümpfte die Nase. »Stinkreich. Und manche der Männer kauften die teuersten Ringe und sahen ihre Verlobte dabei kaum an. Sie waren nicht verliebt. Das erkannte man an der Art, wie sie mit ihnen geredet haben – oder, in einigen Fällen, auch nicht geredet haben. Selbst wenn Tim nicht getan hätte, was er getan hat, war allein das Arbeiten dort Beweis genug, dass diese ganze Verlobungssache Unsinn ist.«

Er zog eine Augenbraue hoch. »Ich dachte, die meisten Frauen träumen davon, einen Ring geschenkt zu bekommen.«

»Ich nicht.« Evie dachte an Tims schweren Diamantring, den sie sich genüsslich vom Finger gezogen und auf ihn geschleudert hatte. »Den Fehler mache ich nicht noch mal.«

Einst hatte sie Tim geliebt, doch die Alarmglocken hätten schon schrillen müssen, als er die Hochzeit erst zwei, dann sechs Monate aufgeschoben hatte. Jetzt war ihr klar, dass er gehofft hatte, sie würde sich ändern und zu der Frau werden, die er sich wünschte. Aber sie war auch dann nicht schlank oder schön genug gewesen und hatte immer noch keine erfolgreiche Karriere oder nennenswerte Errungenschaften vorzuweisen gehabt. Auch beim Juwelier hatte sie dauernd ihre Verkaufsziele verfehlt, weil sie versucht hatte, den Bedürfnissen der Kunden gerecht zu werden, statt sie zu überreden, den größten und teuersten Diamanten zu kaufen.

Jake tauchte seine Gabel in den Reis auf seinem Teller, doch Evie sah, dass er ihr einen Blick zuwarf. »Du lässt dir hoffentlich nicht von einer schlechten Erfahrung deine Zukunft diktieren.«

»Es geht nicht nur um Tim und was er getan hat. Es geht auch um mich. Ich … ich bin für all das nicht gemacht. Meine Schwester war es, aber ich bin es nicht.«

»Du hast eine Schwester?«

»Hatte.« Sie spießte ein Fischstück auf. »Sie ist gestorben.« Bevor er sein Mitleid bekunden konnte, fuhr sie hastig fort: »Zara hatte eine sagenhafte Karriere, war schön, klug – die Art Frau, von der jeder Mann träumt. Sie und ihr Verlobter waren perfekt füreinander.« Abrupt verstummte sie.

»Wann ist sie gestorben?«, fragte Jake leise.

»Vor fünf Jahren.«

Der Job beim Juwelier war als Zwischenlösung gedacht gewesen, doch nach Zaras Tod hatte Evie sich so verloren gefühlt, dass ihr sowohl die Kraft als auch der Mut gefehlt hatten, sich nach etwas anderem umzusehen.

»Das tut mir leid.«

Sie zuckte mit den Schultern. »Bei dem Juwelier zu arbeiten, hat mir verdeutlicht, dass sich Liebe nicht in Silber oder Platin bemessen lässt. Bei der Liebe geht es darum, wie dich jemand behandelt, wie der oder die andere dich ansieht, wo er oder sie die Prioritäten setzt. Und wenn einen jemand wirklich liebt, spielt die Größe oder der Preis des Rings überhaupt keine Rolle, weil man auch ohne weiß, dass die Beziehung halten wird.«

Sie unterbrach sich, um Luft zu holen, und wurde rot, weil ihr bewusst wurde, dass sie ein bisschen zu leidenschaftlich geklungen hatte. Warum? Sie hatte keine Ahnung. Also aß sie noch ein wenig Risotto und hoffte, dass es Jake nicht aufgefallen war.

»Als ich Maria kennenlernte, steckte ich mitten im Examen«, sagte er. »Ich habe rund um die Uhr im Krankenhaus gearbeitet und hatte keine Zeit für eine Beziehung, war nicht auf der Suche. Doch in dem Augenblick, in dem ich sie sah, wusste ich es.«

Evie starrte ihn erstaunt an. Noch nie hatte sie ihn so offen sprechen gehört – und ohne einen Hauch von Zynismus. »Du hast auf den ersten Blick gewusst, dass du sie liebst?«

»Ja, ich wusste, dass sie die Richtige war. Meine Seelenverwandte.« Und in seinem Blick spiegelte sich bedingungslose Liebe.

Wie romantisch, dachte sie. Und wie tragisch, dass das Leben seiner Frau so früh hatte enden müssen. »*Woher* hast du es gewusst?«

Er griff nach seinem Glas und trank einen Schluck Wasser. Sein Kaschmirpullover schmiegte sich an seine breiten Schultern, und Evie sah, wie sich seine Muskeln spannten, als er sich bewegte.

»Weil es mich umgehauen hat. In dem Moment, in dem ich sie kennenlernte, war es, als würde alles andere schrumpfen und an Bedeutung verlieren. Wir waren auf einer Party, und sie sprach über Musik. Sie kannte sich so gut aus und war so leidenschaftlich – ich hätte ihr die ganze Nacht zuhören können. Sie war klug, talentiert, wunderschön.«

Evie dachte an das Foto neben seinem Bett: Seine Frau war wirklich wunderschön gewesen. Dass sie außerdem noch begabt und intelligent gewesen war, überraschte nicht. Zara war genauso gewesen, und ihr Tod hatte eine klaffende Leere hinterlassen.

»Wow.« Sie sah ihn an. Wie romantisch! Und wie überraschend, wenn man seine schroffe Art bedachte.

Wie musste es sich anfühlen, jemandem zu begegnen und sofort hingerissen zu sein? Sich so unmittelbar und überwältigend zu jemandem hingezogen zu fühlen? Ihre und Tims Geschichte war nicht annähernd so dramatisch gewesen. Sie hatten sich als Kinder gekannt, dann einige Jahre nicht gesehen und waren eines Tages bei einem Sommerfest wieder aufeinandergetroffen. Er hatte sich ihre Nummer geben lassen und seine Charmeoffensive gestartet. Es war aufregend gewesen … aber nicht leidenschaftlich. Sie waren einige Male zusammen ausgegangen, und es fühlte sich natürlich an – unvermeidlich –, dass sie bald ein Paar wurden. Schließlich kannte sie ihn schon ihr ganzes Leben, und seine Eltern waren praktisch wie Verwandte.

Dennoch wurde ihr jetzt bewusst, dass sie keine Ahnung gehabt hatte, wer er eigentlich war. Hinter all dem charmanten Gerede und dem verführerisch guten Aussehen hatte eine selbstsüchtige Schlange gelauert. Das hatte sie nicht begriffen, weil sie zu sehr damit beschäftigt gewesen war, sich damit zu geißeln, sie wäre das Problem.

»Sie war so vollkommen«, fuhr Jake fort, »dass ich nicht dachte, sie würde mich überhaupt bemerken. Als sie es tat, war ich baff. Am nächsten Tag habe ich einen Ring gekauft und ihn mit zu unserem ersten Date genommen.«

Fassungslos sah sie ihn an. »Einen Verlobungsring?«

Er nickte. »Den habe ich ihr erst später überreicht, denn ich wollte sie ja nicht verjagen, aber ich wusste es.« Er holte tief Luft. »Ich wusste es, weil ich mich noch nie so mit jemandem gefühlt hatte …«

»Ich habe ja viele Verlobungsgeschichten gehört, als ich bei dem Juwelier gearbeitet habe, aber noch nie, dass ein Mann den Ring vor dem ersten Date gekauft hat.« Sie sah ihn an, und es fiel ihr schwer, diese romantische Geste mit dem bitteren Zyniker in Einklang zu bringen, mit dem sie in der Nacht des Schneesturms aneinandergerasselt war. »Demnach glaubst du an Liebe auf den ersten Blick?«

»Ich glaube, dass wir alle Seelenverwandte haben, ja.« Als er den Kopf senkte, erhaschte sie einen Ausdruck von Einsamkeit in seinen Augen. Auf einmal schien die Küche erfüllt von seiner Trauer zu sein. Sie war so greifbar, dass auch Evie sie empfand und es ihr die Brust eng machte vor Mitleid mit ihm.

»Es wird leichter«, sagte sie leise. »Es braucht nur Zeit.«

Sie wusste aus eigener Erfahrung, dass die Zeit den Schmerz linderte. Heute konnte sie an Zara denken und lächeln.

»Nein«, erwiderte er verbissen und richtete sich auf. »Meine Gefühle werden sich nie ändern. Ich werde nie eine andere so lieben können, wie ich Maria geliebt habe. Sie war die Liebe meines Lebens und wird es immer sein.«

Gedankenverloren griff er in den Kragen seines Pullovers und zog eine Kette hervor, an der ein schmaler goldener Ring hing. Sein Ehering, vermutete Evie. Kein Platin, kein Weißgold, nicht mal teures Gold, wie es aussah – bloß ein schlichter Ring, der für seine Hingabe an eine Frau stand, die nicht mehr lebte. Evie versuchte zu schlucken und stellte fest, dass sie einen Kloß im Hals hatte.

»Was ist passiert?«, fragte sie vorsichtig.

Er schob seinen leeren Teller weg.

»Hirntumor.« Seine Stimme war heiser vor Schmerz.

Evie hätte ihn gern berührt, ließ es aber. Er war ihr Kunde, was sie nicht vergessen durfte. Und er war unerreichbar. Trotz seiner leidenschaftlichen Worte war da dieser Panzer um ihn, der alle ausgrenzte. »Konnte sie nicht operiert werden?«

Etwas blitzte in seinen Augen auf, und für einen Moment hatte sie den Eindruck, sie hätte ihn gekränkt. Dann verschloss er sich wieder, und seine Miene gefror. »Nein. Sie starb innerhalb weniger Wochen nach der Diagnose.«

»Das tut mir leid.« Sie wusste, wie schlimm es war, jemanden unerwartet zu verlieren, ohne Vorwarnung, ohne Zeit, sich vorzubereiten. Nach Zaras Tod hatte Evie sich monatelang dabei ertappt, wie sie das Telefon zu Hand nahm, um ihre Schwester anzurufen – bevor ihr einfiel, dass Zara nicht mehr da war.

Er zuckte mit den Schultern. Sein versteinerter Ausdruck war zurück, und ihr wurde schlagartig klar, dass es keine Missbilligung war, wie sie bei ihrem ersten Aufeinandertreffen gedacht hatte. Sie hatte ihn mit Tim verglichen, ihn für überheblich und widerlich gehalten. Jetzt sagten ihr diese tiefen Furchen, die sich in seine Stirn gruben, dass sie, wie der Ausdruck in seinen Augen, Trauersymptome waren. Ihm blutete das Herz, weil er die Liebe seines Lebens verloren hatte.

Er nahm ihre Teller und trug sie zur Spüle. Dort klapperten sie laut, als er sie in die Spülmaschine lud, und Smoke öffnete ein Auge wegen der Unruhe. Evie folgte Jake, um ihm den Topf und das Schneidbrett zu reichen und danach die Arbeitsfläche abzuwischen. Dabei beobachtete sie ihn verstohlen und bemerkte, dass seine Bewegungen langsamer und gewichtiger wurden. Er trug seine Trauer wie einen schweren Mantel. Es musste anstrengend und sehr einsam sein.

»Alle sagen mir, ich soll nach vorn sehen …«, sagte er unvermittelt.

Evie hielt mit dem Lappen in der Hand inne. Sie beobachtete, wie er sich durchs Haar fuhr und sich seine Züge vor Schmerz verzerrten.

»… und ich wünschte, ich könnte.«

Sie legte das Wischtuch ab und wählte ihre Worte mit Bedacht. »So einfach ist das nicht. Solche Dinge fordern ihre Zeit, und es ist bei jedem Menschen anders.«

Er sah sie an und hielt ihren Blick. In seinen Augen sah sie Schmerz und Angst. »Was ist, wenn es nicht vergeht? Was ist, wenn es für immer so bleibt?«

Zu Hause in ihrem Cottage schaltete Evie alle Lichter an und machte ein Feuer im Kamin, vor dem sie sich mit einem heißen Getränk und ihrem Nähzeug, einem neuen Quilt aus bunten Dreiecken, die von der Mitte ausstrahlten, hinsetzte. Das Muster hieß »Symbol der Hoffnung.« Von nebenan konnte sie Dorothys Fernseher hören, der so laut gestellt war, dass die Stimmen durch die Mauer drangen, aber das machte Evie nichts aus. Während sie die Marshmallows aus ihrer heißen Schokolade löffelte, dachte sie an Jake Hartwood. Seine tragische Geschichte und die Trauer, die sie in seinen Augen gesehen hatte, als er über seine Frau gesprochen hatte, gingen ihr nicht aus dem Kopf.

»Jetzt denkst du hoffentlich nicht, dass du vor mir weglaufen musst, wenn du mich das nächste Mal siehst«, hatte er gesagt, als sie gegangen war.

»Werde ich nicht«, hatte sie versprochen. Warum sie ein seltsames Kribbeln verspürt hatte, wusste sie nicht genau.

Es muss die Überraschung darüber gewesen sein, dass er mir solche persönlichen Dinge erzählt hat, sagte sie sich. Dennoch erklärte es nicht, warum sie unfähig gewesen war, ihm in die Augen zu sehen.

Sie nahm ihr Nähzeug und schaltete den Fernseher ein, achtete jedoch kaum auf die Sendung über Eisbären. Stattdessen schaute sie sich um, blickte zu dem Bastherz an der Tür, dem Patchwork-Wandbehang, den sie mit Pailletten und Perlen bestickt hatte, damit er im Feuerschein funkelte, und schätzte sich glücklich, dieses gemütliche Cottage ihr Zuhause nennen zu dürfen. Nach dem Einzug hatte sie sich zunächst mit Deko zurückgehalten, weil Tim ihre Wahl als viel zu kitschig und geschmacklos bezeichnet hätte. Dann hatte sie nach und nach hier eine Lampe, dort ein Kissen oder einen Bilderrahmen ergänzt – bis sie schließlich entschieden hatte, dass dies *ihr* Heim war und sie es einrichten konnte, wie sie wollte. Sie konnte ihre Nähmaschine stehen lassen, und keiner beschwerte sich über die Unordnung, niemand kritisierte sie. Es hatte ein wenig gedauert, doch mit der Zeit hatte sie sich von Tims Einfluss befreit. Allein und mit gebrochenem Herzen war sie in Willowbrook angekommen, aber heute liebte sie ihre Unabhängigkeit.

Als Jake über seine Frau gesprochen hatte, war ihr klar geworden, dass ihre Gefühle für Tim nie so stark gewesen waren.

Ja, er hatte ihr wehgetan, aber sie vermisste ihn nicht. Sie sehnte sich nicht so nach ihm wie Jake sich nach Maria. Vielmehr war sie sicher, ohne ihn besser dran zu sein.

Das Summen ihres Handys unterbrach ihre Gedanken. Natashas Name leuchtete auf dem Display auf, und Evie ging sofort ran.

»Hast du mir vergeben?«, fragte Natasha.

Evie lächelte. »Ich hatte gedacht, du kommst mir helfen!«

»Weiß ich, aber ich hätte viel länger zu dir gebraucht, und so furchtbar ist er wirklich nicht. Ich weiß nicht, warum ihr beide auf dem falschen Fuß gestartet seid.«

»Ich schon«, antwortete Evie leise. »Wenigstens jetzt – seit er es mir heute Abend erklärt hat. Er hat mir erzählt, dass unsere erste Begegnung am Todestag seiner Frau stattfand. Da war er extra nach Old Hall gekommen, um allein zu sein, und dann bin ich aufgetaucht.«

»Aha.«

Und plötzlich ergab alles einen Sinn: Dass er betrunken

gewesen war und feindselig reagiert hatte, als er bemerkt hatte, dass er nicht allein war. Entsprechend fiel es ihr schwer, ihre Meinung, er wäre ein unverschämter und ungeselliger Mann, aufrechtzuerhalten, denn sie verstand es. An Zaras Todestag blieb sie auch stets für sich. An dem Tag war es schwierig, unter Menschen zu sein und die komplizierten Gefühle zu erklären, die das Datum wachrief.

»Als Wiedergutmachung hat er mich eingeladen, zum Abendessen zu bleiben«, berichtete sie Natasha.

»Hat er?«

Sie konnte das Grinsen ihrer Freundin an deren Stimme erkennen, ignoriere es aber. »Und er hat über Maria geredet.«

»Seine Frau?«

»Ja.«

»Luc sagt, er erwähnt sie nie. Was hat er gesagt?«

Ich werde nie eine andere so lieben können, wie ich Maria geliebt habe. Sie war die Liebe meines Lebens und wird es immer sein.

»Oh, Nat, es bricht einem das Herz, wie sehr er sie immer noch liebt.« Sie dachte an ihn, allein in dem großen Haus, mit Smoke und seinem Kummer als einzige Gesellschaft. Er schottete sich ab, hielt sich von anderen fern und konnte schroff und unhöflich sein. Aber jetzt, da Evie den Grund kannte, konnte sie nicht umhin, Mitgefühl mit ihm zu haben.

»Anscheinend habt ihr beide euch gegenseitig das Herz ausgeschüttet. Und du bist mir nicht mehr böse, weil ich ihn angerufen habe?«

»Nein, natürlich nicht. Wie sich herausstellt, ist er nicht das Ungeheuer, für das ich ihn gehalten habe.«

»Musste er dir auch nicht die Haare abschneiden?«

Evie erinnerte sich, wie sanft er gewesen war, als er ihr Haar befreit hatte, und sie bekam eine Gänsehaut im Nacken. »Nein, musste er nicht.«

»Gut. Tja, ich bin froh, dass am Ende alles gut ausgegangen ist.«

»Das ist es.« Evie empfand es als Privileg, dass er ihr so viel von seinen Gefühlen anvertraut hatte. Und dass sie ihm hatte versprechen müssen, ihn in Zukunft nicht zu meiden.

Wenn sie ein wenig Sonne in sein Leben brachte, wäre es eine kleine, aber wichtige Veränderung.

Jake zog an der Leine, doch der Hund rührte sich nicht. »Verdammt, Smoke, was ist denn mit dir los?«

Der Schnee war es nicht, was den Hund störte, denn die Straßen und Gehwege rund um den Dorfanger waren geräumt worden. Und überhaupt machte ihm Schnee auch nichts aus, wenn sie über die Hügel wanderten.

»Komm schon. Du hast einen schönen Spaziergang gehabt. Jetzt müssen wir nach Hause.« Jake streichelte den Hund aufmunternd und zog abermals sanft an der Leine, doch Smoke bedachte ihn mit einem vernichtenden Blick. »Na gut, legen wir eine kurze Pause ein. Obwohl ich sagen muss, dass du dir dafür einen ruhigeren Flecken hättest aussuchen können.«

In dem Moment, in dem er die Leine ein wenig lockerer ließ, stürmte Smoke los in Richtung Hauptstraße und zwang Jake hinterherzurennen. Ihm blieb gar nichts anderes übrig. »Smoke, das ist die falsche Richtung«, murmelte er. »Wohin willst du denn bloß? Ah, verstehe.« Vor ihm tauchte The Button Hole auf, und ihm dämmerte es, worum es ging.

Was war es an Evie Miller, dem sein Hund schlicht nicht widerstehen konnte? Sie war unschwer zu entdecken. In dem gepunkteten roten Kleid leuchtete sie förmlich in ihrem ausgeräumten Schaufenster, das sie neu dekorierte. Sie warf sich ihren Zopf über die Schulter und streckte sich, um eine riesige Christbaumkugel zu befestigen. Erst als er näher kam, erkannte er, dass es sich bei den Punkten auf ihrem Kleid um lauter Knöpfe in unterschiedlichen Farben und Größen handelte, die auf den roten Stoff aufgenäht waren. Smoke sprang bellend voraus und riss Jake mit. Evie blickte hinaus und winkte.

Unwillkürlich musste Jake grinsen. Eines musste er ihr lassen: Ihre verschrobene Art hatte etwas Reizvolles, ja, Faszinierendes. Und die Wangengrübchen, die sich zeigten, wenn sie lächelte, ebenso wie ihr heiteres Wesen, waren erfrischend. Irgendwie schaffte sie es, dass der Himmel weiter wirkte, die Sonne leuchtender und die Welt bunter. Und ihre Augen schienen ihn direkt anzustrahlen.

Sie mit ihrem Ex und ihren Eltern zu sehen, hatte unbekannte Emotionen in ihm geweckt. Und die Art, wie sie mit ihr geredet hatten, hatte ihn veranlasst, sich einzumischen. Warum?

Er war sich nicht sicher. Gewöhnlich blieb er für sich. Und ganz gewiss war es keine Angewohnheit von ihm, seine Seele so zu entblößen, wie er es gestern beim Abendessen getan hatte. Doch Evie hatte es ihm so leicht gemacht. Vielleicht weil sie ihre Schwester verloren hatte und es verstand. Die Wolken in ihren Augen hatten Bände gesprochen.

Trotzdem war es ein Fehler gewesen, sich ihr zu öffnen. Die Folge war gewesen, dass er nicht hatte schlafen können und die letzte Nacht damit verbracht hatte, den Erinnerungen an seine erste Begegnung mit Maria nachzuhängen.

Atemlos erreichte er den Laden, wo Smoke hechelnd und schwanzwedelnd vor Evie stehen blieb, die inzwischen auf die Straße hinausgetreten war. Jake nickte ihr zu, und während Evie überschwänglich seinen Hund begrüßte, kämpfte er mit einer bitteren Mischung aus Melancholie und Verzweiflung. Ach, Maria, wird es jemals leichter?

Evie war dabei, ihr Schaufenster neu zu gestalten, als sie sah, wie Smoke sein Herrchen die Straße herunter zu ihrem Laden zerrte. Sie musste leise lachen, weil der Dalmatiner so energisch an seiner Leine zog, dass Jake Mühe hatte, mit ihm Schritt zu halten. Sie ging hinaus, um den beiden Hallo zu sagen. Trotz der Wintersonne war die Luft eisig, und der Himmel war durchgängig kobaltblau.

»Ich muss mich für meinen Hund entschuldigen«, sagte Jake, als sie bei ihr waren. »Er hat entschieden, dass wir nicht am Ende dieser Straße vorbeigehen können, ohne deinen Laden zu besuchen.«

Vor wenigen Tagen noch hätte sie sich weggeduckt, um Jake zu meiden, doch seit gestern Abend fühlte sie sich von ihm nicht mehr eingeschüchtert. Sie hatte seine Gesellschaft sogar richtig genossen. Ihr gefiel sein trockener Humor und wie seine Augen blitzten, wenn sie sich über ihn lustig machte.

Sie lachte und war froh, dass sie den Wassernapf an der Tür aufgefüllt hatte. »Das ist wunderbar«, entgegnete sie und streichelte den aufgeregten Dalmatiner. »Hallo, Smoke, ich freue mich auch sehr, dich zu sehen.« Dann richtete sie sich auf und fügte hinzu: »Hätte ich doch mehr treue Kunden wie ihn.«

»Bilde dir bloß nicht ein, dass er sich für Nähen interessiert. Er will nur deine Leckerlis.«

Sie zögerte. »Ich wollte gerade einen Tee machen. Möchtest du reinkommen?«

»Danke, aber ich kann Smoke nicht zu lange draußen in der Kälte lassen.«

»Ah.« Das musste sie ihm zugestehen: Er mochte nicht sehr gesellig sein, aber sein Hund war ihm wirklich wichtig. »Es ist sehr kalt, nicht? Allerdings herrliches Wetter zum Spazierengehen. Hell und klar, überall Schnee, und dieser wunderbare Wintergeruch …«

»Der Winter hat einen Geruch?« Bei dem strengen Stirnrunzeln wäre sie einst innerlich zusammengezuckt, doch das geschah nicht mehr. Jetzt bemerkte sie das Funkeln in seinen Augen, nahm diesen Anflug von Humor wahr. Und es brachte ihre Haut zum Kribbeln.

»Du weißt schon, nach Zimt und anderen Gewürzen, Kaminfeuer, Kiefernduft, Orangen und Früchtekuchen.« Er sah sie verständnislos an, aber sie war jetzt in Schwung. Sie schlang sich die Arme um den Oberkörper und fuhr lächelnd fort: »Ich liebe diese Jahreszeit. Sie dreht sich ganz um weiche Wollpullover, knisternde Kaminfeuer und …«

Er nahm eine Hand hoch »Hör bitte auf. Ich bekomme Angst, dass du gleich anfängst, etwas aus *Sound of Music* zu singen.«

Wieder lachte sie. Sie traten beiseite, um ein Paar vorbeizulassen, das aus der Bäckerei nebenan kam.

»Gehe ich recht in der Annahme, dass du Weihnachten magst?«, fragte Jake trocken.

»Winter«, korrigierte sie. »Ich liebe den Winter.« Ihr Lächeln schwand. Auf Weihnachten freute sie sich nicht mehr. Nicht mehr, seit Zara gestorben war. Seitdem war es eine

Zeit, in der sich der Schmerz besonders bemerkbar machte, in der leere Stühle am Esstisch betonten, wer fehlte, und die Stimmen ihrer Eltern falsch klangen, wenn sie sich bemühten, eine Fröhlichkeit vorzugaukeln, die sie nicht empfanden.

»Und die Vorweihnachtszeit«, sagte sie, wobei sie ihre Worte mit Bedacht wählte. »Die Vorfreude. Aber …«

Smoke neigte den Kopf zur Seite und fixierte sie mit seinen dunklen Augen, als würde auch er gespannt zuhören.

»Aber?«, hakte Jake nach.

»Weihnachten selbst würde ich gerne verpassen«, antwortete sie ehrlich. Ihr grauste davor, nach Hause zu ihrer geschrumpften Familie zu fahren. »Du hast meine Eltern kennengelernt. Wenn ich bei ihnen bin, verbringe ich die ganze Zeit mit dem Gefühl, dass ich nicht ihren Erwartungen entspreche und sie mit den Entscheidungen, die ich getroffen habe, enttäusche. Oder die ich nicht getroffen habe.«

»Dann bleib einfach hier«, sagte er schulterzuckend.

Sicher konnte sogar dieser ungesellige Mann verstehen, dass das ausgeschlossen war. »Ich muss. Familie ist Familie, und … und ich bin alles, was sie haben.«

»Du musst überhaupt nichts. Du bist eine erwachsene Frau.«

»Wir alle haben unsere Verpflichtungen. Ich könnte nicht nicht hinfahren, ohne einen guten Grund zu haben.«

»Zum Beispiel?«

»Weiß ich nicht. Und es ist sowieso müßig. Weihnachten kommt und lässt sich nicht vermeiden. Was ist mit dir? Was hast du an den Feiertagen vor?«

»Nichts.«

Die Vorstellung, dass er allein in dem riesigen Haus saß, versetzte ihr einen Stich. »Kommen keine Verwandten zu Besuch?«

»Nein.« Sein Gesicht nahm einen strengeren Zug an, und er sagte nichts mehr.

Evie fand den Gedanken schrecklich, dass jemand an Weihnachten allein war. Es war gewiss noch schlimmer, als das Fest mit ihren Eltern zu verbringen. »Hast du irgendwelche Verwandten?«

»Zwei Schwestern.«

»Was ist mit ihnen?«

»Die machen ihr eigenes Ding und wissen, dass ich nichts von Festlichkeiten halte.«

Aha, also war es seine Entscheidung, allein zu sein. »Du hältst nichts von Festlichkeiten? Warum überrascht mich das nicht?« Sie schüttelte den Kopf. »Du bist der Grinch.«

Diese Bemerkung würdigte er keiner Antwort, obwohl Evie sicher war, dass sie ein klein wenig Belustigung in seinen Augen aufblitzen sah, ehe er zu seinem Hund sagte: »Komm, Smoke. Gehen wir lieber zurück.«

Sorge regte sich in Evie. Sie verstand, warum er sich zurückzog, dennoch konnte es nicht gesund sein, sich ständig mit seiner Trauer zu verkriechen, oder?

»Weihnachten ist eine schwierige Zeit, wenn man jemanden verloren hat«, sagte sie leise. »Doch das bedeutet nicht, dass man sich selbst zur Einsamkeit verdammen muss.«

Finster runzelte er die Stirn. »Du hörst dich wie meine Schwester an. Was ich tue, ist meine Sache.«

Bei seinen scharfen Worten und der strengen Miene wich sie einen Schritt zurück. Er ging, und sein Hund trottete hinter ihm her. Evie blickte ihnen nach, die Arme fest um sich geschlungen, um sich zu wärmen.

Eben wurde es besser zwischen ihnen, da musste sie das Falsche sagen. Mal wieder.

Evie lauschte ihrer Kundin, die ihr erklärte, was sie mit der kleinen Sammlung an Stoffstücken vorhatte, die vor ihr ausbreitet waren. Sie hatte einige wunderschöne Muster in einer kühnen Kombination von Smaragdgrün und Fuchsia gewählt.

»Meinen Sie, es ist zu ehrgeizig, das selbst zu machen? Eigentlich bin ich ja Anfängerin, aber Nähen macht mir solchen Spaß, und diese Stoffe passen perfekt in mein Wohnzimmer. In den Videos auf YouTube sieht es so einfach aus, aber vielleicht ist es schwieriger, als ich gedacht habe.«

»Allzu schwierig ist es nicht, und ich denke, Sie sollten es unbedingt probieren. Aber da es Ihr erstes Mal ist, würde ich vorschlagen, dass Sie einen Einsteckkissenbezug machen. Es ist ein einfacher Schnitt, ohne Reißverschluss oder Knöpfe. Hier«, sie griff nach einem Ordner hinterm Tresen, den sie eigens für solche Momente dort deponiert hatte. »Diese Broschüre beschreibt es Schritt für Schritt.«

»Oh, danke!« Die Frau strahlte. Beim Blättern erschienen jedoch Sorgenfalten auf ihrer Stirn.

»Die Fachbegriffe können ein bisschen abschrecken, ich weiß, aber es ist wirklich ganz einfach, versprochen. Und wenn Sie unsicher sind wegen irgendwas, rufen Sie mich gerne jederzeit an oder kommen Sie vorbei.«

Die Sorgenfalten verschwanden. »Danke. Dann will ich mal hoffen …«

Das schrille Telefonklingeln unterbrach sie, und beide drehten sich um.

Evie erstarrte. Obwohl sie Tim im Pub unmissverständlich hatte abblitzen lassen, wurde sie immer noch nervös, wenn das Telefon läutete.

»Dann lasse ich Sie mal rangehen«, sagte die Kundin und packte ihre Stoffteile zusammen. »Vielen Dank für Ihre Hilfe. Auf Wiedersehen.«

Evie nahm das Telefon ab. »The Button Hole, was kann ich für Sie tun?«

»Hallo, Liebes. Ich habe es auf deinem Handy versucht, aber da ist gleich die Mailbox angesprungen.«

»Weil ich arbeite, Mum.«

Ihre Mutter ignorierte ihre Worte. »Ich muss mit dir über Weihnachten reden.«

Evies Neugier war geweckt. Sie blickte sich um, ob niemand im Laden war, bevor sie fragte: »Weihnachten? Was ist damit?«

Da war ein kurzes Zögern. »Rupert und Angela haben uns eingeladen.«

Tims Eltern. Evie stutzte. »Wann? Das verstehe ich nicht.« Sie konnte nicht meinen …

»Am ersten Feiertag.«

Blind griff Evie nach einem Hocker und setzte sich. »Nein!«

»Und wir sollen natürlich über Nacht bleiben. So können wir etwas trinken und müssen uns keine Gedanken übers Fahren machen.«

»Ihr sagt doch nicht zu, oder?«

»Wir denken darüber nach. Deshalb rufe ich an – um zu fragen, was du meinst.«

Das konnte doch nicht wahr sein! Ihre Eltern konnten nicht ernsthaft erwarten, dass sie das mitmachte, oder doch?

»Wird Tim da sein?«

»Selbstverständlich. Und bei all den Mistelzweigen überall, weiß man nie, was passiert.«

»Mum, ich komme nicht mit! Ihr … das könnt ihr nicht von mir verlangen.«

»Ach, Evie, bitte. Denk drüber nach.«

Tat sie, und allein dabei brach ihr schon kalter Schweiß aus.

»Sie sind unsere besten Freunde …«

»Tim hat mich betrogen! Habt ihr das vergessen?«

»Hier geht es nicht nur um dich, Evie«, erwiderte ihre Mutter. »Und es könnte nett sein, an Weihnachten mal was anderes zu machen.«

Sie hörte den wehmütigen Unterton ihrer Mutter und biss sich auf die Unterlippe. Der unterschwellige Schmerz war ebenso klar wie die unausgesprochene Botschaft. Diese Jahreszeit war hart ohne Zara. Vielleicht wäre es gut für sie, den Tag mal anders zu verbringen …

Evie war hin und her gerissen. Einerseits wollte sie ihren Eltern auf jede ihr mögliche Weise helfen, die Feiertage durchzustehen. Wenn ihnen das Zusammensein mit Freunden half, dem Schmerz zu entkommen, war Evie bereit, darüber nachzudenken. Andererseits konnte sie Weihnachten nicht mit Tim feiern. Mit jedem anderen, aber nicht mit ihm.

War es egoistisch von ihr? Musste sie sich mehr anstrengen und um ihrer Eltern willen ihre eigenen Gefühle außer Acht lassen?

Sie blickte auf. Eine der riesigen Deko-Garnspulen an der Decke drehte sich träge erst nach rechts, dann nach links. Evie schloss die Augen. Was sollte sie tun?

»Evie! Ich bin es! Evie – bist du da?«

Jake hämmerte an die Tür ihres Cottage und war sich vage bewusst, dass er genug Lärm machte, um die ganze Straße aufzuschrecken. Sein Herz pochte so energisch gegen seine Rippen wie seine Faust gegen das weiß lackierte Holz.

»Evie …«, hob er erneut an, da schwang die Tür auf.

»Jake! Was ist los?«

»Smoke«, fragte er atemlos. »Ist er hier?«

»Smoke? Nein. Warum?«

Die Worte sprudelten ihm aus dem Mund. »Er ist weggelaufen. Ich war mit ihm auf den Feldern nahe dem Dorf unterwegs, als irgendwelche Kinder Böller gezündet haben. Da hat er Angst bekommen und ist losgerast! Ich habe gedacht – gehofft –, dass er zu dir gerannt ist.«

Er hielt die nutzlose Leine in die Höhe, die Fingerknöchel traten weiß hervor, so fest hielt er sie umklammert. Was, wenn Smoke von einem Auto angefahren wurde? Oder er die ganze Nacht bei diesen Temperaturen draußen bliebe? Jake ertrug den Gedanken nicht. Er blickte die Straße hinunter in die Dunkelheit.

»Oh nein!« Evie zog den Gürtel ihres Morgenmantels fester zu.

»Er war wie der Blitz weg. Ich bin ihm noch hinterher, aber es war so dunkel, dass ich ihn binnen Sekunden verloren hatte. Ich suche schon seit Stunden nach ihm, rufe ihn. Ich war auch beim Haus, weil ich gedacht habe, er hat vielleicht zurückgefunden, doch nirgends ist eine Spur von ihm. Nichts. Ich weiß nicht, wo er ist …« Ihm brach die Stimme, und er strich sich mit einer Hand durchs Haar. Er konnte seine Verzweiflung nicht verbergen. Oder seine Angst um den Hund. »Smoke …«

Er wusste nicht, wie er es ausdrücken sollte. Smoke bedeutete ihm alles. In den letzten Jahren hatten sie die dunkelste Zeit gemeinsam durchgestanden.

»Okay. Denk nach. Wo wart ihr, als er weggelaufen ist?«, fragte Evie. »Und in welche Richtung ist er gelaufen?«

»Wir waren am Bach. Und er ist zum Dorf gerannt.«

»Gut, ich hole meinen Mantel und eine Taschenlampe, und dann helfe ich dir suchen.«

»Danke«, sagte er matt. Es würde nichts bringen, denn er hatte schon alles abgesucht. Aber es war nett von ihr, ihm Hilfe anzubieten, und vier Augen sahen mehr als zwei.

»Hast du Luc angerufen?«, fragte sie, als sie einen Moment später in ihrem roten Mantel und mit einem gigantischen Schal um den Hals gewickelt erschien. Als sie sich ein Paar Fellstiefel anzog, bemerkte er, dass sie im Pyjama war.

»Nein … ich … äh …« Ihm wurde bewusst, dass Evie die Erste gewesen war, an die er gedacht hatte.

»Wie wäre es, wenn du ihn jetzt anrufst? Bitte ihn, die Gegend um Poppy Cottage abzusuchen, und eventuell kann er nach Old Hall gehen, falls Smoke inzwischen doch wieder dort sein sollte. Ich trommle einige Freunde zusammen.«

Jake zog sein Handy aus der Tasche. Während er mit Luc sprach, klopfte Evie bei ihren Nachbarn, und bald gesellte sich in der schmalen Gasse ein kleiner Trupp zu ihnen.

»Das ist George«, erklärte Evie ihm, als er auflegte. Jake nickte dem Mann mit dem grau melierten Bart zu. »George ist pensionierter Feuerwehrmann.«

»Zu meiner Zeit habe ich nach manch einem verlorenen Haustier gesucht«, sagte George stolz. »Keine Sorge, Mr. H., wir suchen das Dorf gründlich ab.«

»Machen wir«, bestätigte eine Frau mittleren Alters neben ihm. »Armes Tier. Und wie dumm von den Kindern, Böller zu zünden. Wenn ich herausfinde, wer das war, kriegen die was zu hören!«

»Wo haben Sie den Hund zuletzt gesehen?«

Jake zeigte in die entsprechende Richtung. »Gleich außerhalb des Dorfes. Da drüben.«

»Wir schwärmen in Gruppen aus und suchen im Dorf und auf den Feldern in der Nähe.«, erklärte George. »Evie?« Er wandte sich zu ihr. »Bleib bei Mr. Hartwood, und wir rufen an, sobald wir Smoke gefunden haben.«

Sie nickte und überprüfte, ob ihr Handy laut gestellt war.

»Also, Leute«, fuhr George fort. Er hatte alle in kleine Gruppen eingeteilt und zeigte nun der Reihe nach auf sie. »Ihr nehmt die Straße, ihr geht zum Dorfanger …«

»Komm«, sagte Evie zu Jake. »Versuch, dir keine zu großen Sorgen zu machen. Er ist ein sehr kluger Hund. Wahrscheinlich versteckt er sich irgendwo und kommt raus, wenn er sich beruhigt hat. Wir finden ihn.«

Jake folgte ihrem roten Mantel die Gasse hinunter zum Dorfanger. Während sie die Gehwege und Hecken nach Spuren von einem kauernden Dalmatiner absuchten, gingen Türen auf, und mehr Leute strömten mit Taschenlampen und Hundepfeifen heraus.

Bald waren Dutzende in Paaren und kleinen Gruppen unterwegs, suchten und riefen nach Smoke. Und Jake spürte, wie sich der Knoten in seiner Brust ein wenig lockerte. Wärme breitete sich in ihm aus: All diese Menschen, denen er nie begegnet war, halfen ohne zu zögern bei der Suche. Halfen ihm.

Kapitel Acht

»Ich hätte nicht so spät mit ihm rausgehen sollen«, sagte Jake, als sie den Weg zum Dorfrand entlanggingen und den Bach ableuchteten. »Ich wollte früher mit ihm los, aber dann rief ein Kunde an, und danach musste noch Papierkram erledigt werden …«

Evie richtete ihre Taschenlampe auf das Gebüsch und schaute hinter jeden Strauch. »Es ist sinnlos, sich Vorwürfe zu machen. Dass diese Kinder Böller gezündet haben, war schlicht Pech.«

Er leuchtete über das Wasser. In dieser Jahreszeit hatte der Bach seinen Höchststand, und das Wasser war eisig. Evie versuchte, nicht daran zu denken. Und auch nicht daran, dass der arme Smoke irgendwo in der Dunkelheit war, verirrt, ängstlich und allein.

»Ich hätte ihn schnell anleinen müssen. Ich hätte …« Kopfschüttelnd seufzte er und ließ seine Taschenlampe sinken. »Wenn ihm etwas passiert …«

Jake Hartwood schaffte es mal wieder, Evie zu überraschen. Wieder einmal zeigte er sich ihr von einer neuen Seite. Er war offenkundig besorgt und gab sich keine Mühe, seine Gefühle zu verhehlen. Wie viel hatte es ihn gekostet, um Hilfe zu bitten, wenn er doch sonst jede Kommunikation mit anderen auf ein Minimum beschränkte?

»Komm«, sagte sie. »Gehen wir auf dem Weg weiter.«

Sie stiegen den kleinen Hang nach oben, und Evie konnte weiter hinten Lichterkegel sehen und Leute nach Smoke rufen hören. Alle teilten dieselbe Sorge, und gemeinsam suchten sie nach dem Dalmatiner. Bei so vielen Leuten, die das Dorf absuchten, mussten sie ihn irgendwann finden. Bis dahin wollte Evie ihr Bestes geben, Jake zu beruhigen.

»Wie lange hast du Smoke schon?«, fragte sie, weil sie beschlossen hatte, dass Ablenkung gut wäre.

»Seit er ein Welpe war.«

Sie leuchtete auf die schneebedeckten Sträucher und Blumenkübel vor den Cottages. In dem dämmrigen Licht der Straßenlampe nahmen sie gruselige Formen an und warfen gespenstische Schatten. Doch Evie gab die Hoffnung nicht auf, das auffallend schwarz-weiße Fell des Dalmatiners jeden Moment zu erblicken.

»Hast du ihn gekauft?«

»Nein, gefunden. Oder vielmehr hat er mich gefunden. Er kreuzte eines Tages vor unserer Haustür auf. Wir dachten, dass er überfahren worden wäre, weil er so zerschunden aussah. Allerdings legte sein Verhalten eher nahe, dass er von dem Vorbesitzer misshandelt worden war.«

Wir? Meinte er sich und seine Frau?

»War er scheu?«

Jake nickte. »Er duckte sich, wenn wir uns ihm näherten. Es dauerte eine Weile, bis er uns vertraute. Jedenfalls brachte ich ihn zum Tierarzt, der ihn behandelte und mir empfahl, ihn ins Tierheim zu bringen, wenn seine Verletzungen verheilt waren.«

»Was du nicht getan hast.«

Sie erreichten das Ende der Straße und bogen um die Ecke. Die Lichter wurden heller, als sie sich der Dorfmitte näherten, und hier waren die Straßen geräumt. Ihre Schritte hallten in der verschlafenen Stille.

»Doch, hatte ich, nur habe ich es mir anders überlegt, als ich dort ankam. Ich konnte ihn nicht abgeben.« Er verstummte, wieder verschlossen wie meistens.

Evie lächelte, denn seine Worte sprachen für eine tiefe Liebe zu seinem Hund. »Warum nicht?«

»Weiß ich nicht. All die anderen Hunde in den Zwingern zu sehen, die so groß waren, und er war ein kleiner Welpe, der so viel durchgemacht hatte …« Er zuckte mit den Schultern. »Außerdem schien er mich schon als sein Herrchen anerkannt zu haben.«

»Smoke betet dich an.«

»Er ist fehlgeleitet. Und letztlich ist er nur froh, dass ich ihn nicht so misshandle wie sein Vorbesitzer.«

»Unsinn! Ist er zu jedem freundlich?«

»Eigentlich misstraut er Fremden meistens. Du bist eine Ausnahme.«

»Wann hast du ihn gefunden?«

»Vor drei Jahren.«

Bevor seine Frau starb. »Dann hat er Maria gekannt?«

»Ja.«

Sie war froh, dass Smoke da gewesen war, um Jake durch die schwierige Zeit nach ihrem Tod zu helfen. Er brauchte Smoke ebenso sehr wie der Hund ihn.

»Er war immer sanft mit ihr, schon bevor wir von dem Tumor erfuhren. Als hätte er etwas gewusst, von dem wir nichts ahnten. Und er war mir eine große Hilfe, nachdem sie gestorben war. Es gab Tage, an denen er mich morgens aus dem Bett lockte. Wäre er nicht dagewesen, ich weiß nicht, was ich getan hätte …« Mehr sagte er nicht, was auch nicht nötig war. Evie las es ihm an den Augen ab.

»Tut mir leid, Mr. H.«, sagte George zwei Stunden später. Es war beinahe Mitternacht. »Wir haben alles getan, was wir heute Nacht tun können. Ich ziehe gleich morgen früh wieder los, wenn es hell wird. Aber bis dahin schlafen wir alle lieber ein wenig.«

Jake nickte, obwohl Evie wusste, dass er kein Auge zubekommen würde. Sie strich ihm kurz über den Arm. »Smoke kommt schon klar«, sagte er. »Er ist ein schlauer Hund. Und, wer weiß, vielleicht findet er nach Old Hall zurück.«

Er antwortete nicht, und sein ängstlicher Blick brach ihr das Herz. Sie beobachtete, wie er in seinem alten Wagen wegfuhr, und in ihren Manteltaschen drückte sie fest die Daumen.

»Wenn der Hund zu den Feldern gerannt ist, können wir ihn im Dunkeln nicht finden«, sagte George, als sie zur Love Lane zurückgingen.

»Jake glaubt nicht, dass er das tun würde. Smoke hat einige Lieblingswege, und er mag das Dorf.« Der Dalmatiner war das Gegenteil von seinem Halter: freundlich und vertrauensvoll. Zumindest war er es ihr gegenüber.

»Wir haben das ganze Dorf durchkämmt. Wenn er da wäre, hätten wir ihn inzwischen entdeckt.«

Evie wurde mulmig, als sie sich den Hund allein in den verschneiten Hügeln vorstellte. »Aber es ist so kalt. Er wird Probleme haben, sich in dem Schnee warmzuhalten.«

George klopfte ihr auf die Schulter. »Hunde sind nicht dumm. Sie haben einen hervorragenden Überlebensinstinkt. Ohne Frage wird er sich einen geschützten Platz suchen, an dem er sich zusammenrollt.«

»Ich hoffe sehr, dass du recht hast, George.«

In Old Hall füllte Jake Smokes Näpfe mit Futter und Wasser und stellte sie in der verzweifelten Hoffnung vor die Haustür, dass der Geruch den Hund nach Hause locken würde, sofern er sich in der Nähe befand. Danach wanderte er rastlos durchs Haus. Er konnte nicht ins Bett gehen. Sollte Smoke heimkommen und er oben sein, würde er ihn nicht hören. Und überhaupt war er viel zu unruhig, um zu schlafen.

Den Garten hatte er vorhin schon abgesucht, machte es aber noch mal, rief nach Smoke, blieb stehen und lauschte auf ein fernes Bellen. Aber die Nacht war vollkommen still, die verschneiten Felder glitzerten weiß, und unten im Tal waren die fahlen Lichter des Dorfes zu sehen. Nachdem er fünfmal durch Haus und Garten gestreift war, raufte er sich die Haare und blickte gen Himmel. Was konnte er noch tun?

Nichts. Er musste warten. Der Kopf schwirrte ihm vor Erschöpfung, und seine Beine fühlten sich zittrig an. Er ging wieder nach drinnen.

Die Haustür ließ er halb offen, falls Smoke nach Hause kam, und baute sich ein Behelfsbett aus Sofakissen und einem Überwurf. Er stellte einen Heizlüfter auf, um die Kälte abzuwehren, dann legte er sich hin und blickte hinaus zu dem Streifen Himmel, der durch die Tür zu sehen war.

Es war wolkenlos, was bedeutete, dass die Temperaturen fallen würden.

Kurz schloss er die Augen, und blanke Verzweiflung übermannte ihn. Du musst auf das Schlimmste gefasst sein, Hartwood.

Er wusste, wie grausam das Leben sein konnte. Nur weil man jemanden liebte, hieß es nicht, dass derjenige immun gegen Unglück war und immer bei einem blieb. Es gab keine Garantien. Andere zu brauchen und zu lieben, machte es bloß umso qualvoller, wenn das Schlimmste geschah.

Die Sterne verschwammen, und eine dicke Träne rann ihm über die Wange. Er schmeckte Salz.

Smoke verdankte er sein Leben. Ohne ihn hätte er die Zeit nach Marias Tod nie und nimmer überstanden. Als alle anderen, sogar seine Familie, vor seinen Wutausbrüchen, seinem Frust und seinem Schweigen flohen, war Smoke an seiner Seite geblieben und hatte nichts weiter verlangt als Futter und einen Schlafplatz. Nie fordernd, immer treu.

Und wie übel hatte Jake ihn heute Nacht im Stich gelassen. Er drehte sich auf die Seite. Gott, er hätte nicht gedacht, dass er immer noch so viel empfinden konnte, und dennoch wurde ihm die Brust eng, als er sich Smoke bibbernd im Dunkeln vorstellte.

Dies war der Preis, den man zahlte, wenn man jemanden an sich heranließ.

Als Maria gestorben war, hatte er geglaubt, alles verloren zu haben. Jetzt erkannte er, dass er sich geirrt hatte.

Evie stöhnte, als ihr Wecker klingelte. Sie öffnete ein Auge, um nach der Zeit zu sehen. Warum hatte sie den Wecker so früh gestellt? Sie hatte erst wenige Stunden geschlafen, nachdem sie die Suche nach Smoke aufgegeben hatten.

Der Workshop! Deshalb musste sie früh raus. Heute kamen zehn Leute, die lernen wollten, wie man eine wattierte Tablet-Hülle anfertigte, und dafür musste sie noch einiges vorbereiten.

Sie stand auf und schaute auf ihr Handy. Keine Nachricht von Jake. Oder jemand anderem. Ihr wurde das Herz schwer.

Sie beschloss, Jake später anzurufen, duschte rasch, schlüpfte in ein gestreiftes Wollkleid und ging zum Button Hole. Es war noch dunkel und still im Dorf. Während sie um die Ecke bog, kramte sie in ihrer Tasche nach den Schlüsseln. Sie war nur noch ein kleines Stück vom Geschäft entfernt, als ihr ein Schatten vor der Tür auffiel. Sie blinzelte im dämmrigen Licht und ging schneller.

»Smoke? Nein, das kann nicht sein ...« Die Umrisse waren zu klein und zu still.

Dann bewegten sie sich. Zwei Augen schimmerten, und als Evie näher kam, war das gepunktete Fell deutlich zu erkennen. Der Hund kam bellend auf die Beine.

»Smoke!«, rief sie, als er sie zur Begrüßung ansprang. »Du meine Güte! Du hast zurückgefunden, du kluger, kluger Hund! Ich kann es nicht glauben!«

Wieder bellte Smoke und wedelte mit dem Schwanz.

Evie griff in ihre Tasche, um unverzüglich Jake anzurufen. Während sie wartete, dass es klingelte, streichelte sie Smoke. »Ich kenne jemanden, der sehr glücklich sein wird, dass wir dich gefunden haben.«

Evie hatte kaum den Motor ihres Autos ausgeschaltet, als Jake schon die Beifahrertür aufriss und Smoke raushüpfte, um ihn begeistert zu begrüßen.

»Bin ich froh, dich zu sehen!« Jake umarmte den aufgeregten Hund.

Evie stieg aus und lächelte beim Anblick der beiden.

»Ich habe ihm einige Leckerlis gegeben«, sagte sie, »aber ich glaube, er hat immer noch Hunger.«

»Er muss ausgehungert sein. Komm, Smoke, versorgen wir dich mal mit Futter.«

Evie folgte ihnen nach drinnen, wo sie in der Diele über einen zerwühlten Bettüberwurf stieg. Jake hatte eindeutig nicht in seinem Bett geschlafen.

In der Küche schlang Smoke sein Fressen hinunter, und Jake hockte neben ihm. »Wo war er?«, fragte er.

»Vor meinem Laden. Und hat geschlafen. Ich weiß nicht, wie lange er dort gelegen hat.«

Jake strich liebevoll mit der flachen Hand über den Rücken des Hundes. »Ich fahre später mit ihm zum Tierarzt und lasse ihn durchchecken.«

»Sicher geht es ihm gut, wenn er sich erst aufgewärmt hat.«

»Ich riskiere nichts. Weiß der Himmel, was er durchgemacht hat ... Mann, ich fühle mich so schlimm!«

Er richtete sich auf. Seine Haut war blassgrau vom Schlafmangel, und Evie erinnerte sein Anblick an den Abend ihrer ersten Begegnung. Nur lag diesmal kein Alkoholgeruch in der Luft. »Jake, es ist nicht deine Schuld.«

Mit zusammengepressten Lippen beobachtete er seinen Hund. »In den letzten zwei Jahren hat es Tage gegeben, an denen mich allein die Arbeit und Smoke am Leben erhielten. Die Arbeit, weil sie mich ablenkte, aber Smoke ...« Er rieb sich über das unrasierte Gesicht. »Er war einfach da.«

Evie schaute zu, als er sich bückte und den Hund streichelte.

»Warst du, nicht? Ja. Braver Hund.« Der Hund berührte seine Hand mit der Schnauze, ging zu seinem Korb und legte sich hin. Von dort aus blickte er zu ihnen, und Jake sprach weiter: »Ich denke, er hat verstanden, wie ich mich fühlte – was ich brauchte. Besser als jeder sonst. Meine Schwestern riefen an und kamen vorbei, redeten über Nichtigkeiten, um mich auf andere Gedanken zu bringen, oder stellten mir Fragen, die alles noch schlimmer machten. Smoke hingegen blieb schlicht in der Nähe.«

Seine Stimme war belegt, und Evie schluckte. Der Blick, mit dem er seinen Hund ansah, war reine Liebe.

»Wenn ich wütend war oder zusammenbrach, war er einfach bei mir. Und wenn es zu viel wurde und ich nur die Augen schließen wollte …« Er stockte. »… stupste er mich an und winselte. Er hat einen sechsten Sinn, ehrlich. Oft hat er mich bewegt, mit ihm rauszugehen, und wenn ich zurückkam, war mein Kopf klarer. Es ging mir besser. Alles dank Smoke.«

Evie blinzelte angestrengt. »Tja, jetzt ist er in Sicherheit.«

»Vielleicht sollte ich ihn künftig nicht mehr von der Leine lassen«, sagte Jake stirnrunzelnd.

»Oh, Jake, ich weiß, dass er dir alles bedeutet, aber das ist wirklich nicht nötig. Die Böller waren ein einmaliges Vorkommnis. Und sicher werden die Kinder, die das waren, es nicht wieder tun, wenn sie hören, was passiert ist.«

»Kann sein. Und er gewöhnt sich hier noch ein. Wir sind erst seit ein paar Wochen in der Gegend. Für ihn ist alles noch fremd.«

»Eben.«

Er räusperte sich. »Danke, Evie. Ich bin dir sehr dankbar für deine Hilfe. Euch allen.«

»Ach, nicht der Rede wert. So ist es hier. Alle halten zusammen und helfen sich gegenseitig. Es war sogar irgendwie spaßig, all die Leute mit ihren Taschenlampen zu sehen.«

»Ich kann immer noch nicht glauben, wie viele mitgesucht haben. Und ich würde mich gern revanchieren. Was kann ich tun?«

»Du musst nichts tun. Smoke ist wohlbehalten zu Hause, und nur darauf kommt es an.«

Sie sahen zu dem Hund, der sich in seinem Korb zusammengerollt hatte. Jake ging hin, hockte sich zu ihm und streichelte ihn. »Er ist erschöpft«, murmelte er. »Schlaf jetzt. Du bist zu Hause, und dir kann nichts mehr geschehen.«

Der Hund klopfte einmal mit dem Schwanz, die Augen geschlossen.

»Ich fühle mich dennoch in der Schuld der Leute«, sagte Jake und stand wieder auf. »Sie sind teils aus ihren Betten aufgestanden, um ihn zu suchen. Das war … unglaublich. Die meisten von ihnen kennen mich nicht mal.«

Sie überlegte. »Tja, wenn du wirklich etwas tun willst, gibt es eine Möglichkeit …«

»Welche?«

»Sie wird dir nicht gefallen.«

»Sag schon.«

»Der Weihnachtsball, hier, auf Old Hall.«

»Aber Weihnachten ist in zehn Tagen!«

Ihr Bauch verkrampfte sich. Die Zeit verging so schnell. Sie fragte sich, ob ihre Eltern sich die Sache mit der Einladung zu Tims Eltern noch einmal überlegt hatten. Ein kalter

Schauer lief ihr über den Rücken. Sie hoffte inständig, die beiden kämen zur Vernunft und würden absagen.

»Ist es. Aber die Räumlichkeiten sind schon mal vorhanden. Wie schwer kann es sein, ein bisschen Musik und Essen aufzutreiben? Du könntest die Leute sogar bitten, dass jeder etwas zu essen mitbringt, und sicher findet sich im Dorf jemand, der freiwillig die Musik übernimmt.«

»Ich weiß nicht …«

»Wo ein Wille ist, ist ein Weg«, sagte sie lächelnd.

»Allzeit optimistisch«, erwiderte er, aber seine Augen funkelten amüsiert.

Aus Gründen, die ihr schleierhaft waren, fühlte sie sich auf einmal, als würde sie im Leerlauf bergab rauschen, und ihr Herz schlug schneller. Sie lächelte. »Du hast gefragt, was du tun kannst …«

»Ich glaub's nicht!«, rief Natasha. »Er gibt den Ball?«

»Das hat er gesagt.« Evie füllte den Korb mit dem Filz-Weihnachtsschmuck auf. Der ging weg wie warme Semmeln, genauso wie die Gutscheine für ihren Laden, die sie taktisch klug auf dem Tresen ausgelegt hatte. Ihre Kasse klingelte wie noch nie, was wunderbar war. Jetzt musste sie einen Weg finden, wie sie die Umsätze auch nach Weihnachten stabil hielt.

»Wie hast du ihn überredet?«

»Musste ich kaum. Er war so gerührt, weil wir alle mitgeholfen haben, Smoke zu suchen.« Auf Natashas verwunderten Ausdruck hin lachte Evie. »Ich weiß! Jake Hartwood und Rührung passen eigentlich nicht zusammen.«

Natasha lehnte sich gegen den Tresen und blickte aus dem Fenster. Heute waren ihre Fingernägel mit Christmas-Puddings bemalt. »Also, das ist wunderbar. Allerdings bleibt uns nicht viel Zeit, was zum Anziehen zu finden, oder?«

»Nein.« Evie nagte an ihrer Unterlippe. »Ich habe kein Kleid, das elegant genug wäre.« Und sie hatte auch kein Geld, um eines zu kaufen. Ihr Darlehen abzubezahlen hatte Vorrang.

»Vielleicht kann ich dir eines leihen.«

Evie betrachtete ihre zierliche Freundin mit der schmalen Taille. In einem von Nataschas hübschen Kleidern sähe sie lächerlich aus – falls die Nähte nicht ohnehin gleich aufplatzten. »Das ist sehr nett, aber ich glaube nicht, dass mir deine Kleider passen.«

»Dann willst du eines kaufen?«

Evie schüttelte den Kopf. »Wer muss sich ein Kleid kaufen, wenn hier all diese Stoffe sind, um es selbst zu nähen?« Grinsend wies sie zu den Regalen um sie herum. »Am besten fange ich gleich an.«

Natasha war bereits an der Tür, als sie stehen blieb und sich umdrehte. »Ach so, bleibt es dabei, dass du nächste Woche zu uns zum Essen kommst? Es wäre schön, dich zu sehen, ehe wir nach Frankreich abreisen. Suzie schafft es nicht, weil sie morgen schon über die Feiertage nach Hause fährt.«

»Natürlich. Ich freue mich drauf.« Auf das Essen mit ihren Freunden freute sie sich sehr viel mehr als auf Weihnachten mit ihren Eltern. Sie betete nur, dass sie die Einladung von Tims Eltern nicht annahmen.

»Gehst du zum Ball, Dorothy?« Evie besuchte am Abend ihre Nachbarin, die sich seit dem ersten Schnee nicht mehr aus ihrem Cottage traute. Sie hatte einen Quilt mitgebracht, an dem sie die Einfassung von Hand annähte.

»Wie bitte?«

Evie wiederholte die Frage.

»Selbstverständlich. George hat gesagt, dass er mich fährt, und ich möchte den Ball auf keinen Fall verpassen.« Dorothys Stricknadeln klackerten in einem schnellen Takt. »Da ist es immer sehr festlich, musst du wissen.«

»Ich bin mir nicht sicher, ob es dieses Jahr auch so sein wird. Es bleibt sehr wenig Zeit für die Vorbereitungen.«

Dorothy griff nach ihrem Sherryglas und leerte es. »Könntest du mir bitte nachschenken, meine Liebe?«

Evie tat es. Dorothy bot ihr auch immer ein Glas an, aber sie zog es vor, bei heißer Schokolade zu bleiben.

»Bei dem Ball habe ich meinen Mann Charlie kennengelernt«, erzählte die alte Frau mit einem Funkeln in den Augen. Sie beendete eine Reihe und drehte die Nadeln um.

Evie richtete den Quilt auf ihrem Schoß und betrachtete ihn prüfend. »Seid ihr euch da zum ersten Mal begegnet?«

»Das nicht direkt. Wir kannten uns schon dem Namen nach, hatten uns aber nie unterhalten. Bei dem Ball hatten wir Gelegenheit, uns besser kennenzulernen.« Sie zwinkerte.

»Dorothy!«

Das Klackern der Nadeln hob wieder an, schneller denn je. »Ach, so viele Romanzen entstanden beim Weihnachtsball. Mehr, als man zählen kann.«

»Aha? Meinst du, dieses Jahr wird es auch welche geben?«

»Natürlich. Zum Beispiel mit dem neuen Besitzer.«

»Jake?«

Dorothy nickte. »Es wäre schön, wenn er eine Frau fände. Das Haus ist doch viel zu groß für einen Mann allein …«

»Das wird nicht passieren«, sagte Evie leise. Sie dachte daran, wie verletzlich er gewesen war, als er Smoke verloren hatte, und wie ungemein erleichtert und froh er gewesen war, seinen geliebten Hund wiederzuhaben. Allein bei dem Gedanken wurde ihr das Herz schwer.

»Wie bitte, meine Liebe? Das habe ich nicht verstanden.«

»Ich habe gesagt, dass Jake nicht an einer Romanze interessiert ist.«

Dorothy schnalzte mit der Zunge. »Auch der zugeknöpfteste Mensch kann sich von ein bisschen Musik, Lametta und Weihnachtsmagie hinreißen lassen.«

Evie schüttelte den Kopf. »Er hat den Verlust seiner Frau noch nicht verwunden.«

»Na, dann braucht er vielleicht einen kleinen Schubs in die richtige Richtung. Er ist noch jung. Und sehr gut aussehend, findest du nicht auch?«

Sie wurde rot. »Nun … Autsch!« Ein winziger Tropfen Blut quoll ihr aus dem Finger. Sie saugte ihn weg und legte den Quilt beiseite, um ihn nicht schmutzig zu machen.

»Er kann nicht ewig trauern. Ein bisschen Romantik in seinem Leben könnte genau das sein, was der Doktor verschreiben würde. Wäre ich vierzig Jahre jünger …«

Leise lachte Evie.

Dorothy ließ ihr Strickzeug sinken. »Allerdings hoffe ich sehr, dass er sich einen ordentlichen Vorrat an Sherry zulegt.«

Evie stieg aus dem Taxi und blieb stehen, um den Anblick zu bewundern. Von weißen Lichtern gesprenkelte Weihnachtsbäume säumten die Auffahrt, und Old Hall wurde von goldenen Bodenstrahlern angeleuchtet. Es sah umwerfend aus. Geschmackvoll und majestätisch.

Sie strich den langen, geraden Rock ihres Kleides glatt und empfand einen Anflug von Panik. Heute Nachmittag war sie noch begeistert davon gewesen, wie der silberne und blaue Satin das Licht einfing und gleich einem Meerjungfrauenschwanz schimmerte. Jetzt war sie unsicher. Sie wusste, dass Tim diesen auffälligen Stoff und den figurbetonten Schnitt nicht gemocht hätte. Er hätte ihr gesagt, sie solle sich etwas Weiteres anziehen, um ihre Hüften zu kaschieren und weniger Aufmerksamkeit auf ihre Oberweite zu lenken.

Dann entdeckte sie Natasha an der Tür und winkte. Es war ohnedies zu spät, sich wegen ihres Outfits zu sorgen. Also atmete sie tief ein, straffte die Schultern und machte sich auf den Weg hinein.

Die große Diele war mit Christbaumkugeln und Immergrün geschmückt, und neben der breiten Treppe entdeckte sie eine Band. Die Musiker waren in Jeans und Leder gekleidet, hatte graue Zöpfe und spielten bekannte Sechzigerjahre-Hits, die jeder mitsingen konnte. Doch während die Gäste entweder tanzten oder mit Drinks in den Händen umherschlenderten, stand Jake oben an der Treppe – eine einsame Gestalt, die hinter der hölzernen Brüstung blieb und das Treiben unten beobachtete.

Evie mischte sich unter die Leute und plauderte mit Luc, Natasha und der kleinen Lottie. Dann, als sie sah, dass Jake immer noch allein oben war, beschloss sie, zu ihm zu gehen. »Ich bringe dir einen Orangensaft«, sagte sie zu ihm.

»Danke.« Er nahm das Glas, das sie ihm hinhielt.

Sie nippte an ihrem Getränk. »Deine Fliege gefällt mir«, sagte sie, wobei sie auf die blaue Seide mit den roten Punkten deutete. Sie hatte ihn noch nie etwas anderes als schwarz, grau oder dunkelblau tragen gesehen. »Die Farbe steht dir.«

Vielleicht lag es am Licht oder der glitzernden Weihnachtsdekoration um sie herum, jedenfalls hatten seine Wangen mehr Farbe und seine Augen wirkten lebendiger. Sie tippte mit dem Fuß im Takt zur Musik, die so laut war, dass sie rufen musste. »Wie geht es Smoke? Ich hoffe, er hat auch eine Fliege um.«

Jake warf ihr einen amüsierten Blick zu. »Er ist in der Küche. Dort ist es ruhig, und er hat reichlich zu futtern. Ich habe den Caterern gesagt, sie sollen mir Bescheid geben, wenn er im Weg ist.«

»Dann gehe ich später zu ihm, Hallo sagen.«

»Hallo sagen? Muss ich dich daran erinnern, dass er nicht sprechen kann?«

»Smoke mag mich, und er sagt gerne Hallo.« Inzwischen war ihr Jakes trockener Humor vertraut, dennoch hätte man viel leichter mit ihm auskommen können, wäre er weniger reserviert gewesen und so freundlich wie sein Hund.

Sie zupfte an ihrem Rock und wünschte, sie hätte einen weniger figurbetonten Schnitt gewählt. Zudem sorgte sie sich, dass der Ausschnitt zu tief war. »Es ist sehr nett von dir, diesen Ball zu veranstalten. Und so kurzfristig. Wie hast du das angestellt?«

»Heidi hat einige Gefallen eingefordert. Es ist verblüffend, was Leute auf die Beine stellen können, wenn man bereit ist, ihnen genug zu bezahlen«, sagte er zynisch.

Die Band beendete einen Titel mit einem großen Tusch, und es folgte eine kurze Pause. Die relative Stille war ein Segen.

»Warum bist du allein hier oben, anstatt die Party zu genießen?«

»Ich bin kein Partymensch.«

Sie betrachtete ihn einen Moment. »Ich denke, insgeheim magst du es.«

»Was?«

»Gutsherr zu sein«, scherzte sie. »Zuzuschauen, wie die dankbaren, aber gewöhnlichen Dorfbewohner ihren Spaß haben.«

»Du dichtest mir ein Klischee an. Ich bin kein Gutsherr.«

»Leugnest du, zurückhaltend zu sein und Gesellschaft zu meiden?«

Er erwiderte ihren Blick, doch sie konnte nicht erkennen, ob er belustigt oder genervt war. Er war so schwer zu verstehen, und trotzdem wusste sie, dass unter der Oberfläche intensive Emotionen brodelten. Es war mehr als offensichtlich gewesen, als Smoke vermisst worden war.

Spielerisch stieß sie ihn mit dem Ellbogen an. »Wie wäre es, wenn du mir das Gegenteil beweist und mit nach unten zum Tanzen kommst?«

»Das glaube ich kaum.«

»Mir machst du nichts vor. Unter diesem strengen Äußeren verbirgt sich ein warmherziger Mann, der insgeheim die ganze Nacht Boogie tanzen will.«

»Boogie?« Er rümpfte die Nase. »Von wegen …«

Die Musik begann wieder, diesmal in einem schnelleren Rhythmus. Die Leute fingen an, Twist zu tanzen, und jeder, auch die ältere Generation, strebte auf die Tanzfläche. Sogar die alte Dorothy nahm ihren Gehstock und hievte sich hoch.

»Oh, ich liebe diesen Song!«, sagte Evie und wiegte sich auf der Stelle.

Jake zeigte nach unten. »Ich halte dich nicht auf.«

»Willst du nicht tanzen?«

Er verneinte stumm.

Schulterzuckend ließ sie ihn stehen und eilte die Treppe hinunter. Sie fand ihren Nachbarn, George, und twistete neben ihm. Alle lachten und genossen die Musik.

Etwas später blickte sie nach oben und sah, dass Jake weg war. Sie schaute sich um. Er war nach unten gekommen, jedoch nicht, um zu tanzen; er sprach mit den Bedienungen und den Gästen. Da sie fand, dass es sie nichts anging, wandte sie sich ab. Die Band spielte noch einen Siebzigerjahre-Klassiker, danach ein paar Beatles-Songs, zu denen alle mitsangen. Die Eingangshalle füllte sich, und als Evie ein Tippen auf der Schulter spürte, ignorierte sie es, weil es so voll war, dass man ständig gegen jemanden rempelte und sie sich daher nicht persönlich gemeint fühlte. Erst als George zunächst sie voller Erstaunen ansah und dann auf irgendetwas hinter ihr blickte, drehte sie sich um.

Da war Jake – und er tanzte mit Dorothy! Nun ja, Dorothy tanzte weniger, als dass sie schlurfend ihren Gehstock umkreiste.

»Ich konnte ihn da doch nicht allein stehen lassen«, sagte Dorothy augenzwinkernd und keck grinsend.

Evie lächelte, denn sie vermutete, dass Dorothy ihn bei der Hand genommen und auf die Tanzfläche gezerrt hatte. Und gewiss war Jake zu höflich gewesen, um sich zu sträuben. Indes schien er nicht unglücklich zu sein. Ein bisschen reserviert und schweigsam durchaus, aber nicht unglücklich.

»Das ist genug für mich!«, sagte Dorothy, als der Song endete und Jake und sie sich zu Evie gesellten, bevor das nächste Lied begann. »Ich brauche jetzt ein Glas Sherry. Tanzen Sie mit Evie«, sagte sie und versetzte Jake einen sanften Schubs.

Evie und Jake blickten ihr grinsend nach, als sie sich entfernte und einen Arm im Takt der Musik schwang.

»Sie ist nicht so gebrechlich, wie ich gedacht habe«, stellte Evie fest. »Seit dem ersten Schnee hat sie das Haus nicht mehr verlassen. Tja, vielleicht hat sie einen kleinen Hüttenkoller, weil sie so lange allein zu Hause gehockt hat.«

»Sie hat mir gesagt, dass sie die Musik mag, weil sie so laut ist, dass sie alles hört«, erzählte Jake, wobei er einen Mundwinkel nach oben zog.

Die Menge drängte sie etwas näher zusammen, und Evie bemühte sich, nicht zu starren, aber sein schwarzer Anzug und das schmal geschnittene weiße Hemd schmeichelten ihm sehr, und ihre Augen waren nun mal auf einer Höhe mit seiner Brust. Der Stoff spannte sich bei seinen Bewegungen, und sie war sich seines schlanken, festen Oberkörpers allzu bewusst. Ihre Haut kribbelte, und das nicht bloß, weil es so warm war.

»Also tanzt du doch. Wer hätte das gedacht?«, neckte sie ihn betont locker.

»Dorothy hat mir keine Wahl gelassen.«

»Es sah aus, als hätte es dir Vergnügen bereitet.«

»Du hast mich bereits als frostigen Langweiler abgestempelt, folglich werde ich mir sicher nicht den Ruf ruinieren, indem ich zugebe, dass ich Spaß hatte.«

Sie strahlte. »Abgestempelt hast du dich selbst, Mr. Arktis!«

Jake umfasste ihre Hand mit seiner und wirbelte Evie herum. »Vielleicht hast du recht gehabt«, sagte er, wobei er sich zu ihr neigte, damit sie ihn verstehen konnte. »Vielleicht wollte ich doch Boogie tanzen.«

Evie drehte sich und sang mit. Seine Verwandlung erstaunte sie. Er hatte alles Steife abgelegt und wirkte vollkommen entspannt. Plötzlich wurde die Musik langsamer. Er legte Evie die andere Hand unten an den Rücken, wo die Berührung einige wohlige Schauer auslöste. Es war magisch, aufregend. Doch was sie am meisten faszinierte, war, zu erleben, wie sehr er das Tanzen zu genießen schien. Ihr wurde die Brust eng.

Es fühlte sich wie ein kleines Wunder an.

Jake schlenderte durchs Esszimmer und begutachtete, was die Caterer servierten. Alles hatte einen einfachen, rustikalen Touch: Lammeintopf, Brot, Käse und Häppchen, außerdem Obst und kleine Schälchen mit verschiedenen Desserts. Er selbst aß nichts und blieb nur dann stehen, wenn Leute ihn ansprachen.

»Wie schön, dass Sie die Tradition des jährlichen Weihnachtsballs beibehalten, Mr. Hartwood.«

»Großartige Party, Mr. Hartwood. Wann besuchen Sie uns mal in der Tierhandlung? Wir haben ein kleines Geschenk für Ihren Hund, als Dankeschön für heute Abend.«

»Das ist sehr freundlich, aber wirklich nicht nötig.«

»Ah, Mr. Hartwood, kennen Sie Lynn? Sie trägt hier die Post aus.«

»Freut mich sehr«, sagte Jake und schüttelte Hände.

Und ihm wurde überraschend bewusst, dass er es ernst meinte. Dabei hatte er sich vor dem heutigen Abend gefürchtet. Der Gedanke, sein Haus Fremden zu öffnen, hatte seinen

Fluchtinstinkt geweckt. Was jedoch wider die Absicht gewesen wäre, mit der diese Einladung ausgesprochen worden war. Er war entschlossen, den Menschen von Willowbrook seine Dankbarkeit für die Hilfe bei der Suche nach Smoke auszudrücken; also hatte er die Zähne zusammengebissen und sich auf die Invasion gefasst gemacht. Es sind nur wenige Stunden, hatte er sich gesagt. Doch jetzt, als die Party im Gange war, kam er sich nicht so belagert vor, wie er erwartet hatte. Einige seiner Gäste waren ihm bekannt, nicht nur Luc und Natasha, die früh gegangen waren, weil Lottie müde gewesen war, sondern auch Bob von der Tankstelle und Jean, die ihn immer im Dorfladen bediente.

Und natürlich Evie.

Er bahnte sich seinen Weg zurück durch die Eingangshalle, wo die Band noch spielte und die Leute die Tanzfläche bevölkerten. Als er mit Evie getanzt hatte, hatten ihre Augen gefunkelt, und ihre Wangen waren gerötet gewesen. Sie war trotz aller Widrigkeiten so fröhlich, von solch trotziger Zuversicht. Genau das Gegenteil von ihm. Er merkte, wie sich ein Lächeln auf sein Gesicht schlich. Und dann war sie da, als hätte er sie mit seinen Gedanken heraufbeschworen. Sie half Dorothy zur Haustür, vor der ein Taxi wartete. Jack folgte ihnen hinaus in den Schnee.

»Gute Nacht, Dot!«, rief Evie und schaute zu, wie das Taxi kehrtmachte und die Einfahrt hinunter in die Nacht entschwand.

Der blaue und silberne Stoff ihres Kleids schimmerte im Mondlicht. Er kam Jake vage bekannt vor, auch wenn er nicht sagen konnte, woher. Und sie hatte sich das Haar ausnahmsweise zu einem sehr sauberen, glatten Pferdeschwanz zurückgebunden. Die Frisur betonte ihre elfenhaften Züge, ihre winzige Nase und die schönen Augen. So ähnelte sie Audrey Hepburn.

»Noch eine gute Tat vollbracht, Pollyanna?« Tatsächlich bewunderte er ihre Aufmerksamkeit und Freundlichkeit. Dorothy und George hatten ihm erzählt, wie großzügig sie allen ihre Zeit schenkte und stets jedem half, der irgendetwas brauchte.

Sie wirbelte überrascht herum. »Oh, das zählt ja wohl kaum als gute Tat! Und überhaupt war ich froh, ein wenig frische Luft zu schnappen. Drinnen wird es ein bisschen warm.«

»Und laut«, stimmte er ihr zu, denn ihm gefiel vor allem die friedliche Stille um sie herum.

»Ja, morgen sind alle so taub wie Dorothy.« Sie lächelte.

Prompt schlug sein Herz schneller. Diese Wirkung hatte sie dauernd auf ihn, wie ihm schlagartig klar wurde. Wie eine Dosis Koffein. »Übrigens steht dir das Kleid hervorragend.«

Sie sah ihn an, als wollte sie sich vergewissern, dass er sie nicht verspottete. »Danke. Ich war mir nicht ganz sicher.«

»Weshalb?«

»Ich befürchtete, es könnte den falschen Schnitt haben oder die falsche Farbe. Tim hat immer gesagt, ich sollte Schwarz tragen.«

»Schwarz? Warum?«

Rote Flecken erschienen auf ihren Wangen, und sie wandte verlegen das Gesicht ab. »Weil man darin weniger auffällt … Er fand, dass ich für leuchtende Farben nicht schlank genug bin.«

Sie sprach leise, dennoch nahm er die Verletzung in ihrer Stimme wahr. Ihn machte es wütend, dass diese Ratte so etwas gesagt hatte, umso mehr, als es ihr offenbar immer noch zusetzte. Er musterte das bodenlange Kleid, das sich an ihre wohlgeformten Kurven schmiegte. Sie war hübsch, sie war feminin, aber das Attraktivste an Evie Miller war ihr strahlendes Lächeln und ihr langes, dichtes Haar, das förmlich einlud, von einem Mann berührt zu werden.

»Ich kann nicht glauben, dass du auf den Idioten gehört hast. Du siehst wunderschön aus.«

Sie wirkte verblüfft. Dann erschienen ihre Grübchen wieder, als sie entzückt lächelte. »Danke«, flüsterte sie und räusperte sich. »Erkennst du den Stoff wieder?«

Er schaute blinzelnd hin. »Müsste ich?«

Ihr Lachen klang glockenhell durch die Nacht. »Und ob du solltest! Er war von einem Bettüberwurf übrig, den ich für dich genäht habe.« Da er immer noch nicht schaltete, half sie ihm auf die Sprünge: »In dem Gästezimmer zwei Türen neben deinem Schlafzimmer.«

»Heißt das, ich habe dein Kleid bezahlt?«

»Nein!« Er unterdrückte ein Grinsen angesichts ihrer entsetzten Miene. »Ich habe dir nur das Material berechnet, das ich verbraucht habe! Aber ich hatte zu viel bestellt, also habe ich die Reste genommen, um dies hier zu nähen. Es war am Ende billiger, als ein Kleid zu kaufen.«

Sie war einfallsreich und talentiert. Und Jake war beeindruckt. Doch als sie sich fröstelnd die Arme um den Oberkörper schlang, runzelte er die Stirn. »Dir ist kalt.«

Ihre Zähne klapperten. »Ein bisschen.«

»Hier.« Er zog sein Jackett aus.

»Ist schon gut …«, begann sie, doch er hatte es ihr bereits um die Schultern gelegt. »Danke«, sagte sie und zog das Kleidungsstück enger um sich zusammen.

Er blickte durch die offene Haustür in die volle Eingangshalle. Drinnen war das Schlagzeug laut genug, um den Boden zum Vibrieren zu bringen. Hier draußen war die weiße Landschaft still, bewacht von einem fast vollen Mond an einem Himmel, den nur wenige Wolken tüpfelten.

»Lust auf einen Spaziergang?«, fragte er und zeigte auf den Weg, der um das Haus herum zum Garten führte.

Der Mond spiegelte sich in ihren Augen, als sie ihn ansah und zögerte. »Ja, das wäre schön.«

Sie gingen los, vorbei am belebten Esszimmer, durch dessen hohe Fenster man die Leute mit Schälchen und Tellern in den Händen sah.

»Das Essen ist köstlich«, sagte Evie.

»Freut mich zu hören.«

»Hast du es nicht probiert?«

»Ich hatte keinen Hunger.«

Sie glitt ein wenig auf einem Eisflecken aus und griff nach seinem Arm, um sich festzuhalten.

»Alles gut?«, fragte er. Der Weg war gestreut worden, doch um diese späte Stunde verwandelte sich jede noch so kleine Lache geschmolzenen Schnees in schwarzes Eis.

Sie nickte.

»Hak dich bei mir ein«, sagte er. »Ich möchte nicht, dass du fällst und dir wieder den Knöchel verletzt.«

Sie schob ihren Arm in seine Ellbogenbeuge, und Jake durchfuhr eine unbekannte Regung. Es ist bloß Evie, sagte er sich. Die hübsche, ungeschickte Frau, die den Mut hatte, ihm Paroli zu bieten, und eine ungewöhnliche Affinität zu seinem Hund hatte.

»Ist dir nicht kalt?«, fragte sie und sah zu seinem weißen Hemd.

»Nein.« Tatsächlich fühlte er sich seltsam lebendig und sich seines Herzschlags, des leuchtenden Mondes und des glitzernden überfrorenen Schnees um sich sehr bewusst.

Sie bogen um die nächste Hausecke und gelangten zu dem im italienischen Stil angelegten Garten. Jake führte Evie die Stufen hinunter, und sie wurden langsamer, als sie sich zwischen den geometrischen Beeten hindurchbewegten. Die Pflanzen waren sämtlich schneebedeckt, doch die Anlage selbst war noch deutlich auszumachen.

»Stimmt etwas nicht, Pollyanna? Es ist untypisch für dich, so schweigsam zu sein.«

Sie schüttelte den Kopf. »Mir wäre es lieber, wenn du mich nicht so nennst.«

»Wie?«

»Pollyanna.«

»Warum nicht? Es ist ein Kompliment.«

»Ist es? Bei dir klingt es, als würde ich mächtig nerven. Ich rede zu viel und bin kindisch und albern, weil ich so optimistisch bin.«

Er blieb stehen und sah sie an. Ihm wurde klar, dass er es das erste Mal wahrscheinlich eher abfällig gemeint hatte, doch seitdem hatte er seine Meinung geändert. »Ich finde dich weder kindisch noch albern«, erklärte er. »Und Optimismus ist ein positiver Charakterzug.« Ihrer Miene nach zu urteilen, war es das Letzte, was sie zu hören erwartet hatte. »Obwohl ich zugebe, dass du mehr als nötig redest«, endete er augenzwinkernd.

Lachend boxte sie ihm gegen den Arm. Instinktiv fing er ihre Hand ein, was ihn genauso überraschte wie sie. Sein Blick fiel auf ihre schmalen Finger in seinen, und er rieb mit dem Daumen darüber, genoss es, wie zart sich ihre Haut anfühlte. Unwillkürlich erinnerte er sich, wie schnell und geschickt diese Hände gewesen waren, als er ihr beim Nähen zugesehen hatte. Sie versuchte nicht, ihm ihre Hand zu entziehen, schaute ihn aber fragend an.

Ich sollte sie loslassen, dachte er benommen, nur konnte er sich aus irgendeinem Grund nicht dazu durchringen. Er schaute ihr in die Augen, die sich inmitten des monderhellten Schnees besonders dunkel ausnahmen, und Adrenalin rauschte ihm durch die Adern.

»Jake?«

Ihre Frage zerriss seine Gedanken, und er ließ ihre Hand los. »Entschuldige, ich … ich …« Den Satz beendete er nicht, weil er nicht erklären konnte, was über ihn gekommen war.

Hastig ging er weiter und wechselte das Thema. »Und entspricht meine Party den Erwartungen?«

»Deine Party?« Sie schien unsicher zu sein. Einen Moment später glättete sich die Falte zwischen ihren Brauen wieder, und ihr Lächeln kehrte zurück. »Definitiv. Sie ist ein Riesenerfolg. Du wirst ab sofort der beliebteste Mann in Willowbrook sein.«

Er lachte.

»Nicht, dass dich kümmert, was andere von dir halten«, fügte sie hinzu. Sie legten noch einige Schritte stumm zurück, ehe sie gestand: »Übrigens habe ich dich für ein Scheusal gehalten, als wir uns zum ersten Mal begegnet sind.«

»Na ja, ganz daneben hast du ja nicht gelegen.«

»Unsinn. Jetzt, da ich dich besser kenne, weiß ich, dass eine Menge nur Show ist. Du bist nicht so schlimm, wie du tust.« Sie grinste.

»Ach nein?«

Sie betraten einen anderen Weg. Auch der war gestreut, allerdings nicht so gründlich, weshalb sie aufpassen mussten, nicht auf die vereisten Stellen zu treten. Rechts von ihnen fiel das Land leicht ab, und bei Tage hatte man von hier einen unglaublichen Ausblick über die sanften Hügel.

»Ja. Du sagst und tust nur Sachen, um andere auf Abstand zu halten. Da drunter bist du ein netter Kerl, der bei alten Damen und Tieren weich wird.«

»Hör auf, das Beste in mir sehen zu wollen, Pollyanna«, erwiderte er. »Dein erster Eindruck war zutreffender, als du glaubst.« Seine Stimme nahm einen warnenden Ton an. Seit Marias Tod verletzte er jeden, der ihm nahezukommen versuchte. Wie ein knurrendes Tier, ließ man auch ihn lieber in Ruhe.

Sie ließ sich nicht beirren. »Dir liegt viel an Smoke, und du gibst heute Abend diese Party …«

Er unterbrach sie, ehe sie fortfahren konnte. »Ja, ich habe eine Menge für meinen vierbeinigen Freund übrig, aber das macht mich nicht zu einem netten Menschen.«

»Es zeigt, dass du ein Herz hast«, sagte sie leise.

»Und da irrst du dich.« Er biss die Zähne zusammen und schritt an dem langen viktorianischen Gewächshaus vorbei. Der verwitterte Glasbau war gereinigt und für den Winter geräumt worden. Jetzt war er von einer dicken Schneeschicht bedeckt, die das Innere in einen dunklen Schatten hüllte.

Jake hatte es das Herz gebrochen, als Maria gestorben war, und, anders als die Leute meinten, hatte die Zeit nichts geheilt. Nichts hatte sich geändert. Trotzdem war heute Abend das Gewicht, das ihm auf den Schultern lastete, etwas leichter geworden, hatte der Schmerz ein ganz klein wenig nachgelassen. Warum? Wegen der Feierstimmung? Oder wegen Evie?

Schuldgefühle erfassten ihn. Natürlich nicht. Maria beherrschte seine Gedanken ausnahmslos.

Eine eisige Brise fegte vom Tal herauf. Er beschleunigte das Tempo ein wenig, und Evies Absätze klackerten auf dem gepflasterten Weg, als sie versuchte, mit ihm Schritt zu halten. Ihr Kleiderstoff raschelte beim Gehen. Sie erreichten das Ende des Gewächshauses mit dem Geräteschuppen des Gärtners und gingen vorbei an der ausladenden, uralten Eibe bis zum Haus. Eine dicke Schneeflocke landete vor Jake. Er sah skeptisch auf, und da schwebten noch mehr auf seine ausgestreckte Hand zu.

»Es schneit wieder!«, rief Evie begeistert.

»Verdammt. Tja, wird sowieso Zeit, dass wir wieder reingehen. Komm. Wir nehmen den Weg durch die Küche.« Er öffnete eine Tür und bedeutete Evie vorauszugehen, doch sie war stehen geblieben.

Schnee fiel um sie herum. Sie legte den Kopf in den Nacken, hielt die Hände gen Himmel und lachte. »Ist das nicht unglaublich schön?«, fragte sie und blinzelte, als sich Flocken in ihren Wimpern verfingen.

»Es ist kalt, und du bist gleich durchnässt.«

»Ist mir egal. Es ist magisch!«

Sie drehte sich auf den Zehenspitzen, sodass sie zu einem Wirbel aus blauem Satin inmitten wirbelnder Schneekristalle wurde.

»Wir haben inzwischen seit zwei Wochen Schnee, und du hörst dich an, als würdest du den zum allerersten Mal sehen.«

»Na, aber frischer Schnee ist doch immer besonders, findest du nicht?«, meinte sie.

Er verkniff sich eine Antwort, weil er ihr den Moment nicht verderben wollte. Und was tat sie? Sie ergriff seine Hände und zog ihn zurück nach draußen! Der Schnee fiel jetzt recht dicht; die Flocken waren wie ein Blütenregen im Frühlingswind, landeten in Evies Haar und auf ihrem Gesicht, und obwohl der Mond von einer Wolke verdunkelt wurde, leuchtete ihr Lächeln in der Nacht. Sein Puls ging ein bisschen schneller.

Genau dies, dachte er, unterscheidet sie von allen anderen Menschen, die ich jemals kennengelernt habe: ihr ansteckendes Lächeln und ihre Ehrfurcht vor allem, was ihr das Leben schenkt.

»Vielleicht wird das ganze Dorf heute Nacht bei dir eingeschneit!«, sagte sie im Scherz.

Er schüttelte den Kopf. »Ich habe Vorkehrungen getroffen. In meiner Garage ist tonnenweise Streugut und alle Gerätschaften, die man braucht, um die Einfahrt zu räumen. Hier wird niemand eingeschneit.«

»Oh!« Sie riss die Augen weit auf. »Ich glaube, mir ist gerade eine Schneeflocke in den Nacken gefallen!«

Er lachte und dirigierte sie in den Schutz der Eibe. »Lass mich dir die Schneeflocken abstreifen, bevor sie schmelzen«, sagte er und wischte ihr Flocken von den Schultern und aus dem Haar.

»Da sind auch einige in deinem Haar.« Sie stellte sich auf die Zehenspitzen. »Und auf deinem Gesicht.«

Ihre Berührung an seiner Wange fühlte sich elektrisierend an. Mit den Fingerspitzen strich sie ihm über die Haut, und er erstarrte. Die Zeit stand still, als sie unter den Ästen des uralten Baumes Schutz suchten. Evie wollte die Hand sinken lassen, doch er hielt sie zurück, umfasste ihre Finger und drückte sie sich an die Wange, schloss die Augen und atmete den süßen Apfelduft von ihr ein.

Sowie er wieder hinsah, blickte sie ihn direkt an. Und etwas regte sich in ihm. Sie war schön. Sie war witzig und nett, und sie erhellte das Leben aller um sie herum. Er war das Gegenteil. Und dennoch hatte sie sich irgendwie in sein Leben geschlichen und kam immer wieder zurück, trotz allem, was sie inzwischen von ihm wusste.

Er hielt ihre Hand weiterhin mit seiner, legte ihr den freien Arm um die Taille und zog sie an sich. Bei der plötzlichen Nähe verkrampfte er sich, weil es nach Monaten und Jahren allein fremd für ihn war. Sie fühlte sich warm, kurvenreich und weich an seiner harten Brust an. Sein Herz schlug heftig. Sie schaute ihn mit ihren großen Augen an. Jake neigte den Kopf und streifte ihre Lippen mit seinen, was eine vorsichtige, unausgesprochene Frage war.

Die Berührung jagte ihm einen Funkenflug durch den Körper. Sein Puls raste. Er wich zurück, suchte in ihrer Miene nach einer Antwort, doch da sah er nur unverfälschtes Verlangen. Ihr Haar war zerzaust, und ihm wurde klar, dass er es gewesen sein musste, als er mit den Fingern hindurchgefahren war. Ihre Lippen waren voll und verlockend. Wieder küsste er sie. Diesmal hielt er sich nicht zurück, und es verschlang ihn, warf ihn um: die Hitze, die Gier, die Wonne.

Kapitel Neun

Evie kam der Garten mit den vom Mond beschienenen Wegen und den reifbedeckten Pflanzen wie eine Zauberwelt vor, in die sie entführt worden war. Nur sie beide, weit weg von der Menge. Die Musik klang gedämpft, und hier draußen war alles still, als Jake sie küsste. Ihr Herz pochte heftig. Ihr Körper, der an seinen gepresst war, reagierte auf eine Weise, wie sie es noch nie zuvor erlebt hatte. Tief in ihr regte sich ein Sehnen nach mehr. Sie schob ihm die Finger ins Haar, wollte dringend …

Das Knarren der Küchentür durchschnitt die Nacht. Plötzlich war die Musik lauter, es war Bellen zu hören – und Sekunden später kam Smoke um die Ecke gesaust, und begann fröhlich zu kläffen, als er sie entdeckte.

»Smoke!«, rief Evie. »Was machst du denn hier?«

Jake runzelte die Stirn.

»Hallo, Süßer«, sagte sie und bückte sich, um den aufgeregten Hund zu streicheln.

Die Ablenkung war willkommen, denn ihr Herz klopfte wie verrückt, während sie zu begreifen versuchte, was eben geschehen war. Jakes Kuss war so wild gewesen. So unerwartet. Woher war das gekommen? Vielleicht war die Antwort nicht wichtig. Er hatte sie geküsst, und es war magisch gewesen. Sie lachte, als Smoke ihr mit der Schnauze ins Gesicht stupste.

Doch kaum dass sie sich aufrichtete, vertrieb Jakes Gesichtsausdruck ihr Lächeln.

Er räusperte sich. »Gehen wir lieber wieder rein«, sagte er schroff.

»Oh – okay.« Ein Schwall kalte Luft traf sie, als sie beobachtete, wie er mit strenger Miene auf das Haus zuschritt.

»Smoke!«, rief er, aber sein Hund beachtete ihn nicht und tänzelte freudig um Evie herum. Sie versuchte, ihn leise zu beruhigen, ohne den Blick von Jake abzuwenden. Was hatte den Stimmungswandel bewirkt? Was hatte sie getan?

Sie hatte einen Knoten im Bauch, als sie das Haus erreichte. Wie ein Wächter wartete Jake an der Hintertür auf sie beide.

»Du bist durchnässt«, sagte Evie, während sie an ihm vorbeiging. »Dir muss eiskalt sein.«

»Mir geht es gut«, entgegnete er. »Ich wechsle mein Hemd.«

Verwirrt und gekränkt sah Evie ihn an. Für einen Moment senkte sich unsicheres Schweigen über sie, bevor Evie sich sein Jackett von den Schultern nahm und es ihm zurückgab. »Danke, dass du es mir geliehen hast.«

Er nickte und machte die Tür zu, um den Schnee, den dunkelblauen Himmel und die eisige Luft auszusperren.

»Mr. Hartwood?« Der Catering-Chef kam auf ihn zu. »Was sollen wir mit dem übrig gebliebenen Essen machen?«

Jake trat in die helle Küche, um mit ihm zu reden, und Evie schlich sich davon. Ihre Wangen glühten. Als Smoke ihr folgen wollte, befahl sie ihm, Sitz zu machen, ignorierte ihr Herz und schloss die Tür vor dem Hund, der sie flehend ansah.

Erst jetzt wurde ihr bewusst, wie lange Jake und sie draußen gewesen waren. Die Party war zu Ende, und die Leute gingen in Scharen, stiegen in die Schlange wartender Wagen und Taxis, die sich in der Auffahrt aufreihten. Als sie ihren Mantel holte, hörte Evie besorgtes Murmeln: »Beeilung! Es schneit schon wieder …«

Sie trat hinaus in die kalte Nacht und suchte in der Menge nach einem vertrauten Gesicht.

»Evie!« George winkte aus seinem Autofenster. »Wir haben hier noch einen Platz frei. Willst du mitfahren?«

»Ja, gerne!« Sie lief zu dem Wagen und kletterte auf die Rückbank, wo sie dem Paar neben sich, Anne und Roy, tapfer zulächelte.

»Ich wollte mich noch bei Mr. Hartwood bedanken, aber ich konnte ihn nirgends finden«, sagte Anne.

Evie sagte nichts, sondern starrte aus dem Fenster zum Haus. Sie war verletzt und fühlte sich klein. Jake hatte den Kuss eindeutig sofort bereut, aber überraschte sie das wirklich? Sie, die sie von jeher für jeden eine Enttäuschung war?

Endlich setzte sich der Wagen vor ihnen in Bewegung, und George folgte ihm, fuhr einen großen Kreis in der Einfahrt und dann den Hügel hinunter zum Dorf.

In ihrem Cottage entledigte sich Evie ihrer Schuhe und rieb sich die Zehen, die wund und blau vor Kälte waren. Jake hatte genervt ausgesehen, aber *er* hatte *sie* geküsst. Und das ergibt keinen Sinn, dachte sie, als sie sich ein heißes Bad einließ und den Reißverschluss ihres Kleides aufzog. Im Geiste ging sie alles noch einmal auf der Suche nach Hinweisen durch.

Er hatte ihr gesagt, dass Pollyanna ein Kompliment sei.

Er hatte ihr gesagt, er habe kein Herz.

Er hatte ihr zärtlich den Schnee aus dem Haar gestrichen.

Sie hatte dasselbe für ihn getan – und als er ihr in die Augen geschaut hatte, schien er seinen Trauermantel abgelegt zu haben, und sie hatte nur Verlangen gesehen. Eindeutiges, feuriges Verlangen – nach ihr, Evie Miller.

Sie stieg in das dampfende Wasser und wartete, dass sie zu zittern aufhörte. Ihr Kleid lag zerknüllt auf dem Boden, und sie versuchte, nicht hinzuschauen, denn alles, was sie sah, war Jakes frostiger Gesichtsausdruck, bevor er sich umgedreht hatte und weggegangen war.

Ihr brannten die Augen, und eine alte Erinnerung wurde wach. Sie hatte versehentlich eine Flasche von Tims Lieblingswein fallen gelassen. Die Flasche war auf den Küchenfliesen zerbrochen, und Tim hatte sie mit exakt demselben Ekel angesehen wie Jake heute Abend.

Sie schloss die Augen und atmete langsam und tief den Zitrusduft des Badeöls ein. Entschlossenheit keimte in ihr auf, leise, aber sicher. Nach Willowbrook zu kommen, war ein Neuanfang für sie gewesen. Sie liebte ihre Arbeit und lebte erstmals so, wie sie wollte. Keiner durfte ihr mehr das Gefühl geben, klein, ungenügend oder eine Enttäuschung zu sein. Erst recht nicht Jake Hartwood.

Und er war ihr Kunde. Ein Grund mehr, sich nicht mit ihm einzulassen. Obwohl ihr Kontostand nun zufriedenstellend war, wollte sie keinen Kunden verlieren.

Jake öffnete ein Auge und blickte zur Uhr.

Er sah wieder hin. Wie spät? Er wusste nicht mehr, wann er das letzte Mal so lange geschlafen hatte – oder so tief.

Doch das friedliche Gefühl hielt nicht an. Er erstarrte, als er sich an den gestrigen Abend erinnerte.

Den Ball.

Evie.

Er warf die Bettdecke zur Seite, erhob sich und ging zum Fenster. Dort öffnete er die Vorhänge und schaute hinaus in den italienischen Garten mit der uralten Eibe, unter der sie Schutz vor dem Schnee gesucht hatten.

Was hatte er sich dabei gedacht?

Er hatte überhaupt nicht nachgedacht. Das war das Problem. Er hatte etwas *gefühlt*.

Lust, Gier, Verlangen. Allein der Gedanke an Evie in dem figurbetonten Kleid und an ihre großen Augen, mit denen sie ihn anlächelte, hatte ausgereicht, um Empfindungen in ihm zu wecken. Und die waren so stark, so frisch gewesen, dass sie ihn nahezu überwältigt hatten. Er marschierte ins Bad und knallte die Tür hinter sich zu, ehe er unter die Dusche stieg. Wasser und Seife strömten über seinen Körper, konnten jedoch weder die Schuldgefühle noch die Scham wegwaschen.

Was sagte es über ihn aus, dass er Maria gestern Abend einfach vergessen hatte? Was für ein Mann war er, dass er Evie so benutzen konnte? Sie an der Nase herumzuführen, sie zu küssen, als würde es etwas bedeuten – wenn ihm doch klar war, dass es das nicht tat. Angewidert von sich selbst nahm er ein Handtuch und trocknete sich schnell und grob ab. Hatte er wirklich für einige Momente körperlichen Vergnügens alle Gedanken an seine Frau verdrängt? Wie konnte er so auf ihrem Andenken herumtrampeln, die Versprechen untergraben, die sie einander gegeben, und die Liebe, die sie geteilt hatten? Es war der ultimative Verrat, da er sie so sehr geliebt hatte – und noch immer liebte.

Er schlüpfte in einen schwarzen Pullover und sah auf seine Uhr. Er musste mit Evie sprechen und alles klarstellen.

Jake klopfte an die Tür und trat einen Schritt zurück. In der Kopfsteinpflastergasse war es still. In einigen Häusern im Dorf waren die Vorhänge noch geschlossen, aber nicht bei Evie, und aus ihrem Schornstein stieg eine sich kräuselnde Rauchwolke auf.

»Wir bleiben nicht lange«, sagte er zu Smoke und streichelte den Hund, der ihn fragend ansah.

Die Cottagetür ging auf.

»Jake! Was machst du denn hier?«

»Ich ... ähm ... kann ich dich kurz sprechen?«

»Ja, natürlich. Komm rein.« Das Haar fiel ihr offen über die Schultern, und die honigblonden Strähnen fingen das Morgenlicht ein, als sie beiseitetrat, um ihn ins Haus zu lassen. »Smoke darf auch reinkommen.«

Der Hund schleckte ihr begeistert die Hand ab, als sie ihn begrüßte, und folgte ihr in einen kleinen Küchenbereich, wo sie ihm eine Schale mit Wasser hinstellte.

Jake beäugte den Herd. »Bei dir kocht etwas über.«

»Was? Oh!« Evie zog gerade noch rechtzeitig den Topf von der Flamme. »Warte, ich mache lieber alles aus, bevor ich das Haus abbrenne.«

Jake nickte höflich. Sein Magen knurrte laut, als sie eine Platte mit Bacon aus dem Grillfach des Ofens zog. Er roch köstlich, und schlagartig bereute Jake, nicht gefrühstückt zu haben, ehe er das Haus verlassen hatte.

»Tomatensuppe und Bacon-Sandwiches«, erklärte sie. »Möchtest du etwas? Ich habe reichlich da.«

Auf dem Tresen stand ein Teller mit Brotscheiben bereit, die sie rasch belegte. Jake lief das Wasser im Mund zusammen. Trotzdem schob er die Hände tiefer in die Jackentaschen und schüttelte den Kopf. »Nein, danke. Ich kann leider nicht bleiben.«

Sie ließ die Schultern sinken. »Oh, in dem Fall halte ich sie für später warm.« Eilig häufte sie Sandwichs auf eine Platte, wobei sie weiterredete. »Die sind übrigens nicht alle für mich. Ich mache immer welche für George und Dorothy mit. Die beiden lieben Bacon-Sandwiches, aber du weißt ja, wie es ist, wenn man allein lebt – es scheint einem die Mühe nicht wert ...«

Jake lauschte ihrem heiteren Geplapper und bekam ein schlechtes Gewissen, als er sich für das wappnete, was er zu sagen hatte. Aber was blieb ihm anderes übrig? Sie zu belügen, wäre noch schlimmer gewesen.

»Autsch!« Sie zog die Hand von der offenen Ofentür zurück und saugte an ihrem Finger.

»Was ist passiert?«, fragte Jake.

Sie blinzelte hektisch. »Ich habe mich mit dem Finger im Rost verhakt und mich verbrannt.«

Mit wenigen Schritten war er bei ihr. Ihr Finger glänzte tiefrot. »Halte ihn unter kaltes Wasser. Hier.« Er drehte den Hahn auf und führte ihre Hand behutsam unter den Strahl, sodass er auf den Finger traf.

Sekunden vergingen, bis ihm bewusst wurde, wie nahe sie sich waren, wie sich ihre Hand in seiner anfühlte und wie sie ihn anblickte. Wachsam. Jake dachte an den Kuss gestern Abend. An ihre Lippen, die im schattigen Licht so verlockend und voll ausgesehen hatten, und an das rauschhafte

Verlangen, das ihn überkommen hatte. Er erinnerte sich an das Gefühl ihres Körpers, der an seinen gepresst und trotz der Kälte so warm und weich gewesen war. Und er erinnerte sich sehr klar daran, was er empfunden hatte, als er mit den Lippen ihre zarte Haut gestreift und Evie vor Wonne geseufzt hatte …

Abrupt wich er zurück. »Halt den Finger noch länger unters Wasser«, befahl er.

Sie wandte den Blick ab und nickte kaum merklich. Jake schloss die Ofenklappe und ging auf Abstand. Das Wasserrauschen füllte die Stille im kleinen Cottage, während sie beide verlegen schwiegen.

»Du hast gesagt, dass du mich sprechen willst?«, sagte Evie leise. Sie sah ihn kaum an, sondern konzentrierte sich auf ihre verletzte Hand.

»Ja. Wegen gestern Abend. Ich … ähm …« Er räusperte sich. »Ich habe dich geküsst, und ich … ich …«

Smoke hatte fertig getrunken und hockte sich neben Evie.

»Und?«, fragte sie und schaute kurz zu Jake.

Er schluckte. »Das hätte ich nicht tun dürfen. Ich muss dich um Entschuldigung bitten. Es ist so, dass ich, äh …« Ihm kam es vor, als würde er sie gleich mit einem Vorschlaghammer attackieren, und er hasste sich für das, was er getan hatte – und was er nun tun würde.

»Machen wir da keine große Sache draus«, sprang Evie rasch ein.

Er sah sie verwundert, aber auch erleichtert an.

»Es war bloß ein Kuss am Ende einer tollen Party. Keine große Sache.«

Jake wusste nicht, was er sagen sollte.

»Mir hat es wirklich Spaß gemacht«, fuhr sie fort und fügte hastig hinzu: »Die Party, meine ich.«

»Ja?«

»Ja.« Ihr Lächeln war strahlend genug, um das ganze Dorf zu erhellen. Plötzlich kam ihm der Gedanke, dass sie vielleicht dauernd Männer küsste. Sie war jung, hübsch und Single – warum nicht?

»Und der Kuss – der war eher eine allgemeine Reaktion auf die Stimmung.«

Jake fehlten die Worte. Damit hatte er nicht gerechnet. »Okay ... Tja, dann ist ja gut.« Er atmete erleichtert auf.

Allerdings empfand er noch etwas anderes. Enttäuschung?

Unwillkürlich griff er nach der Kette an seinem Hals. Selbstverständlich war er nicht enttäuscht. Evie war eine Bekannte, mehr nicht, und was sich gestern Abend zugetragen hatte, war eine kurzfristige Entgleisung seinerseits gewesen. Eine primitive Regung, die ihn einfach überkommen hatte.

Sie nickte, und für einen flüchtigen Moment glaubte er, Schmerz in ihren Augen wahrzunehmen. Dann aber lächelte sie wieder. »Also, können wir uns darauf einigen, dass wir so tun, als wäre es nie passiert?«

»Es ist nie passiert«, bestätigte er.

Evie schloss die Tür hinter ihm und sank auf ihr Sofa. Oh Gott, hätte es noch erniedrigender sein können? Sein Besuch hatte sie so überrascht, dass sie anfangs gehofft hatte ...

Blöd, wie sie war. Im Nachhinein war offensichtlich, warum er gekommen war.

Sie vergrub das Gesicht in den Händen und dachte daran, wie umwölkt seine Augen gewesen waren und wie blass er ausgesehen hatte, ganz in Schwarz gekleidet wie ein Trauernder.

Was hatte sie denn gedacht? Dass er sie geküsst hatte, weil er Gefühle für sie hatte? Sie wusste, dass er noch immer um seine Frau trauerte; er hatte ihr erzählt, wie sehr sie ihm fehlte. *Sie war die Liebe meines Lebens und wird es immer sein.*

Seine Frau war intelligent, gebildet und kultiviert gewesen. Mit solch einer Frau konnte Evie nicht mithalten. Nicht einmal ansatzweise. Sie war Evie Miller, der größte Tollpatsch aller Zeiten.

Der Kuss war ein Fehler gewesen. Wahrscheinlich hatte Jake ein Glas Wein zu viel gehabt. Gewöhnlich waren Fehler ihr Fachgebiet, aber anscheinend war sogar Jake Hartwood fähig, welche zu begehen. Sie reckte das Kinn und zwang sich, tief einzuatmen.

Wir tun so, als wäre es nie passiert, hatte sie gesagt. So schwer konnte das nicht sein. Sie würden einfach weitermachen wie vorher. Das konnte sie. Ja, ganz gewiss.

Ihr Handydisplay leuchtete auf, und die Nummer ihrer Eltern erschien. Da sie in Gedanken ganz woanders war, nahm Evie ab.

»Evie«, sagte ihre Mutter. »Ich rufe wegen Weihnachten an. Wir haben beschlossen, die Einladung von Rupert und Angela anzunehmen.«

Evies Handflächen begannen zu schwitzen, und sie musste das Telefon fester umklammern, damit es ihr nicht entglitt. Ihr Herz wummerte. Nein. Das durfte nicht wahr sein. Und sie hatte gedacht, der heutige Tag könnte nicht schlimmer werden.

Kapitel Zehn

»Nat, ich kann nicht.« Eine lange Haarsträhne hatte sich aus ihrem unordentlichen Dutt gestohlen, und Evie wand sie sich um den Finger. Sie war in den Blumenladen gekommen, um eine Weihnachtskarte abzugeben, und Natasha hatte ihr gerade eröffnet, dass Jake auch zum Essen bei ihr und Luc am Mittwoch eingeladen war.

»Bitte, Evie! Lottie freut sich richtig darauf, und wir möchten dich sehen, bevor wir wegfahren.« Natasha legte den Strauß ab, den sie gebunden hatte, und wischte sich die Hände an einem Lappen ab. Dann wand sie ihre Schürze los, unter der ein kariertes Kleid im Stil der Fünfzigerjahre zum Vorschein kam, das nicht minder bunt war als die Blumen um sie herum.

»Wie nett von euch«, sagte Evie, »aber ich kann nicht, nicht, wenn Jake da ist. Zwischen uns ist es momentan … schwierig. Vielleicht können wir unsere Bescherung ein anderes Mal machen, nur du und ich.«

Natasha blickte zu Boden, während sie über alles nachdachte, was Evie ihr von dem Ball, dem Kuss und Jakes Besuch gestern erzählt hatte. »Bist du sicher, dass du nichts für ihn fühlst?«

»Ja!«, antwortete Evie rasch. Aber da war ein sehr kurzes Zögern gewesen, als sie sich an den heißen Kuss erinnerte. Oder nicht?

Nein, definitiv nicht. Sie war gern mit ihm zusammen, konnte seinen Verlust nachempfinden und wollte ihn dringend wieder lächeln sehen, aber mehr war da nicht.

»Er liebt seine Frau immer noch, Nat. Ich bezweifle, dass er jemals eine andere lieben wird.«

»Selbstverständlich wird er. Er braucht bloß Zeit, um seine Trauer zu verwinden.«

»Nein ... keine andere wird jemals dem Vergleich mit ihr standhalten.«

Ein Motorrad fuhr vorbei, und beide schauten aus dem Fenster. Gegenüber war das Button Hole noch dunkel. Es war beinahe neun Uhr, also Zeit zu öffnen; Evie blieben nur noch ein paar Minuten.

»Weißt du«, sagte Natasha vorsichtig, »in einem solch kleinen Nest wie Willowbrook wirst du ihm zwangsläufig wieder über den Weg laufen, zumal ihr beide gut mit uns befreundet seid. Künftige Begegnungen sind unvermeidlich. Ist es nicht besser, das lieber früher als später durchzustehen?«

Evie überlegte. Natasha hatte recht.

»Es ist lediglich ein Abendessen, Evie. Bitte komm.«

Der flehende Blick ihrer Freundin blieb nicht wirkungslos. Und, wie Natasha schon sagte, konnte sie Jake ohnehin nicht dauerhaft meiden. Wäre es da nicht wirklich besser, das nächste peinliche Wiedersehen schnell hinter sich zu bringen? Außerdem war offensichtlich, dass ihre Freundin enttäuscht sein würde, wenn sie jetzt kniff. Natasha war ihr solch eine gute Freundin, seit sie in Willowbrook lebte. Ganz am Anfang hatte Evie keinen im Dorf gekannt, aber Natasha war sofort rübergekommen, hatte sich vorgestellt und sie eingeladen, mit Suzie zusammen etwas trinken zu gehen und ihre Familie kennenzulernen, Luc und Lottie. Evie wollte nicht riskieren, wegen Jake Hartwood und einem Kuss diese Freundschaft zu ruinieren.

Sie seufzte. »Ja, du hast recht. Wenn ich ihn meide, sieht es so aus, als würde er mir etwas bedeuten. Wann soll ich kommen?«

Evie hob die Hand, um an die Tür des Poppy Cottage zu klopfen, und hielt inne. Sie blickte zu dem Blumenstrauß in ihrer anderen Hand. Noch konnte sie gehen – es war nicht zu spät. Sie konnte Natasha eine Nachricht schreiben und behaupten, ihr ginge es nicht gut …

Sie schaute sich zu Jakes Wagen um, der am Straßenrand stand.

Nein, sie war nicht feige, sie würde nicht weglaufen. Sie straffte die Schultern und klopfte sehr energisch an die Tür.

Natasha öffnete und empfing sie mit offenen Armen. Evie umarmte sie und gab ihr die Blumen.

»Was ist das denn?«, fragte Natasha. »Ein Strauß Stoffblumen?«

»Na ja, ich konnte ja schlecht einen Strauß für dich bei dir kaufen, also habe ich dir einfach welche selbst gemacht«, erklärte Evie. Sie hatte Retro-Stoffe gewählt, die sie an Natashas Kleider erinnerten, die Stoffblüten an Zweigen fixiert und alle in einen Holzkasten mit Glasdeckel gesteckt.

»Die sind fantastisch! Ich finde sie wunderschön.« Dann flüsterte Natasha: »Falls es dir ein Trost ist, er sieht furchtbar aus. Richtig blass und eingefallen.«

»Bloß, weil er bereut, was passiert ist«, entgegnete Evie leise.

»Teevie!« Lottie kam in die Diele gestürmt.

»Hey, Prinzessin!« Evie hockte sich vor das kleine Mädchen, das bereits einen gelb gestreiften Pyjama anhatte.

Natasha lächelte ihre Tochter an. »Tante Evie heißt es. Kannst du das sagen, Lottie?«

Lottie nickte »Teevie«, wiederholte sie feierlich.

Grinsend gingen Evie und Natasha ins Wohnzimmer. Das Cottage sah bezaubernd aus. Kleine Lichter hingen von den Deckenbalken, und Evie nahm den Duft des echten Tannenbaums wahr, der in der Ecke stand.

Luc erhob sich, ging zu ihr, um sie mit Wangenküssen zu begrüßen – sie vergaß immer, dass sich die Franzosen auf beide Wangen küssten. Währenddessen kam Jake ebenfalls auf die Beine.

»Evie!«, sagte er. »Ich habe nicht gewusst, dass du heute Abend kommst.«

Evie blickte nervös zu Natasha, die wiederum überrascht zu ihrem Mann schaute. »Luc, hast du nicht erwähnt, dass wir Evie auch eingeladen haben?«

»Ich erinnere mich nicht.« Er zuckte auf typisch französische Art mit den Schultern. »Mein Fehler, falls ich es vergessen habe. Aber sicher freust du dich genauso sehr, Evie zu sehen, wie wir, nicht wahr, Jake?«

»Ja – natürlich«, erwiderte Jake. Ein bisschen zu schnell. Er beugte sich vor, um sie leicht auf die Wange zu küssen. Es gelang ihr nicht, ihm in die Augen zu schauen.

»Bist du schon mit den Vorhängen für Jake fertig?«, fragte Luc, der zu Lottie schaute, als sie in einer Spielzeugkiste nach etwas suchte.

»Noch nicht. Es sind noch einige Zimmer übrig, aber die

für die Haupträume sind bereits fertig. Pünktlich zu Weihnachten.«

Jake betrachtete sie mit einem Gesichtsausdruck, den Evie nicht deuten konnte. Hastig sah sie weg und konzentrierte sich auf Lottie, die mit einem Buch zu Jake kam.

»Vielen Dank, Lottie.« Er öffnete es übertrieben freudig, und die Kleine strahlte. Dann klopfte er auf den Platz neben sich, worauf Lottie nach oben kletterte. Sie steckte sich einen Daumen in den Mund und lehnte sich zurück.

Bei dem Anblick von ihm mit einem Kleinkind überkam Evie ein Gefühl, als würde ein Saum aufgehen. Sie ignorierte es. Dann konnte er eben gut mit kleinen Kindern umgehen. Warum sollte sie das interessieren? Es war klar, dass er nichts von ihr wollte, und sie musste ihr Geschäft aufbauen. Sonst nichts.

»Wie wäre es, wenn Onkel Jake dir das Buch oben vorliest, Lottie?«, fragte Natasha. »Für müde Mädchen ist jetzt Schlafenszeit.«

Lottie schien einverstanden zu sein, und Evie beobachtete fasziniert, wie Jake sie hochhob und mit ihr davonging. Dieses Bild ließ sich schwerlich mit dem arroganten Mann vereinbaren, den sie am Abend des Schneesturms kennengelernt hatte.

Luc verschwand in der Küche, und Natasha ging in den Wintergarten, wo sie den Tisch zu decken begann. »Ich helfe dir«, sagte Evie.

Über das Babyfon konnten sie Jakes tiefe Stimme hören. Lottie brabbelte vor sich hin, und er lotste sie in ihr Bettchen. Dort kam sie zur Ruhe, und Jake las ihr die Geschichte vor, nicht monoton, sondern in einem kindgerechten Tonfall, der

Evie und Natasha zum Lachen brachte. Der Klang seiner Stimme wirkte beruhigend.

»Er macht das richtig gut mit Lottie, nicht?«, fragte Evie, während sie eine Leinenserviette glatt strich.

»Du wirkst überrascht«, sagte Luc, der mit einer Flasche Wein in jeder Hand hereinkam.

»Bin ich«, antwortete Evie. »Gewöhnlich ist er nicht der sozialste Mensch aller Zeiten.«

Als er sie geküsst hatte, war sie ebenfalls überrascht gewesen. Sie dachte an die Leidenschaft, die sich in seinen Augen gespiegelt hatte, als er sie an sich gezogen hatte, bevor sich ihre Lippen fanden …

Sie verdrängte den Gedanken. Vergiss, was passiert ist, sagte sie sich; trotzdem regte sich Verlangen in ihr.

»Er macht das wirklich gut mit Lottie«, bestätigte Natasha. »Und sie vergöttert ihn.«

Wenig später wurde es still im Babyfon, und sie hörten Jake die Treppe herunterkommen. »Ich habe ihr das Buch dagelassen«, sagte er zu Luc und Natasha. »Sie wollte sich noch die Bilder ansehen.«

»Ja, sie liest es ihren Teddys vor.« Luc lächelte und entkorkte den Rotwein.

»Tja, sie versucht es«, sagte Natasha. »Sie macht die Laute, aber das sind nicht zwingend richtige Wörter. Setzt euch, das Essen ist fertig.«

Evie bemühte sich, nicht gekränkt zu sein, weil Jake sich schräg gegenüber von ihr setzte, so weit weg wie möglich. Natasha servierte eine Blätterteigpastete mit Tomatenfüllung, goldbraun und knusprig frisch aus dem Ofen. Evie lief das Wasser im Mund zusammen, und sie war froh, dass sie ihr rotes Kleid gewählt hatte. Es war aus weichem Baumwolljersey, und Tim hatte es gehasst, aber sie liebte die Farbe und das elastische Material, das ihr erlaubte, so viel zu essen, wie sie wollte, ohne sich sorgen zu müssen, dass Knöpfe aufplatzen könnten.

»Evie?«, fragte Luc, der ihr die Weinflasche hinhielt. Sie nickte, und er schenkte ihr ein. »Jake?«

Jake verneinte.

»Bist du mit dem Wagen hier?«, fragte Natasha.

»Ja, und momentan trinke ich nicht.«

Evie blickte auf. »Gar nicht?«

»Schon seit unserer ersten Begegnung habe ich keinen Tropfen mehr angerührt.«

Der Schneesturm.

Luc und Natasha blickten von ihm zu Evie und wieder zurück. Jake sah Evie eindringlich an, als wollte er ihr eine stumme Botschaft zukommen lassen, und Evie rätselte, welche das sein mochte. Hatte er beschlossen, nie wieder zu trinken, weil er sich für sein Benehmen in jener Nacht schämte? Doch auf dem Ball – der Kuss. Sie hatte angenommen, dass er ein Ausrutscher nach ein bisschen zu viel Wein gewesen war. Wenn er nüchtern gewesen war, was hatte das dann zu bedeuten?

»Ich nehme an, dass du bei deiner Arbeit so viel Wein kostest, dass er seinen Reiz verloren hat«, sagte Natasha, als sie zu essen begannen.

»Nein, ich habe einfach nur entschieden, dass es vernünftig ist«, entgegnete er knapp, wandte sich zu Evie und wechselte das Thema. »Lottie mag diesen pinken Quilt sehr, den du für sie gemacht hast. Sie wollte sich nicht hinlegen, ehe ich ihn ihr nicht gebracht hatte.«

»Den Prinzessinnenquilt?«, fragte Natasha. »Ohne den können wir nirgends hin.«

Evie lächelte. »Freut mich, dass er ihr gefällt. Ich könnte noch einen kleineren machen, falls ihr wollt – der wäre leichter zu transportieren.«

»Oh ja, bitte«, sagte Luc. »Wir haben ständig Angst, das Ding zu verlieren. Ohne wird sie nie wieder schlafen.«

Evie nickte. »Ich habe noch etwas von dem Stoff übrig, und ein Quilt in Puppengröße wäre ein gutes Projekt für die Feiertage bei meinen Eltern.« Sie nahm sich noch ein Stück von der Pastete. Der Blätterteig war buttrig und überaus köstlich.

»Ich freue mich schon so auf Weihnachten in der Provence«, sagte Natasha.

»In diesem Jahr ist meine ganze Familie dort«, erzählte Luc lächelnd. »Lottie wird begeistert sein, all ihre Cousins und Cousinen zu sehen.«

Evie wusste, wie nahe sich alle in Lucs Familie waren. Natasha und er besuchten sie möglichst oft. Evie wünschte, sie könnte sich freuen, nach Hause zu fahren; aber sie fand die Aussicht beklemmend, und in diesem Jahr sogar noch mehr als sonst.

»Bekommst du über Weihnachten Besuch, Jake?«, fragte Natasha.

»Nein.«

Ob die anderen merkten, wie sich seine Züge anspannten? Erkannten Sie dieses Anzeichen seiner Trauer, die an solchen Feiertagen besonders bedrückend sein musste?

»Und wie sind deine Pläne?« Natasha hatte ihre Fingernägel leuchtend rot und mit bärtigen Weihnachtsmanngesichtern lackiert. Sie funkelten im Kerzenschein, als sie nach ihrem Weinglas griff.

»Ich habe keine.«

»Es sind nur noch fünf Tage. Stört dich das gar nicht?«

»Nein.«

Evie blickte zu ihm und erinnerte sich an ihr Gespräch über das Thema vor ihrem Laden. Sein Teller war leer, und er setzte sich gerade auf.

»Fährst du nicht zu deinen Schwestern?«, fragte Luc, der ihnen Wein nachschenkte.

Jake schüttelte den Kopf. »Ich hasse Weihnachten.«

»Das meinst du nicht im Ernst.« Natasha lächelte.

»Doch.«

Ihr Lächeln erstarb, und Stille trat ein. Natasha und Luc sahen einander verwundert an, aber Evie verstand es. Vollkommen.

»Es ist eine schwierige Zeit für jeden, der einen geliebten Menschen verloren hat«, sagte sie leise. »Jeder erwartet eine perfekte Familienzusammenkunft, während die Gefühle aufwallen und Leute einander aufgezwungen werden, die normalerweise keine Zeit miteinander verbringen. Mir graust auch davor«, endete sie und warf Jake ein zaghaftes Lächeln zu.

»Wirklich?«, fragte Luc und trank von seinem Wein.

Sie nickte und stellte sich die Gesichter ihrer Eltern vor. Ihr Verhältnis zu ihnen war nie einfach gewesen, und an Weihnachten zogen sie alle Register, um künstlichen Frohsinn zu mimen, was an Evies Nerven zehrte.

In ihrer Kindheit war es nicht so gewesen. Sie hatte schöne Erinnerungen an die Weihnachtsfeste damals. Doch diese

Zeiten waren vorbei, und sie war hin und her gerissen zwischen dem Gefühl, dass ihre Eltern an ihr, ihrem einzigen noch lebenden Kind, hingen, und dem Wissen, dass ihre Existenz nicht ausreichte, um sie glücklich zu machen. Zu Weihnachten wurde sie am schmerzlichsten daran erinnert, sie könnte nie, egal was sie tat, in Zaras Fußstapfen treten. Und ihre Eltern sahen jedes Mal genauso erleichtert aus, wie Evie sich fühlte, wenn die Feiertage vorbei waren und sie abreiste.

»Eigentlich sieht meine Schadensbegrenzung so aus, dass ich am Heiligabend so spät wie möglich anreise und gleich morgens am zweiten Feiertag wieder verschwinde. Allerdings gibt es in diesem Jahr eine Besonderheit …« Sie trank einen Schluck Wein, der leider nicht das bleierne Gefühl in ihrem Bauch vertreiben konnte. »Wir sind bei Tims Eltern.«

»Nein!«, rief Natasha und riss die Augen weit auf.

»Seine Eltern sind eng mit meinen befreundet. Sie gehören praktisch zur Familie.«

»Aber wird das nicht sagenhaft unangenehm für dich?«

»Oh ja, und wie.« Dieses Weihnachten würde ihre schlimmste Pflichtübung sein.

»Und das ist ihnen nicht bewusst?«

Sie schüttelte den Kopf, nestelte an ihrer Serviette und dachte an das Telefonat mit ihrer Mutter. *»Warum könnt ihr denn nicht ohne mich hingehen, Mum?«*

»Du weißt, dass wir dich an Weihnachten nicht allein lassen können.«

»Ich wäre aber lieber allein, als es mit ihm zu verbringen.«

»Ach, Evie, Schatz, versuch doch bitte, ein bisschen erwachsener zu sein.«

Erwachsener? Sie zerknüllte die Leinenserviette, denn ganz gleich, was sie tat, für ihre Eltern wäre sie immer eine wandelnde Enttäuschung. Tim hatte sie betrogen! Und im Nachhinein war ihr aufgegangen, was sie vorher nicht begriffen hatte: dass er sie emotional misshandelte, laufend ihre Selbstachtung torpedierte. Es war nur folgerichtig, dass sie Weihnachten nicht mit ihm verbringen wollte.

»Tim kann in ihren Augen nichts falsch machen. Sie finden immer noch, dass ich zu ihm zurückgehen soll.«

Mitfühlend berührte Natasha sie am Arm. »Oh, Evie, was willst du tun?«

»Weiß ich nicht.« Sie drehte den Stiel ihres Weinglases zwischen den Fingern. »Ich weiß es wirklich nicht.«

»Könntest du deine Eltern stattdessen zu dir einladen?«, fragte Luc.

»Das habe ich vorgeschlagen, aber sie wollen unbedingt zu Tims Eltern. Gewiss hoffen sie, dass das Zusammensein mit Freunden von den Erinnerungen ablenkt und den Tag erträglicher macht.« Was sie verstand. Gern würde sie einen Zauberstab schwingen und die Feiertage leichter für sie machen, weniger belastend. »Wie gesagt, Weihnachten ist schwierig.«

Rasch warf sie Jake einen Blick zu. Der jedoch sah keineswegs mitfühlend aus. Er machte einen wütenden Eindruck.

Natasha stand auf und sammelte die Teller ein. »Ich hole den Hauptgang. Macht euch auf etwas gefasst! Luc hat einen köstlichen Eintopf gekocht – *Boeuf Bourguignon*.«

»Du solltest deinen Eltern sagen, dass du nicht kommst«, sagte Jake, als Luc und Natasha in die Küche verschwunden waren und er allein mit Evie war.

»Was?«

»Dass du Weihnachten nicht mit deinem Ex verbringst. Weigere dich.«

Sie schüttelte den Kopf. »Kann ich nicht. Ich habe keinen triftigen Grund, nicht hinzufahren.«

»Hast du durchaus, würde ich behaupten. Und wenn sie das nicht begreifen, sind sie Idioten.«

»Sie sind nicht die Monster, für die du sie hältst. Sie würden nicht wollen, dass ich Weihnachten allein bin.«

»Dennoch lassen sie dir keine andere Wahl, als Weihnachten mit dem Ex zu feiern, der dich betrogen hat und dich immer noch belästigt?«

»Du verstehst das nicht …«

Er verstand es besser, als sie dachte. Sie war zu gutmütig. Sie dachte zu viel darüber nach, wie hart Weihnachten für ihre Eltern war, während ihre Eltern eindeutig keine Rücksicht auf Evies Gefühle nahmen. »Du musst dich gegen sie behaupten. Setz dich durch.«

Er würde für sie eintreten, wäre auf ihrer Seite. Ihm war egal, was andere von ihm dachten.

Andererseits waren ihre familiären Probleme nicht seine Sache.

»Ich habe überlegt, in letzter Minute zu behaupten, ich wäre krank«, gestand sie, »und eine Erkältung vorzutäuschen oder so.«

»Und wo willst du dann Weihnachten verbringen?«

»Zu Hause. Allein.«

Er sah ihr an, dass diese Vorstellung ihr keineswegs behagte. Im Gegensatz zu ihm war sie freundlich und aufgeschlossen; entsprechend wäre es ihr zuwider, über die Feiertage allein zu sein.

Lass es, Hartwood. Die letzten Tage hatte er sich verflucht dafür, dass er die Kontrolle verloren und sie geküsst hatte. Er täte gut daran, aus seinen Fehlern zu lernen und auf Abstand zu bleiben.

Schweigen gesellte sich zu ihnen wie ein unerwünschter Gast, und Jake fiel nichts ein, was er hätte sagen können. Er rieb sich über die Stirn. Nach einer weiteren unruhigen Nacht war er übermüdet. Mal wieder. Er war nicht sicher, warum sich sein Leben diese Woche anfühlte, als wäre es zum Stillstand gekommen, als wäre jeder Tag lang, dumpf und grau. Schließlich war nichts anders als in den letzten paar Jahren.

Doch wenn er genauer darüber nachdachte, fiel ihm auf, dass sich seit seiner Ankunft in Willowbrook die Dinge schon ein wenig geändert hatten. Er hatte sich daran gewöhnt, bei seinen Gängen durchs Dorf stehen zu bleiben und mit Leuten zu reden. Smoke und er hatten angefangen, sich auf ihre Abstecher zum Button Hole und Evies Besuche in Old Hall mit weiteren Lieferungen zu freuen, gefolgt von einer heiteren Unterhaltung bei einer Tasse Tee.

Vielleicht war es das, was ihm die letzten Tage gefehlt hatte – ihre übersprudelnde Präsenz und ihr unerschütterlicher Optimismus. Ihm wurde klar, dass er begonnen hatte, sie als Freundin zu betrachten. Nun blickte er zu ihr und versuchte, das Kribbeln zu ignorieren, das ihre Gegenwart in ihm auslöste. War das vorher schon dagewesen oder erst nach dem Kuss? Oder lag es schlicht daran, wie hübsch sie heute Abend aussah? Mit dem grauen Lidschatten wirkten ihre Augen noch größer, und ihr üppiges Haar hatte sie über eine Schulter drapiert. Sie war nachdenklich und untypisch ruhig, als sie mit dem Ende ihres langen Zopfes spielte.

Er räusperte sich und zermarterte sich das Hirn auf der Suche nach einem unverfänglichen Thema. Was ihm nicht leichtfiel, war er doch wenig geübt in Small Talk. »Hat der … ähm … Schnee, deine Weihnachtseinkäufe beeinträchtigt?« Es war das Beste, was er zu bieten hatte.

»Überhaupt nicht.« Sie strahlte. »Ich habe dieses Jahr alle Geschenke selbst gemacht.«

Er bemühte sich, nicht zu sehr darauf zu achten, dass ihr Kleid sich an ihre Figur schmiegte und die Farbe ihre rosigen Wangen und die braunen Augen betonte. Sie sah sogar noch schöner aus als auf dem Ball, und der Drang, eine Hand auszustrecken und ihr die losen Haarsträhnen aus dem Gesicht zu streichen, war schwer zu beherrschen.

»Lass mich raten – Quilts?« Ihm war schleierhaft, woher sie die Zeit nahm. Sie hatte so viele Vorhänge und Bettüberwürfe allein für ihn genäht und betrieb ja noch ihren Laden.

Ihre Grübchen erschienen, als sie grinste. »Nein, aber du bist ziemlich dicht dran. Ich habe meinem Vater eine Hülle für sein Tablet genäht und meiner Mutter eine Handtasche gestrickt.«

»Du hast eine Handtasche gestrickt?«

Sie reckte das Kinn. »Was ist daran verkehrt?«

»Es klingt von Anfang bis Ende verkehrt. Ja, es hört sich furchtbar an.«

»Ich habe mir selbst auch eine gemacht«, sagte sie und griff neben ihren Stuhl. »Hier.«

Sie hielt eine grau-braune Tasche hoch, die im Zopfmuster gestrickt war und Lederhenkel hatte. »Sie ist komplett gefüttert«, sagte sie und öffnete die Tasche. »Und drinnen sind kleine Seitenfächer für Schlüssel, Lippenstift und so.«

Er musste zugeben, dass die Tasche nicht wie die verbeulte, unförmige Abscheulichkeit aussah, die er sich vorgestellt hatte. Vielmehr schien sie richtig professionell gearbeitet zu sein und wie etwas, für das seine Schwestern eine Menge Geld bezahlen würden.

»Immer noch furchtbar?«, fragte sie provozierend.

»Eigentlich«, er räusperte sich, »sieht sie … sehr gut aus.«

Sie zog eine Augenbraue hoch und stellte die Tasche wieder ab. »Danke. Und, hat das sehr wehgetan?«

Da waren die Grübchen zurück, ihre Augen blitzten, und Jake verspürte ein komisches Ziehen in der Brust. »Was?«

»Mir ein Kompliment zu machen.« Ihr Lächeln erhellte den Raum. »Ich weiß, wie hart das für dich ist.«

Ihre Worte riefen ein warmes Gefühl in seinem Bauch hervor, und er war froh, dass er ihre Freundschaft nicht vollkommen zerstört hatte.

Luc und Natasha tauchten mit einer großen Schüssel Eintopf und einer mit grünen Bohnen auf.

»Nimmst du dir über Weihnachten ein bisschen frei, Jake?«, fragte Natasha, als sie zu essen begannen.

»Wahrscheinlich nicht.« Nur was würde er tun, wenn das Telefon verstummte und alle seine Kunden mit ihren Familien beschäftigt waren?

Er stellte fest, dass sein Blick immer wieder zu Evie abdriftete. Das flackernde Kerzenlicht ließ die goldenen Strähnen in ihrem Haar schimmern. Erstmals fiel ihm auf, wie glatt ihre Haut war und wie schnell sie rot wurde, wenn sie etwas fallen ließ oder sie mit ihrem Humor alle zum Lachen brachte.

»Noch jemand Nachschlag?«, fragte Luc und hob den Deckel vom Eintopf.

Evie runzelte die Stirn. »Verlockend, aber ich sollte nicht …« Sie biss sich auf die Unterlippe und berührte gedankenverloren ihren Bauch.

Jake stutzte. »Warum solltest du nicht?«

Ihre Wangen röteten sich. »Weil ich Essen nur ansehen muss, und meine Hüften werden breiter.«

»Unsinn!«, erwiderte er schärfer als beabsichtigt. Er wusste, dass ihr Ex ihr gestörtes Verhältnis zu ihrem Körper verschuldet hatte. Wie konnte der Mann ihre frische Schönheit, ihre strahlende Zuversicht und ihren natürlichen, süßen Charme nicht zu schätzen wissen? Sie war spendabel mit ihren Komplimenten und ihrem offenen Lächeln, hatte eine positive Wirkung auf die Menschen um sie herum.

»Du hast eine wunderbare Figur«, sagte Natasha. »Allerdings hat Jake ein Dessert mitgebracht, also lassen wir uns dafür vielleicht noch ein bisschen Platz.«

»Auf jeden Fall«, antwortete Evie.

Jake stand auf und begann, die Teller wegzuräumen. Als Natasha aufstehen wollte, hielt er eine Hand hoch. »Du bleibst sitzen. Ihr zwei habt bereits dieses fantastische Essen gekocht. Lasst mich den Rest machen.«

»Danke, Jake.« Sie lächelte.

Evie half ihm, und sie brachten alles in die kleine Küche. Während er die Teller abspülte und Evie sie in den Geschirrspüler stellte, fing er ihren Duft ein – nach Äpfeln und Zimt – und unwillkürlich verspannte er sich bei der Erinnerung an ihren Körper an seinem in jener kalten Nacht des Balls. Er wusste noch sehr genau, wie es gewesen war, ihre weiche Haut mit seinen Lippen zu streifen und ihren Wonneseufzer zu hören.

Wütend auf sich selbst, zwang er sich, das Bild aus seinem Kopf zu verscheuchen. Sie hatten vereinbart, so zu tun, als wäre es nie passiert. Wahrscheinlich hatte Evie es bereits vergessen. Warum konnte er es nicht?

»Ich bringe die schon mal rein«, sagte sie, nahm einen Stapel Dessertteller und Löffel und eilte davon.

Jake nickte und öffnete den Kühlschrank. Dann folgte er ihr in den Wintergarten und stellte die Nachspeise in die Tischmitte. »Limonen-Käsekuchen.«

Evies Augen wurden größer. »Hast du den gebacken?«

»Habe ich. Ist das so schwer zu glauben?«

»Du steckst voller Überraschungen, Mr. Arktis. Kannst mit kleinen Kindern umgehen *und* backst!«

»Ich koche und backe gerne, weil ich es entspannend finde.«

Natasha reichte ihm ein Messer und einen Tortenheber, und er schnitt den Käsekuchen in Stücke.

»Wie hast du ihn genannt?«, fragte sie Evie.

Evies Grübchen kamen zum Vorschein. »Mr. Arktis. Bei unserer ersten Begegnung war er ein wenig frostig.«

Luc lachte, und Natasha sah Jake an. »Gefällt mir«, sagte sie. »Mr. Arktis …«

»Er nennt mich Pollyanna«, fuhr Evie fort. »Also ist es nur fair, dass er auch einen Spitznamen bekommt.«

Natasha sah ihre Freundin an. »Pollyanna? Das ist perfekt!«

»Finde ich auch«, bestätigte Jake. »Evie ist eine ewige Optimistin, selbst wenn es nichts gibt, was zuversichtlich stimmen kann.«

»Es gibt immer einen Grund, optimistisch zu sein!«, widersprach Evie, und Empörung funkelte in ihren braunen Augen.

»Ach ja?« Er legte ein Kuchenstück auf einen Teller und reichte ihn Natasha.

»Ja! Manchmal muss man eben nur ein bisschen länger suchen.«

Er schüttelte den Kopf ob ihrer Naivität und reichte ihr den nächsten Teller.

»Dein Problem, Mr. Arktis, ist«, sagte sie, sah ihn mit einem frechen Gesichtsausdruck an und deutete auf den Kuchen in der Tischmitte, »dass du so sauer bist wie die Limonen in diesem Käsekuchen.«

Hierauf musste er grinsen. Warum wurde ihm ganz wohlig, wenn Evie sich über ihn lustig machte? Lag es daran, dass sie zu den wenigen Menschen zählte, die ihm nicht voller Pietät begegnete? Oder weil er allmählich begriff, wie viele Dämonen sie besiegen musste, um dieses erfrischende Selbstbewusstsein zu erlangen?

Natasha lachte, und er bemerkte, dass sie Evie und ihn fasziniert beobachtete. »Ja, ihr seid ziemlich gegensätzliche Persönlichkeiten, was?«, stellte sie nachdenklich fest.

Evie warf ihm noch einen amüsierten Blick zu, bevor sie sich über ihr Dessert hermachte. Im Kerzenschein wirkten ihre Wimpern unglaublich lang und dunkel, und ihre Wangen schienen zu glühen. Er versuchte, sich auf seinen Käsekuchen zu konzentrieren, doch er war zu aufgewühlt.

Achte nicht darauf. Lass dir Zeit, und es wird wieder verebben. Das taten Lustgefühle stets. Unweigerlich griff er in den Kragen seines Pullovers und ertastete die Kette.

Der Ring daran hatte eine ernüchternde Wirkung.

»Ich fahre mal lieber«, sagte Jake. »Ich muss Smoke noch kurz in den Garten rauslassen, ehe ich ins Bett gehe.«

»Ja, ich verabschiede mich auch«, sagte Evie und umarmte Natasha. »Vielen Dank für das Essen, und ich wünsche euch eine wunderbare Zeit in Frankreich.«

»Danke«, antwortete Natasha und wechselte einen solch liebevollen Blick mit Luc, dass es Evie einen Stich ins Herz versetzt.

Es hatte eine Zeit gegeben, in der sie sich genau dies hier gewünscht hatte: diese besondere Nähe, diese eine große Liebe, von der junge Mädchen träumten und über die so viele Romane geschrieben wurden. Doch Tim hatte sie gründlich desillusioniert. Sie war achtundzwanzig und hatte ein Geschäft zu retten. Button Hole zu einem Erfolg zu machen, war jetzt alles, worauf es ihr ankam. Das war ihr Traum.

Dennoch konnte sie nicht umhin, ein kleines bisschen neidisch zu sein.

»Ach, und Jake«, sagte Luc und trat vor, als wäre ihm eben etwas eingefallen. »Unsere Villa in Frankreich ist über Weihnachten frei, falls du mal von allem wegwillst.«

Jake neigte den Kopf zur Seite und überlegte. »Das ist tatsächlich keine schlechte Idee. Ganz in der Nähe sind ein paar Winzer, die ich ohnehin besuchen wollte. Aber wäre es dir wirklich recht?«

»Absolut. Du würdest uns sogar einen Gefallen tun. In der Gegend gab es in letzter Zeit einige Einbrüche, und mir ist nicht ganz wohl dabei, dass über die Feiertage niemand dort ist. Hier«, Luc griff hinter die Tür und gab Jake einen Schlüsselbund, »du weißt ja, wo alles ist.«

»Danke. Ich denke darüber nach und sage dir Bescheid, wie ich mich entscheide.«

Die Tür zum Poppy Cottage schloss sich knarrend hinter ihnen, und Evie öffnete die Gartenpforte.

»Kann ich dich mitnehmen?«, fragte Jake.

»Danke, ich gehe zu Fuß«, antwortete Evie. »Es ist nicht weit, und in die Love Lane kannst du so oder so nicht fahren.«

»Dann begleite ich dich, damit du sicher nach Hause kommst.«

»Wie ritterlich von dir.« Sie lächelte. Die Geste gefiel ihr, obwohl es ratsamer gewesen wäre, dankend abzulehnen. Wenn sie mit ihm allein war, kribbelte ihre Haut und raste ihr Puls. Sie fand ihn witzig – auf eine verbissene Art. Er war reserviert, ein wenig verklemmt, auch sehr pessimistisch und mürrisch, aber sie verstand ihn. Sie konnte seine negative Haltung zum Leben nachvollziehen – wer hätte die nicht, nach dem, was er durchgemacht hatte? – und sie hatte das Gefühl … Ja, was genau empfand sie? Eine Seelenverwandtschaft mit ihm.

Außerdem mochte sie ihren spöttischen Umgang miteinander. Wenn er sie Pollyanna nannte, sprühten Funken in ihr, und sie liebte es, ihn aufzuziehen. Vielleicht half sie ihm damit sogar ein wenig. Es war nicht viel, aber wenn sie ihn auch nur ein einziges Mal zum Grinsen brachte, wäre das nicht besser, als würde er überhaupt nicht lächeln?

»Ich habe nicht gewusst, dass Luc ein eigenes Haus in Frankreich besitzt«, sagte sie. »Ich dachte, sie wohnen immer im Château seiner Eltern.«

»Die Villa hat er schon vor ewigen Zeiten gekauft und renoviert. Aber seit der Zwist mit seinem Vater beigelegt ist, zieht er es vor, bei seinen Eltern zu wohnen. Sie haben reichlich Platz.«

Sie dachte daran, wie Luc ihm die Schlüssel gegeben hatte. »Warst du schon mal in seiner Villa?«

»Mehrmals. Ich nutze sie hin und wieder auf Geschäftsreisen. Sie ist auf dem Lande, praktisch gelegen für meine Besuche bei den Winzern. Und es ist sehr friedlich dort. Abgeschieden. Ganz nach meinem Geschmack.«

Sie lächelte, obwohl ihr der Gedanke, dass er sich allein auf einer Geschäftsreise befand, während alle anderen mit ihren Familien feierten, missfiel. Sie näherten sich seinem alten Bentley, und die gespiegelte Mondsichel auf der Windschutzscheibe bewegte Evie, zum Himmel aufzuschauen.

»Ist es nicht ein schöner Abend?«, fragte sie leise. Der Mond schien so hell, beleuchtete die leinengleichen Wolkenbänder, die ruhig und gemächlich unter ihm entlangzogen.

»Es ist kalt genug, um sich Frostbeulen zu holen.« Er schob die Hände tiefer in seine Jackentaschen.

»Ich hätte gedacht, du magst die Kälte, Mr. Arktis.« Er presste die Lippen aufeinander, aber sie sah an seinen Augen, dass er sich amüsierte. »Wie macht sich dein Wagen bei dem Wetter?«

Sie überquerten die Straße. »Gut. Das Salz auf den Straßen ist nicht so toll für die Karosserie, doch sie springt problemlos an.«

»Dein Auto ist eine Sie?«

»Eindeutig.« Die Fältchen um seine Augenwinkel vertieften sich ein wenig, und Evie wurde wohlig warm. Es ließ sich unmöglich ignorieren, so sehr sie es auch versuchte.

Sie grinste. »Wie lange hast du es – ich meine, sie schon?«

»Inzwischen ist sie seit fünf Jahren zugelassen, aber ich hatte sie schon einige Jahre vorher gekauft. Es dauerte, bis sie vollständig restauriert war.«

»Dann war sie in keinem guten Zustand?«

»Nein, in einem furchtbaren. Jede Menge Rost, und sie brauchte diverse Ersatzteile. Doch am Ende haben wir die alle aufgetrieben.«

»Konntest du keine neuen Teile verwenden?«

Er schrak übertrieben entsetzt zurück. »Das wäre nicht authentisch gewesen! Nein, ich habe weltweit nach den Originalteilen gesucht. Und meine Geduld hat sich ausgezahlt. Jetzt läuft sie traumhaft. Ich kann mir nicht vorstellen, ohne sie zu sein.«

Sie entsann sich, dass er beinahe dasselbe von Smoke gesagt hatte, als der Hund weggelaufen war. Und jetzt, da sie darüber nachdachte, fragte sie sich, ob es eine Parallele zwischen dem liebevoll restaurierten alten Wagen und dem Gesundpflegen des verletzten, verängstigten Welpen gab. Jake Hartwood war ein Mann, der sich nicht leicht band, so viel stand fest. Wenn er es jedoch tat, war es unwiderruflich.

So wie seine unsterbliche Liebe zu seiner Frau. Bei dem Gedanken überkam Evie ein Anflug von Neid. Sie senkte den Blick auf das Kopfsteinpflaster. Unter dem abweisenden Äußeren verbarg sich ein großes Herz.

»Hast du gewusst, dass sie eine beheizbare Heckscheibe hat?«, fragte er.

»Äh … nein.«

»Ziemlich erstaunlich für einen Wagen, der 1952 gebaut wurde. Es ist ein Privileg, solch ein rares Stück Geschichte zu fahren.« Seine Augen leuchteten, wenn er über sein Auto sprach, und er sah so begeistert aus. Für einen Moment war der stumme Kampf mit seiner Trauer vergessen. In Evie weckte es den Wunsch, sie vollständig auslöschen zu können.

Sie grinste. »Tja, du musst es ja wissen.«

»Soll das heißen, dass ich alt bin? Na, hör mal, ich bin erst fünfunddreißig!«

»Eben. Sozusagen eine Antiquität.«

Er schüttelte den Kopf, allerdings sah sie, wie sich seine Mundwinkel nach oben bogen, und war froh, dass sie immer noch zusammen lachen konnten und es schafften, alle Verlegenheit hinter sich zu lassen.

Sie erreichten ihr Cottage und blieben stehen. Evie schaute zu dem Kranz an ihrer Tür, in dem die Mistelbeeren so weiß schimmerten wie der Mond. »Tja, da wären wir.« Evie zuckte mit den Schultern. Auf einmal wurde sie unsicher. Ihre Wangen fühlten sich warm an, und sie wusste, dass es nicht nur an dem Spaziergang lag. Vor allem hoffte sie, er würde es im Dämmerlicht der Straßenlaterne nicht sehen.

»Gute Nacht, Evie.«

Warum musste er das in dieser tiefen, verführerischen Stimme sagen? In der Stille der Nacht vibrierte sie geradewegs durch Evie hindurch und bewirkte, dass sie sich nach etwas sehnte, das sie nicht haben konnte.

»Ich bin froh, dass wir noch Freunde sein können«, sagte sie.

»Ja, bin ich auch.« Er lachte leise. »Und was für ein Glück, denn wo immer ich hingehe, tauchst du auf.«

»Es ist nun mal ein Dorf«, sagte sie bemüht munter, wobei sie versuchte, nicht auf seine Lippen zu starren.

In der kleinen Gasse war es vollkommen ruhig. Jake stand nur einen halben Meter von ihr entfernt, in Reichweite, und zu gern hätte sie mit den Fingern über die Linie seines Kinns gestrichen, die wie gemeißelt war, sich auf die Zehenspitzen gestellt und ihren Mund auf seinen gepresst.

Wir tun so, als wäre es nie passiert, hatte sie gesagt. Doch ihr Körper erinnerte sich allzu gut und wünschte sich eine Wiederholung. Der Kuss hatte etwas in ihr ausgelöst, was sie nie zuvor empfunden hatte, und sie verfluchte es. Jake hatte sie bereits zurückgewiesen, und sich weiterhin zu ihm hingezogen zu fühlen, würde nie zu irgendetwas führen. Sie musste darüber hinwegkommen.

»Gute Nacht, Mr. Arktis«, sagte sie und zwang sich, ihm den Rücken zuzukehren, die Tür aufzuschließen und schnell ins Haus zu verschwinden, ohne ihn noch einmal anzusehen.

Jake klickte eine Tabellenkalkulation an. Er stürzte sich in die Arbeit. Zwar waren es noch ein paar Tage bis Weihnachten, doch das Telefon war bereits verstummt und E-Mails gingen so gut wie keine mehr ein. Die Weinkeller seiner Kunden waren gut bestückt, und deren Hotels und Restaurants dürften bis Neujahr restlos ausgebucht sein. Der Januar war ein ruhiger Monat, also rechnete Jake nicht damit, dass vor Februar viel los sein würde. Die Aussicht auf all die leeren Tage, die vor ihm lagen, machte ihn gereizt.

Er nahm einen Stift und tippte damit gedankenverloren auf den Schreibtisch. Sein Blick wanderte zum Fenster, und er beobachtete, wie sich der Kondensstreifen eines fernen Flugzeugs am Himmel auflöste. Nach wie vor erwog er, nach Frankreich zu reisen, und wartete auf Rückmeldung von ein paar Winzern, ob sie Zeit für ein Treffen hätten. Bis dahin musste er sich beschäftigen, auf andere Gedanken kommen, also prüfte er seine Finanzen und sorgte dafür, dass er mit sämtlichem Papierkram auf dem neuesten Stand war. Es war eine öde Aufgabe, dennoch nahm er sich fest vor, sie zu erledigen.

Evie hatte ihm erzählt, dass sie in der Schule die Schlechteste in Mathe gewesen war. Trotzdem hatte er sie blitzartig überschlagen gesehen, wie viel Stoff für das Fenster im Arbeitszimmer nötig wäre.

Er rieb sich übers Gesicht und ermahnte sich, nicht dauernd an Evie Miller zu denken.

Als er einen Wagen vorfahren hörte, setzte er sich auf. Smoke bellte, und Jake beruhigte ihn. »Das wird die Putzhilfe sein. Sitz. So ist es brav.«

Im nächsten Moment läutete es, und Jake runzelte die Stirn. Die Putzhilfe hatte einen Schlüssel, demnach konnte sie es nicht sein. Er überlegte, nicht zu öffnen, da leuchtete eine Nachricht auf seinem Handy auf.

Mach auf. Ich weiß, dass du da bist.

Jake erstarrte. Louisa war hier?

Verdammt. Seiner großen Schwester war einfach nicht zu entkommen.

Kapitel Elf

»Jake!« Louisa schlang die Arme um ihn und drückte ihn fest.

Jake empfand eine tiefe Zuneigung zu Louisa. Schon als Kinder waren sie sich nahe gewesen und hatten denselben Beruf gewählt. Während seines Medizinstudiums hatte sie ihn beraten und unterstützt. Die Risse in ihrer Beziehung waren neu, was er aufrichtig bedauerte. Zugleich konnte er nicht ändern, wie die Dinge standen oder er empfand.

Sie wich zurück und musterte ihn prüfend. Ihr dunkler Bob glänzte und war adrett wie immer, doch Jake bemerkte zarte Falten um ihre Augen, die bei ihrer letzten Begegnung nicht da gewesen waren. Wann hatte er sie zuletzt gesehen?

»Jakey, du bist so dünn.« Sie beäugte ihn kritisch. »Isst du?«

Er verdrehte die Augen. »Ja.«

»Bewegst du dich genug?«

»Wer bist du jetzt – meine Mutter?« Kaum hatte er es ausgesprochen, verfluchte er sich im Geiste, denn tatsächlich war sie wie eine Mutter für ihn gewesen.

Nachdem ihre eigene Mutter gestorben war, waren sie in der Obhut von Kindermädchen und Haushälterinnen aufgewachsen. Es war ein praktisches Arrangement, und die Frauen, die ihr Vater einstellte, kümmerten sich um Jake und seine Schwestern so, wie man es von ihnen erwartete. Sie waren professionell und distanziert. Vielleicht hatte Louisa als Älteste deshalb instinktiv eine mütterliche Rolle für Jake und ihre kleine Schwester Scarlett übernommen.

»Smoke hält mich fit und aktiv.« Er blickte sich zu seinem Hund um, der etwas unsicher hinter ihm stand. Überrascht tätschelte er Smoke den Kopf, um ihn zu beruhigen. Er hatte geglaubt, der Dalmatiner hätte seine Angst vor Fremden überwunden; immerhin hatte er sich sofort mit Evie angefreundet.

»Hallo, Smoke«, sagte Louisa und hielt dem Hund ihre Hand hin. »Kennst du mich noch? Wahrscheinlich nicht. Jake hat sich die letzten Monate ja ziemlich unerreichbar gemacht.« Sie warf ihrem Bruder ein mattes Lächeln zu.

»Nicht absichtlich.« Abermals empfand er Reue. Er wusste, dass Louisa seinen Rückzug in den letzten paar Jahren nicht verstand. Seine selbst gewählte Einsamkeit kränkte sie. Andererseits verarbeitete er seinen Schmerz eben auf die einzige für ihn denkbare Weise.

»Weiß ich.« Sie umarmte ihn wieder. »Aber es ist nicht gesund, sich zu verstecken und alles in sich hineinzufressen. Es könnte dir guttun, darüber zu reden.«

»Du bist hoffentlich nicht deshalb hier.«

»Nein, bin ich nicht«, antwortete sie und warf ihm einen strengen Blick zu, der ihm signalisierte, dass sie sich von seiner schroffen Art nicht einschüchtern ließ. »Ich bringe dir Geschenke – übrigens haben wir deine bekommen, vielen Dank. Und ich war neugierig auf dein neues Haus. Außerdem wollte ich wissen, wie es dir geht, und in Kontakt bleiben. Ich habe ein paar Wochen gewartet und gehofft, dass du mich einlädst, und da das nicht geschehen ist ...« Sie zuckte mit den Schultern, als hätte er ihr keine andere Wahl gelassen.

»Hast du gedacht, du lädst dich selbst ein?«, beendete er den Satz für sie und lächelte kaum merklich.

Sie schob die Hände in die Taschen ihrer gefütterten Strickjacke. »John hat ein paar Tage frei. Er kümmert sich um die Kinder und erledigt die letzten Einkäufe, also habe ich ein bisschen Zeit, mich ganz dir zu widmen!«

»Ganz mir? Verstehe.« Er bemühte sich, nicht in Panik zu geraten, weil Louisa zwei volle Tage bei ihm bleiben wollte. Schließlich war sie seine Schwester.

»Du hast doch ein Gästezimmer, in dem ich schlafen kann, oder?«

»Ein oder zwei«, antwortete er.

»Schön. Es wird super, mal richtig zu reden.« Louisa blickte zu der breiten Treppe. Die Dekoration vom Ball letztes Wochenende war inzwischen wieder entfernt. »Ich kann es gar nicht erwarten, das Haus zu besichtigen und mir von dir Willowbrook zeigen zu lassen. Auf dem Weg her bin ich durch das Dorf gefahren, und es ist fantastisch! Noch nie habe ich so viele niedliche Cottages gesehen.«

Sie trug eine kleine Reisetasche, und Jake versuchte, Ruhe zu bewahren. Er hatte das Gefühl, dass Louisa noch aus einem anderen Grund hier war. Garantiert wollte sie ihn überreden, Weihnachten bei ihr und ihrer Familie zu verbringen.

»Und, was willst du jetzt Weihnachten machen?«

Jake biss die Zähne zusammen. Lange hatte es nicht gedauert. Eine zehnminütige Führung durchs Haus, und kaum saßen sie unten in der Küche beim Kaffee, holte sie zum Angriff aus. »Louisa, das haben wir doch schon hundertmal besprochen!«

»Und du hast meine Frage bisher nicht beantwortet. Ich ertrage die Vorstellung nicht, dass du allein in diesem riesigen Haus hockst.«

Er ließ einen Zuckerwürfel in seinen Kaffee fallen und rührte energischer, als diese Aufgabe es erforderte. »Ich bin nicht allein. Smoke ist bei mir.«

»Ein Hund zählt nicht! Nicht zu Weihnachten!« Sie holte tief Luft, sichtlich bemüht, ihren Unmut zu zügeln.

Da war sie nicht die Einzige.

»Jake, warum willst du nicht zu uns kommen?«, fragte sie ruhiger. »Verrate es mir, bitte. Ich bin auch nicht beleidigt, versprochen. Ich möchte bloß verstehen, warum du lieber allein bist als bei deiner Familie.«

»Louisa, es hat nichts mit dir oder deiner Familie zu tun – oder mit Scarletts. Es liegt an mir. Ich bin noch nicht bereit, mich … mich all den Gefühlen zu stellen, die mit Weihnachten einhergehen.«

Seine Schwester betrachtete ihn aufmerksam, und er konnte die Sorge in ihren blauen Augen erkennen. Rasch trank er seinen Kaffee aus und trug den Becher zur Spüle, wo er ihn direkt abwusch, um Louisas prüfendem Blick zu entgehen. Leider folgte sie ihm.

»Jake«, sagte sie sanft, »es ist zwei *Jahre* her. Wann bist du so weit?«

Er umklammerte den Becher und schloss die Augen. Warum waren alle so besessen davon, wie viel Zeit vergangen war? Die Lücke, die Maria in seinem Leben hinterlassen hatte, würde sich für ihn immer riesig anfühlen. Der Schmerz war so tief, dass er niemals heilen würde. Aber wie sollte er auch nur anfangen, es jemandem zu erklären, der es nie erlebt hatte?

»Da gibt es kein festes Datum«, sagte er. »Es gibt keinen festen Tag, an dem man aufwacht und plötzlich denkt, das war's, jetzt geht es mir besser. Gerade du solltest das wissen. Würdest du deinen Patienten sagen, sie sollten jetzt bitte mal mit dem Trauern fertig sein?«

Sie hielt seinen Blick noch einen Moment, dann seufzte sie. »Du hast recht. Es tut mir leid. Ich bin nur …«

»Besorgt, ich weiß«, half er ihr aus.

Louisa öffnete den Mund, schloss ihn jedoch gleich wieder. Ihr mitfühlender Blick bewirkte, dass er sich abwandte. Er wollte ihr Mitleid nicht, genauso wenig wie genötigt werden, Zeit mit der Familie zu verbringen. Er würde ihnen Weihnachten höchstens ruinieren.

»Ach, übrigens«, sagte sie und strahlte plötzlich. »Hast du gewusst, dass im Nachbardorf eine Stelle für einen Allgemeinmediziner ausgeschrieben ist?«

Er stellte seinen ausgespülten Becher in den Geschirrspüler. »Und?«

»Und du könntest dich bewerben.« Sie trank ihren Kaffee, beobachtete Jake allerdings über ihren Becherrand hinweg.

»Warum sollte ich das wollen?«, fragte er, während er nach einem Geschirrtuch griff, um sich die Hände zu trocknen.

»Weil du ein guter Arzt bist. Es wäre schade um deine Fähigkeiten und deine Ausbildung.«

Ihre Worte rührten an etwas, an das er nicht denken wollte. »Wäre es nicht.«

»Willst du mir allen Ernstes erzählen, dass dich Weine

durch die Gegend zu schicken im selben Maße erfüllt wie die Versorgung von Patienten?«

»Du mischst dich schon wieder ein, Louisa.« In seiner Stimme schwang eine warnende Note mit.

»Tue ich nicht! Okay, vielleicht doch. Aber nur, weil du mir wichtig bist, Jakey.«

Louisa bemutterte ihn schon, so lange er sich erinnern konnte, aber verstand sie denn nicht, dass er fünfunddreißig war und nicht drei?

»Da wir gerade von Weinimport sprechen, es kann gut sein, dass ich über Weihnachten in Frankreich bin.«

»Kann gut sein?«

»Ja.«

Sie sah ihn misstrauisch an. Dann erhellten sich ihre Züge. »Mit wem?«

»Niemandem. Es ist eine Geschäftsreise.«

Sie ließ die Schultern hängen. »Und das soll mich beruhigen? Du wirst Weihnachten nicht nur allein verbringen, sondern auch noch im Ausland?«

Verdammt. Er hatte gehofft, dass er sie damit abwimmeln könnte, aber das war nach hinten losgegangen. Dennoch hatte Louisa ihm geholfen, sich zu entscheiden. Denn wenn er hierblieb, würde sie ihn bis zum ersten Weihnachtstag bedrängen.

Smoke trottete auf ihn zu und ließ ihm einen ziemlich zerfetzten, ausgeblichenen Tennisball vor die Füße fallen. Es war ein wenig subtiler Hinweis, dass der Hund nach draußen wollte.

»Ein super Vorschlag, kluger Hund«, murmelte Jake und kraulte den Hund hinter den Ohren. Er wandte sich seiner Schwester zu. »Wie wäre es, wenn wir einen Spaziergang mit

Smoke machen und ich dir das Dorf zeige? Wir könnten da zu Mittag essen.«

Louisa strahlte, allerdings so halbherzig, dass er wusste, sie sorgte sich immer noch. »Ein Spaziergang wäre schön.«

»Es gibt nur einen Pub und eine Bäckerei mit Café, wo man essen kann, aber beide sind ziemlich gut. Ich war überrascht. Hier ist die Bäckerei«, sagte Jake und blieb stehen. Er blickte zum Button Hole nebenan und musste Smokes Leine sehr fest packen, denn der Hund wollte ihn weiterzerren, zu Evie.

Louisa betrachtete das Schaufenster, das überquoll vor Pasteten und Kuchen, und drinnen standen rund ein Dutzend kleine Tische. »Dann gehen wir hier rein.«

Er hielt ihr die Tür auf, sie setzten sich und bestellten Suppe und getoastete Sandwiches.

»Hier gibt es also keine amerikanische Kaffeekette?«, fragte Louisa, als sie sich gesetzt hatten.

»Willowbrook ist nicht so ein Dorf. Es ist sehr englisch, sehr altmodisch und …«

»Und was?«, fragte sie.

Er schürzte die Lippen. Vor wenigen Wochen hätte er gesagt »im vorigen Jahrhundert hängen geblieben«, und er hätte es nicht als Kompliment gemeint. Aber jetzt? Jetzt kannte er eine Menge Dorfbewohner mit Namen, und da war die Suche nach Smoke gewesen. Ihn erstaunte bis heute, wie hilfsbereit und freundlich alle gewesen waren.

»… und hier gibt es einen richtigen Gemeinschaftssinn«, beendete er seinen Satz.

Louisa zog eine Augenbraue hoch und sah ihn skeptisch an. »Woher weißt du das?«

»Woher weiß ich was?«

»Dass es hier einen Gemeinschaftssinn gibt. Irgendwie, kleiner Bruder, kann ich mir dich nicht vorstellen, wie du dich dem hiesigen Lesezirkel anschließt oder dich bereit erklärst, Essen auf Rädern auszuliefern.«

»Es ist ein kleiner Ort, und die Leute sind freundlich.«

»Jake, sag die Wahrheit: Hast du in diesem Dorf jemanden kennengelernt?«

»Ja, habe ich«, antwortete er mürrisch.

»Ich glaube dir nicht. Du nimmst nicht mal das Telefon in die Hand, um deine Schwestern anzurufen, und ich habe bei Scarlett nachgefragt. Noch viel weniger würdest du mit Fremden reden.«

»Ich habe hier eine Menge Leute kennengelernt.«

»Nenn mir welche«, forderte sie ihn heraus wie früher, als sie Kinder gewesen waren. »Na los!«

Er war verärgert. »Luc und Natasha, um anzufangen.«

»Luc zählt nicht. Den kanntest du schon.«

»Tja, dann sind da die Putzhilfe, der Gärtner …«

»Das ist bezahltes Personal! Ich spreche von Freunden! Hast du hier irgendwelche Freunde gefunden, Jake?«

Die Tür des Cafés ging auf, und Evie kam herein. Sie war mal wieder sehr farbenfroh gekleidet. Wie es aussah, hatte sie Stoffblumen ausgeschnitten und auf ein blaues Jeanskleid genäht, und sie trug einen roten Schal im selben Farbton wie ihre Stiefel. Ihr Haar war zu einem losen Knoten aufgesteckt, und ihre Lippen hatte sie himbeerfarben geschminkt. Sie war das personifizierte Leuchten, als sie sich hinten in die kleine Schlange stellte. Dann sah sie Jake, hob die Hand und lächelte ihm schüchtern zu. Er bemerkte, dass sie zu Louisa blickte, doch da seine Schwester und er sich sehr ähnlich sahen, hatte sie gewiss kein Problem zu erkennen, wer sie sein musste.

»Evie!«, rief er und winkte sie zu sich.

Sie zögerte – wahrscheinlich verunsichert von seinem untypisch freundlichen Gebaren – und kam herüber. »Jake, hi. Was gibt's?«

Er stand auf. »Ich möchte dir meine Schwester vorstellen, Louisa.«

Sie schüttelten sich die Hände. Es war ein bisschen förmlich, und vielleicht gab er sich übertrieben enthusiastisch, denn Evie warf ihm einen fragenden Blick zu. Er konnte ihr schwerlich erklären, dass sie ihn vor der Inquisition durch seine Schwester bewahrte. Dank Evie war er vom Haken – vorerst zumindest.

»Evie gehört der Stoffladen nebenan«, sagte er zu Louisa. »Sie hat auch die Vorhänge für mein neues Haus genäht.«

»Und einige Bettüberwürfe«, ergänzte Evie, die sich verschwörerisch zu Louisa beugte. »Aber da er ein Mann ist, bin ich mir nicht sicher, ob er sie bemerkt hat.«

Louisa lächelte. »Tja, mir sind sie aufgefallen. Sie sind wunderschön. Hast du auch den silber-blauen in einem der Gästezimmer genäht?«

Jake erinnerte sich an das Kleid, das sie beim Ball getragen hatte, und er wurde rot, was seiner Schwester selbstverständlich nicht entging. Verwundert blickte sie von ihm zu Evie.

»Ja, das ist einer von meinen.«

»Du musst mir deine Nummer geben«, sagte Louisa. »Etwas in der Art hätte ich gerne für mein Schlafzimmer.«

Evie sah entzückt aus und holte eine Karte aus ihrem Portemonnaie. »Natürlich. Hier.« Sie schaute auf ihre Uhr.

»Ich gehe lieber. Zu lange darf ich den Laden nicht geschlossen lassen. Ich wollte mir nur kurz ein Sandwich holen.«

»Oh, wie schade. Wir sind gar nicht dazu gekommen, uns zu unterhalten. Wie wäre es, wenn wir uns heute Abend nach der Arbeit auf einen Drink treffen?«, schlug Louisa strahlend lächelnd vor.

Unsicher blickte Evie zu Jake, der wiederum seine Schwester ansah. »Bin ich auch eingeladen?«, fragte er.

Louisa lachte. »Ja, natürlich.« Sie wandte sich wieder an Evie. »Mein Bruder führt ein sehr ruhiges Leben. Er würde für heute Abend nichts planen, also übernehme ich es. Es wäre wirklich nett, dich näher kennenzulernen.«

»Sie prüft mich«, murmelte er.

»Prüft dich?«, fragte Evie.

»Sie glaubt, dass ich nicht genug Kontakt zu anderen menschlichen Wesen habe.«

»Da hat sie recht, oder?« Evie grinste. »Du bist nicht direkt eine Partynudel.«

»Wusste ich es doch!«, rief Louisa. »Er verbringt zu viel Zeit allein, nicht?«

Evie nickte. »Allein mit Smoke, aber ich habe ihm erklärt, dass ein Hund …«

»… nicht zählt«, beendeten sie den Satz im Chor und lachten.

Jake sah die beiden an: seine Schwester mit der beigen Hose, der gebügelten Bluse und der teuren Handtasche und Evie mit ihrem wilden Haar und dem fröhlich bestickten Kleid. Er bereute ernsthaft, sie miteinander bekannt gemacht zu haben.

»Das ist nicht fair.« Er schüttelte den Kopf. »Ihr beide verschwört euch gegen mich.« Es war ja klar, dass Evie sich auf Anhieb mit Louisa verstand.

»Ich schließe den Laden um fünf. Wollen wir uns danach im Pub treffen?«, fragte sie seine Schwester.

»Perfekt. Bis dann.«

»Darf ich auch etwas dazu sagen?«, fragte Jake.

»Nein!«, antworteten beide gleichzeitig.

Vor dem Dog and Partridge klopfte Evie sich den Schnee von den Stiefeln, drückte die schwere Eichentür auf und ging hinein. Sie sah Jake am Feuer über einem Glas Orangensaft brüten.

»Du siehst frostiger denn je aus. Wo ist Louisa?«, fragte sie, als sie sich ihm gegenüber setzte.

»Sie hat ihr Portemonnaie im Auto vergessen – da kommt sie.«

Evie blickte aus dem Fenster und sah Louisa mit ihrem Portemonnaie in der Hand, wie sie seinen Bentley verriegelte. »Ich mag deine Schwester. Sie scheint witzig zu sein.« Wie Jake hatte seine Schwester dunkles Haar und blaue Augen, doch anstatt immerfort die Stirn zu runzeln, lächelte Louisa viel.

Evie fragte sich, ob er Louisa von dem Kuss erzählt hatte. Sie hoffte nicht, und eigentlich konnte sie sich auch nicht vorstellen, dass er so etwas preisgeben würde. Vor allem nicht, nachdem er es sofort bereut hatte.

»Sie mag dich auch. Anscheinend zieht sie deine Gesellschaft meiner vor«, sagte er mit seinem üblichen trockenen Humor.

»Ist sie älter als du?«

»Merkt man das nicht daran, wie sie mich herumkommandiert? Ja, zwei Jahre.«

»Steht ihr euch nahe?«

Er sah zur Seite. »Standen wir.«

Evie wartete darauf, dass er es erklärte. »Aber jetzt nicht mehr?«, hakte sie nach, als er schwieg.

Er trank von seinem Saft, und sie beobachtete, wie sich sein Adamsapfel bewegte. Er hatte sich nicht rasiert, sodass ein dunkler Bartschatten auf seinem Gesicht lag. Es war verstörend sexy, obwohl er in dem dunkelblauen Pullover blass wirkte.

»Louisa denkt, dass mit mir etwas nicht stimmt. Sie glaubt, ich sollte inzwischen über Marias Tod hinweg sein und nach vorn sehen«, antwortete er schließlich und starrte aus dem Fenster.

Evie fühlte mit ihm. Die Erfahrung hatte sie gelehrt, dass Trauer kompliziert und sehr individuell war. Auch nach fünf Jahren waren ihren Eltern nicht mit Zaras Tod fertiggeworden, und Evie war sich nicht sicher, ob es jemals der Fall sein würde.

»Und sie hat die enervierende Angewohnheit, mich dauernd anzurufen und nachzufragen, ob es mir gut geht. Ich habe ihr gesagt, dass ich in Ruhe gelassen werden will, aber sie hört nicht auf mich. Es ist unerträglich.«

Evie grinste. »Und es bedeutet, dass du ihr wichtig bist.«

Er erwiderte ihr Lächeln nicht. »Und sie akzeptiert nicht, dass ich Weihnachten dieses Jahr nicht mit ihr und ihrer Familie verbringen will. Das sorgt für … eine gewisse Reibung zwischen uns.«

»Aha.«

Die Pubtür ging auf, und Louisa kam zu ihrem Tisch.

Evie holte sich ein Glas Wein, und sie unterhielten sich. Es war seltsam, aber mit Jakes Schwester ins Gespräch zu kommen, war so einfach, als würden sie sich schon seit Jahren kennen. Innerhalb von fünf Minuten hatte Evie erfahren, dass Louisa Ärztin in London war, wo sie mit ihrem Mann, zwei Hunden und drei Jungen im Alter von sechs bis zwölf Jahren lebte, die sich mehr für Sport als die Schule interessierten, sofern man es aus den letzten Zeugnissen ersehen konnte.

»Meine Zeugnisse waren auch immer schlecht«, sagte Evie. »Und sie fingen immer mit den Worten an, ›*Im Gegensatz zu ihrer Schwester …*‹«, sie zählte es an den Fingern ab, »›*passt Evie im Unterricht nicht auf, kann die einfachsten Gleichungen nicht lösen, ist enttäuschend langsam darin, die Grundregeln der Physik zu erfassen, und so weiter*‹.«

»Autsch«, sagte Louisa. »Und deine Schwester war eine gute Schülerin?«

»In jedem Fach die Klassenbeste. Sie hat Preise gewonnen und war erst Vertrauensschülerin, dann Schulsprecherin. Ich musste immer wegen vergessener Hausaufgaben nachsitzen oder zur Schulschwester, weil ich mir irgendwas getan hatte. Die Lehrer haben ständig geseufzt und gesagt: *Unvorstellbar, dass ihr zwei Schwestern seid …*«

»Ziemlich schwer, da mitzuhalten«, meinte Louisa. »Hat es einen Keil zwischen euch getrieben?«

»Überhaupt nicht«, entgegnete Evie und fügte leise hinzu: »Sie ist vor einigen Jahren gestorben.«

Louisa riss die Augen weit auf. »Das tut mir leid.«

»Es hatte keinen Keil zwischen uns getrieben. Ich habe sie angebetet.«

Sie trank einen Schluck Wein und ignorierte den Kloß in ihrem Hals. An Zara zu denken, war hart, doch zugleich waren es auch kostbare Erinnerungen. Und sie weigerte sich, ihre Schwester in Vergessenheit geraten zu lassen, indem sie *nicht* von ihr sprach.

»Obwohl euch alle verglichen haben?«

Evie nickte. »Wir hatten solchen Spaß zusammen, sind durch die Gegend gestromert, haben Abenteuer erlebt und mitternächtliche Schlemmerorgien veranstaltet und sind geritten. Wir waren beste Freundinnen …« Sie trank aus und blickte in ihr Glas. »Sie fehlt mir sehr.«

Die Pubtür ging auf, und der Lärmpegel stieg, als eine Gruppe lachender Männer hereinkam.

Jake schob seinen Stuhl zurück. »Ich hole neue Getränke. Noch einmal das Gleiche für euch?«

Evie schaute überrascht auf. Ihre Gläser waren noch halb voll. Er wartete allerdings nicht auf eine Antwort. Mit wenigen Schritten hatte er den Pub durchquert und stand an der Bar.

»Habe ich etwas Falsches gesagt?«, fragte Evie.

»Kann man nie wissen.« Louisa seufzte. »Mein Bruder redet nicht gern über seine Gedanken oder Gefühle. Er zieht es vor wegzulaufen. Oder den Kopf in den Sand zu stecken.« Mit ihren trockenen Worten und dem Zug um ihren Mund war sie Jake unheimlich ähnlich. Sie hatten auch die gleichen blauen Augen, obwohl in ihren die braunen Sprenkel fehlten, die seine so besonders machten.

»Demnach möchte er nicht über seinen Kummer reden?« Evie beobachtete, wie er dem Wirt einen Geldschein gab. »Ich hätte nicht sagen dürfen, dass Zara mir fehlt. Das war unsensibel.«

»Eigentlich meinte ich Gefühle. Jede Form von Gefühl macht ihn nervös. Und es war nicht unsensibel, über deine

Schwester zu reden. Wie gesagt, Jake ist hier derjenige mit dem Problem.«

Es beruhigte Evie enorm. Vielleicht sorgte sie sich zu oft, dass sie das Falsche sagte. Tims ewige Kritik hatte Spuren hinterlassen.

»Jake hatte nicht erwähnt, dass du zu Besuch kommst.«

»Es war eine spontane Entscheidung. Und ich wollte ihn überraschen, weil ich wusste, dass er dafür sorgen würde, nicht zu Hause zu sein, hätte ich ihn vorgewarnt.«

Evie lächelte. Das klang wirklich sehr nach Jake. Allerdings sah sie auch, wie verletzend es für Louisa sein musste. Seine Schwester hing eindeutig sehr an ihm.

Jake kehrte mit neuen Getränken zurück und stellte die Gläser auf den Tisch. »Ich sehe kurz nach Smoke«, sagte er.

»Wo ist er?«, fragte Evie.

»Im Hinterzimmer mit dem Chihuahua des Wirts. Ich will mich lieber vergewissern, dass er mittlerweile nicht taub ist von dem schrillen Gekläffe.«

Er verschwand.

Es ließ sich nicht leugnen, wie viel der Hund Jake bedeutete, und Evie wollte schon einen Scherz darüber machen, aber Louisa kam ihr mit einer Frage zuvor. »Also«, sagte sie augenzwinkernd, »seid ihr beide ein Paar?«

»Nein! Definitiv nicht!« Evie dachte an den furchtbaren Morgen nach dem Ball und spürte, dass sie feuerrot wurde. Ihr Herz wummerte so wild wie ihre Nähmaschine, wenn sie das Pedal durchtrat. »Ich will keine Beziehung – keiner von uns.«

Wenn sie ehrlich war, fand sie Jake immer noch attraktiv. Aber er hatte sonnenklar gemacht, dass er nicht so empfand.

»Wir sind befreundet, weiter nichts. Ich weiß, dass er noch Gefühle für Maria hat und immer haben wird. Er hat es mir gesagt.«

Louisa schüttelte den Kopf. »Es wäre gut für ihn, wieder zu leben.« Sie stockte kurz, ehe sie fortfuhr: »Evie, ich mache mir Sorgen um meinen Bruder.«

»Sorgen? Warum?«

»Er ist zum Einsiedler geworden. Hast du gewusst, dass er vorhat, Weihnachten allein in Frankreich zu verbringen?«

Evie sah sie mitfühlend an. »Ich weiß, dass er darüber nachdenkt.«

»Es bricht mir das Herz, ihn so zu sehen. In den letzten paar Jahren hat er sich so stark verändert. Früher war er der strahlende Mittelpunkt jeder Party.«

»Der strahlende Mittelpunkt? Jake?« Sie konnte es sich schlicht nicht vorstellen.

Louisa nickte und lächelte versonnen. »Er hatte einen verrückten Humor, hat uns zum Lachen gebracht, immerzu Witze gerissen. Und er war jemand, in dessen Gegenwart sich jeder sofort wohlfühlte.« Ihr Lächeln erstarb. »Seit Marias Tod ist er ein anderer. Jetzt, tja, du kennst ihn ja und weißt, wie er ist.«

Evie konnte ihn sich nicht mal richtig lächelnd vorstellen, geschweige denn Witze reißend. Andererseits hatte sie bereits festgestellt, dass er einen trockenen Humor hatte. War der ein Überbleibsel des Mannes, der einst überall im Zentrum der Aufmerksamkeit gestanden hatte? »Er gibt sich schroffer, als er ist«, sagte sie, obgleich sie nicht sicher war, warum sie ihn in Schutz nahm. Vielleicht weil sie auch so eine Phase durchgemacht hatte, in der es ihr vor Trauer unmöglich gewesen war, zu lachen oder zu lächeln.

»Ich bin froh, dass du so denkst. Manche Leute finden ihn Furcht einflößend und distanziert. Wobei es die Distanziertheit in ungekannte Höhen steigert, die Familie an Weihnachten zu meiden.«

Es war offensichtlich schwer für Louisa, aber Evie konnte Jake auch verstehen. Ihr grauste ja nicht minder vor Weihnachten – wobei ihre Familie vollkommen anders war als seine. »Sei nicht traurig deshalb«, sagte sie vorsichtig. »Er braucht bloß Zeit.«

»Aber wie viel Zeit? Es sind schon zwei Jahre!«

»Gewiss ist es hart für dich, ihn sich selbst zu überlassen, weil er dein Bruder und dir wichtig ist, doch vielleicht denkt er, dass es so besser ist. Er ist nicht der Typ, der sich nach außen hin heiter geben kann, oder? Eventuell fürchtet er, euch Weihnachten zu verderben, indem er traurig ist.«

Louisa nickte und blinzelte angestrengt.

Jemand hatte Geld in die Jukebox gesteckt, und Evie erkannte die ersten Akkorde eines alten Weihnachtshits. Der Song versetzte sie prompt zurück in ihre Kindheit und öffneten die Fluttore der Erinnerungen. Evie versuchte, sie zu blockieren, aber leider konnte man es in dieser Jahreszeit kaum verhindern, an früher zu denken.

»Er muss Maria sehr geliebt haben«, sagte sie und fragte sich, was für ein Mensch Maria gewesen war. Es klang, als wäre sie eine außergewöhnliche Frau gewesen: talentiert, intelligent, schön.

Louisa stimmte zu. »Hat er. Sie waren füreinander geschaffen.«

Aus irgendeinem Grund verspürte Evie einen scharfen Stich in der Brust, der so unerwartet schmerzhaft war, dass sie tief

Luft holen und warten musste, bis er abebbte. Sie sagte sich, dass sie nicht eifersüchtig war. Überhaupt hatte sie beschlossen, sich auf keinerlei emotionale Verstrickung mit Jake Hartwood mehr einzulassen. Aber irgendwie war er ihr stets präsent, selbst wenn er gar nicht da war. Sogar wenn sie allein in ihrem Laden war, drifteten ihre Gedanken oft zu ihm ab; sie fragte sich, was er tat, stellte ihn sich mit diesem gequälten Ausdruck in den Augen vor und wünschte, sie könnte ihm irgendwie helfen.

Sie fröstelte. Und sie konnte nicht umhin, sich Sorgen zu machen. Genauso war es, wenn sie nach Dorothy nebenan schaute. Die Pubtür ging wieder auf, und ein Schwall Schneeflocken wehte herein, was Evie daran erinnerte, wie dunkel Jakes Augen im mondbeschienenen Schnee gewirkt hatten, wie seine Finger ihre umschlangen, als er sich ihre Hand an die Wange hielt …

Ihr Herz machte einen Sprung. Okay, vielleicht empfand sie ein bisschen mehr als Sorge.

»Eventuell will er allein sein, um sich von Erinnerungen zu befreien und einen neuen Weg für sich zu finden, eine eigene Tradition begründen« sagte sie und wünschte, sie könnte es auch tun.

Im nächsten Jahr, dachte sie, wenn der Laden besser läuft und ich das Gästezimmer eingerichtet habe, werde ich Mom und Dad über Weihnachten zu mir einladen.

»Eine eigene Traditionen begründen, allein?«, fragte Louisa. »Unwahrscheinlich. Ich fürchte, er wird einfach dasitzen und Trübsal blasen.«

Evie dachte an den Abend ihrer ersten Begegnung, als er sich mit einer Flasche Whisky in Old Hall eingeschlossen hatte. Sie nahm an, dass Louisa recht hatte.

»Und in Frankreich hätte er nicht mal Smoke bei sich.«

»Wenn ich nur helfen könnte«, sagte Evie.

»Würde ich auch gern. Mir wäre erheblich wohler, wenn ich wüsste, dass er nicht allein ist.« Louisa lachte. »Du könntest mit ihm nach Frankreich reisen, aber sicher hast du eigene Pläne.«

Es entstand eine längere Pause. Evie griff nach einer losen Haarsträhne und wickelte sie sich gedankenverloren um den Finger. »Habe ich«, sagte sie schließlich, »aber auf die freue ich mich nicht …«

In nur drei Tagen war Weihnachten, und ihr war noch immer keine Lösung für ihr Dilemma eingefallen. Ihre Eltern gingen davon aus, dass sie mit zu Tims Familie kam. Was sollte sie tun? Sich dem Wunsch ihrer Eltern fügen und Weihnachten mit Tim feiern? In letzter Sekunde vorgeben, krank zu sein, und allein zu Hause bleiben? Ihr wurde mulmig bei dem Gedanken, an Weihnachten in ihrem Cottage zu sitzen. Nichts könnte einsamer sein.

Andererseits wäre Tims Gegenwart unerträglich. Und dass sie ihm sechsunddreißig Stunden lang nicht entkommen könnte, würde er als Herausforderung auffassen. Er würde eine Charmeoffensive gegen sie und ihre Eltern starten. Und mit seinen Eltern im Verein wären es fünf Leute, die sie bedrängten, zu Tim zurückzukehren. Bei dem Gedanken wurde ihr schlecht.

»Tatsächlich wäre mir nichts lieber als ein Vorwand, *nicht* an Weihnachten nach Hause fahren zu müssen«, sagte Evie.

»Im Ernst?«

Sie lächelte, und Louisa strahlte.

»Was ist los?« Beide drehten sich beim Klang von Jakes

tiefer Stimme um. »Ihr zwei seht aus, als hättet ihr etwas ausgeheckt.«

Jake setzte sich und sah abwechselnd Louisa und Evie an.

Louisa grinste. »Ich habe die ideale Lösung für dich gefunden, kleiner Bruder.«

»Mir war nicht bewusst, dass ich ein Problem habe, für das eine Lösung gebraucht wird.«

»Du weißt, dass ich mich sorge, weil du Weihnachten allein sein willst.«

Er verdrehte die Augen. »Nicht das schon wieder«, murmelte er und griff nach seinem Glas.

»Tja, Evie würde gerne mit dir nach Frankreich reisen.«

Er erstarrte mit dem Glas in der Hand.

»Das ist perfekt, oder?«, fuhr Louisa aufgeregt fort. »Ihr zwei versteht euch so gut, Evie möchte nicht nach Hause fahren …«

Die Stille dehnte sich aus, und beide Frauen sahen ihn erwartungsvoll an.

Frankreich?

Sein Plan, sich allein zu verstecken?

Evie?

Jake knallte das Glas auf den Tisch. »Warum kannst du meine Wünsche nicht akzeptieren, Louisa? Und meine Gefühle! Ich habe dir gesagt, dass ich allein sein will!«

Leute wandten sich um, und Louisa blinzelte.

Evie ergriff ihre Handtasche. »Ich … ich gehe lieber.«

»Nein.« Er streckte eine Hand aus. »Bleib. Es ist nicht deine Schuld. Dies hier ist eine Sache zwischen mir und meiner sich immerzu einmischenden Schwester.«

»Deiner Schwester, der an dir liegt«, entgegnete Louisa leise. Ihre glänzenden Augen spiegelten den Feuerschein, und seine Schuldgefühle trafen ihn wie ein Pfeil zwischen die Rippen.

Er zwang sich, tief Luft zu holen. »Du hast recht, entschuldige … Doch bei allen guten Absichten kannst du nicht einfach reinplatzen und das Leben anderer umorganisieren, Louisa. Das ist nicht fair. Schon gar nicht, wenn du dafür gutmütige Menschen wie Evie ausnutzt.«

Er musste nicht dabei gewesen sein, um sich die Unterhaltung vorzustellen. Seine Schwester hatte gewiss keine Zeit vergeudet, Evie zum Mitmachen bei ihrem Plan zu überreden. Und da Evie dauernd jedem helfen wollte, hatte sie sofort zugestimmt.

»Äh, eigentlich«, sagte Evie, »fand ich die Idee super.«

»Ach ja?« Ihm fiel das Gespräch bei Luc wieder ein und wie verängstigt sie ausgesehen hatte, als sie davon sprach, Weihnachten mit ihrem Ex zu verbringen.

Sie nickte so energisch, dass ihr eine Haarsträhne ins Gesicht fiel. Rasch strich Evie sie hinters Ohr. »Ich möchte Weihnachten nicht allein sein.«

»Hattest du das denn vor?«

»Ich kann unmöglich mit Tim zusammen feiern.« Sie senkte den Blick.

Aha.

Vielleicht war Louisas Idee doch nicht so furchtbar. Und jetzt fühlte er sich mies, weil er so aufgebracht reagiert hatte. Evie musste zu dem Schluss gelangt sein, dass er die Feiertage nicht mit ihr verbringen wollte. Was so nicht stimmte. Er genoss ihre Gesellschaft und schätzte ihre Freundschaft. Aber mehr als Freundschaft war da nicht. Und würde auch nie sein. Er dachte an den Kuss. *Tun wir so, als wäre es nie passiert*, war leicht gesagt, aber wie leicht wäre es, das zu befolgen, wenn sie eine Woche lang zusammen waren?

Er bremste sich. Evie wollte dringend ihrer Familie entkommen. Er würde sie nicht davon abhalten, ihn nach Frankreich zu begleiten, weil es ihm an Selbstbeherrschung mangelte. Es gäbe keine Wiederholung des Kusses. Er hatte es unter Kontrolle. Hatte er.

»Soweit ich sehen kann, seid ihr gut befreundet und habt beide Gründe, weg von allem zu wollen«, sagte Louisa.

Evie legte ihr eine Hand auf den Arm. »Nicht, Louisa. Jake will mich nicht dort haben. Er möchte allein sein, und das kann ich nachvollziehen. Ich würde ihn wahnsinnig machen.«

»Stimmt nicht. Allerdings kann ich nicht garantieren, dich nicht in den Wahnsinn zu treiben.« Er versuchte, sich sie beide in Lucs Villa auszumalen, und stellte fest, dass sein Puls sich beschleunigte.

»Schon gut. Ich weiß ja, wie du bist – mürrisch, ungesellig, schroff …«

Ihr freches Grinsen löste eine kleine Hitzewelle in ihm aus, und er gab sein Bestes, das Gefühl nicht zu beachten. »Was ist mit deinem Laden? Kannst du den eine Woche lang schließen? So kurz vor Weihnachten?«

»Für morgen ist mehr Schnee angesagt, also rechne ich vor dem neuen Jahr nicht mit vielen Kunden.«

Er nickte. »Dir ist aber klar, dass ich nicht das ganze Theater mit Essen, Geschenken und Ritualen will, oder? Für mich findet Weihnachten in diesem Jahr nicht statt.«

»Weiß ich«, sagte sie sanft und sah ihm in die Augen. »Und ich verstehe es.«

Er dachte an ihre Situation. »Wie werden deine Eltern es aufnehmen?«

»Ach, die kommen zurecht. Mit einem Freund zu verreisen, ist eine legitime Entschuldigung, Weihnachten mit ihnen zu verpassen. Sicher werden sie zu viel hineininterpretieren und anfangen, meine Hoch ...« Plötzlich brach sie ab, und zwei rote Kreise erschienen auf ihren Wangen. »Natürlich wissen wir beide, dass es nichts zu bedeuten hat. Wir sind nur befreundet.«

»Du kannst dieses Grinsen abstellen«, sagte er zu seiner Schwester. »Wir *sind* nur Freunde.«

»Selbstverständlich«, meinte Louisa, deren Augen amüsiert funkelten.

Evie biss sich auf die Unterlippe. »Aber mir fällt gerade etwas ein – wie viel wird das kosten? Das Geschäft im Button Hole lief die letzte Zeit besser, trotzdem kann ich es mir nicht leisten, das Geld für einen Urlaub auszugeben.«

»Luc nimmt keine Miete für die Villa, und offiziell ist es eine Geschäftsreise, also zahle ich die anfallenden Kosten. Und die Flüge sind günstig. Ich habe heute Nachmittag mal nachgesehen.«

»Und, was sagst du?«, fragte Louisa sie.

Jake wurde zu seiner Verwunderung klar, dass er Evie gern mitnehmen wollte. Und nachdem er vorhin so ungehobelt gewesen war, wollte er es wiedergutmachen. »Wenn du mich begleitest, Evie, ist meine Schwester beruhigt, mich nicht allein zu wissen, und lässt mich endlich in Frieden.«

Louisa nickte.

»Abgemacht, Mr. Arktis«, sagte Evie strahlend und streckte ihm über den Tisch die Hand hin. »Fliehen wir gemeinsam vor Weihnachten.«

Kapitel Zwölf

»Was haben deine Eltern gesagt?«, fragte Jake. »Ich möchte nicht der Grund für Spannungen zwischen euch sein.«

Evie lachte. »Spannungen? Zwischen meinen Eltern und mir herrschen nichts als Spannungen. Und ich glaube kaum, dass sich das jemals ändern wird.« Sie legte ihren Rollschneider hin und stapelte die Stoffquadrate, die sie ausgeschnitten hatte. »Es war in Ordnung. Sie wirkten sogar erleichtert. Anscheinend heißt es für sie, dass sie Weihnachten mit Tims Eltern verbringen können, ohne zu befürchten, dass ich ›schmolle‹.«

Sie blinzelte. In den Augen ihrer Eltern war Tim auf ewig der ideale Ehemann und sie eine Idiotin, weil sie ihn abgewiesen hatte. Was wäre nötig, damit sie ihr zuhörten und sich ausnahmsweise mal hinter sie stellten?

Doch all das war es, von dem sie zu fliehen hoffte. Ihr gefiel der Gedanke, Weihnachten mit all den Spannungen, den Emotionen und den Erinnerungen zu entkommen. Eine Woche weit weg in der Wintersonne mit Jake. Ihr Herz machte einen kleinen Satz. Es war perfekt. Keine Komplikationen, keine Erwartungen. Nur Freundschaft und nette Gesellschaft. Sie konnte es nicht erwarten.

»Wer kümmert sich um Smoke, solange du weg bist?«, fragte sie, schnappte sich einen Stoffballen und trug ihn zurück zum Regal.

»Heidi übernimmt ihn immer. Er mag es bei ihr. Apropos, ich sollte lieber los, denn ich habe ihr gesagt, dass ich ihn heute Nachmittag bringe.«

»Ich kann nicht fassen, dass wir morgen abreisen!« Evie musste an sich halten, um nicht auf der Stelle zu hüpfen. »Das ist so aufregend! Ich mag spontane Aktionen.«

Jakes Mundwinkel zuckten. »Hast du nachgesehen, ob dein Pass noch gültig ist?«

Sie seufzte. »Du liebst es, ein Spaßverderber zu sein, nicht? Ja, er ist noch gültig.«

»Schön. Tja, ich hole dich morgen ab – früh.« Er blickte aus dem Fenster. »Vorausgesetzt, es schneit nicht noch mehr und der Schnee blockiert die Straßen.«

»Wird er sicher nicht.«

Er wandte sich zum Gehen und hielt inne. »Übrigens, danke.«

»Wofür?«

Er fixierte sie mit seinen blauen Augen. »Dass du dich bereit erklärt hast, mich zu begleiten.«

»Ich betrachte es als eine Du-kommst-aus-dem-Gefängnis-Karte. So bin ich vom Haken.«

»Tja, ich weiß es zu schätzen. Meine Schwester ist äußerst zufrieden nach Hause gefahren.«

Sie neigte den Kopf zur Seite. »Du hast Glück – sie liebt dich wirklich.«

»Weiß ich.« Er wog die Autoschlüssel in der Hand. »Ich weiß.«

Am nächsten Morgen landeten sie in Nizza. Da es nur noch zwei Tage bis Weihnachten waren, herrschte Hochbetrieb auf dem Flughafen, doch ein Herr in einem eleganten Anzug nahm sie förmlich in Empfang. Ein Schlüsselbund klimperte in seiner Hand, als er sie über den Parkplatz führte.

Evie machte große Augen, als sie vor einem kleinen Kabrio stehen blieben, das auf Abstand zu den anderen Wagen parkte. Es war ein kirschroter Oldtimer. »Ist das der Wagen, den du gemietet hast?«

Jake nickte. »Ein 1960er Alfa Romeo Giulia Spider«, sagte er ehrfürchtig.

Sie wusste, dass er alte Autos mochte, hatte jedoch nicht damit gerechnet, dass er im Ausland eins mieten würde.

»Möchten Sie ihn sich erst einmal ansehen?«, fragte der Mann mit einem französischen Akzent.

Evie trat zurück, während Jake den Wagen umrundete und den Lack sowie die Reifen prüfte. Die silbernen Stoßstangen und Scheinwerfer reflektierten das Sonnenlicht. Das Kabrio war wunderschön in seiner Schlichtheit, doch Evie hoffte nur, dass der Kofferraum groß genug für ihr Gepäck war. Allein ihres war recht voluminös, denn sie hatte den Quilt eingepackt, an dem sie gerade arbeitete.

Als Jake sich wieder aufrichtete, funkelten seine Augen wie Edelsteine in der Sonne, und Evie bekam ein bisschen weiche Knie, denn das übliche Stirnrunzeln war purem Entzücken gewichen.

»Also, was meinst du?«, fragte er, nachdem er die Papiere unterschrieben hatte und sie wieder allein waren. Sie stiegen in den Alfa Romeo.

Evie blickte auf das Armaturenbrett mit den Retro-Anzeigen und den Schaltknüppel neben ihren Knien. »Ein außergewöhnliches Auto, aber wäre ein neuer Wagen nicht verlässlicher?«

»Gut möglich«, gestand er, »allerdings wäre der weder schön noch geschichtsträchtig.« Er strich mit den Händen über das elegante Lenkrad. »Der hier ist ein Designklassiker, perfekt für diese Gegend. Würde man ein wenig in der Zeit zurückreisen, sähe man Dutzende davon an der französischen Riviera herumfahren. Bereit?«

»Willst du nicht das Verdeck schließen? So warm ist es nicht.«

»Kann ich, wenn du möchtest, doch mir ist nach Wind auf meinem Gesicht. Es ist … authentischer.«

»Verstehe. Tja, wenn wir es authentisch haben wollen …« Evie setzte ihre Sonnenbrille auf und grinste. »Ich komme mir vor wie Brigitte Bardot.«

Sie konnte nicht glauben, wie sonnig es hier war. Die Luft war vom Duft der Pinien erfüllt. Es war so glamourös und aufregend, Lichtjahre entfernt von dem, was sie kürzlich noch geglaubt hatte, heute zu tun. Ihre Eltern packten gewiss schon für die Fahrt zu Rupert und Angela morgen. Evie konnte sich lebhaft vorstellen, wie es dort ablaufen würde: Zunächst gäbe es Sherry, dann ein ausgedehntes Essen in Ruperts und Angelas prächtigem Esszimmer. Und Tim.

Sie atmete tief ein und war unendlich froh, dass Jake beschlossen hatte, hierher zu fliehen.

Er ließ den Motor an. »Na, dann wollen wir mal.«

»Jetzt ist es nicht mehr weit«, sagte Jake. »Die Abzweigung kommt gleich links. Ah, da ist sie!«

Sie bogen von der Straße ab und gelangten durch ein etwas schäbiges Eisentor auf eine sich schlängelnde Zufahrt durch ein Waldstück. Schließlich tauchte die Villa vor ihnen auf.

»Luc hat gesagt, sie war eine Ruine, als er sie gekauft hat«, erzählte Jake. »Er hat die Fassade komplett erneuert.«

Das Haus war luxuriös, aber nicht extravagant; eine schlichte Architektur mit italienischen Akzenten wie hohen Bogenfenstern und einer wuchtigen Verandabrüstung vorn.

Evie staunte. »Das hat er gut gemacht. Es ist wunderschön.«

Sie parkten im Schatten einer japanischen Schirmtanne, und Evie lief die Steinstufen hinauf, um die riesige Veranda in Augenschein zu nehmen.

»Wow! Sieh dir die Aussicht an!«, rief sie und stützte die Hände auf die Brüstung. »Unglaublich, dass wir von hier das Meer sehen können!«

Ihre Begeisterung löste ein kleines, freudiges Kribbeln in ihm aus. »Wir sind sehr weit oben in den Bergen.« Und sie befanden sich recht weit von der Küste entfernt, aber die Lage machte den Blick aufs Meer möglich.

Er schlenderte um die Villa herum und betrachtete die Olivenbäume, Pinien und Sträucher, die sich bis in den Wald hinten erstreckten. Unterdes hoffte er, dass es richtig gewesen war herzukommen und ihm die Erinnerungen nicht folgten, wie sie es so oft taten. Er wollte nichts weiter als eine kurze Pause von allem. Diese Reise war eine spontane Idee gewesen, und nun war sie Realität geworden. Hatte er es sich gut überlegt? Hatte Evie? War sie wirklich glücklich damit, sich vor der Welt zu verstecken – mit ihm?

Er hörte, wie sich ihre leichten Schritte näherten, und im nächsten Augenblick kam sie um die Ecke. Ihr Apfelduft stieg ihm in die Nase und betörte seine Sinne, als sie neben ihm stehen blieb. Während der gesamten Anreise hatte es ihn beunruhigt, wie er auf sie reagierte. Da war ein Aufflackern von Verlangen gewesen. Würde der Aufenthalt hier mit ihr ganz eigene Komplikationen verursachen?

»Ungefähr zehn Gehminuten von hier ist ein Dorf mit einer Bäckerei, einem Restaurant und einer Bar«, sagte er. »Ansonsten ist es hier sehr abgelegen, sodass uns Privatsphäre garantiert ist.«

»Ist das dein einziges Ziel im Leben? Menschlichen Kontakt zu vermeiden?«, fragte sie scherzhaft.

»Wir sind hergereist, um unsere Ruhe zu haben, nicht um unsere Zeit mit Fremden zu verbringen.«

»Tja, es ist perfekt. Ich liebe es!« Sie drehte sich um die eigene Achse, schloss die Augen und hob das Gesicht der Sonne entgegen.

Amüsiert beobachtete Jake sie und spürte, wie sich etwas in seinem Bauch verkrampfte. Das sanfte Rascheln der Bäume war wie Musik.

Sie waren Freunde, mehr nicht. Sicher, der Kuss hatte zur Folge, dass er sich bis heute latent zu ihr hingezogen fühlte. Doch er verfügte über hinreichend Selbstbeherrschung, dass sie nichts davon mitbekommen würde. Sie waren einfach zwei Freunde, die vor ihren Familien geflohen waren, um eine Auszeit in Südfrankreich zu genießen. Was könnte klarer sein?

»Möchtest du dir dein Schlafzimmer aussuchen?«, fragte er.

»Ich darf wählen? Ja, unbedingt!«

Er holte das Gepäck aus dem Wagen, und Evie folgte ihm in das gigantische Haus. Oben gab es mehrere Schlafzimmer, und Evie wanderte mit großen Augen von einem zum anderen.

»Die sind alle so umwerfend und elegant – ich kann mich nicht entscheiden!« Sie legte sich einen Finger ans Kinn, als sie nachdachte. »Ich nehme dies hier«, sagte sie am Ende. »Weil es den schönsten Bettüberwurf hat.«

»Hat es?« Er warf noch einmal einen Blick auf den verblassten rot und elfenbeinfarben gemusterten Stoff. Zweifellos hatte er etwas entfernt Majestätisches, was allerdings auch an dem sehr großen Bett liegen mochte.

»Ja! Das ist Toile de Jouy. Fantastisch!«

Evie durchquerte den großen, luftigen Raum und öffnete die Glasflügeltüren, die auf einen kleinen Balkon führten. »Von hier kann ich auch das Meer sehen, sogar vom Bett aus beim Aufwachen!«

Er musste lächeln. »Ganz ruhig, Pollyanna«, sagte er. »Allmählich sorge ich mich, dass diese Reise zu viel Aufregung für dich ist. Du bist ja wie ein Waisenkind, das von einem Millionär adoptiert wurde.«

Sie grinste und begann, ihr Lieblingslied aus *Annie* zu trällern.

Jake verdrehte die Augen. »Ich bin dann nebenan«, sagte er und verschwand mit seinem Koffer.

»Wie wäre es, wenn wir in den nächsten größeren Ort fahren und auf den Markt gehen?«, schlug Jake vor, nachdem sie ausgepackt hatten. »Wenn wir uns beeilen, schaffen wir es noch kurz vor Marktschluss und können uns mit Lebensmitteln eindecken. Für heute Abend habe ich im Restaurant reserviert, aber morgen ist Heiligabend, und da wird hier alles geschlossen haben.«

»Hört sich gut an.«

Sie fuhren zwanzig Minuten und parkten am Straßenrand, wie jeder andere auch. Ihr Wagen zog neugierige Blicke auf sich und veranlasste die Männer, die vor dem *Tabac* gegenüber saßen, zu lebhaften Kommentaren, aber Jake blieb nicht stehen, um sich mit ihnen zu unterhalten. Stattdessen führte er Evie direkt zum Markt.

Es war ein Tumult aus Farben und Lärm. Die Standbetreiber riefen fröhlich durcheinander und plauderten angeregt mit ihren Kunden, die sich ihre Körbe mit Obst, Gemüse, Fleisch und Fisch füllten. Evie war so sehr damit beschäftigt, alles in sich aufzunehmen, dass sie über eine Kiste stolperte. Jake fing sie auf. »Alles in Ordnung?«, fragte er.

»Bestens«, antwortete sie und wurde rot, während sie ihre Sonnenbrille richtete. Brigitte Bardot konnte sie vergessen; sie war immer noch die sehr trottelige Evie Miller.

»Was denkst du?«, fragte er, als er sie zur Seite zog, bevor sie mit einer entgegenkommenden Kinderkarre kollidierte.

»Auf jeden Fall besser, als zu Hause im Supermarkt anzustehen! Es ist wunderbar. Und hier gibt es so viel!« Nicht nur Nahrungsmittel, auch frische Blumen, Strohtaschen, Lederartikel, Schmuck, Kleidung – die Liste ließ sich unendlich fortsetzen –, und hinter jeder Biegung wartete eine Überraschung. »Sieh mal! Da sind Stoffe aus der Provence! Ich habe von denen gehört, sie aber noch nie gesehen.«

Sie blieb stehen, um die dicken Ballen mit farbenfrohem Baumwollstoff näher zu betrachten. Sie waren ungewöhnlich, die Farben so intensiv: tiefe Rot- und satte Ocker- und Blautöne, Letztere so tintig blau wie der mediterrane Himmel. Evie strich mit den Fingern über die Servietten und die Tischtücher. Diese Stoffe wären ideal zum Quilten, und mit ihnen würde man einen wahrlich einzigartigen Look erzeugen können, den ihre Kunden zweifellos lieben würden.

Nur hatte sie eben erst ihre Finanzen halbwegs unter Kontrolle gebracht. Sie durfte keine Unsummen aus einer Laune heraus ausgeben. Betrübt zog sie die Hand zurück.

»Wie wäre es, wenn wir ein Hähnchen kaufen, das wir uns morgen grillen könnten?«, schlug Jake vor, als sie an einem Schlachterstand vorbeikamen.

»Sehr gute Idee«, sagte Evie. Jeder, der ihnen zuhörte, würde sie irrtümlich für ein Paar halten. Bei dem Gedanken durchfuhr sie ein kleines Beben, das sie jedoch sofort beiseitewischte.

»Ich kenne das Rezept für ein Gemüsegratin, das gut dazu passen würde«, sagte Jake, als sie von dem Stand weggingen. »In dieser Gegend heißt es *Tian* und ist ganz einfach zu machen.«

Evie nickte und machte ihrerseits einige Vorschläge für Gerichte, die sie in den nächsten Tagen mühelos zubereiten könnten. Beim Anblick des Weihnachtsbaums auf dem Dorfplatz fragte sie sich, ob Jake etwas Besonderes für das Essen am Weihnachtstag einkaufen wollte, doch er erwähnte nichts, also hielt sie den Mund. Sinn und Zweck dieser Reise war ja, allen Festivitäten zu entfliehen. Es gab überhaupt keinen Druck, irgendetwas Außergewöhnliches zu kochen, einen Baum zu schmücken oder irgendwelche anderen Bräuche zu befolgen. Was befreiend war.

Im Anschluss an den Marktbesuch zeigte Jake ihr kurz den Ort, bevor sie auf einen Snack in eines der Cafés an der Hauptstraße einkehrten. »Und wo gehen wir heute Abend hin?«, fragte Evie.

»Ins Le Rouge Gorge. Es ist ein winziges Restaurant, aber das Essen ist außergewöhnlich. Die Köchin ist eine französische *Grandmère*, die für ihr Leben gern kocht. Eine Legende besagt, dass sie es gehasst hat, für sich allein zu kochen, als ihre vier Kinder erwachsen und ausgezogen waren. Deshalb hat sie ein Restaurant eröffnet.«

»Klingt fantastisch.«

»Ist es.« Er sah zu ihrer Jeans und dem Pullover mit Regenbogenmuster. »Hast du noch etwas anderes mitgebracht? Die Einheimischen machen sich gerne schick.«

»Bereit?«

Evie zupfte am Ausschnitt ihres Kleids und betrachtete nervös ihr Spiegelbild. »Ja«, antwortete sie zögerlich.

Natasha hatte sie gewarnt, dass die Temperaturen hier nachts ziemlich abfielen, deshalb hatte sie ein cremefarbenes Strickkleid eingepackt, das sie gestrickt und mit roten und orangenen Perlen bestickt hatte. Sie mochte die langen Ärmel und die A-Linie. Aber stand es ihr überhaupt noch?

»Hör auf, dich verrückt zu machen«, sagte Jake, der mit den Autoschlüsseln in der Hand an der Tür wartete. »Du siehst hervorragend aus.«

Sie sah ihn mit weit aufgerissenen Augen an.

»Warum so erstaunt?«

»Ich … ich weiß nicht. Ich dachte … ist es nicht ein bisschen zu eng? Ich muss zugenommen haben …«

»Vergiss, was dein Ex dir erzählt hat! Nichts davon ist wahr. Du bist eine schöne Frau, Evie Miller, und in diesem Kleid siehst du super aus. Feminin, wohlgeformt …« Er musterte sie und schien Mühe zu haben, die richtigen Worte zu finden. »Du siehst wunderschön aus«, sagte er schließlich.

»Danke.« Ihre Wangen standen praktisch in Flammen. »Würdest du nicht so wütend aussehen, könnte ich fast glauben, dass das ein Kompliment war.«

»Ich bin wütend, weil dich dieser Idiot von Ex immer noch beeinflusst und an deinem Selbstbewusstsein nagt. Du hast eine Figur, um die dich andere Frauen beneiden, und diese Farben sind wie gemacht für dich.«

»Danke«, sagte sie leise.

Wunderschön, feminin, wohlgeformt. Wow. Bei dieser Ermunterung wurde sie gleich ein bisschen größer. Und er hatte recht. Tims Meinung sollte ihr egal sein.

»Du siehst auch nicht schlecht aus.« Lächelnd deutete sie auf Jakes elegantes Jackett und die Hose. Allerdings wünschte sie, er würde mal etwas anderes als Schwarz, Dunkelblau und Grau tragen.

Sie betraten das Restaurant, das von außen winzig und nichtssagend wirkte, doch als der Kellner sie zu ihrem Tisch führte, erkannte Evie, dass es sehr viel größer war als angenommen, denn es gab reichlich Nischen und Nebenräume. Sie setzte sich Jake gegenüber hin und versuchte, sich auf die Speisekarte zu konzentrieren, aber seine Worte hatten sie durcheinandergebracht. Er ließ sie Dinge empfinden, die sie nicht fühlen sollte. Es kribbelte in ihr, ihr Puls ging schneller, und ihr wurde warm.

Aber das durfte sie sich nicht zu Kopf steigen lassen. Sein Kompliment mochte ihr eine Menge bedeuten; für ihn war es eine beiläufige Bemerkung.

Sie bestellten, und Evie machte sich über ihre Vorspeise aus hausgemachter Pastete und knusprigem, dünnem Toast her. Das Essen war köstlich, und ihr gefiel, wie rustikal es in Töpferschalen, auf geflochtenem Stroh oder in Korbwaren serviert wurde, wie sie hier auch von den Deckenbalken hingen. Das Restaurant besaß einen zeitlosen Charme, und die Atmosphäre war herrlich.

»Schmeckt es dir?«, fragte Jake und trank von seinem Wasser.

»Hervorragend!« Sie strahlte. »Und dir?«

Er hatte Fisch als ersten Gang gewählt. »Sehr gut«, antwortete er.

Sie blickte sich zu den anderen Gästen um. Zumeist waren es Familien, die sich sehr laut und lebhaft unterhielten. Jake hingegen war still und mit seinem Essen beschäftigt, wobei er sehr ernst dreinblickte. Evie lächelte. Sie fand es liebenswert, dass er fast immer ernst war. Nur wenn sie ihn neckte, erschienen diese kleinen Lachfalten in seinen Augenwinkeln und leuchteten seine meerblauen Augen ein wenig auf. Sie fragte sich, was in ihm vorging. Zwar hatte sie einen Verdacht, aber sein rätselhaftes Schweigen machte sie neugierig. Sie brannte darauf, mehr über die Frau zu erfahren, die jetzt an ihrer Stelle hätte bei ihm sein sollen.

Sie räusperte sich und versuchte, ganz normal zu klingen. »Warst du mal mit Maria hier?«

Er blickte auf. »Nein.« Sofort zogen sich seine Brauen zusammen, und sie bekam ein bisschen Angst, dass sie womöglich eine Grenze überschritten hatte. »Wie kommst du darauf?«

»Bloß, weil du die Gegend gut zu kennen scheinst – wo man einkauft, wo man isst …«

Er entspannte sich ein wenig. »Ich verbringe hier eine Menge Zeit, seit ich meine Firma aufgebaut habe.«

»Ah, verstehe.« Sie legte ihr Besteck gekreuzt auf dem leeren Teller ab und wartete, dass er ein bisschen mehr erzählte, was er nicht tat.

Er mochte Evie heute Abend gesagt haben, sie sehe schön aus, aber seine Frau musste umwerfend gewesen sein. Sie stellte sich die andere Frau vor, wie die ihm hier in einem eng anliegenden Kleid gegenübersaß und deren glattes dunkles Haar ihr über den Rücken fiel. Unwillkürlich blickte sie zu ihrem seitlichen Zopf und bereute, dass sie sich nicht mehr Mühe mit ihrem Haar gegeben hatte. Es war eher lose geflochten, und wie immer hatten sich einige Strähnen gelöst.

»Bist du früher viel gereist?«, fragte sie.

Er hatte aufgegessen und lehnte sich zurück. »Ja, meistens nach Italien. Maria hatte italienische Wurzeln und hat es dort geliebt.«

»Italienische Wurzeln?« Tja, das erklärte ihre dunkelhaarige Schönheit und Kultiviertheit.

Er nickte. »Ihr Großvater war Italiener. Ich bin ihm nie begegnet, aber sie war als Kind oft dort und sprach natürlich fließend Italienisch.«

»Natürlich«, murmelte Evie, die mit jedem Informationsbrocken mehr in sich zusammenschrumpfte.

Jake blickte zur Seite. Sie sollte aufhören, Fragen zu stellen, aber sie konnte nicht. Der Wunsch, mehr über die Frau zu erfahren, der sein Herz gehörte, war stärker.

»Hast du noch Kontakt zu ihrer Familie?«

»Nein«, antwortete er knapp. »Es war leichter für mich, alle Verbindungen zu kappen. Und da wir keine Kinder hatten …«

Er beendete den Satz nicht, hob das Kinn und wirkte wieder überheblich und unnahbar. Doch Evie wusste, dass es lediglich der Panzer eines verwundeten Mannes war, den sie gerade präsentiert bekam.

Sie ließ das Thema fallen, und als der Kellner ihre Teller abräumte, dachte sie daran, dass Louisa sich auf sie verließ, auf Jake aufzupassen. Sie waren nicht hier, um alte Wunden aufzureißen. Vielmehr wollte Evie seine finstere Miene vertreiben, und vor allem wünschte sie sich, ihn lächeln zu sehen. Von jetzt an, beschloss sie, würde sie ihre Neugier bändigen und darauf achten, Maria nicht mehr zu erwähnen.

»Was möchtest du morgen machen?«, fragte er.

Evie überlegte. »Ich würde mir gern die Gegend ansehen. Vielleicht können wir ein bisschen herumfahren.«

»Fahren?«

»Du hast ein wunderschönes Auto, warum es nicht nutzen? Mit der Sonne im Gesicht und dem Wind in den Haaren, das ist großartig! Findest du nicht?«

»Doch, finde ich.«

Als sie wieder in der Villa waren, zündete Evie den Kamin an, während Jake ihnen heiße Getränke bereitete.

»Bedenkt man deine Neigung zu Unfällen, bist du verblüffend gut im Umgang mit Streichhölzern und offenem Feuer«, sagte er, als er ihr einen großen Becher reichte.

»Ich habe zu Hause einen Kamin. Nichts ist gemütlicher, stimmt's?« Sie hatte nur eine Lampe angelassen, sodass die Flammen ihren orangenen Schein in den Raum warfen. Es war gemütlich und warm, und sie machte es sich auf dem Sofa bequem, wo sie ihre heiße Schokolade mit beiden Händen umfing.

»Musstest du nie George von nebenan zum Löschen rufen?«

»Nie!«, antwortete sie empört.

»Ich glaube dir nicht.«

Sie warf ein Kissen nach ihm. »Musste ich nicht!«

Dann, nach einer kurzen Pause, gestand sie: »Obwohl ich einmal den Feuerlöscher benutzen musste …«

»Wusste ich es doch!« Seine Augenwinkel kräuselten sich, und Evie wurde wohlig warm.

Dies war es, was sie an Jake Hartwood liebte. Dieses Aufblitzen von Humor und freundschaftlichem Spott. Sie wollte ihn nicht mehr zugeknöpft und düster sehen.

Plötzlich sehnte sie sich nach Beschäftigung, also öffnete sie ihre Nähtasche. Sie nähte gerade an einem kleineren Quilt für ihre erste Online-Kundin.

»Dies hier soll Urlaub sein, schon vergessen? Willst du die Zeit nicht zum Entspannen nutzen, anstatt an deinen Patchwork-Sachen zu arbeiten?«, fragte Jake.

Sie lächelte. »Das ist kein Patchwork, sondern Wholecloth. Die Oberseite des Quilts besteht aus einem einzigen Stoffstück, siehst du?« Ihre Stiche würden das Muster auf dem schlichten cremeweißen Satin bilden. »Und es ist richtig entspannend. Ich habe bereits mit neun oder zehn angefangen.« Nichts war beruhigender als ein warmer Quilt auf dem Schoß und das rhythmische Bewegen der Nadel.

»Neun oder zehn? Das ist sehr jung. Wer hat es dir beigebracht?« Jake trank von seinem Kaffee.

»Eine meiner damaligen Lehrerinnen, Miss Shaw. Sie hat uns gezeigt, wie wir sechseckige Stoffstücke zu einem Nadelkissen zusammennähen, und ich war sofort begeistert. Seitdem habe ich abends genäht, während die anderen Mädchen lasen.«

»Warst du auf einem Internat?«

Sie nickte. »Waren in unserer Familie alle. Irgendwann brachte Miss Shaw mir bei, andere Sachen zu nähen, was ein Segen war, denn man braucht nur eine begrenzte Zahl an Nadelkissen.«

Sie spürte, dass er sie beobachtete, als sie einen neuen Faden einfädelte und wieder zu sticken begann.

»Hast du einen Kurs gemacht, irgendeine Ausbildung?«

»Ja, habe ich nebenher, als ich in London gearbeitet habe.« Sie grinste. »Heimlich. Tim habe ich erzählt, dass ich zum Zumba gehe.« Sie schob die winzige Nadel durch die Stoffschichten und die Füllung, wobei sie die Stiche sehr dicht und gleichmäßig setzte.

»Warum hast du ihm nicht die Wahrheit gesagt?«

»Weil er dagegen gewesen wäre. Er findet, dass Nähen ein albernes Hobby ist. Er meinte, meine Quilts wären altmodisch und ich hätte dieselben Interessen wie eine Achtzigjährige. Deshalb habe ich heimlich genäht und alles versteckt, bevor er nach Hause kam. Zum Glück hat er oft lange gearbeitet.«

Jakes Augen sprühten förmlich Funken. »Was hast du nur jemals in ihm gesehen?«

Sie lachte. »Das frage ich mich auch oft. Am Anfang war er nicht so. Er hat sich mit der Zeit verändert – oder vielleicht sein wahres Ich gezeigt. Jedenfalls hielten meine Eltern Nähen auch für altmodisch. Und es ist heutzutage ja auch ein ungewöhnliches Hobby.«

»Ich würde sagen, dass es in deinem Fall mehr ist als ein Hobby – eher eine Passion, eine rare Kunstfertigkeit.«

Seine Worte erinnerten sie daran, dass jemand schon mal etwas Ähnliches zu ihr gesagt hatte. »Als ich meine Ausbildung abgeschlossen habe, hat mich jemand gefragt, warum ich das Nähen nicht zu meinem Beruf mache, und da kam ich auf die Idee, einen Laden zu eröffnen. Es wurde zu meinem Traum.«

»Lass mich raten. Du hast den Mut dazu erst gefunden, als dein Leben ein Scherbenhaufen war.«

»Woher weißt du das?« Sie blickte auf und war ein wenig entsetzt, dass er sie so klar durchschaute. Nachdem sie Tim und London verlassen hatte, war sie arbeitslos und allein gewesen. Und genau da hatte die Idee Wurzeln geschlagen. Ohne die ewige Kritik von ihrem Ex hatte sie angefangen, ihren Traum ernster zu nehmen. Und ihr war bewusst geworden, dass ihr freistand, alles zu tun, was sie wollte. Sie hatte das Geld gehabt, das ihr von ihrer Großmutter vererbt worden war, und mit einem zusätzlichen Darlehen hatte sie die Mittel besessen, einen Laden zu eröffnen und Materialien zu kaufen.

»Wie gesagt, war nur geraten. Dein Optimismus ist beispiellos, Pollyanna, aber die Menschen, die dir am nächsten stehen, haben deine Selbstachtung bedenklich untergraben.«

»Du irrst dich. Es ist bloß schwer, den hohen Maßstäben gerecht zu werden, die meine Schwester gesetzt hat. Ich werde nie so klug oder erfolgreich sein wie Zara. Und ich wähle nie den konventionellen Weg … den meine Eltern sich für mich wünschen.«

»Du bist ein anderer Mensch, Evie. Deine Eltern sollten dich als die Frau schätzen, die du bist, statt dich mit deiner Schwester zu vergleichen. Erkennen Sie wenigstens an, wie talentiert du bist?«

Sie biss sich auf die Unterlippe, weil sie die Wahrheit nicht zugeben wollte. Ihre Eltern bedachten ihre Arbeiten bestenfalls mit einem flüchtigen verächtlichen Blick. Sie hätten es vorgezogen, sie wäre mit glänzenden Studienabschlüssen, einem hochtrabenden Titel und dem dazu passenden dicken Gehalt nach Hause gekommen. Das einzige Mal, dass sie stolz auf sie gewesen waren, war der Tag, als sie den funkelnden Verlobungsring gesehen hatten, den Tim ihr an den Finger gesteckt hatte. Ihnen war nicht aufgefallen, wie unsicher sie sich da bereits gewesen war, ob sie das Richtige tat.

»Genau das meine ich«, sagte Jake und stellte seinen Becher ab.

Sie schüttelte den Kopf. »Du hast Zara nicht gekannt«, sagte sie leise. »Sonst würdest du es verstehen. Sie war so viel klüger, größer, hübscher und interessanter als ich. Sie war … vollkommen.«

Er warf ihr einen strengen Blick zu. »Niemand ist vollkommen. Begreifst du denn nicht, dass wir alle verschieden sind, Evie? Die Welt ist von Individuen bevölkert. Manche sind Geschäftsleute, andere Krankenschwestern, Seeleute, Lehrer, Rennfahrer … Die Liste setzt sich endlos fort.«

»Aber sie alle sind erfolgreich«, entgegnete sie reumütig lächelnd. »Sie haben keinen riesigen Kredit zu bedienen und einen Laden, der Verlust macht.« Sie blickte zu der Näharbeit auf ihrem Schoß.

»Ich meine, dass wir alle unterschiedliche Fähigkeiten haben. Wir sind alle in unterschiedlichen Dingen gut, und du misst deinen eigenen Talenten nicht den Wert bei, der ihnen gebührt.«

So wie vorhin, als er ihr gesagt hatte, sie sehe schön aus,

wurde sie rot. »Zwei Komplimente an einem Abend. Man sollte fast glauben, du taust auf, Mr. Arktis.« Sie versuchte, es mit einem Scherz abzutun, doch innerlich glühte sie.

Sie unterhielten sich bis in die frühen Morgenstunden. Schließlich wurde Evie von Müdigkeit übermannt, und sie gähnte.

»Wie wäre es, wenn wir ins Bett gingen?«, fragte er mit einer samtigen Stimme, die durch den schwach erhellten Raum nach Evie zu greifen schien.

Sie empfand einen winzigen Schauer bei diesen Worten, was Jake zum Glück nicht bemerkte. Er brachte ihre leeren Becher in die Küche.

Das war harmlos gemeint, schalt Evie sich, während sie ihre Näharbeit zusammenlegte und ihm nach oben folgte. Sie musste diese Funken von Verlangen eindämmen, die sie ständig in seiner Nähe fühlte. Sie waren nur Freunde.

Vor ihrem Zimmer blieb er stehen. »Gute Nacht, Pollyanna«, sagte er sanft.

Evie lächelte. »Gute Nacht, Mr. Arktis.«

Für einen winzigen Moment zögerte er, dann beugte er sich vor und küsste sie auf die Wange. Ihre Haut kribbelte bei der Berührung, und Evie erinnerte sich an die Nähe und Vertrautheit, die sie geteilt hatten, als er sie küsste.

Dann ging er weg, machte seine Tür hinter sich zu, und ihr Bauch zog sich zusammen.

Warum war sie enttäuscht? Sie öffnete ihre Zimmertür. War die Erinnerung daran, wie er jenen Kuss sofort bereut hatte, nicht mehr lebendig genug? Sie zog sich aus und legte sich ins Bett. Was immer sie für ihn fühlen mochte, sie musste es ignorieren, weil er nicht das Gleiche empfand.

Kapitel Dreizehn

Der Wagen sauste um die Biegungen auf dem Hügel, lag wunderbar auf der Straße, und das Tempo und der Wind ließen seinen Puls höher schlagen. Der Alfa Romeo fuhr sich genauso fantastisch, wie Jake gehofft hatte, und neben ihm lachte Evie vor Entzücken. Eine solche Leichtigkeit hatte Jake schon seit Monaten nicht mehr verspürt. Seit Jahren.

Vielleicht war es der Tatsache zuzuschreiben, dass er letzte Nacht so gut geschlafen hatte oder dass sie einen entspannten Nachmittag damit verbracht hatten, ein uraltes Dorf oben in den Hügeln in der Wintersonne zu erkunden. Oder es war Evie zu verdanken, deren Enthusiasmus und sonniges Gemüt ansteckend waren.

»Ich kann gar nicht glauben, wie schön es hier ist!«, rief sie. »Und wie ruhig es auf den Straßen ist.«

»Es ist Heiligabend«, erinnerte er sie. »Hier feiert man schon heute.«

Schon jetzt kamen die Familien zusammen und bereiteten das Essen für den Abend vor, das sie nach der Bescherung zu sich nehmen würden. Doch Evie und ihn betraf nichts davon. Sie konnten tun und lassen, was und wann sie wollten. Und das war das wahrhaft Befreiende an dieser Reise.

Als sie wieder in der Villa waren, stellte Evie ihren Laptop auf den Küchentisch, um nach ihren E-Mails zu sehen. »Entschuldige, dass ich so langweilig bin«, sagte sie und sah ihn verlegen an. »Aber ich habe eine Menge Anfragen übers Internet. Es kostet reichlich Zeit, die Fragen zu beantworten und Angebote zu erstellen, doch ich habe das Gefühl, dass ich umgehend reagieren muss, wenn ich nicht will, dass die Kunden sich an jemand anderen wenden.«

»Ja, natürlich. Kein Problem.« Er nahm sein Tablet hervor und las die Nachrichten.

Evies Ringen nach Luft ließ ihn aufblicken, und im nächsten Augenblick quiekte sie vor Freude.

»Was ist?«, fragte er.

Ihre Grübchen erschienen, und ihre Augen leuchteten. »Sieh mal!« Sie drehte den Laptop zu ihm. »Das sind alles Aufträge für Quilts!«

Er zählte sieben. »Du klingst überrascht.«

»Ich *bin* überrascht. Mit solch einer Nachfrage habe ich nicht gerechnet. Sie müssen meine Arbeit mögen.«

»Selbstverständlich tun sie das.«

»Und sie sind bereit, eine Menge Geld zu bezahlen, um sich Quilts nach Maß fertigen zu lassen.«

Er nickte. »Die Leute schätzen maßgefertigte Qualität. Warum sollten sie nicht viel für deine Arbeit bezahlen?«

»Im Laden habe ich erst einen einzigen Quilt verkauft. Ich dachte, die gefallen den Leuten nicht«, gestand sie.

Er presste die Lippen zusammen, weil er miterlebt hatte, wie ihr Vater ihr exakt das weisgemacht hatte. Erkannte sie nicht, was für eine verdrehte Weltsicht ihre Eltern hatten und wie unfair deren Kritik an ihr war? War er der Einzige, der ihren Optimismus zu schätzen wusste? Ihre Großzügigkeit? Ihre Entschlossenheit und Hingabe?

»Das ist so aufregend!« Sie grinste.

»Schaffst du es denn, die Aufträge alle rechtzeitig zu erledigen?«

Sie nickte. »Ich habe schon eine Assistentin gefunden, die mir im Laden hilft, und wenn sie anfängt, habe ich so viel Zeit für die Quilts, wie ich will. Es ist ein wahrgewordener Traum!«

Er lächelte und stand auf. »Soll ich mal Abendessen machen?«

»Oh ja, ich bin am Verhungern«, antwortete sie und klappte den Laptop zu. »Ich helfe dir. Wir können zusammen kochen.«

Sie arbeiteten Seite an Seite. Evie schnitt die Tomaten, Zucchini und Aubergine für den *Tian*, und Jake schob das Hähnchen in den Ofen und bereitete die Zwiebelsuppe zu. Beim Werkeln summte und sang Evie.

»Was ist das für ein Song?«

Sie wirkte verwundert, dass er ihn nicht kannte. »›Somewhere‹ aus der *West Side Story*.«

»Was hast du eigentlich mit Musicals? Bist du ein Fan?«

»Ja«, sagte sie und reckte das Kinn. »Ich liebe sie.«

Ihr trotziger Tonfall amüsierte ihn. Er rührte die Zwiebeln und gab acht, die Hitze so niedrig zu halten, dass sie ihre Süße bewahrten.

»Ich nehme an, du magst sie nicht, Mr. Arktis?« Da waren ihre Grübchen wieder, als sie ihn angrinste.

»Tatsächlich mochte ich sie – mag ich sie.« Er erzählte ihr nicht, dass er seit zwei Jahren keine Musik mehr gehört hatte, weil sie direkt an seinem Gehirn vorbeirauschte und primitive Reaktionen in ihm auslöste – unkontrollierbare Emotionen, die er lieber mied.

Hingegen machte ihm Evies heiterer Gesang nichts aus. Er fand ihn sogar recht charmant – auch wenn sie die hohen Töne nicht ganz traf.

Sie starrte ihn an. »Ehrlich? Welches mochtest du am liebsten?«

»*Les Misérables.*« Er schob die glänzenden Zwiebelringe im Topf herum.

»Wie passend.«

Er zog eine Braue hoch. »Was soll das heißen?«

»Nichts.« Sie lachte und warf ihm einen Blick zu, bei dem ihm ganz warm wurde.

Unschuldig benetzte sie sich die Lippen, worauf ihn ein Schauer durchrieselte. Er musste sich zwingen auszuatmen. Sosehr er sich bemühte, ihm zu widerstehen, überwältigte ihn dieser Drang, dieses Verlangen, ihr nahe zu sein. Er trat vom Herd weg und auf Evie zu. Lachend tänzelte sie von ihm weg, doch er fing sie an der Taille ein. Sie kreischte und wollte sich ihm entwinden, aber er hielt sie fest.

»Was wolltest du andeuten?«

»Nichts«, wiederholte sie und schrie leise auf, als er sie an der Taille kitzelte.

»Okay, okay!«, japste sie lachend.

Er ließ sie los, und sie strich sich das Haar zurück und ihr Top glatt. Beide waren außer Atem. Sein Puls raste, und Jake beobachtete Evie, verzaubert von ihren geröteten Wangen und den Grübchen. Unmöglich konnte er den Blick von ihr wenden. Sie war so warmherzig, strahlte Zuversicht und *Joie de vivre* aus, was ihre ganz besondere Schönheit ausmachte.

Sie schaute ihn an, und ihre Augen wurden größer, als sich ihre Blicke begegneten. Für einen kurzen Moment – oder eine Ewigkeit, das konnte er nicht genau sagen – hielten sie den Augenkontakt.

Bis ein unschönes Zischen bewirkte, dass beide sich umdrehten.

»Die Zwiebeln!«, rief sie. »Sie brennen an.«

Fluchend eilte er zum Topf zurück und zog ihn von der Platte. Ein säuerlicher Geruch stieg auf, und Jake kippte die verkohlten Überreste in den Müll.

»Tut mir leid«, sagte er. »Die Suppe ist gestrichen.«

Ihr Grinsen war nur ein ganz klein wenig verlegen, und ihre Wangen waren so rot wie die Tomaten, die sie nun weiterschnitt. »Macht nichts. Mit all dem hier haben wir schon ein üppiges Mahl, oder?«

Er wandte sich ab, perplex von dem, was eben geschehen war. Versonnen griff er nach dem Ring an der Kette, die ihm um den Hals hing. Dies hier war dasselbe, was er in der Ballnacht empfunden hatte: aufflammendes Verlangen, die überwältigende Sehnsucht, Evie an sich zu ziehen. Nichts davon war verblasst. Wenn überhaupt, wurde es stärker, je mehr Zeit sie gemeinsam verbrachten. Sobald Evie in der Nähe war, erwachte Begierde in ihm. Und fest verwoben mit dieser Anziehungskraft waren tiefe, zersetzende Schuldgefühle. Er wollte Marias Andenken nicht verraten, doch sein Körper sabotierte ihn. Der weigerte sich hartnäckig, sich Evies Gegenwart nicht fortwährend überaus gewahr zu sein. Wenn sie im selben Raum war, ertappte er sich dabei, wie er sie beobachtete, gebannt von ihrem ansteckenden Lachen, fasziniert von ihrem fragilen Selbstvertrauen, verzückt von ihrem frechen Grinsen. Als er sie letzte Nacht vor ihrem Zimmer auf die Wange geküsst hatte, hatte es ihn seine gesamte Selbstbeherrschung gekostet, in sein Zimmer zu verschwinden.

Evie Miller ging ihm unter die Haut.

Er holte tief Luft. Was also sollte er nun tun?

Jake setzte sich im Bett auf, erschrocken angesichts der Uhrzeit. Er hatte zehn Stunden durchgeschlafen. Unfassbar. Seit Jahren waren seine Nächte zerrissen, weil ihn die Erinnerungen und seine persönlichen Dämonen heimsuchten.

Nun stand er auf und öffnete die Fensterläden. Erster Feiertag. Der Himmel war schmutzig grau, und Jake konnte sehen, wie sich dicke Wolken über dem Meer zusammenbrauten. Egal. Jake fragte sich, ob Evie schon auf war, und die Aussicht auf ihr munteres Lächeln machte seine Schritte unbeschwerter, als er die Treppe hinunterging.

»Bonjour!«, rief er und schirmte die Augen ab, sowie er die Küche betrat.

Evie saß vor ihrem aufgeklappten Laptop am Küchentisch. Sie blickte von ihm zu ihrem Outfit und runzelte die Stirn. »Zu grell?«, fragte sie.

Ihr Kleid war vom leuchtenden Pink eines Textmarkers, und darüber trug sie eine grellgrüne Strickjacke nebst einem Halstuch, auf dem – er blinzelte durch die Fingerspalten – pinke und grüne Papageien prangten.

Unwillkürlich musste er grinsen. »Wird schon gehen, wenn ich erst meine Sonnenbrille gefunden habe.«

Sie streckte ihm die Zunge raus, und er schaltete die Kaffeemaschine ein.

»Wie lange bist du schon auf?«, fragte er.

»Seit Stunden! Im Gegensatz zu dir, Schnarchnase. Ich

habe tonnenweise Arbeit erledigt.« Strahlend lehnte sie sich auf dem Stuhl zurück. Sie sah sehr zufrieden mit sich aus. Ihr Haar hatte sie zu zwei Zöpfen geflochten, was ihr etwas verspielt Mädchenhaftes verlieh. Und sexy war es auch, wenn er ehrlich war.

»Ach ja?«

»Ja, ich habe einige Angebote erstellt und gestickt.« Sie blickte hinüber zum Wohnbereich, wo sie den Quilt über einen Sessel gelegt hatte und ihr Nadelkissen und Stickgarn auf dem Sofatisch verteilt waren. »Ich komme richtig gut voran mit dem Wholecloth.«

Er setzte sich mit einem Marmeladenbrot zu ihr und nahm hungrig einen Bissen. »Wie wäre es, wenn wir heute an den Strand gingen?«

»Und baden?« Sie zog ihre Strickjacke fester zu. »Ist das nicht zu kalt?«

Er schüttelte den Kopf. »Falls dir nach einem Abenteuer ist, halte ich dich nicht auf, allerdings dachte ich eher an einen Spaziergang. Mit ein bisschen Glück ist dort nichts los.«

Er fuhr zu einer der kleineren Buchten an der Küste, in der es im Hochsommer von Touristen wimmelte. Heute jedoch war der sichelförmige Strandabschnitt leer und still bis auf das Plätschern des Wassers und das Rascheln des Windes in den Pinienwipfeln. Jake stieg aus dem Wagen und schaute zum Himmel auf. Inzwischen sah er weniger bedrohlich aus, war aber immer noch grau. Jake tippte auf das Kabrioverdeck und fragte sich, wie wasserdicht es war.

»Guck weg«, befahl Evie, die ihre hohen Stiefel auszog und unter ihren Rock griff.

Er gehorchte, fragte aber misstrauisch: »Was hast du vor?«

»Okay, jetzt darfst du gucken.«

Sie stand mit nackten Beinen auf dem Sandparkplatz und steckte ihre Strumpfhose in einen ihrer Stiefel. »Wir müssen barfuß gehen.«

»Warum? Muss ich dich daran erinnern, dass Winter ist?«

»Weil es nichts Schöneres gibt, als Sand zwischen den Zehen zu spüren.«

Skeptisch beäugte er seine bequemen und warmen Schuhe.

»Komm schon! Du willst es doch auch.«

Ihm fiel wieder ein, wie begeistert sie gewesen war, als er sich beim Ball zu ihr auf die Tanzfläche gesellt hatte. Schulterzuckend bückte er sich und schnürte seine Schuhe auf.

Seite an Seite gingen sie los. Wie sich herausstellte, hatte Evie mit dem Barfußgehen recht gehabt. Es hatte etwas Sinnliches, die groben Körner unter den Fußsohlen zu fühlen, den nachgebenden Sand, als seine Füße hineinsanken, und die Wellenausläufer, die ihm über die Zehen schwappten. Ihm war, als würde etwas in ihm langsam erwachen, das schon sehr lange geschlummert hatte.

»Wie weit ist es zu Lucs Weingut?«, fragte sie. »Sollten wir ein Treffen mit ihnen vereinbaren?«

»Sie wohnen bei Aix, ein paar Stunden entfernt. Und Luc hat versprochen, mich nicht zu stören, damit ich nicht das Gefühl habe, den Gefallen erwidern zu müssen. Ihm liegt viel an der Zeit mit seiner Familie, und ich möchte mich da nicht reindrängen.«

»Ja, verständlich. Natasha und er sind sehr glücklich miteinander«, sagte sie verträumt lächelnd. »Sie haben wirklich eine Märchenbeziehung.«

Er lenkte sie um einen großen Stein herum, ehe sie über ihn stolperte. »Es gibt keine Märchenbeziehungen.«

»Du hattest eine mit Maria«, sagte sie nach einem kurzen Zögern.

Der erdrückende Schmerz war unvermeidlich. Er sah das Krankenhauszimmer vor sich, in dem sie gestorben war, und eine Schraubzwinge legte sich um seine Brust. »Und sieh dir an, wie sie ausgegangen ist«, erwiderte er verbittert.

Evie schwieg und schaute auf die Felsen vor ihnen. Sie sah aus wie ein Kind, dem man eben erzählt hatte, dass es den Weihnachtsmann nicht gibt.

Nun hörte Jake nur noch das Wispern der Wellen und sein schrilles Bedauern. Gut gemacht, Hartwood. Sehr hübsche zynische Einlage. Ideal, um die Stimmung zu killen!

Es hatte eine Zeit gegeben, in der er darauf pfiff, was andere von seiner Sicht der Dinge hielten, doch als sie nun das Ende des Strandes erreichten und kehrtmachten, hätte er seine Worte zu gern zurückgenommen. Er hatte nicht vorgehabt, Evies Lächeln zu vertreiben.

Andererseits hatte er unterschätzt, wie schnell es ihr gelang, wieder auf »heiter« umzuschalten, so munter und forsch wie eh und je.

Sie schaute ihn mit funkelnden Augen an. »Siehst du den Baum da vorn?«

Er blickte in die Richtung, in die sie zeigte, und nickte. Doch es war ein Trick, um ihn abzulenken.

Sie versetzte ihm einen kräftigen Schubs, und er landete auf dem Hintern im Sand. »Was …?«

»Wer als Letzter da ist, muss heute Abend kochen!«, rief sie und lief lachend los.

Er lachte leise. »Wart's nur ab, Evie Miller! Warte, bis ich dich eingeholt habe!«

»Es war, als hätten wir unseren Privatstrand«, sagte Evie auf dem Weg zurück zum Wagen. »Was für ein Glück wir haben!«

Er sah hinauf zur aschgrauen Wolkendecke. »Das Wetter könnte besser sein.«

»Es ist trocken und warm.« Sie schlang sich die Arme um den Oberkörper und bedachte Jake mit einem schiefen Grinsen. »Na ja, wärmlich. Dir ist doch nicht kalt, oder?«

»Ich vermute, dass ich dank deines Streichs unterkühlt bin.« Seine Hose war durchnässt, aber er hatte glücklicherweise ein Handtuch dabei, das den Autositz schützen würde.

Sie lachte. »Ich bin so froh, dass wir das hier gemacht haben. Du ahnst nicht, wie sehr mir vor den Feiertagen gegraut hat. Es ist herrlich, hier und frei zu sein. Das beste Weihnachten von allen.«

Sie hatte recht. Dies war es, was er sich gewünscht hatte, nicht wahr? Weihnachten zu entkommen, die Vergangenheit vergessen und den Schmerz betäuben? Und es funktionierte. Er genoss es, genoss Evies Gesellschaft. Seine Anspannung war gewichen, und seine Schultern fühlten sich entspannt an. Es klappte besser, als er gedacht hatte, und er bekam ein schlechtes Gewissen. Bedeutete der nachlassende Schmerz, dass er Maria auf eine weitere Weise betrog?

Evie legte den Kopf in den Nacken und kostete die frische Brise auf ihrem Gesicht aus. Er lächelte. Sie war durch und durch farbenfroh – in ihrem Lächeln, ihrem Optimismus und ihrer Klugheit. Dann öffnete sie die Augen und sah, dass er sie betrachtete.

»Was?«, fragte sie.

»Nichts.« Er grinste und ergänzte murmelnd: »Pollyanna.«

»Moment mal!« Sie musterte ihn prüfend, griff nach seinem Kinn und drehte seinen Kopf zu ihr.

»Was machst du?« Er gab sich alle Mühe, das Kribbeln zu ignorieren, das ihre Finger auf seiner Haut verursachten.

»Nein, nicht aufhören!«, rief sie.

»Nicht aufhören womit?«

Sie ließ sein Kinn los und stemmte die Hände in die Hüften. »Dies ist das erste Mal, dass ich dich richtig lächeln sehe, so, dass es deine Augen erreicht«, sagte sie leise. »Steht dir, Mr. Arktis. Du siehst fast gut aus.«

Er liebte das freche Funkeln in ihren Augen, und wieder musste er grinsen. »Fast? Ach, wie vernichtend doch ein schwaches Lob sein kann!«

Sie sah auf seine Lippen, und diesmal veränderte sich etwas. Ihr Blick wurde ernst, die Zeit schien sich zu verlangsamen. Er schluckte, kämpfte gegen die Wärme, die ihn überrollte, und das Verlangen, das in ihm aufstieg.

Dann schwappte ihnen eine eisige Welle über die Füße und vertrieb jede Wärme.

»Okay, du siehst extrem gut aus, wenn du richtig lächelst«, sagte sie. »Solltest du öfter mal machen.«

Sie hatten solch einen schönen Tag verlebt, und Evie konnte kaum glauben, wie entspannt Jake war. Die dunklen Schatten unter seinen Augen waren fort, und die Falten auf seiner Stirn hatten sich geglättet. Seine Haut hatte sogar einen leichten Bronzeton angenommen. Vielleicht hat er das die ganze

Zeit gebraucht, überlegte sie, als sie sich das Haar mit einem Handtuch trocken rubbelte: eine Pause von der Arbeit, einen Spaziergang am Strand und hinterher Schwimmen im beheizten Pool mit jeder Menge gegenseitigem Nassspritzen und Gelächter in der Villa.

Sie föhnte ihr Haar kurz durch und ging nach unten. »Zeit für einen Aperitif«, sagte sie, mixte ihnen Drinks und versuchte, eine Tüte Erdnüsse zu öffnen. Es ging nicht, also zog sie fester.

»Nicht!« Jake streckte den Arm aus und sprang auf, um sie zu stoppen, doch es war zu spät.

Ein Erdnussregen hagelte auf den Raum nieder.

»Ups.«

»Man soll die Tüte aufreißen, nicht zum Explodieren bringen.«

Sie beäugte ihn misstrauisch, als er sich bückte, um die Erdnüsse einzusammeln. Doch er schien nicht wütend zu sein. Im Gegenteil. Er schüttelte lächelnd den Kopf, und Evie war ungemein erleichtert. Sie holte einen Besen, denn die Erdnüsse mussten sie ohnehin wegwerfen, und das erinnerte sie an die verkohlten Zwiebeln, die Jake gestern in den Müll geschmissen hatte. Sie war immer noch verwirrt von dem, was sie in seinen Augen gesehen hatte. Sein Blick war intensiv gewesen. Gierig. Und er hatte sie quasi erstarren lassen, während das Herz ihr in der Brust zu zerspringen drohte.

Dann hatte er sich abgewandt, und sie fragte sich, ob sie das alles nur geträumt hatte.

Wahrscheinlicher war, dass sie zu viel in den Moment hineindeutete und sah, was sie sehen wollte. Er hatte bloß herumgealbert, mehr nicht.

Nachdem sie die Küche aufgeräumt hatten, gingen sie mit ihren Getränken in den Wohnbereich und setzten sich an das Fenster mit Aussicht über die Hügel und Baumwipfel zum Mittelmeer unter ihnen. Evie nippte an ihrem Pastis. Dieser Anislikör, den Natasha ihr empfohlen hatte, war wirklich lecker.

Jake stellte seinen Orangensaft ab und griff neben seinen Stuhl. Dann überreichte er ihr ein Päckchen in dunkelblauem Papier mit Goldschleife. »Frohe Weihnachten«, sagte er leise.

Evie blinzelte. Das Geschenk fühlte sich weich an. »Was ist das?«

»Mach es auf.«

Sie löste die Schleife, und das Papier raschelte, als sie es auswickelte. Drinnen war ein Bündel Stoff, gestreifte Muster in Nuancen von Paprikarot, Kurkuma und Kobaltblau. Provence-Stoffe.

»Oh, wow! Die sind fantastisch, vielen Dank! Es sind genau die Stoffe, die ich auf dem Markt gesehen habe.«

Er nickte. »Ja, sind sie. Ich bin zurückgegangen, als du im Supermarkt warst.«

»Mir hast du erzählt, dass du die Autoschlüssel vergessen hast!«

»Stimmt.« Seine Augen blitzten wie Wasser im Sonnenschein. Er reichte ihr eine kleine Visitenkarte. »Das ist der Lieferant – falls du mehr von ihm für deinen Laden bestellen willst.«

Sie starrte ihn an, vollkommen baff, weil sein Geschenk so sehr aufmerksam war.

Und sie hatte nichts für ihn. »Ich, äh … ich habe gedacht, wir lassen Weihnachten aus.«

»Tun wir auch. Ich habe bloß gesehen, wie du diese Stoffe auf dem Markt angesehen hast, und dachte, sie gefallen dir. Es ist keine große Sache.«

Die war es sehr wohl. Evie schluckte und stand auf. »Ich muss nur noch kurz dein Geschenk fertig machen. Bin gleich wieder da.«

Sie rannte die Treppe hinauf und in ihr Zimmer. Dort lehnte sie sich von innen gegen die Tür und holte tief Luft. Denk nach, Evie, denk nach!

Sie riss ihre Nähtasche auf und kramte darin, holte Schere, Garnspulen und einige Stoffreste von früheren Projekten heraus. Zum Glück bin ich kein ordentlicher Mensch, dachte sie, als sie einen bunten Fetzen nach dem anderen in die Höhe hielt. Es war sogar noch ein Streifen blauer Satin da, der sich gut machen würde. Sie legte die Stoffstücke aus, spielte mit der Anordnung und fädelte eine Nadel ein. Ohne ihre Nähmaschine musste dies hier die schnellste Handarbeit aller Zeiten werden.

Eine Weile später klopfte es laut an der Tür.

»Nicht reinkommen!«, rief sie.

»Du bist seit fast einer Stunde weg. Was machst du?« Seine tiefe Stimme wurde von der Tür gedämpft, trotzdem brachte sie Evies Blut in Wallung. Oder war es das Adrenalin, das sie durchströmte?

»Ich mache nur schnell die letzten Handgriffe an deinem Geschenk.« Sie schnitt ein paar Fadenenden ab, hielt ihre Arbeit hoch und lächelte.

»Evie, ich weiß, dass du kein Geschenk für mich hattest.«

Sie faltete es zusammen und steckte es in eine Papiertüte mit dem Button-Hole-Logo. »Woher weißt du das?«, fragte sie durch die geschlossene Tür.

»Weil du entsetzt geguckt hast, als ich dir deines gegeben habe.«

Sie öffnete die Tür. »Tja, du Schlaumeier, da hast du dich geirrt.« Sie reichte ihm die Tüte, stellte sich auf die Zehenspitzen und gab ihm einen Kuss auf die Wange. »Frohe Weihnachten!«

Er öffnete die Tüte, nahm den Inhalt heraus und betrachtete ihn. »Ein Patchwork-Schal?«

Sie strahlte. »Gefällt er dir?«

»Er ist ... ähm ... sehr ungewöhnlich ...« Stirnrunzelnd suchte er nach den richtigen Worten. »Und ... ähm ... bunt.«

Tatsächlich hob der Schal sich von Jakes blauem Pullover und der schwarzen Jeans ab wie ein blinkendes Neonschild auf einem dunklen Hinterhof. Ihr Lächeln erstarb. »Du magst ihn nicht. Er ist zu grell, oder? Zu anders.«

»Überhaupt nicht«, sagte er sehr ernst und blickte ihr in die Augen. »Nein, ich liebe ihn. Er ist wie du.«

»Wie meinst du das?«

»Einzigartig. Eine Frau wie du ist mir noch nie begegnet.«

Ihr wurde flau. »Tja ... das höre ich schon mein ganzes Leben.«

»Und was soll die finstere Miene? Es war ein Kompliment.«

Nun schaute sie ihn verwundert an, und die Wärme in seinen Augen ließ ihre Haut kribbeln.

»Du bist kreativ und einfallsreich, rennst nicht mit der Meute mit und denkst nicht in Schubladen. Das bewundere ich.« Der Satinstreifen schimmerte, als er mit der Hand über den Schal strich.

Ihr schwoll die Brust an vor Stolz. Mit Jake Hartwood zusammen zu sein, tat ihrem Selbstbewusstsein unsagbar gut. Sie mochte seine sachlich geäußerten Komplimente, und er gab ihr das Gefühl, einen Meter größer zu sein. *Einzigartig*. Es machte ihm offenbar nichts aus, dass sie ungeschickt war. Vielmehr schien es ihn zu amüsieren. Er teilte Tims Ansicht nicht, dass sie zu dick war, und obwohl sie die letzten drei Tage gemeinsam verbracht hatten, wirkte es, als würde er ihre Gesellschaft genießen, anstatt sie anstrengend zu finden.

Wir haben eine Menge Spaß gehabt, dachte sie und erinnerte sich, wie sie vorhin im Pool herumgealbert hatten. Bei ihm hatte sie nicht das Gefühl, eine Enttäuschung oder peinlich zu sein. Ihr Puls beschleunigte sich. Sie durfte sie selbst sein, und das war gut.

Jake hielt den Schal in die Höhe. »Ich meine, wie viele Frauen hätten ein solches Geschenk improvisieren können? Von jeder anderen hätte ich vermutlich eine Pralinenschachtel bekommen.«

»Verdammt!« Sie schlug sich mit der flachen Hand an den Oberschenkel und grinste. »Darauf bin ich nicht gekommen.«

Kapitel Vierzehn

»Hey, schickes Jackett!«, sagte Evie, als Jake erschien. Er trug auch den Schal von ihr, wie sie mit einem kleinen Anflug von Entzücken feststellte.

Sie trat vor und strich mit der Hand über das helle minzfarbene Jackett. Es war aus weichem, hochwertigem Leinen und passte hervorragend zu der cremeweißen Baumwollhose. Beide Farben brachten seine blauen Augen zur Geltung. »Die Farbe steht dir gut«, sagte sie bewundernd. Andererseits glaubte sie, dass ihm jede Farbe stehen würde. Und seine übliche Wahl von Schwarz, Grau und Dunkelblau war so trübsinnig.

»Danke«, sagte er.

»Woher der neue Look?«

»Der ist nicht neu. Ich habe das Jackett nur länger nicht angehabt.« Rasch wechselte er das Thema. »Bist du bereit?«

»Moment …« Sie wühlte in ihrer Tasche und holte ihre Sonnenbrille hervor. »Jetzt ja!«

Eine Stunde später erreichten sie das Weingut Château Blanc. Der Winzer, François Laurent, kam heraus, um sie zu begrüßen. Er sah sehr französisch aus, fand Evie, mit dunklem Haar und kaffeebraunen Augen, die leuchteten, als er sie anlächelte. Sie wurde rot. Er ist wirklich attraktiv, dachte sie, als er ihr lebhaft die Hand schüttelte und ihr sagte, sie sei glamourös.

Sie bemerkte, dass Jake stirnrunzelnd von François zu ihr und wieder zurück blickte.

François führte sie über das Anwesen und die Felder hinter dem Château und zeigte ihnen stolz seine Weinstöcke, obwohl sie in dieser Jahreszeit nicht viel hergaben. Evie konnte sich vorstellen, dass sie im Sommer eindrucksvoll sein mussten, wenn sich die belaubten Reben in langen Reihen den Hügel hinauf und weit in die Ferne erstreckten.

Schließlich ging François mit ihnen in den Weinkeller, wo er mehrere Flaschen entkorkte, damit Jake und Evie die verschiedenen Weine kosten konnten. Jake entspannte sich sichtlich, als es zum Geschäftlichen kam, und ließ sich Zeit, neigte sein Glas mal in diese, mal in jene Richtung, inhalierte das Aroma und bewegte den Wein auf der Zunge hin und her, bevor er ihn in eine Zinnschale spuckte.

Evie lachte, doch die beiden Männer ignorierten sie und verhandelten ausgiebig. Sie probierte die Weine ebenfalls, brachte es indes nicht übers Herz, sie auszuspucken.

»Du wirst betrunken«, warnte Jake sie.

»Von einem Schluck? Das glaube ich kaum. Außerdem ist er zu köstlich, um ihn auszuspucken.«

Schulterzuckend wandte er sich wieder François zu und besprach den Alterungsprozess mit ihm. Evie wurde etwas langweilig, und als die beiden nicht hinschauten, nahm sie noch eine Kostprobe – oder zwei. Nach der neunten Flasche wurde ihr ein wenig duselig.

»Dieser hier hat eine gute Nase«, sagte Jake.

Er sah so ernst aus, dass sie lachen musste.

»Was?«, fragte er.

»Wein hat keine Nase!«

Die beiden Männer wechselten einen Blick. Doch während Jake eindeutig unbeeindruckt war, grinste François leicht. »Arbeiten Sie mit *Mistère Artwood*?«, fragte er.

»Oh nein.« Sie lachte wieder. »Ich verstehe nichts von Weinen – außer wie man sie trinkt, *bien sûr! Ils sont tous délicieux*«, fügte sie hinzu und erhob ihr Glas übertrieben. Tatsächlich schmeckten sie seit der sechsten Flasche alle gleich.

François grinste. »Ah, Sie sprechen Französisch?«

»Oui!« Evie kramte in ihrem Hirn nach ein oder zwei Sätzen. Einst hatte sie die Sprache fließend gesprochen, aber das war lange her. *»J'ai passé un an à Paris quand j'ai quitté l'école.«*

Verzückt hob François die Arme in die Luft. *»Elle parle couramment – c'est formidable!«*

»Was hast du gesagt?«, fragte Jake. Er runzelte die Stirn.

»Ich mache nur Small Talk.« Insgeheim war sie froh, dass ihr Französisch doch nicht ganz eingerostet war.

»Warum haben Sie mir nicht verraten, dass Ihre Freundin Französisch spricht?«, fragte François, dessen Lächeln nie zu verschwinden schien.

Jake biss die Zähne zusammen. »Sie ist nicht meine Freundin, und ich wusste nicht …«

Doch François hörte ihm nicht zu. Er redete schon wieder eifrig auf Französisch mit Evie, die ihm aufmerksam zuhörte und dann antwortete.

In den letzten Tagen hatte er Evie einige Sätze sagen hören – wenn sie um ein Baguette oder ein Glas Wein gebeten hatte, solche Sachen –, hatte jedoch angenommen, dass sich ihr Wortschatz damit erschöpfte. Jake sprach so gut wie kein

Französisch, was meistens kein großes Problem darstellte, da viele Lieferanten ausreichend Englisch sprachen, um miteinander Geschäfte zu machen. Jetzt hingegen bedeutete es, dass er aus der Unterhaltung der anderen beiden ausgeschlossen war.

Er spie den letzten Wein aus, nahm die Flasche und schindete Zeit, indem er vorgab, das Etikett zu studieren. Tatsächlich behielt er François im Auge. Zwar verstand er nicht, was der Winzer sagte, doch die Körpersprache war deutlich genug, als er Evie eine Hand auf die Schulter legte, sie durch den Keller führte und auf einzelne Fässer wies. Immer wieder neigte er sich dicht zu ihr, wenn er etwas sagte, lächelte und lachte. Ihr Rock schwang ihr um die Knie, und die schwarze Strumpfhose sowie die flachen Schuhe brachten ihre Beine zur Geltung. Überdies lächelte und lachte sie mit François. Ja, sie schaute ihn sogar mit ziemlich bewunderndem Blick an.

Jakes Finger krümmten sich um den Stiel seines Glases. Sie war beschwipst. Nur deshalb war sie so hingerissen von dem Mann. Er mochte gut aussehen, aber jeder erkannte auf Anhieb, dass er ein Schürzenjäger war. Wahrscheinlich dachte er, wenn er Evie bezauberte, würden sie eine Lastwagenladung von seinem Wein kaufen. Jake spürte, wie sich seine Züge verhärteten.

Ohne Vorwarnung eilte François davon, winkte nur kurz und sagte: »Ich bin gleich wieder da!« Dann waren Jake und Evie allein im Weinkeller.

Evie sah kurz zu ihm, dann wieder, bevor sie schlagartig aufhörte zu lächeln. »Was ist los?«

»Nichts, warum?«

»Du siehst wütend aus.«

»Warum sollte ich wütend sein?« Er deutete mit dem Kopf in Richtung Tür, durch die François verschwunden war. »Wo will er eigentlich hin?«

»Er hat gesagt, dass er etwas holen will.«

»Was?«

»Weiß ich nicht. Er redet so schnell, dass es schwierig ist, ihm zu folgen.«

Jake wurde skeptisch. »Ich wette, er will dir seine Magnum zeigen«, murmelte er.

»Seine was?«

François kehrte mit einer riesigen Flasche Rotwein zurück. *»Un magnum!«*, verkündete er triumphierend und hielt sie Evie hin. *»Pour vous, Mademoiselle!«*

»Für mich?« Evie staunte, und ihre Grübchen erschienen. »Oh, aber das kann ich nicht annehmen! Die ist gigantisch!«

Jake verdrehte die Augen. »Bitte, ermuntere ihn nicht.«

»Was ist mit dir?«, fragte Evie, als sie in den Wagen stiegen.

Jake hantierte grob mit der Gangschaltung. »Was meinst du?«

François stand am Eingang seines Weinkellers und schaute zu ihnen. Evie winkte höflich, was Jakes Miene noch finsterer werden ließ. Er legte den Vorwärtsgang ein und brauste davon.

»Du bist auf einmal so mürrisch. Sogar noch mürrischer als sonst«, stellte sie fest.

Der Wagen gab ein kleines Rattern von sich, als wäre auch er verärgert.

»Danke«, sagte Jake sarkastisch.

»Nein, wirklich! Und ich habe ein Recht zu erfahren, warum.« Sie seufzte. »Verrate mir, was ich getan habe.«

Er warf ihr einen Seitenblick zu und sah, dass sie das Kinn gereckt hatte, als würde sie sich wappnen. Es erinnerte ihn an die Szene mit ihren Eltern in ihrem Laden. »Du hast nichts getan«, antwortete er.

»Und warum bist du so sauer?«

»Weil ich es nicht witzig fand zu sehen, wie dich François einem hormonüberfrachteten Teenager gleich angebaggert hat.«

Sie wurde rot vor Empörung. »Er hat mich nicht …«

»Doch, hat er. Er steht auf dich.«

»Auf mich?« Sie lachte. Und hickste. »Ups, das war ich nicht. Das war der Wein!«

»Er war wie eine Krake, hat den Arm um dich gelegt, deine Hand genommen, dir gesagt, dass du schön bist …«

»Ich beschwere mich nicht. Es ist ziemlich nett, hin und wieder einen Verehrer zu haben.«

»Auch einen, der so dreist ist?«

Sie errötete. »Er ist Franzose! Die sind berühmt dafür, direkter zu sein als Engländer. Es ist ihre Kultur.«

»Nein, es ist ihre Libido«, korrigierte er. »Und er sollte sich lieber zügeln, wenn er mit mir Geschäfte machen will.«

»Soll das heißen, du kaufst seinen Wein nicht, weil er mit mir geflirtet hat?«

»Das habe ich nicht gesagt.«

»Aber gemeint.« Sie lachte, doch zugleich griff sie nach ihrem Pferdeschwanz und wickelte ihn hastig mit den Fingern auf.

Wäre er wirklich so kleinlich, dass er ein Geschäft sausen ließe, weil ihm der Mann auf die Nerven ging? Und warum regte es ihn so auf, dass François mit ihr geflirtet hat? Sie durfte doch wohl flirten, mit wem sie wollte. Innerlich musste Jake den Kopf über sich schütteln.

Er umklammerte das Lenkrad so fest, dass seine Fingerknöchel weiß hervortraten.

Wieder ratterte der Motor, diesmal lauter.

»Was ist das?«, fragte Evie.

Er sah zur Motorhaube. »Weiß ich nicht.«

Es entstand eine kurze Pause, bevor das Rattern erneut anhob.

»Warum fährst du langsamer?«, fragte Evie.

»Tue ich nicht.« Er trat das Gaspedal durch, doch der Wagen wurde noch langsamer. »Er reagiert nicht aufs Gas.«

Jake schaute zu dem Hügel vor ihnen und murmelte einen Fluch. Der Wagen rollte noch ein Stück und blieb stehen. Jake stellte die Warnblinkanlage an. Soweit er sehen konnte, gab es hier nur die staubige Straße, Wein und Pinienwald.

Er versuchte, den Motor wieder anzulassen. Nichts. »Super«, sagte er. »Das hat uns gerade noch gefehlt – mitten in der Pampa liegen bleiben.«

Sie sah ihn besorgt an. »Du hast doch eine Versicherung für den Wagen, oder? Gilt die auch für Pannen?«

»Ja.«

»Und gibt es eine Telefonnummer, die du anrufen kannst?«

Er griff in sein Jackett, aber die Taschen waren leer. »Mist! Ich muss die Papiere in meinem anderen Jackett gelassen haben.«

»Vielleicht ist hier etwas.« Sie öffnete das Handschuhfach, doch das war ebenfalls leer. »Hast du die Nummer von dem Autoverleih? Dort müsste man helfen können.«

Seine Wangen röteten sich leicht. »Die Unterlagen sind alle in der Villa«, gestand er.

»Ah.«

Wieder fluchte er. »Tut mir leid, Evie. Einen Oldtimer zu mieten, war unbedacht von mir.« Er hatte es aus einer egoistischen Laune heraus getan.

»Es ist nicht deine Schuld. Und wir haben es ja nicht eilig. Sieh es mal von der positiven Seite – was für ein schöner Ort, um eine Panne zu haben! Der schlägt die M4 um Längen.«

»Ich gehe zum nächsten Dorf und erkundige mich nach einer Werkstatt. Du kannst hier warten, wenn du willst.«

»Warum? Ich komme mit.«

Er sah zu ihren Schuhen. Sie trug Ballerinas, die gewiss nicht so aussahen, als könnte man darin längere Strecken wandern. »Bis zum nächsten Ort könnten es Meilen sein.«

»Macht nichts. Ich laufe gerne. Außerdem scheint die Sonne, und es ist ein schöner Tag.«

Er schüttelte den Kopf. »Na gut. Dann komm, Pollyanna. Gehen wir in die Richtung.« Er zeigte nach vorn. »Wenn ich mich nicht irre, müsste da bald ein Dorf kommen.«

Sie marschierten schweigend los. Jake überlegte immer noch, warum ihn François' Flirten mit Evie so wütend gemacht hatte. Und ihn beunruhigte, zu welchen Schlüssen er kam. Vielleicht sollte er froh über die Panne sein. Sie hatte eine Unterhaltung unterbrochen, für die er nicht bereit war.

»So kann man die Landschaft viel besser genießen, findest du nicht?«, fragte Evie, nachdem sie ungefähr eine Meile hinter sich gelegt hatten.

»Ich persönlich genieße sie lieber aus einem Wagen heraus.«

»Aber da rauscht sie so schnell vorbei, dass man sie gar nicht richtig wahrnimmt. Hör mal – da rufen Tauben. Und ein Specht klopft. Beides würde man bei Motorenlärm nicht hören.«

»Stimmt. Doch mir wäre weniger heiß.« Er wischte sich mit der Hand über die Stirn. Angeblich waren nur um die achtzehn Grad, doch beim Gehen in der prallen Sonne fühlte es sich viel wärmer an.

Evie lächelte. »Beschwer dich nicht über die Sonne, denn ihretwegen sind wir hergekommen – um der kalten englischen Weihnacht zu entgehen.«

Er zuckte mit den Schultern. »Ja, stimmt wohl. Wenigstens sind hier keine Schneemänner oder Sänger zu sehen.«

»Vorerst jedenfalls nicht.« Sie grinste.

Er schenkte ihr ein verhaltenes Lächeln.

Sie erreichten den Hügelkamm, und vor ihnen tauchten Hausdächer auf, die sich nach und nach als zu einem kleinen Ort gehörig erwiesen.

»Aha«, sagte Jake. »Jetzt ist es nicht mehr weit.« Was ein Segen war, denn es wurde später Nachmittag, und bald würde die Sonne untergehen.

Als sie in dem Dorf ankamen, versuchte er, auf Englisch zu erklären, dass sie eine Panne hatten, aber die Frau bei der Tankstelle verstand ihn nicht. Also übersetzte Evie. Sofort strahlte die Frau und begriff. Sie antwortete in schnellem Französisch, griff zum Telefon und machte einen Anruf.

Wieder folgte ein Schwall Französisch, und Evie dolmetschte für Jake. »Ein Mechaniker ist unterwegs. Er schleppt den Wagen zu seiner Werkstatt. Wenn wir die Schlüssel hier abgeben, holt er sie sich ab.«

Die Frau sprach wieder ins Telefon.

»Wir können mit ihm fahren«, sagte Jake. »In dem Abschleppwagen.«

»Nicht nötig«, entgegnete Evie lächelnd. »Die Frau hat gesagt, dass es ein sehr nettes Hotel ein Stück weiter gibt, in dem wir übernachten können. Das Auto wird frühestens morgen Mittag wieder fahrbereit sein.«

Jake wollte etwas sagen, doch die Frau bedeutete ihnen, ihr hinter das Gebäude zu folgen, wo ein Wagen parkte. Abermals sagte sie etwas auf Französisch und öffnete ihnen die Tür. Vom Fahrersitz aus ergänzte sie noch etwas. Evie lachte und übersetzte für Jake: »Sie sagt, keiner will über Nacht gestrandet sein und kein Bett haben – erst recht nicht zu Weihnachten.«

Evie blickte aus dem Fenster, als sie vor einem atemberaubenden alten Château anhielten. »Ist dies das Hotel?«, fragte sie.

Die Frau von der Tankstelle bejahte. Sie bedankten sich bei ihr fürs Fahren und stiegen aus. Die Frau fuhr weg, und Evie und Jake schauten mit großen Augen hinauf zu den spitzen Türmen und den bunten Dachziegeln, die in der Sonne funkelten und Evie an Drachen aus einem Märchen denken ließen.

Drinnen hallten ihre Schritte in der großen Eingangshalle, und durch einen Türbogen konnte Evie so etwas wie einen Empfangstresen sehen.

»Ah, vous voilà!«

Beide drehten sich um, als eine Frau in den Fünfzigern die Treppe heruntergeeilt kam. *»Bonjour!«*, rief sie.

Sie schüttelte ihnen die Hände, stellte sich als Christine vor und sagte, sie habe das schönste Zimmer im Haus für sie reserviert, mit Blick über die Wiesen und Hügel hinten.

»Nur ein Zimmer?«, fragte Evie, die vor Schreck vergaß, Französisch zu sprechen. »Oh nein, wir brauchen bitte zwei. Wir sind nicht … wir sind nicht, ähm …« Ihre Wangen glühten, und sie sah zu Jake.

Zum Glück nickte Christine. *»J'ai compris. Vous voulez deux chambres. Pas de problème.«*

Christine zeigte ihnen den Speisesaal und erklärte, dass das Hotel eigentlich über Weihnachten geschlossen habe. Sie könne ihnen heute Abend ein Essen kochen, aber das müsse etwas Schlichtes wie *Steak-frites* sein, ob das in Ordnung wäre?

»Perfekt«, antwortete Evie.

Christine führte sie in den Salon mit Fernseher und Regalen voller alter Bücher. »Und nach dem Abendessen dürfen Sie diesen Raum zum Ausspannen nutzen. Machen Sie Feuer, damit Ihnen nicht kalt wird.« Sie wies auf die aufgehäuften Scheite im Kamin.

»Das ist wunderbar, danke«, sagte Evie.

»Jetzt muss ich Sie bitten, die Zimmer im Voraus zu bezahlen.«

»Oh, ja.« Evie holte ihr Portemonnaie hervor und folgte Christine zurück zur Rezeption. Ein solch hübsches Hotel war zweifellos teuer, aber da Jake sich geweigert hatte, Geld für den Leihwagen oder sonstige Kosten anzunehmen, war es das Mindeste, was sie tun konnte.

»Was machst du?«, fragte Jake. Ihre Schritte hallten auf dem Flur.

»Ich bezahle.«

»Steck dein Geld ein.«

»Warum? Ich möchte. Du bist schon so großzügig.«

»Davon will ich nichts hören«, protestierte er. »Das ist alles meine Schuld. Ich habe das Auto ausgesucht, also bezahle ich.«

Sie sah seine strenge Miene und gab nach. »Na gut, wie du willst.«

Christine führte sie nach oben. Die unverputzten Wände und Holzbalken erinnerten an das Alter und die Geschichte des Châteaus, harmonierten aber sehr hübsch mit der modernen Einrichtung in Creme-Tönen und einem luxuriösen Bad mit allen modernen Annehmlichkeiten. Evie hatte keine Wechselkleidung bei sich, doch Christine versorgte sie immerhin mit allen Toilettenartikeln, die sie brauchten, und es tat gut, vor dem Essen zu duschen und den Staub aus ihrem Haar zu spülen. Sie ließ es zum Trocknen offen und zog wieder ihre Strumpfhose, den Rock und den pfirsichfarbenen Pulli an.

Als es Zeit zum Essen war, klopfte Jake an ihre Tür. Er hatte sich ihren Schal in den Ausschnitt seines Hemds gesteckt, wie eine Krawatte, und der Effekt war so ausgefallen wie elegant.

»Dein Haar sieht hübsch aus«, sagte er auf dem Weg nach unten zum Speisesaal. Auch auf der leeren Treppe hallten ihre Schritte.

»Es ist ein bisschen verknotet.« Sie fuhr mit den Fingern hindurch. »Ich habe keine Bürste dabei.«

»So steht es dir.«

Sie sah zu ihm und bemerkte einen seltsamen Ausdruck in

seinen Augen, den sie nicht deuten konnte. Vielleicht sollte sie ihr Haar häufiger offen tragen. Sie band es nur immer zurück, weil es ihr beim Nähen im Weg war.

Der Speisesaal befand sich unten in einem der Türme, weshalb er rund war. Die kleinen Tische waren kahl bis auf einen, der mit einem weißen Tischtuch, Besteck und Servietten gedeckt war.

Christine brachte ihnen eine Flasche Wein. »Die geht aufs Haus«, erklärte sie. »Es ist ein guter Wein aus dieser Gegend.«

Jake sah sich die Flasche an, kostete und nickte. Christine schenkte ihnen ein.

Als sie weg war, fragte Evie: »Du trinkst?«

»Bloß ein Glas. Es wäre unhöflich abzulehnen, wenn sie uns den Wein schenkt.«

Während sie einen Schluck probierte, drehte Evie die Flasche so, dass sie das Etikett sah. »Château Blanc? Moment mal, ist das nicht François' Weingut?«

Jake bejahte verkniffen.

Unwillkürlich musste Evie über den vernichtenden Blick lachen, mit dem er die Flasche bedachte. »Ich verstehe nicht, wieso du so wütend auf ihn bist.«

»Das habe ich dir gesagt.«

»Dir hat nicht gefallen, dass er mit mir geflirtet hat, als er mit dir verhandeln sollte.« Sie seufzte. »Aber es ist ja nicht so, als wäre irgendwas zwischen dir und mir.«

Jake schaute sie an. »Ist es nicht?«, fragte er leise.

Seine Worte ließen sie erstarren. Sie stellte ihr Weinglas ab. Er hielt ihren Blick, was sich wie eine Herausforderung anfühlte, und Evie geriet ins Grübeln.

Ist es nicht? Sie dachte daran, wie ihr Herz jedes Mal einen kleinen Hüpfer vollführte, wenn er den Raum betrat, wie sie nachts wach lag und darüber nachdachte, dass er im Zimmer nebenan war. Wie ihre Haut beim Klang seiner tiefen Stimme kribbelte. Sie konnte leugnen, dass etwas zwischen ihnen war; Fakt blieb, dass sie etwas empfand. Tat er es auch?

»Was meinst du?«, fragte sie.

»Was wir beide wissen. Da ist … eine Verbindung zwischen uns. Und die geht nicht weg, obwohl wir uns anstrengen, sie zu leugnen.«

Sein Gesichtsausdruck war ernst. Aufmerksam. Und er beobachtete sie genau.

Sie schüttelte den Kopf, denn ihr fiel das schmerzlich unangenehme Gespräch in ihrem Cottage am Morgen nach dem Ball ein. Seine Zurückweisung war ihr noch sehr klar im Gedächtnis, und sie tat bis heute weh. »Jake, falls du von unserem Kuss sprichst, den hast du sofort bereut.«

»Er hat mich überrascht, weiter nichts. Und … und ich war in Sorge, dass du mehr hineininterpretieren könntest, als es war.«

Sie starrte ihn entgeistert an, denn sie war sicher gewesen, dass er den Kuss bereut hatte.

Andererseits hatte sie es ja auch eilig gehabt, ihn als bedeutungslos abzutun.

»Die Wahrheit ist, Evie, dass es mir nicht gefiel, François mit dir flirten zu sehen, weil …« Er drehte den Stiel seines Weinglases zwischen den Fingern, dann sah er sie direkt an. »… weil ich eifersüchtig war.«

Sie blinzelte. Also war die Anziehungskraft doch nicht einseitig.

Christine kam mit ihrem Essen, sodass die Unterhaltung endete. Und Evie musste zugeben, dass ihr die Unterbrechung sehr recht war. Jakes Geständnis verblüffte sie, war sie sich doch so sicher gewesen, dass er nichts als Freundschaft von ihr wollte. Christine stellte ihnen die Teller hin, wünschte ihnen *Bon appétit* und ging.

Stumm nahmen sie ihr Besteck und begannen zu essen.

Da ist eine … Verbindung zwischen uns. Und die geht nicht weg … Ihre Gedanken kehrten immer wieder zu seinen Worten zurück. Und ihr wurde wärmer. Ein Schauer durchrieselte sie, und ihr Herz schlug schneller. Verstohlen warf sie ihm hin und wieder einen Blick zu und erinnerte sich, wie er von seiner Frau gesprochen hatte. Er hatte gesagt, dass er sie immer lieben und sich seine Gefühle für sie nie ändern würden. Ihr Herz war noch so fragil, und sie war ebenso wenig bereit, es wieder zu öffnen.

Doch sie vermisste es, mit einem Mann intim zu sein.

Jake legte sein Besteck hin und griff nach seinem Wein. Evies Blick schweifte zu seinen langen Fingern, mit denen er behutsam den langen Glasstiel umfing.

Sie sehnte sich nach der warmen Berührung von Händen auf ihrer Haut, nach der Nähe eines Körpers, der sich nachts an ihren schmiegte, nach im Schlaf ineinander verschlungenen Gliedmaßen. Sie sehnte sich danach, all das aufgestaute Verlangen, das sie in seiner Nähe verspürte, auszuleben. Und es hatte sich noch intensiviert, seit sie in Frankreich waren.

Er trank von seinem Wein, und sie beobachtete ihn heimlich, wobei seine Lippen ihren Blick auf sich zogen. Rasch sah sie nach unten, doch das Bild hatte sich ihr ins Gedächtnis eingebrannt. Als sie sich im Schnee geküsst hatten, war es magisch gewesen. Seine Berührung war gleichzeitig sanft und sicher gewesen. Sie war förmlich dahingeschmolzen. Allein bei der Erinnerung prickelte ihr ganzer Körper und wurde ihr der Mund trocken.

»Du bist ungewöhnlich still, Pollyanna.«

Sie schaute auf, und er fixierte sie mit seinen blauen Augen. Hatte er ihre Gedanken gelesen? Sie fühlte, dass sie rot wurde. Nein, hoffentlich nicht. »Ich dachte nur gerade, dass die Dinge sich nicht immer so entwickeln, wie wir es geplant haben.«

»Das kann man wohl laut sagen.«

Sie hörte einen Anflug von Verbitterung und dachte an die plötzliche Erkrankung seiner Frau, an die Pläne, die sie geschmiedet haben mussten und die mit ihr gestorben waren. In Jake war so viel Schmerz und Wut. Vielleicht konnte Evie ihm helfen, den Kummer zu bewältigen.

»Ich muss sagen, dass sich die Dinge heute absolut anders entwickelt hätten, wäre dein Übersetzungstalent nicht gewesen. Du hast uns aus einer heiklen Lage gerettet, und dafür bin ich sehr dankbar. Wann hast du gelernt, so fließend Französisch zu sprechen?«

»Ach, das meiste habe ich schon wieder vergessen«, antwortete sie, »aber ich war nach der Schule für ein Jahr in Paris.«

Er merkte auf. »Und bei deiner Arbeit wolltest du dein Französisch nicht nutzen?«

Sie schüttelte den Kopf. »Um ehrlich zu sein, war ich nur in Frankreich, um von meinen Eltern wegzukommen. Sie waren enttäuscht, weil ich meinen Abschluss versaut hatte und nicht an die Uni konnte.«

»Tja, du bist eindeutig sprachbegabt.«

»Nur mündlich. Schriftlich war ich nie gut – nicht in Grammatik, den Übersetzungen, dem Schreiben von Essays.«

Er sah sie sehr eindringlich an. »Tu das nicht.«

Ihr entging nicht, wie verhärtet seine Züge waren. »Was?«

»Dich selbst runtermachen. Auf das hinweisen, was du nicht kannst, anstatt auf die Dinge, in denen du gut bist.«

Sie öffnete den Mund, um etwas zu erwidern, stellte jedoch fest, dass sie nicht wusste, was sie sagen sollte.

»Es ist seltsam«, fuhr er fort, »denn bei allem und jedem um dich herum verlierst du nie den Blick fürs Positive. Nur dich selbst machst du klein, spielst deine Talente herunter. Warum bist du so streng mit dir selbst, Evie?«

»Ich … Weiß ich nicht. Weil ich nicht wie andere bin. Ich bin tollpatschig, hab es nicht so mit Konventionen. Ich bin anders.«

»Aber begreifst du nicht, dass es gut ist, wie du bist? Unkonventionell ist einzigartig.«

»Meine Eltern würden dem widersprechen. Sie wünschen sich, dass ich …«

»Vergiss deine Eltern mal kurz«, unterbrach er sie und winkte ungeduldig ab. »Hör mir zu. Du solltest stolz auf deine Talente sein. Du bist eine begnadete Schneiderin, sprichst fließend Französisch, bist ein freundlicher und großzügiger Mensch. Und es macht Spaß, mit dir zusammen zu sein.«

»Spaß?« Sie war überwältigt. Von Mr. Arktis persönlich war es ein gigantisches Kompliment. »Das hast du nicht gesagt, als ich dir zum ersten Mal begegnet bin. Als wir eingeschneit waren.«

»Ja, na ja …« Er sah ihr in die Augen. »An dem Abend habe ich mich wie ein Idiot benommen. Ich war in meinem Selbstmitleid gefangen. Jetzt …«

»Jetzt?«, hakte sie leise nach.

»Jetzt kenne ich dich, Evie Miller, und mir ist klar, dass ich dir eine Menge zu verdanken habe.«

Er kannte sie? Er wollte ihr danken? Der heutige Abend entpuppte sich als ein Abend der Enthüllungen, und es fühlte sich … magisch an.

»Eine Menge zu verdanken? Was meinst du? Ich sollte dir danken. Du bist der, der mich hergebracht hat.« Sie blickte sich in dem Saal des wunderschönen Châteaus um, inmitten der atemberaubenden Provence.

Er nickte. »Du bist wie ein Lichtstrahl in mein Leben getreten, hast meine Perspektive verändert, mich herausgefordert und dich gegen mich behauptet. Für all das bewundere ich dich.«

Seit jener ersten eingeschneiten Nacht in Old Hall waren sie weit gekommen. »Du bewunderst mich, weil ich mit dir gestritten habe?«

»Ich musste meine Sicht auf die Welt überdenken, und das zum Großteil deinetwegen.«

Ihr Herz schien sich gar nicht mehr beruhigen zu wollen. Hieß das, sie hatte ihn glücklich gemacht? Das hoffte sie. »Es ist nicht ganz einseitig«, sagte sie. Ihre Stimme klang selbst in ihren Ohren überraschend leise und ein wenig brüchig. »Du bist für mich auch ein guter Freund geworden.«

Er stärkte ihr den Rücken, betonte immer wieder, was sie erreicht hatte, und ermunterte sie, an sich selbst zu glauben. Nach außen mochte er einen schroffen Panzer zeigen, aber er sorgte sich um andere. Sie hatte gesehen, wie er sich um Smoke kümmerte.

Was sie zurück zu einer Frage brachte, die schon seit ihrer ersten Begegnung an ihr nagte, als er ihren Knöchel untersucht hatte. »Warum bist du kein Arzt mehr?«

Er erstarrte, und sie bekam für einen Moment Panik, weil seine Augen eisig wurden und seine Züge schier gefroren. Sie hatte es schon wieder getan: das Falsche gesagt.

»Ich war bereit für eine Veränderung«, entgegnete er schlicht.

Doch er war sicher ein großartiger Arzt. Kompetent, ruhig, engagiert.

»Das beantwortet meine Frage nicht. Arzt zu sein, muss eine weitaus erfüllendere Aufgabe gewesen sein als das, was du jetzt machst.«

Er sah nicht sie an, sondern in die Tiefen seines Weinglases.

»Sei ehrlich, Jake. Genießt du es, Wein zu importieren?«

»Es geht nicht ums Genießen. Es geht darum, mir meinen Lebensunterhalt zu verdienen und beschäftigt zu sein.« Er schloss den Mund so energisch, dass es ein klares Signal war, er würde nicht weiter darüber reden wollen.

Schritte näherten sich, und die Hotelbesitzerin tauchte auf. Evie lehnte sich auf ihrem Stuhl zurück und lächelte Christine höflich zu, als sie die Teller abräumte.

»War alles in Ordnung mit dem Essen?«, fragte Christine.

»Es war perfekt«, antwortete Jake. »Danke, dass Sie uns hier übernachten lassen. Das ist sehr freundlich von Ihnen.«

Evie fragte sich, warum er so ausweichend war. Sie wusste, dass es Dinge in seiner Vergangenheit gab, über die er ungern sprach, aber warum er seinen Beruf aufgegeben hatte, gehörte doch sicher nicht dazu. Louisa hatte gesagt, dass er früher der Mittelpunkt jeder Party gewesen war – bevor er sich verändert hatte. Der Tod seiner Frau hatte ihn in einen Mann mit dunklen Geheimnissen verwandelt, der stoisch seinen Schmerz und seine Gefühle für sich behielt. Und Evie fragte sich, ob er es jemals wieder jemandem erlauben würde, ihm nahe zu sein.

Christine führte sie in den Salon und erklärte ihnen, dass sie von nun an ihre Privatsphäre hätten, bis sie morgen früh wiederkam, um ihnen Frühstück zu machen. Sie dankten ihr, und Christine schloss die Tür hinter sich. Das Feuer im Kamin brannte, und der klare Himmel draußen verhieß, dass die Außentemperaturen mit dem Sonnenuntergang drastisch gefallen waren. Evie schlang sich die Arme um den Oberkörper und wünschte, sie hätte mehr als einen dünnen Pullover eingepackt.

»Wollen wir fernsehen?«, fragte Jake, als sie sich auf das Sofa vorm Feuer setzten.

Evie rümpfte die Nase. »So gut ist mein Französisch nicht.« Sie zog eine Haarsträhne nach vorn und fing gedankenverloren an, sie zu flechten. Ihre Finger wollten nähen, natürlich, aber sie hatte nichts dabei, nicht mal eine Nadel und Faden.

»Und was willst du machen, ohne dein Nähzeug?« Ein Mundwinkel bog sich nach oben.

»Du kannst meine Gedanken lesen.« Sie fröstelte. »Ein warmer Quilt wäre jetzt schön.« Sie beugte sich vor und streckte die Hände aus, um die Feuerwärme einzufangen.

»Ist dir kalt?«

»Ein bisschen.«

Jake zog sein Jackett aus und legte es ihr um die Schultern. Dann stand er auf, ging zu einem Tablett, das Christine ihnen hingestellt hatte, um Kognak einzuschenken. Evie folgte ihm mit dem Blick und zog das Jackett fester um sich. Das minzfarbene Leinen war noch warm von ihm und duftete nach seinem Aftershave. Es machte sie ein wenig schwindlig.

»Hier.« Er reichte ihr einen Kognak-Schwenker, der genau wie die aussah, die ihr Vater für seinen Drink nach dem Abendessen zu Hause benutzte. »Der wird dich aufwärmen.«

»Zusätzlich zu dem ganzen Wein, den ich getrunken habe? Dann bin ich richtig betrunken«, sagte sie, nahm das Glas und grinste ihn an. »Ich könnte irgendwas tun, was ich bereue.«

Sie hielt den Atem an und beobachtete ihn verstohlen, als er sich wieder neben sie setzte. Da war wieder dieser Funke – dieses simmernde Verlangen, das inzwischen so vertraut geworden war.

Sie hatte die Wahl: Sie konnte es weiterhin ignorieren oder ehrlich zu ihm sein. Die Komplikationen einer Beziehung waren das Letzte, was sie wollte, und er sicher auch nicht. Das hatte er hinlänglich klargestellt.

Ein neuer und unerwarteter Schub von Courage überkam sie, und sie wusste, dass sie das Jake zu verdanken hatte. Mit jedem Tag war ihr Selbstbewusstsein gewachsen. Und heute Abend wusste sie, was sie wollte.

Sie hoffte bloß, dass er es auch wollte.

»Pollyanna bereut etwas? Sieht sie nicht immer das Positive in allem? Ich hätte gedacht, das wäre dein Stichwort, mir zu sagen, dass die Panne eigentlich ein Segen sei, weil sie uns zu diesem Juwel von Hotel geführt hat, einem köstlichen Mahl und einem unerwartet angenehmen Abend.«

Sie lachte. »Es ist ein wunderbarer Abend. Und ein Abenteuer. Manchmal lenkt uns das Schicksal auf unerwartete Pfade ... und die können spannender sein als die, die wir von uns aus eingeschlagen hätten.«

Er warf ihr ein abwartendes Lächeln zu.

Unsicher trank Evie einen Schluck von dem Kognak und riss vor Schreck die Augen weit auf. Es brannte so in ihrem Hals, dass sie husten musste. »Wow! Der ist stark!«

Seine Augenwinkel kräuselten sich, als er lachte, und Wärme durchströmte sie. Sie stellte das Glas ab. Heute Nacht brauchte sie einen klaren Kopf.

»Ist dir jetzt wärmer?«, fragte er.

»Oh ja.«

Sie lehnte sich zurück und ließ sich in das weiche Sofa sinken. Jake nahm langsam einen Schluck von seinem Kognak und blickte nachdenklich ins Feuer. Stille trat ein.

Evie holte tief Luft und raffte all ihren Mut zusammen. »Also ... wohin führt das jetzt?«

Er sah sie an, und sie hielt seinem Blick stand.

»Ich gehe davon aus, dass wir nicht über Geografie reden?«

»Nein«, antwortete sie leise. »Du hast gesagt, dass du es auch fühlst – diese Anziehungskraft. Wenn es nichts bringt, sie auszublenden, was dann?«

»Du fragst das, als hätte ich Antworten auf alle Fragen parat.« Sein Glas klirrte leise, als er es auf dem Tisch neben sich abstellte. »Habe ich nicht. Und selbst wenn ich sie hätte, könnte ich nur für mich selbst sprechen.«

Sie schluckte. »Wir sind uns einig, dass wir keine Beziehung wollen, aber es muss nicht kompliziert sein. Es könnte einfach nur sein …« Ihre Wangen glühten. »… was es ist.«

Solange es zwischen ihnen abgemachte Sache war, dass es rein körperlich blieb, würde niemand verletzt.

Jakes Brust hob und senkte sich. Bildete sie es sich ein, oder ging sein Atem schneller?

»Und was ist das?«, fragte er leise.

Wieder schluckte sie. »Spaß. Keine Verpflichtungen.«

Sein Schweigen war unerträglich. Oh Gott, warum hatte sie überhaupt etwas gesagt? Wahrscheinlich hatte sie missverstanden, was er vorhin meinte.

Plötzlich verließ ihr aufkeimendes Selbstvertrauen sie. Sie war verrückt gewesen, solch einen Vorschlag zu machen und sich einer garantierten Peinlichkeit auszusetzen. Jetzt würde seine Meinung von ihr ein Tief erreichen, von dem sie sich nie erholen würde. Beschämt senkte sie den Blick und machte sich auf seine Zurückweisung gefasst.

Kapitel Fünfzehn

Jake musste zugeben, dass es das Letzte war, womit er gerechnet hatte.

Dennoch kam ihm eine Affäre ohne jede Verpflichtung sinnvoll vor. Für sie beide.

Seine Eifersucht heute bei François hatte ihn eiskalt erwischt, bedeutete jedoch nicht, dass er für eine richtige Beziehung bereit war. Beinahe hätte er nach der Kette an seinem Hals gegriffen, bremste sich aber. Er war ganz und gar nicht bereit, und doch wurde es schwieriger zu ignorieren, wie sehr er sich zu Evie hingezogen fühlte. Solange es rein physisch blieb, war es kein Verrat am Andenken seiner Frau, oder?

»Ist egal«, sagte sie und wollte aufstehen. Ihr Gesicht war gerötet, von derselben Farbe wie der fruchtige junge Syrah, den sie zum Essen getrunken hatten. »Ich hätte nichts sagen sollen. Das war ein Fehler.«

Er legte ihr seine Hand auf den Arm, um sie zurückzuhalten. Mit ihrem offenen Haar, das im goldenen Feuerschein schimmerte, sah sie wunderschön aus. »Lauf nicht weg«, sagte er heiser.

Sie warf ihm einen nervösen Blick zu.

Ihm war bewusst, was auf dem Spiel stand, und er benetzte sich die Lippen. Ihre Freundschaft war ihm sehr wichtig geworden. Und nach dem Ball hatte er sie schon einmal fast verloren; das wollte er nicht wieder riskieren. »Evie, ich will das. Ich wünsche es mir mehr als alles andere, aber du musst wissen, dass es nie Liebe sein kann. Falls du die suchst, solltest du jetzt gehen.«

Mit ihren großen braunen Augen schaute sie ihn an. »Verstehe. Du willst keine Beziehung und ich auch nicht, schon vergessen?«

»Aber du könntest ...«

»Nein«, fiel sie ihm streng ins Wort, und er war froh, dass sie wieder selbstbewusster war. Ihre Grübchen waren zu sehen. »Es wäre nur Spaß. Keine Komplikationen. Eine Affäre ohne Verpflichtungen ist genau das, was ich nach Tim brauche. Und wenn wir wieder in Willowbrook sind, kehren wir zu unserem normalen Leben zurück. Einverstanden?«

Das Herz hämmerte ihm hart gegen die Rippen. Er strich ihr das Haar aus dem Gesicht, und sein Verlangen, sie zu küssen, war überwältigend. Trotzdem hielt er sich zurück. Erst wollte er dies hier klären, damit es keine Missverständnisse gab. »Was meinst du mit dem normalen Leben?«

»Freunde sein. Zusammen Sachen zu unternehmen.«

»Hiervon wird es kein Zurück geben. Wir werden nicht mehr nur Freunde sein.«

»Dann haben wir eben weiter ... Spaß.« Ihre Wangenröte war entzückend. »Der Punkt ist, dass wir uns davon nicht die Freundschaft kaputt machen lassen. Ich habe Smoke sehr gern und will nicht, dass ich ihn nicht mehr sehen kann, weil wir uns zerstritten haben.« Ihre Augen funkelten verwegen, und sein Herz vollführte einen Stabhochsprung.

Dies war durch und durch Evie: witzig, frech, fröhlich. Der Dämon Selbstzweifel war wahrlich vertrieben.

Er lächelte. »Also gibst du zu, dass du meinen Hund lieber magst als mich? Wusste ich es doch.«

Ihre Augen leuchteten, sowie sie lächelte. Doch beide wurden ernst, als er den Kopf neigte und sie sanft küsste. Zaghaft. Die Berührung ihrer Lippen war elektrisierend. Verlangen tobte in ihm, aber er bändigte es und musterte Evies Gesicht. Sollte er auch nur das leiseste Zögern wahrnehmen, würde er sofort aufhören.

Doch das war keines. Das Begehren in ihren Augen bewirkte, dass ein Ruck durch seinen Körper ging. Das Blut rauschte ihm in den Ohren. Sie legte ihm eine Hand in den Nacken, übernahm diesmal die Führung und küsste ihn. Aus irgendeinem Grund erregte es ihn. Beider Atem wurde schneller, und sie erforschten sich gegenseitig mit den Händen.

Jake blickte zur Tür. Zwar war er ziemlich sicher, dass ihre Wirtin nicht wiederkommen würde, allerdings wollte er kein Risiko eingehen. »Wollen wir nach oben?«, murmelte er.

Er öffnete die Tür zu seinem Zimmer, weil es am schnellsten zu erreichen war. Drinnen schloss er die Tür und zog Evie an sich. Ihr Körper fühlte sich weich an seinem an. Sie nahm ihm den Schal ab, und er stöhnte, als sie langsam sein Hemd aufknöpfte, wobei sie immer wieder scheu zu ihm sah und sich auf eine Weise mit der Zunge über die Lippen strich, die sein Herz höher schlagen ließ. Bei jeder anderen Frau hätte er angenommen, dass sie ihn absichtlich provozierte, aber dies war Evie. Die süße, vertrauensvolle, ungeschickte Evie, die nichts vorspielte.

Schließlich hatte sie den letzten Knopf gelöst, und hastig streifte er das Hemd ab und machte die Augen zu, während sie die Hände auf seiner Brust spreizte, sodass ihre Fingerspitzen seine Brustwarzen streiften und ihre Handflächen über seinen Oberkörper glitten.

Er holte Luft und glitt mit den Händen durch ihr langes Haar, versuchte, es langsam anzugehen, und widerstand dem Drang, ihr die Klamotten vom Leib zu reißen und sie auf sich zu heben, damit diese honigfarbenen Locken auf ihn herabfielen. Dann jedoch nestelte sie an seinem Gürtel, und als sie die Schnalle nicht aufbekam, war es mit seiner Selbstbeherrschung vorbei.

Er übernahm. Sein Gürtel ging auf, seine Hose flog zur Seite, und er war nackt. Bezaubert von dem Rot, das ihre Wangen färbte, küsste er sie wieder und entkleidete auch sie zügig. Ihr Ringen nach Luft, als er ihren Hals und ihren Nacken liebkoste, beschleunigten seinen Puls weiter, und bald lagen sie in dem großen Bett, wo sie sich unter den frischen weißen Laken berührten und aneinanderschmiegten.

»Jake, ich will dich«, flüsterte sie.

Sein Herz pochte heftig. »Evie …« Ihm brach die Stimme, und er musste seine gesamte Selbstdisziplin aufbieten. »Es … es ist lange her. Ich könnte … aus der Übung sein.«

Verwundert sah sie ihn an. Was hatte sie gedacht? Dass er, weil er ein Mann war, regelmäßig Sex hatte?

»Natürlich«, sagte sie und küsste ihn. »Wir haben die ganze Nacht.«

Doch keiner von ihnen verlangsamte das Tempo. Vielmehr waren sie wild aufeinander, drängend, gierig. Mit Maria war es immer ehrfürchtig gewesen. Langsam. Sie hatten …

Er verdrängte die Gedanken an seine Frau aus seinem Kopf, um sich auf Evie zu konzentrieren. Dies mochte ein

Arrangement ohne Verpflichtungen sein, was allerdings nicht bedeutete, dass er sich erlauben durfte, nicht ganz bei der Sache zu sein. So viel hatte Evie mindestens verdient. Er strich ihr mit den Händen über die Taille, genoss das weiche Gefühl und atmete ihren süßen Duft ein. Und während er es tat, verblasste die Erinnerung an seine Frau nach und nach.

Evie setzte sich auf ihn, sodass ihr Haar sein Gesicht, seine Schultern und seine Brust streifte. Und es fühlte sich noch seidiger und verführerischer an, als er es sich vorgestellt hatte. Ihre Wimpern bildeten Halbmonde, als sie die Augen schloss, den Mund leicht öffnete und nach Luft rang.

Jake beobachtete sie. Er war entschlossen durchzuhalten, ihretwegen. Doch als sie anfing, die Hüften unter seinen Händen zu bewegen, schwoll die Energie zwischen ihnen an und wurde so überwältigend, dass Jake sich ihr ergab. Er hielt Evie fest, die sich auf seinen Oberkörper sinken ließ. Ihrer beider Herzen hämmerten.

Jake fühlte sich so leicht und lebendig wie schon lange nicht mehr. Er streichelte Evie übers Haar, murmelte ihr leise Worte ins Ohr und fragte sich, warum er so lange auf dies hier gewartet hatte. Es war vielleicht keine Liebe und nicht zu vergleichen mit dem, was Maria und er gehabt hatten, aber es war ein überaus wirksames Vergnügen.

Und für einen Moment hatte es ihm geholfen zu vergessen.

Evie betrachtete den schlafenden Jake. Seine Stirnfalten waren fort, seine Brust hob und senkte sich ruhig unter seinen gleichmäßigen Atemzügen, und sie war froh, dass er zumindest im Schlaf Frieden gefunden hatte.

Sie lächelte wie eine sehr zufriedene Katze und schaute zu,

wie die Sonne die fernen Hügel beleuchtete und das graue Morgenlicht von einem tiefroten Schimmer ersetzt wurde. Die Läden zu schließen war das Letzte gewesen, woran sie letzte Nacht gedacht hatten. Sie waren zu … Es war …

Es gelang ihr nicht, die Wonne, diesen exquisiten Hochgenuss in einen zusammenhängenden Gedanken zu fassen. Es war eine Offenbarung gewesen. Ehrlich, so hatte sie Sex noch nie erlebt.

Bei Tim hatte sie nie ein solch brennendes Verlangen empfunden wie letzte Nacht oder das Gefühl gehabt, von einer unaufhaltsamen Kraft davongetragen zu werden. Und er hatte sich nie Zeit gelassen sie kennenzulernen, wie Jake es getan hatte, als er mit den Händen ihre Hüften und ihre Schenkel erkundete. Wie er gelächelt hatte, als sie stöhnte, und sie immer wieder zum Seufzen und zum Explodieren vor Lust gebracht hatte. Auch war ihr nicht bewusst gewesen, wie viel sie von sich geben konnte. Es machte sie … verwundbar.

Angst regte sich in ihrem Bauch.

Nur Spaß, hatte sie voller Überzeugung gesagt. Eine lockere Affäre. Es hatte so einfach geklungen. Doch heute schwirrte ihr der Kopf, und ihr Herz schlug Purzelbäume bei der Erinnerung an alles. Konnte sie wirklich ihre Gefühle von dem trennen, was letzte Nacht geschehen war?

Ein Hahn krähte in der morgendlichen Stille, aber Jake schlief weiter.

Natürlich konnte sie. Vor allem in dem Wissen, dass Jakes Herz Maria gehörte. Und dies hier war anders als ihre Beziehung zu Tim.

Es ist besser, flüsterte eine teuflische Stimme.

Ihr Puls beschleunigte sich vor Panik. Nein, nicht besser. Anders. Jake war immer offen zu ihr gewesen, was seine Gefühle betraf. *Es kann nie Liebe sein*, hatte er sie gewarnt.

Und dennoch hatte Evie letzte Nacht, als er sie in den Armen gehalten hatte, eine neue Intensität in seinen blauen Augen wahrgenommen. All der Kummer und Schmerz waren vollständig weggewischt gewesen, und in jenem Moment war sie versucht gewesen zu glauben, dass er etwas für sie empfand.

Was er nicht tat. Und sie umgekehrt auch nicht. Sie war bloß ein wenig benommen und geblendet von dem Sex. Weiter nichts.

Sie hatte diese Affäre vorgeschlagen, und sie würde sich an die Vereinbarung halten: keine emotionale Verstrickung, keine Komplikationen. Sie würde diese Zeit mit Jake genießen, aber dafür sorgen, dass ihr Herz sicher verschlossen blieb.

Der Hahn krähte wieder. Diesmal regte Jake sich und blinzelte im Morgenlicht, das durchs Fenster hereinfiel.

Verwirrt blickte er sich in dem fremden Zimmer um, und angespannt beobachtete Evie seine Reaktion, als sich der Schlafnebel in seinem Kopf lichtete und er sich erinnerte, wo er war und was passiert war. Sein Blick verharrte auf ihr, und sie sah, wie es ihm klar wurde. Ein träges Lächeln erschien auf seinem Gesicht.

»Guten Morgen«, sagte er mit seiner tiefen Stimme und streckte den Arm nach ihr aus.

»Bonjour«, flüsterte sie und neigte den Kopf.

Sie küsste ihn lange und intensiv, und ihre Körper verschlangen sich aufs Neue ineinander. Als er sie auf den Rücken drehte, schloss Evie die Augen und lächelte vor Freude, aber auch vor Erleichterung, dass es keine Reue gab und die letzte Nacht kein Traum gewesen war.

Es war schon beinahe Mittag, als sie aufstanden und sich anzogen. Christine teilte ihnen mit, dass der Wagen fertig sei, und bestellte ihnen ein Taxi, das sie zur Werkstatt brachte.

Dort war alles still, vermutlich wegen des Feiertages. Als er das rote Kabrio sah, ging Jake auf die verlassene Werkstatt zu, um nach einem Mitarbeiter zu suchen. Evie folgte ihm.

»Hier ist gerade gewischt worden«, murmelte Jake. »Also muss jemand in der Nähe sein.«

Evie rutschte aus und landete unsanft auf ihrem Hintern. Sie schnappte nach Luft und verzog das Gesicht. Na, super. Nach einer Nacht mit dem besten Sex, den man sich vorstellen konnte, war sie wie auf Wolken hergeschwebt, und jetzt hockte sie auf dem Fußboden und bekam fraglos einen fiesen Bluterguss. Sie wappnete sich für Jakes Reaktion. Tim hätte die Augen verdreht und wäre weitergegangen.

Jake hingegen machte kehrt und eilte sichtlich besorgt zu ihr zurück. »Hast du dich verletzt?«, fragte er.

»Nein, alles gut«, sagte sie in dem Bemühen, tapfer zu sein, obwohl es wehtat.

»Kannst du aufstehen? Warte, ich helfe dir.«

»Ist schon okay«, sagte sie, doch es tat gut, seinen Arm an ihrer Taille zu spüren, der sie stützte.

Eine Tür ging auf, und ein Mann in einem Overall erschien. Er säuberte sich die Hände mit einem ölfleckigen Lumpen, als er sah, was geschehen war, und rasch zu ihnen kam.

Evie wollte schon ein Scherz darüber machen, dass sie so

ungeschickt war, aber in dem Moment sagte Jake zu dem Mann: »Sie hätten ein Schild aufstellen müssen, dass der Boden nass ist!«

Der Mechaniker entschuldigte sich vielmals, und Evie machte den Mund wieder zu.

Es war ungewohnt für sie, dass sich jemand für sie einsetzte. Und sie hätte kein Problem, sich daran zu gewöhnen.

»Also, was möchtest du jetzt machen?«, fragte Jake, als sie wegfuhren. »Zurück zur Villa oder ein bisschen die Gegend ansehen?«

Ihr Haar flog im Fahrtwind, und die Chromteile des Wagens blitzten im Sonnenschein, als sie über die verlassenen Landstraßen brausten. Eigentlich war sie müde, doch sie wollte nicht einen ganzen Tag versäumen, da ihnen nur noch wenige blieben.

»Wie wäre es, wenn wir zur Villa fahren und uns umziehen?«, schlug sie vor. »Und danach könnten wir noch ein bisschen die Gegend erkunden.«

»Demnach schreckt dich das gestrige Erlebnis nicht von weiteren Autotouren ab?«

»Ganz und gar nicht. Wie du schon sagtest, erwies sich die Panne ja als Segen.« Evie schloss die Augen und genoss den Wind und die sanfte Wärme der Wintersonne auf ihrem Gesicht. Eine Nacht leidenschaftlicher Sex in einem wunderschönen Hotel – besser hätte es nicht kommen können.

»Freut mich, dass du so denkst«, sagte er leise. »Maria hätte sich nie in einen solchen Oldtimer gesetzt, schon gar nicht, wenn er bereits einmal liegen geblieben ist.«

Evie riss die Augen auf. Dachte er an Maria? Ja, selbstverständlich tat er das. Sie würde immer in seinen Gedanken sein. Evie drängte die Gefühle beiseite, die sich in ihr regten.

»Nicht?«, fragte sie und war froh, dass sie sehr gelassen klang. »Was ist mit dem Bentley?«

Er wandte den Blick nicht von der Straße und wurde langsamer an einer Biegung. »Um den hat sie einen großen Bogen gemacht.«

Evies Instinkt sagte ihr, es wäre klug, das Thema zu wechseln. Über Maria zu reden, würde nur bewirken, dass sie sich eifersüchtig, klein und unterlegen fühlte. Sie wollte wetten, dass Maria nie ausgerutscht und mit den Beinen in der Luft gelandet war, sodass alle Welt ihren Slip sehen konnte. Doch nun hatte er einen kleinen Informationsbrocken über seine Frau preisgegeben, und Evie konnte nicht anders; sie wollte mehr erfahren.

»Warum mochte sie keine alten Autos?«, fragte sie.

»Ihr gefiel moderner Luxus. Klimaanlage und Heizung im Wagen sind das Mindeste, fand sie, und sie wollte nicht jeden Hubbel auf der Straße spüren.«

Evie wusste nicht, was sie sagen sollte. Plötzlich verflog ihre Hochstimmung. Für sie war die letzte Nacht eine Offenbarung gewesen, ein Erdbeben, wohingegen dasselbe eindeutig nicht von Jake behauptet werden konnte. In Gedanken war er nach wie vor bei der Frau, die er liebte. Eine deutliche Ermahnung, dass das zwischen Jake und Evie rein körperlich war. Nur Spaß.

Und das war in Ordnung für Evie. Wirklich.

Die Lampe neben seinem Bett warf bizarre Schattenbilder an die Zimmerdecke. Jake betrachtete sie, während er die Wärme von Evies Körper an seiner Brust spürte. Ihr Herz schlug im

Takt mit seinem. Gedankenverloren strich er ihr mit den Fingern durchs Haar, da summte sein Handy und das Display leuchtete auf. Jake nahm es, warf kurz einen Blick darauf und legte es wieder hin.

Evies Wimpern kitzelten auf seiner Brust. »Was ist?«, fragte sie schläfrig.

Am Nachmittag waren sie durch ein mittelalterliches Dorf geschlendert, hatten die Atmosphäre und die historische Schönheit der jahrhundertealten Häuser in sich aufgesogen und dann in einem Café gesessen und die Welt an sich vorüberziehen lassen. Immer wieder waren sich ihre Blicke begegnet, und bei jedem Mal hatte leidenschaftliche Glut zwischen ihnen geflirrt. Die elektrisierende Anziehungskraft zwischen ihnen war letzte Nacht endlich freigesetzt worden und durfte nun ungezähmt wirken.

Danach waren sie zur Villa zurückgefahren. Jake lächelte versonnen. Heute war der erste Abend, an dem Evie nicht genäht hatte. Stattdessen waren sie früh ins Bett gegangen. In sein Bett.

Der Ruf eines Nachtvogels zerriss die Stille, und Evie bewegte sich. Ihr samtiger Oberschenkel rieb gegen seinen, sodass erneut das Verlangen in ihm erwachte. Er küsste Evie auf den Kopf und atmete ihren Apfelduft ein. Es war eine Erleichterung, dies hier geklärt zu haben. Er durfte sie küssen, wenn ihm danach war, sie an sich ziehen und zulassen, dass die Lust sie beide auf ihren verführerischen Pfad lockte.

»Das war nur Louisa.«

»Willst du nicht antworten?«

»Doch, morgen.« Es war elf Uhr nachts, da erwartete seine

Schwester keine prompte Antwort.

»Also war es nichts Wichtiges?«

»Nein, sie will bloß wissen, wie es mir geht. Und bemuttert mich, wie immer.«

»Weil du ihr wichtig bist.«

»Ich weiß. Das macht sie schon, seit ich drei war. Inzwischen habe ich mich daran gewöhnt.«

»Seit du drei warst?«

Er nickte. Louisa war stets mehr als eine große Schwester für ihn gewesen. »Seit meine Mutter gestorben ist.«

Evie setzte sich auf, stützte den Kopf in die Hand und sah ihn an. »Das muss schlimm für dich gewesen sein.«

Aus irgendeinem Grund wollte er die Worte zurücknehmen, weil sie ihn so mitfühlend ansah. »Eigentlich nicht. Ich erinnere mich nicht an sie. Sie ist kurz nach Scarletts Geburt gestorben. Es gab Komplikationen …«

»Für deinen Vater muss es hart gewesen sein, drei Kinder allein großzuziehen.«

»Er stellte Nannys ein. Und unsere Haushälterin war auch da und hat geholfen. Im Grunde hat er alles ihnen überlassen.« Sein Vater hatte nie den Eindruck gemacht, besonders zu leiden. Er arbeitete viel, und wenn er zu Hause war, blieb er eine distanzierte Gestalt, abgelenkt und nie in den Alltag der Kinder involviert.

»Hat er nicht wieder geheiratet?«

»Nein.«

»Warum nicht?«

Das hatte Jake nicht gefragt, und sein Vater hatte es ihm nicht gesagt. »Darüber haben wir nie gesprochen. Oder über irgendwas … Emotionales. So eine Beziehung hatten wir nicht.«

Evie malte mit den Fingerspitzen Kreise auf seine Brust, während sie nachdachte. »Bereust du nicht, Weihnachten nicht mit deinen Schwestern zu verbringen?«

»Kein bisschen.«

»Es wird leichter.« Sie legte sich wieder hin und sah ihn an. Ihre Grübchen zeigten sich. »Früher, bevor Zara starb, habe ich Weihnachten geliebt. Ich hatte eine CD mit Weihnachtssongs, und die habe ich von September bis Februar gespielt – oder bis alle die Nase voll hatten und sie vor mir versteckten.«

»Ja, das klingt auch ein bisschen nervig.« Doch er lächelte, denn er konnte es sich sehr gut vorstellen. Sie war bei allem, was sie liebte, übertrieben enthusiastisch. Schon, was das Leben an sich betraf. Er rief sich das Bild ins Gedächtnis, wie sie den Kopf in den Nacken gelegt und verzückt die Arme ausgebreitet hatte, als es um sie herum zu schneien begonnen hatte. Und wie sie in seinem Wagen strahlte, wenn der Fahrtwind ihr ins Gesicht blies. Solche Dinge hätte Maria niemals genossen. Er hatte vergessen, wie stur sie gewesen war.

»Ich habe Schneeflocken aus Papier ausgeschnitten und sie um mein Bett herum aufgehängt, und selbst Karten für alle Freunde und Verwandten gebastelt ...« Sie seufzte wehmütig. »Mir fehlt Zara.«

Den Kummer in ihrer Stimme zu hören, versetzte Jake einen Stich. Er starrte an die Decke, während sie fortfuhr.

»Manchmal vermisse ich sie so sehr, dass es sich ... körperlich anfühlt. Ein tief sitzender Schmerz, verstehst du? Ich denke jedes Mal an sie, wenn ich einen Song höre, nach dem wir getanzt haben, oder ihr Parfüm rieche, und ich fühle es ...« Sie verstummte, bevor sie sich eine Faust aufs Herz legte. »Ich fühle es hier.«

Er schluckte.

»Wir waren in so vielerlei Hinsicht verschieden, trotzdem hat sie mich besser verstanden als irgendjemand sonst.« Er hörte, wie sie Luft holte und leiser hinzufügte: »Manchmal denke ich, dass es für meine Eltern leichter wäre, wäre ich gestorben und nicht sie.«

Er drehte sich auf die Seite, sodass er sie direkt ansah. »Das glaube ich keine Sekunde.«

»Doch, ich erkenne es in ihren Augen.«

Vielleicht gaben ihre Eltern ihr dieses Gefühl. Er hatte ja erlebt, wie sie waren. Doch solch einen Eindruck durften Eltern ihrem Kind nicht vermitteln. Erst recht nicht ihrem einzigen noch lebenden Kind.

»Warum wehrst du dich nicht gegen sie?«, fragte er, und sein Tonfall war schroff vor Wut.

»Was meinst du?«

»Als ich sie in deinem Laden gesehen habe, hat sich dein Vater komplett danebenbenommen. Du hättest ihm sagen müssen, dass er entweder mit seiner unbegründeten Kritik aufhören oder sich vom Acker machen soll.«

Sie war merklich entsetzt. Ihr goldenes Haar schimmerte im Lampenschein, als sie den Kopf schüttelte. »Das kann ich nicht tun!«

»Warum nicht?« Sie war zu gut, zu freundlich für diese Welt. Jake wollte sie vor jenen beschützen, die ihre Offenheit ausnutzten und ihr Selbstvertrauen vernichteten.

»Weil sie – weil sie noch trauern.« Ihr Blick war gequält. »Sie sind nie über Zaras Tod hinweggekommen. Du weißt, wie schwer es ist. Sie können nicht akzeptieren, dass sie nicht mehr da ist.« Sie zögerte kurz. »Sie haben alle Sachen aus ihrer Wohnung geholt und ihr altes Kinderzimmer in einen Schrein verwandelt. Nichts davon werfen sie weg. Es ist mittlerweile fünf Jahre her, doch sie können nicht loslassen.«

Sie sah ihn an, als wäre es ein schmutziges Geheimnis, und tatsächlich mutete das Gebaren ihrer Eltern extrem an. Dennoch rechtfertigte es keineswegs, wie sie sich Evie gegenüber benahmen. Ihre Eltern hatten Jahre Zeit gehabt, mit ihrer Trauer leben zu lernen. Und sie war so oder so keine Entschuldigung dafür, Evie kleinzumachen.

Andererseits wusste er selbst allzu gut, dass Zeit allein nicht zwangsläufig den Kummer linderte. *Es ist zwei Jahre her. Wann bist du so weit?* Die Worte seiner Schwester gingen ihm durch den Kopf. Verhielt er sich genauso wie Evies Eltern? Ließ er zu, dass seine Trauer jene Menschen verletzte, die ihm am nächsten standen? Er dachte an Louisas Bitte, Weihnachten mit seiner Familie zu verbringen. Er hatte abgelehnt und ihnen damit wehgetan. Seine Haut kribbelte unangenehm.

Vielleicht sollte er, wenn er wieder in England war, seine Schwestern besuchen. Vielleicht war es an der Zeit, dass er sich mehr bemühte und aufhörte, sie aus seinem Leben auszusperren. Seine Nichten und Neffen wurden so schnell groß, und er wollte nicht deren gesamte Kindheit verpassen.

»Warum interessiert dich so sehr, was meine Eltern tun?«, fragte Evie und strich ihm mit der Hand über die stoppelige Wange.

Er umfing ihre Hand mit seiner und küsste sie. »Was meinst du?«

»Du wirst so wütend und sagst mir, dass ich mich gegen sie

behaupten muss. Das kann dir doch eigentlich egal sein, oder?«

Es entstand eine längere Pause, denn er wusste nicht, was er antworten sollte. Die Frage warf ihn aus der Bahn. Warum spielte es für ihn eine Rolle? »Weil du eine Freundin bist«, brachte er schließlich heraus. »Eine gute Freundin. Und ich sehe ungern mit an, wie andere auf jemandem herumtrampeln.«

»Du hast ein Herz für die Underdogs, nicht wahr, Jake?«, meinte sie leise.

»Underdogs?« So sah sie sich? Als jemanden, den er unter seine Fittiche nahm, wie er es damals bei dem Welpen Smoke getan hatte? Empörung wallte in ihm auf, und er hatte Mühe, sie zu bändigen, als er die wunderschöne Frau neben sich betrachtete, deren Haar sich auf dem Kissen fächerte und deren Augen in dem dämmrigen Licht eine rauchige Note bekamen. »Nein«, widersprach er barsch. »Mir liegt an dir, Evie Miller.«

Ihre Augen wurden größer und leuchteten wie Sterne. Er sah einen Anflug von Hoffnung und bereute seine Wortwahl sofort. Keine Verpflichtungen, hatten sie gesagt. Keine Komplikationen. Ihm lag an ihr, aber sein Herz gehörte nach wie vor Maria. Es war sicher verstaut, außer Reichweite, und genau so sollte es bleiben.

Evie war witzig, sie war begabt, und sie erhellte jeden Raum mit ihrem sonnigen Lächeln. Aber sie war nicht Maria.

Kapitel Sechzehn

»Evie, leg das Messer hin.« Ihm blieb das Herz stehen, als die Klinge im Küchenlicht blitzte. »Bitte, leg es hin.«

Evie fuhr herum. Als sie ihn in der Tür entdeckte, verharrte sie in der Bewegung und wurde rot. Abbas »Dancing Queen« lief weiter auf voller Lautstärke, und irgendetwas köstlich Duftendes schmorte im Ofen.

Jake trat vor. Er nahm ihr das Messer aus der Hand und legte es neben die Tomaten und die Gurke, die sie gerade für einen Salat geschnitten hatte, auf die Arbeitsfläche. Da die Gefahr nun gebannt war, grinste er. »Erwischt.«

»Ich habe nur getanzt!«

»Ja, aber dabei ein Messer in der Hand zu halten, ist keine gute Idee.«

Sie lachte und begann erneut, sich zu drehen und zu hüpfen, wie sie es getan hatte, als er hereingekommen war. »Gib es zu«, sagte sie, »bei dem Song willst du auch tanzen.«

»Ich tanze nicht.«

»Auf dem Ball hast du. Ich war dabei.«

»Nur Dorothy zuliebe. Das war eine Ausnahme.«

»Wie du meinst.« Sie wirbelte lächelnd auf der Stelle herum, den Kopf in den Nacken geworfen und die Arme in die Höhe gereckt.

Er konnte nicht umhin zu lächeln. Ihre Freude war ansteckend. Der Rhythmus der Musik ließ seinen Puls schneller schlagen. Sie schwang die Hüften, und sein Blick blieb ein wenig zu lange an ihrer kurvenreichen Figur und der schmalen Taille hängen. Er versuchte, sich dagegen zu wehren, aber Lust durchströmte ihn wie Adrenalin.

Wenn du nicht siegen kannst, ergib dich, sagte er sich. Er fasste Evie bei der Hand und drehte sich mit ihr im Kreis. Da der Küchentisch und die Stühle im Weg waren, tanzte er mit ihr nach draußen auf die Terrasse. Lachend warf sie wieder den Kopf in den Nacken, sodass sich die Sterne in ihren Augen spiegelten. Und Jake ertappte sich dabei, dass er genau wie Evie den Text mitsang – nicht nur von diesem Stück, sondern auch vom nächsten. Sie lachten und tanzten, wobei ihn eine Energie erfüllte, die von Evies hemmungslosem Entzücken ebenso genährt wurde wie von seiner Freude. Als der Song endete und ein langsamerer begann, waren sie beide atemlos. Die roten Flecken auf Evies Wangen hatten beinahe die Farbe von Jakes neuem Pullover. Grinsend zog er sie für den langsamen Tanz an sich, weil er nicht wollte, dass der Moment endete und der Zauber gebrochen wurde.

»Siehst du? Du tanzt doch«, sagte sie und lehnte den Kopf an seine Brust.

»Pst, verrat es keinem.«

»Wieso nicht? Das war lustig. Oder ist das das Problem? Mr. Arktis darf nicht erwischt werden, wie er Spaß hat?«

Er grinste. Ihm gefiel es, wie sie über ihn spöttelte. »Es war lustig«, stimmte er zu. »Du, Pollyanna, bist lustig.«

Ich bin glücklich, dachte er plötzlich, und das zum ersten Mal seit Monaten – Jahren. Sein Herz klopfte schneller, als wollte es zustimmen.

»Ha! Das würdest du nicht sagen, wenn ich dir auf den Fuß getreten wäre. Und, glaub mir, das passiert oft, wenn ich tanze.«

»Ich glaube dir«, antwortete er lächelnd.

Wann hatten sie aufgehört zu tanzen? Wann hatten sich ihre Blicke so vereint, dass er nur noch ihre langen Wimpern und die riesigen Augen wahrnehmen konnte, mit denen sie ihn anschaute? Gierig. Verführerisch.

»Und du bist trotzdem noch hier?« Sie lachte. »Sehr mutig!«

In der kühlen Nachtluft fühlte sie sich warm an. »Nicht mutig. Privilegiert. Danke«, sagte er leise. »Danke, Evie, dass du mir das Gefühl gibst, so lebendig zu sein. Ich hatte vergessen, wie das ist.«

Er schlief so tief wie seit Monaten nicht mehr. Er freute sich auf jeden neuen Tag, wenn er neben ihr aufwachte. Zuvor hatte er ein graues Dasein geführt, und sie brachte buchstäblich Farbe in sein Leben.

»Oh, Jake …« Ihr brach die Stimme, was keine Rolle spielte, weil er ihr die restlichen Worte stahl, indem er seine Lippen zu einem langen Kuss auf ihre senkte, getrieben von dem Verlangen, alle Gedanken und Gefühle für den Moment beiseitezuschieben.

Denn mit Evie zusammen zu sein, fühlte sich so richtig, so gut an. Und er war nicht bereit, darüber hinauszudenken.

Nachdem sie gegessen hatten – wegen des Intermezzos in der Küche ein wenig später als geplant –, setzten sie sich zu einem ruhigen Abend im Wohnzimmer vors Feuer.

»Ich frage mich, wie es Smoke geht«, sagte Evie.

»Um ihn musst du dir keine Sorgen machen. Er liebt es, bei Heidi zu sein, weil sie ihn gnadenlos verwöhnt.«

Jake beobachtete sie. Sie hielt den Kopf gesenkt, weil sie nähte, und ihr langer Zopf fiel ihr über die linke Schulter nach vorn. Wie üblich war er unordentlich geflochten, sodass einzelne Strähnchen sich herausstahlen. Prompt erinnerte er sich, wie sauber ihr Haar auf dem Ball geflochten gewesen war. Es hatte elegant ausgesehen, schön – nur nicht nach Evie.

Die wahre Evie saß hier, nähte, redete und lachte mit leuchtenden Augen, verzog hin und wieder das Gesicht, wenn sie sich in den Finger stach, sog an der Miniwunde und spielte mit ihrem Zopfende, während sie darauf wartete, dass es zu bluten aufhörte.

»Er fehlt mir«, sagte sie.

Er verdrehte die Augen. »Was ist das eigentlich mit dir und meinem Hund? Du kennst ihn nicht mal besonders lange – oder gut.«

Sie grinste. »Weiß ich. Aber manchmal ist eben sofort ein Draht da.«

»Zu einem Dalmatiner?«

»Zu irgendwem oder irgendeinem Tier! Tu nicht so, als wüsstest du nicht, wovon ich rede.« Sie legte den Quilt zur Seite, stand auf, kam zu Jake und schmiegte sich auf dem Sofa an ihn.

Prompt legte er einen Arm um sie und hatte wieder das Gefühl, sie beschützen zu müssen.

»Er ist einfach anbetungswürdig«, fuhr Evie fort. »So freundlich und zugewandt. Und er vergöttert dich. Ich finde den Gedanken unerträglich, dass er dich vermisst und sich nach dir verzehrt.«

»Er verzehrt sich nicht nach mir, sondern nach all den Leckerbissen, die Heidi für ihn ranschafft, glaub mir.«

»Woher weißt du das?«

»Tja, wenn du mir nicht vertraust, wie wäre es, wenn wir mit Heidi skypen?«

»Ja!«

Sie wählten Heidi bei Skype an, und tatsächlich ging es Smoke bestens. Sie sahen ihn mit einem Golden Retriever im Hintergrund herumtollen, wo beide mit Heidis Sohn spielten, der einen alten Tennisball in die Küche warf, damit die Hunde ihn zurückholten. Evie war beruhigt.

»Besser?«, fragte Jake, nachdem er aufgelegt hatte.

»Viel besser.«

Jake überlegte kurz und fragte: »Was hältst du davon, wenn wir einige Tage länger als geplant bleiben? Bis ins neue Jahr vielleicht?«

»Ins neue Jahr?« Sie zählte an den Fingern ab. »Das sind drei zusätzliche Tage.«

Er nickte. »Smoke ist glücklich, dein Laden ist sowieso geschlossen, ich muss nicht dringend nach Hause, und dies hier … ist gut. Ich genieße es, Zeit mit dir zu verbringen, Evie.« Er sprach leise, und voller Erwartung beschleunigte sich sein Herzschlag, während er auf ihre Antwort wartete.

»Geht mir auch so«, sagte sie und sah ihn an, wobei ihr Blick sogleich zu seinen Lippen wanderte, was zur Folge hatte, dass er sie küssen wollte. »Ja, bleiben wir.«

Jake lächelte vor sich hin, als er Evie unter der Dusche singen hörte. Es war ein Lied aus *König der Löwen*, und er musste leise lachen, weil sie nicht bloß die Melodie sang, sondern auch die ganze Orchesterbegleitung. Das Wasserrauschen verstummte, und er stellte sich vor, wie sie aus der Dusche stieg und sich abtrocknete. Vielleicht sollte er nach oben gehen und ihr helfen …

Ein lautes Krachen unterbrach seinen Gedanken.

Er runzelte die Stirn, als nur noch Stille folgte. Kein *Ups!*, kein Singen oder Summen. Nichts.

»Evie?«

Keine Reaktion.

Jake rannte nach oben, nahm jeweils zwei Stufen auf einmal. Er riss die Badezimmertür auf, die sie zum Glück nicht abgeschlossen hatte.

Sie lag auf dem Boden und regte sich nicht. Neben ihr befand sich ein zerknülltes Handtuch. Evie hatte einen Bademantel an, aber ihre Füße waren nackt, und da war eine Pfütze auf den Fliesen. Er blickte zu der Ecke des rechteckigen Waschbeckens. Sie musste ausgerutscht und mit dem Kopf dort aufgeschlagen sein.

Eiskalte Panik überkam ihn. »Evie!«, rief er. »Evie!«

Nichts. Er fühlte ihren Puls.

Der war stark – Gott sei Dank. Flatternd öffnete sie die Augen und schaute ihn an. »Was ist passiert?«, murmelte sie.

Er war unsagbar erleichtert. »Du hast dir den Kopf gestoßen. Irgendwie musst du ausgerutscht sein, als du aus der Dusche gekommen bist.«

»Mir geht es gut«, sagte sie, starrte allerdings an ihm vorbei, als könnte sie ihn nicht sehen. Ihre Pupillen waren winzig.

Etwas stimmte nicht, und wieder wurde er panisch.

»Hilfst du mir aufzustehen?«, fragte sie.

»Nein, du bleibst, wo du bist. Nicht bewegen!«

Er griff nach seinem Handy, aber seine Hand zitterte so sehr, dass er es fallen ließ. Mit dem Knall eines Pistolenschusses landete es auf den Fliesen.

Deshalb hatte er die Medizin aufgegeben. Er vertraute sich selbst nicht mehr, konnte sich nicht darauf verlassen, dass er richtig handelte, wenn es drauf ankam. Das Display war an einer Ecke unten gesprungen, aber das Telefon funktionierte noch. Er wählte den Notruf und tat sein Bestes zu erklären, was das Problem war. Zum Glück sprach man in der Zentrale Englisch und man versicherte ihm, dass ein Krankenwagen unterwegs sei.

Der konnte gar nicht schnell genug hier sein, denn Evie hatte die Augen geschlossen.

»Evie, wach auf!« Er nahm ihre Hand. »Bitte, Evie.«

Noch mal würde er das nicht aushalten. Er würde es nicht ertragen, noch einmal mitanzusehen, wie das Schlimmste passierte, wohl wissend, dass er es hätte verhindern können. Nicht ein zweites Mal, Evie. Bilder blitzten in seinem Kopf auf, die es ihm schwer machten, sich auf die Situation zu konzentrieren, und seinen Blutdruck in die Höhe trieben. Er hörte Sirenen und sprang auf. Rasch eilte er nach unten zu den Sanitätern und erklärte, was geschehen war und welche Symptome sie zeigte, als sie kurz bei Bewusstsein gewesen war. Dann rannten sie nach oben.

Er stieg mit in den Krankenwagen, wo er Evies Hand hielt und während der Fahrt in die Klinik sinnlos auf sie einredete in der Hoffnung, seine Stimme möge sie zurück ins Leben holen. Im Krankenhaus übernahmen die Ärzte und baten ihn, im Wartebereich zu bleiben. Evie wurde in einen Behandlungsraum gerollt. Erst da setzte er sich hin, ausgelaugt und zitternd, und er wusste, dass er nichts mehr tun konnte.

Minuten wurden zu Stunden, und Jake starrte das Plakat ihm gegenüber an, las die Worte, die er nicht verstand. Es war ein seltsames Krankenhaus in einem fremden Land, dennoch war ihm das alles bekannt. Der Geruch von Desinfektionsmitteln, das endlose Warten, die Unsicherheit, die Angst und die Unvermeidlichkeit dessen, was kommen würde, waren identisch. Alles kochte wieder hoch: die ungezügelten Gefühle, die Selbstverachtung – und das Wissen, dass er es hätte verhindern können und müssen …

Schließlich ging die Tür auf, und eine Schwester trat ein. »Madame Miller ist jetzt zu sich gekommen«, sagte sie, »aber sie ist müde und muss sich ausruhen.«

Sie führte ihn zu einem Fenster, durch das er Evie schlafen sah. Sie lag ganz friedlich da, ihr langes Haar auf dem Kissen ausgebreitet.

»Wie wäre es, wenn Sie nach Hause fahren und selbst ein bisschen schlafen?«, schlug die Krankenschwester vor.

Jake schaute blinzelnd auf seine Uhr. War es wirklich schon Abend?

»Wir kümmern uns um sie. Fahren Sie nach Hause, und ruhen Sie sich aus. Sie können morgen früh wiederkommen.«

Er tat, was man ihm sagte, war jedoch am nächsten Morgen weit vor der Besuchszeit zurück. Sobald sie die Türen öffneten, rannte er nach drinnen und setzte sich neben Evies Bett. Dort wartete er stumm darauf, dass sie wach wurde, und schließlich wurde seine Geduld belohnt.

Langsam öffnete sie die Augen und blickte sich um. »Jake.«

Er war ungemein erleichtert. Und da waren noch eine Menge andere Empfindungen, die ihn direkt in die Brust trafen. Da er nichts sagen konnte, nahm er ihre Hand.

»Du trägst meinen Schal.« Sie lächelte.

»Ja, na ja, es war kalt heute Morgen.« Er schaute hinunter zu dem Schal, der ihm den Hals wärmte. Letzte Nacht waren die Temperaturen gefallen, und ihm war eiskalt gewesen, als er im Bett gelegen und auf den leeren Platz neben sich gestarrt hatte. All die Erinnerungen und Schuldgefühle der letzten zwei Jahre hatten ihn eingeholt.

»Du wirkst, als hättest du einen Geist gesehen. Ist alles in Ordnung?«

Er lachte trocken. Einen Geist. Wie passend.

Kapitel Siebzehn

»Das ist unwichtig. Du bist die Kranke«, sagte Jake. »Wie fühlst du dich?«

Evie erinnerte sich, dass nachts die Krankenschwester mit ihr gesprochen und ihr erklärt hatte, dass sie wegen einer Gehirnerschütterung zur Beobachtung bleiben müsse, doch heute ging es ihr gut. Sie war vielleicht ein wenig groggy, aber mehr nicht. »Ich würde mich besser fühlen, könntest du aufhören, mir die Handknochen zu zerquetschen.« Sie grinste.

Er riss seine Hand zurück und murmelte eine Entschuldigung.

»Mir geht es gut«, versicherte sie ihm. »Bloß eine Beule seitlich am Kopf, und die tut nur weh, wenn ich dagegen komme.«

Jake hingegen war kreidebleich, und ihr fielen die dunklen Augenringe auf. »Jake, stimmt etwas nicht?«

Er schüttelte den Kopf. »Du hast mir einen Schrecken eingejagt, weiter nichts.«

Er nahm die Schlüssel des Alfa Romeo auf und klimperte mit ihnen.

»Die Krankenschwester hat gesagt, dass du mir das Leben gerettet hast, indem du gleich einen Krankenwagen gerufen hast. Sie meinte, du hättest genau gewusst, was zu tun war.

Ich verstehe nicht, warum du nicht mehr als Arzt arbeitest – du bist brillant!«

Das Klimpern verstummte, und er ballte die Hand so fest zur Faust, dass seine Fingerknöchel weiß hervortraten.

»Jake, was ist los?« Sie setzte sich auf. »Liegt es an dem Krankenhaus? Ruft es Erinnerungen wach? Ist es …«

»Ich bin schuld an Marias Tod!«, platzte es aus ihm heraus.

»Du?« Beinahe hätte sie gelacht, weil sie dachte, dass er auf seine übliche trockene Art scherzte.

Doch er war todernst, und ihr Lächeln erstarb.

»Ich hatte die Zeichen übersehen«, sagte er matt. »Mir war der Ernst der Lage nicht klar. Ich habe gewusst, dass sie Kopfschmerzen hatte, aber ich habe nicht eins und eins zusammengezählt.« Er ließ die Schulter hängen. »Ich habe sie im Stich gelassen.«

Evie starrte ihn an.

»Meine eigene Frau, und ich habe nicht mal gemerkt, dass sie krank war«, fuhr er fort. »Zu was für einem Arzt macht mich das?«

Sein Gesicht war verzerrt vor Selbstekel.

Doch jeder machte Fehler – was Evie besser wusste als manch anderer. Sie war die Königin der Fehler, sei es die falsche Berufswahl, katastrophale Beziehungen oder ihr Auto in einen Graben fahren.

»Du bist nur menschlich, Jake«, sagte sie leise. »Und rückblickend ist man immer schlauer. Aber vielleicht waren ihre Symptome gar nicht so offensichtlich. Ich meine, jeder hat mal Kopfweh …«

Er tat es mit einem Kopfschütteln ab. Sie kannte diesen Blick, und er erinnerte sie an den Abend des Schneesturms, als sie sich zum ersten Mal begegnet waren. Mit dem einzigen Unterschied, dass sie heute wusste, was er fühlte, und ihr ging das Herz auf. »Du bist zu streng zu dir. Eventuell warst du ihr zu nahe.«

»Wie konnte ich es übersehen?«

»In ihrem Fall waren die Symptome vielleicht nicht eindeutig. Oder sie hat sie heruntergespielt, damit du dich nicht sorgst.«

Er schaute sie an, und an seiner Miene las sie ab, dass er daran nicht gedacht hatte. »Hat ihr Arzt sofort die richtige Diagnose gestellt?«

»Nicht sofort.«

»Und wirfst du ihm das vor?«

Er blinzelte. »Was …?«

»Wirfst du der Klinik vor, sie nicht geheilt zu haben?«

»Selbstverständlich nicht. Ich …«

»Und warum bist du so hart zu dir, Jake? Ärzte sind auch bloß Menschen. Und du würdest über keinen anderen Arzt so streng urteilen. Inwiefern bist du anders?«

»Weil sie meine Frau war! Ich habe mit ihr zusammengelebt. Ich habe sie geliebt, und ich kannte sie besser als jeder andere.«

Evie verspürte einen kleinen Stich bei den Worten *Ich habe sie geliebt*, und der erwischte sie aus dem Nichts. Sie verdrängte das unangenehme Gefühl und ermahnte sich im Stillen, vernünftig zu bleiben.

»Ich hätte die Symptome richtig deuten müssen und habe es nicht. Bis klar war, dass sie einen Gehirntumor hatte, war es zu spät. Ich hätte ihr Leben retten können.« Er zeigte mit dem Finger auf sich. Dann schien ihn jeder Kampfgeist zu verlassen, und er ließ den Arm sinken. »Aber ich habe versagt.«

Er blickte zu seinen Füßen, zerfressen von Erinnerungen und Schuldgefühlen, und in dem grellen Krankenhauslicht sah er so elend aus, dass Evie die Hand nach ihm ausstrecken wollte. Auf einmal ergab alles einen Sinn. Sein Schmerz und seine Trauer hatten immer so intensiv gewirkt; jetzt wurde ihr klar, dass sie von Schuldgefühlen befeuert wurden. Die quälten ihn schon die ganze Zeit. Und sie erklärten, warum er seinen Beruf aufgegeben hatte.

Was konnte sie tun, damit er begriff, dass es nicht half, sich selbst fertigzumachen? So würde es ihm nur immer schlechter gehen.

Sie richtete sich auf und berührte ihn an der Schulter. Nun sah er sie an. »Wäre Maria von einem Auto überfahren worden, würdest du dem Fahrer die Schuld an ihrem Tod geben?«, fragte sie leise. Sie dachte an ihre Schwester.

Er runzelte die Stirn. »Weiß ich nicht. Es käme auf die Umstände an, schätze ich. Wäre er zu schnell oder rücksichtslos oder betrunken gefahren, dann ja, könnte sein. Warum?«

»Bei dem Mann, der Zara überfuhr, traf nichts davon zu. Er war einfach ein dreifacher Vater auf dem Weg zur Arbeit, der im Berufsverkehr auf einer sehr vollen Londoner Straße unterwegs war. Sie wollte über die Straße gehen, und er hat sie erst gesehen, als es schon zu spät war.«

Jake blinzelte, sagte aber nichts.

»Nach dem Unfall musste er eine Therapie machen. Meine Eltern haben ihm keine Schuld gegeben, und es wurde auch gegen ein Verschulden seinerseits entschieden, dennoch fiel es ihm schwer, mit dem zu leben, was geschehen war.« Sie ergriff Jakes Hand. »Jake, es gibt nicht immer einen Schuldigen oder einen Grund. Schreckliche Sachen passieren, und wir verstehen nicht, warum, aber es ist so. Manchmal können wir es nicht verhindern. Es ist nicht immer leicht, aber wenn wir die Ereignisse akzeptieren, ohne jemanden verantwortlich zu machen, ist es bisweilen für alle Beteiligten besser.«

Sie räusperte sich. »Ich bin froh, dass Zara auf der Stelle tot war. Mich tröstet, dass sie nicht gelitten hat«, sagte sie abschließend, und ihr war die Kehle eng.

Jake sah, wie ihre Gefühle aufwallten und ihre Augen zum Glänzen brachten. Er drückte ihre Hand, und sie lächelte tapfer. Wie typisch für Evie, dachte er, noch in der finstersten Situation das Positive zu sehen.

Und vielleicht hatte sie recht. Vielleicht war niemand schuld, dass Maria gestorben war. Vielleicht wäre ihr Leiden nur verlängert worden, *hätte* er die Zeichen erkannt. Es gab keine Garantie, dass eine frühe Diagnose sie gerettet hätte.

Etwas in ihm, mit dem er so lange gerungen hatte, löste sich, und seine Schultern sackten ein wenig ein.

Evie lehnte sich gegen die Kissen zurück, und eine einzelne Träne rann ihr über die Wange. Sie war tapfer: Offen sprach sie über die Schwester, die sie verloren hatte, obwohl sie dieselbe Trauer empfand, mit der er die letzten zwei Jahre gekämpft hatte. Sie verstand, wie es war, jemanden zu verlieren, der unersetzbar war. Jake setzte sich auf die Bettkante und nahm Evie in die Arme, wobei er achtgab, nicht ihren Kopf zu berühren. Er fragte sich, wer jetzt wen tröstete. Sie klammerte sich mit beiden Händen an ihn, und sie genossen jeweils die Wärme des anderen.

»Welch weise Worte du sprichst, Pollyanna«, sagte er, als sie sich wieder von ihm löste.

»Weiß ich, und vergiss sie nicht.« Sie grinste.

»Bist du immer schon so optimistisch gewesen, oder hat dich erst Zaras Tod dazu gemacht?«

»Nein, bin ich von jeher.« Ihre Augen leuchteten, als sie lächelte. »Du darfst dir keine Schuld geben. Es wird nichts ändern, sie nicht zurückbringen. Und würde sie sich nicht eher wünschen, dass du glücklich bist, anstatt für immer um sie zu trauern?«

Etwas in ihm veränderte sich. Es war, als würde ein Kaleidoskop bewegt, sodass es ein neues Bild, eine neue Perspektive zeigt. Was hätte Maria gewollt? Er stellte fest, dass er sich das nie gefragt hatte.

»Doch«, sagte er langsam. Und dann klang seine Stimme fester. »Doch.«

»Dann lass los, Jake. Hör auf, dich mit Schuldgefühlen zu quälen.«

Er hatte sich für seinen Fehler bestraft, aber Evie hatte recht: Es änderte nichts. Er machte Fehler – wie jeder Mensch, und das musste er akzeptieren. Die Schuld und die Selbstvorwürfe würden seine Frau nicht zurückbringen. Und sein Leben würde weitergehen. War es bereits, indem er nach Willowbrook gezogen war und Evie kennengelernt hatte. Doch anstatt dagegen anzukämpfen und in der Vergangenheit zu verharren, wurde ihm nun klar, dass es in Ordnung war, Veränderungen anzunehmen. Mit dieser Erkenntnis fiel ihm eine gewaltige Last von den Schultern.

Er schüttelte den Kopf und lachte kurz. »Meine Schwester erzählt mir seit Monaten, dass ich nach vorn blicken muss. Vielleicht hätte ich auf sie hören und mich nicht abschotten sollen.«

Evie sah ihn verständnisvoll an. »Solche Dinge brauchen ihre Zeit«, sagte sie mit einem traurigen Unterton. »Und wir haben sie nicht immer unter Kontrolle.«

»Mir geht es gut«, sagte Evie, als Jake sich eifrig um sie kümmerte, ihr ihre Näharbeit und Getränke brachte, fragte, ob ihr warm genug war, und darauf bestand, dass sie das Sofa nicht verließ. »Ehrlich. Wenn nicht, hätten die Ärzte mich doch nicht entlassen, oder?«

Er bedachte sie mit einem strengen Blick, aber ihr entging nicht, wie besorgt er war, und sie musste gestehen, dass es recht nett war, wie Jake sie mit Wolldecken und allem verwöhnte. »Ich möchte dich in Watte packen und aufpassen, dass du nie wieder verletzt wirst«, sagte er, was offensichtlich nur halb im Scherz gemeint war. Sein aquamarinblauer Rollkragenpullover hob das Blau seiner Augen besonders intensiv hervor.

»Das ist unmöglich. Ich stoße mir dauernd den Kopf oder rutsche aus, obwohl das …« Sie verstummte und horchte. »Ist das mein Handy, das da klingelt?«

Es musste oben neben ihrem Bett sein, und sie wollte aufstehen. Jake hielt sie zurück. »Bleib da. Ich hole es.«

Ein paar Minuten später kehrte er zurück. »Es waren deine Eltern. Ich hatte sie angerufen und ihnen erzählt, was passiert war, und halte sie seitdem auf dem Laufenden. Sie haben gesagt, dass sie sich heute Abend wieder melden, um zu hören, wie es dir geht. Mit Natasha und Luc habe ich auch gesprochen. Sie sind wieder in Willowbrook und lassen dich herzlich grüßen.«

Sie nahm das Handy. »Danke, aber ich rufe meine Mum lieber zurück.«

Nach einer Weile beendete sie das Gespräch. Jake beobachtete sie, und sie musste nichts sagen. »Was ist los?«, fragte er.

»Sie wollen mich besuchen kommen, wenn ich wieder zu Hause bin.«

»Machen sie sich Gedanken um dich?«

Sie nickte. »Ich habe ihnen gesagt, dass es mir gut geht und ich lieber zu ihnen komme.«

Auf die Weise konnte sie entscheiden, wann sie bereit war, sie zu sehen. Sie hatte ein schlechtes Gewissen, weil ihr so sehr vor einem Aufeinandertreffen mit ihnen graute. Doch niemand sonst gab ihr so verlässlich das Gefühl, wertlos zu sein. Im Nachhinein ging ihr auf, dass sie den Aufenthalt bei Tims Eltern kaum erwähnt hatten. Sicher sparten sie es sich auf, bis Evie wieder ganz auf den Beinen war, und dann würden zweifellos die überschwänglichen Lobeshymnen auf Tim erfolgen.

»Soll ich dich begleiten?«, fragte Jake.

Der Vorschlag munterte sie auf. »Warum solltest du das wollen?«

Ihre Eltern würden sofort voreilige Schlüsse ziehen. Sie würden annehmen, weil sie beide gerade zusammen verreist gewesen waren, Jake und Evie wären ein Paar. Ein richtiges. Andererseits würden sie dann eventuell nicht mehr dauernd von Tim reden.

»Als moralische Unterstützung.«

Sie lächelte gerührt. Keiner sonst verstand sie gut genug, um zu erfassen, wie viel es ihr bedeutete; Jake jedoch erwies sich als der verlässlichste Freund.

Was komisch war, denn immerhin hatte Tim ihr einen Ring an den Finger gesteckt. Nur hatte er sie nie respektiert und sie willentlich verletzt. Bei Jake hingegen hatte sie trotz ihres sehr klaren Arrangements das Gefühl, eine ganz besondere Frau zu sein. Sie hatte ihm Dinge anvertraut, die sie noch niemandem sonst gesagt hatte, und er hörte ihr zu, glaubte an sie. Sie konnte sich nicht denken, dass jemand sie mehr achten würde, aufmerksamer wäre, und sie wusste, dass er ihr nie absichtlich wehtäte.

Hatte sie voreilig jede Aussicht auf Liebe und ein Happy End für sich ausgeschlossen? Würde sie doch eines Tages einem Mann begegnen, der sie so akzeptierte, wie sie war, und sie liebte und achtete?

Glaub an dich. Hoffnung regte sich in ihr und breitete ihre Flügel aus. Im Geiste sah sie sich in einem langen, fließenden Kleid mit Lottie als Blumenmädchen und einem Mann, der sie ansah, als hätte er einzig Augen für sie.

Doch an der Stelle endete der Film abrupt.

Denn sie konnte sich bloß einen Mann in dieser Rolle vorstellen, und Jake hatte von Anfang an klargestellt, dass er sie nie lieben könnte.

»Danke«, sagte sie, und ihre Stimme war ein wenig belegt. »Ich weiß es wirklich zu schätzen.«

Jake ging in die Küche, um ihnen heiße Getränke zu holen, doch er war in Gedanken noch bei ihrer Unterhaltung morgens im Krankenhaus. Er war es nicht gewohnt, offen zu sprechen, aber durch Evie hatte er verstanden, dass seine Schuldgefühle sinnlos und vielleicht unangebracht waren. Das zu begreifen, hatte ihn mit einem tiefen Frieden erfüllt. Er wusste, dass er ihr einiges zu verdanken hatte, weil sie ihm geholfen hatte, seine Schuldgefühle loszulassen. Nun konnte er frei nach vorn blicken.

Und dennoch musste er immer wieder an das Wartezimmer im Krankenhaus denken, wo er krank vor Sorge und Angst um Evie gewesen war.

Er brachte die Becher ins Wohnzimmer, und sie machten es sich vor dem Kamin gemütlich. Sie redeten, berührten sich. Er strich ihr das Haar aus dem Gesicht, sie schob eine Hand unter seinen Pullover und streichelte ihn. Ihre Lippen fanden seine, und sie entdeckten einander neu, nachdem sie vierundzwanzig Stunden getrennt gewesen waren.

»Das ist keine gute Idee«, flüsterte er und wich zurück. »Du musst es vorsichtig angehen.«

Ihr Grinsen war verwegen. »Ich gehe es vorsichtig an. Und ich will das hier.«

Verlangen durchströmte ihn, packte ihn fester. Er spürte, wie ein Feuer aufflammte, und das Blut rauschte ihm durch die Adern. Evie zog ihm erst den Pullover, dann sein T-Shirt aus. Sie ließ die Hände über seine Brust, seine Taille und seine Hüften wandern, bis er vor Vorfreude erschauerte. Und als sie sich nicht länger gedulden konnten, vereinten sie sich endlich. Jake blickte Evie in die Augen, deren Lächeln voller Leidenschaft war, und machte Liebe mit ihr, bis sie vor Wonne nach Luft rang. Während er beobachtete, wie sie dem Höhepunkt entgegenstürmte, erfassten ihn mächtige Emotionen.

Beängstigende. Evie kam in seinen Armen, kurz bevor er ihr folgte.

Es hätte vollkommen sein müssen, nur flüsterte Evie nun seinen Namen, und etwas geschah in ihm. Es war wie ein Stich, gleichermaßen exquisit wie furchtbar, und er schrak davor zurück.

Verwirrt bemühte er sich, seinen Gefühlen einen Sinn abzuringen, diesem rauschartigen Schwindel, der seine Welt um die eigene Achse rotieren ließ, wie auch den eisigen Fingern, die an seinem Rückgrat kratzten.

Als er den Mund öffnete, um ihren Namen auszusprechen, kam kein Laut heraus. Stattdessen packte ihn Furcht. Er wollte dies hier nicht, keine solch starken, lebendigen Gefühle – in Neonfarben und voller Lautstärke. Nicht noch einmal.

Erinnerungen stiegen an die Oberfläche. Die verzweifelte Leere nach Marias Tod. Was, wenn das Schicksal ihn ein zweites Mal bestrafte? Was, wenn Evie etwas zustieß? Dass sie sich so heftig den Kopf angeschlagen hatte, war ein Vorgeschmack auf das gewesen, was sein könnte. Die Angst um ihr Leben … sie war zu viel gewesen. Er hielt das nicht noch einmal aus.

Er wartete, bis sie in seinen Armen eingeschlafen war, dann stand er behutsam auf. Er gab acht, dass sie fest zugedeckt war, und verließ das Zimmer. Draußen auf der Terrasse erwartete ihn die Dunkelheit.

Vertraut. Kalt. Unvermeidlich.

Kapitel Achtzehn

Als sie das erste Mal aufwachte und bemerkte, dass sie allein war, stutzte Evie kurz, schlief jedoch wieder ein. Das zweite Mal allerdings spürte sie, dass etwas nicht stimmte, und setzte sich auf.

Das Feuer war heruntergebrannt, und Jake war fort. Sie stand auf und wickelte sich die Decke um, ehe sie nach ihm suchte. Dann sah sie die offene Terrassentür.

Jake lehnte draußen an der Brüstung und starrte gedankenverloren in die Nacht. Evie fröstelte, als ihr die kühle Nachtluft über die nackten Beine strich. Es musste weit nach Mitternacht sein. Wie lange war er schon hier?

»Jake?«, flüsterte sie von der Tür aus.

Er wandte den Kopf nur ein wenig in ihre Richtung, sodass sein Gesicht im Schatten verborgen blieb.

»Was ist?« Sie trat zu ihm.

»Du wirst frieren. Geh wieder nach drinnen.«

Der Garten und der Wald um sie herum waren ein schwarzes Loch voller Wispern und Rascheln. Evie zog die Decke fester um sich. »Jake, was ist los?«

»Nichts.«

»Etwas bedrückt dich.«

»Mir geht es gut.«

»So wirkst du aber nicht auf mich.«

Die wenigen Zentimeter zwischen ihnen kamen ihr wie ein klaffender Graben vor. Ihre Gedanken überschlugen sich, als sie herauszufinden versuchte, was geschehen sein könnte. Irgendetwas musste dies hier ausgelöst haben, sie wusste nur nicht, was.

Sie raffte ihren Mut zusammen und fragte: »Ist es Maria?«

Er antwortete nicht.

So gern sie ihm helfen wollte, sie erreichte ihn nicht, wenn er sich auf diese Art zurückzog. Es erinnerte sie an ihre erste Begegnung, als seine Augen blutunterlaufen gewesen waren und er nach Whisky und Einsamkeit gestunken hatte. Ihr war bewusst, dass er Maria vermisste, trotzdem schmerzte es, wenn er sie aussperrte.

Evie hatte geglaubt, dass sie in den letzten Tagen zu einer neuen Nähe gefunden hätten. All die intimen Momente zu zweit, all die geflüsterten Gespräche und die zärtliche Vertrautheit.

Die Fliesen waren rau und kalt unter ihren Füßen, als sie zu ihm trat und versuchte, seinen Gesichtsausdruck im Schatten zu lesen. Doch alles, was sie sah, waren seine angespannten Schultern und die verhärteten Züge.

»Jake, du machst mir Angst«, sagte sie leise.

»Mir geht es gut. Leg dich lieber wieder hin.«

Sie umklammerte die Decke. »Ich kann dich so nicht allein lassen.«

»Es ist alles in Ordnung. Ich muss nicht aufgemuntert werden, Pollyanna.«

Sie zuckte zusammen, als hätte er sie geohrfeigt, und wich einen Schritt zurück.

»Tut mir leid«, sagte er rasch. »Das habe ich nicht so gemeint.«

Sie hörte ihn seufzen, und dabei klang sein Selbstekel wieder durch.

»Ich habe dich gewarnt«, fuhr er kopfschüttelnd fort. »Ich habe dir gesagt, dass ich kein guter Mensch bin.«

»Rede mit mir«, entgegnete sie. »Mindestens das bist du mir schuldig.«

Doch er schloss nur die Augen. Sie biss sich auf die Unterlippe und kämpfte mit Frust und Kränkung. So würde sie nicht zu ihm durchdringen. Er hatte wieder dichtgemacht, und es vermittelte ihr das Gefühl, unsichtbar zu sein. Unbedeutend. Und exakt so hatte sie sich mit Tim gefühlt.

Während Jake für sie überaus wichtig geworden war.

Ihr Herz tat einen dumpfen Schlag. Dies ist keine spaßige Affäre mehr, dachte sie fröstelnd und mit absoluter Klarheit. Sie kehrte ihm den Rücken zu. Da schimmerte warmes Licht aus dem Wohnzimmer, in dem sie sich vor wenigen Stunden geliebt hatten. Etwas hatte sich in ihr Innerstes geschlichen, eine Nähe, wie Evie sie nie gekannt hatte. Jake hatte sich in ihr Ich gestohlen und war zu einem festen Teil von ihr geworden.

Verzweifelt ließ sie die Schultern hängen. Sie hatte sich allen Ernstes in ihn verliebt.

Wann? Sie hatte sich geschworen, keine Gefühle zu entwickeln. Und sie war sich so sicher gewesen, dass es nicht geschehen würde, sie nicht verletzt würde, ihr nicht wehgetan werden könnte. Und dennoch stand sie hier, zutiefst getroffen von seiner stummen, abweisenden Silhouette.

Wie hatte das passieren können? Lag es an der Art, wie sie Liebe miteinander machten, die so anders war als alles, was sie zuvor erlebt hatte? Oder an den langen Tagen, die sie in ruhiger Vertrautheit verbracht hatten? An den geflüsterten nächtlichen Unterhaltungen, in denen sie sich ihm geöffnet hatte?

Sie waren als Freunde hergekommen, doch binnen Tagen hatte Jake sie besser kennengelernt als … irgendwer sonst. Es machte ihr beinahe Angst. Nicht einmal Natasha und Suzie ermaßen, wie schwierig ihre Beziehung zu ihren Eltern war oder wie sehr Tim ihre Selbstachtung erschüttert hatte. Sie hatte sich in einen Mann verliebt, der immer ehrlich zu ihr gewesen war und ihr gesagt hatte, dass er nie wieder würde lieben können, weil sein Herz einer anderen gehörte. Was sollte sie jetzt tun?

Dies hier konnte nur auf eine Weise enden, und Evie wusste, dass es schmerzhaft sein würde.

»Jake, ich lasse nicht zu, dass du mich wegstößt«, sagte sie und straffte die Schultern, um sich selbst zu ermutigen. Immerhin hatte sie seiner Schwester versprochen, ihn nicht schmollen zu lassen.

Doch anscheinend war ihnen seine Trauer hierher gefolgt, und abermals fühlte sie sich so niedergeschmettert, dass sie die Hände zu Fäusten ballte, weil sie wieder mal nicht genügte. »Ich weiß, dass sie dir fehlt, trotzdem bringt das nichts. Es bringt nichts, sich im Dunkeln in Selbstmitleid zu suhlen. Du könntest – du könntest dich entscheiden, mit dem zufrieden zu sein, was du hast, statt dem nachzutrauern, was du nicht hast!«

Doch noch während sie die Worte aussprach, wusste sie, dass es ihr niemals gelingen würde, ihn glücklich machen.

Sie war wunderschön, wenn sie wütend war.

Das samtige Licht aus dem Haus ließ ihr Gesicht schimmern wie einen Stern in dunkler Nacht. Sie sah schön aus, stark, entschlossen, selbstbewusst. Und er war froh, dass sie keine Scheu hatte, ihm ganz direkt zu sagen, was …

Was er bereits wusste. Dass die Dinge gut waren, wie sie waren. Dass er zu viel grübelte, zu viel fühlte.

»Entschuldige, Evie. Die letzten Tage sind unglaublich gewesen. Ich habe unsere gemeinsame Zeit wirklich genossen. Mit dir kann ich …« Seine Stimme wurde brüchig. »… kann ich fast alles andere vergessen. Zumindest für eine Weile.«

Er hatte gelernt, wieder zu leben und zu lachen. Bei ihrem Liebesakt war nichts mehr von Bedeutung gewesen außer dem Moment, in dem ihr Herz an seinem schlug und er seinen Namen aus ihrem Mund hörte. Es war lebensbejahend und berauschend gewesen.

Allerdings hatten sie sich auf keine emotionalen Verstrickungen geeinigt, und das waren die Bedingungen, an die er sich halten würde. Morgen würden sie nach Hause zurückreisen, und er würde sie nicht vermissen.

»Fast vergessen? Aber nicht ganz?« Die Decke rutschte ihr ein wenig von der Schulter. Evie bekam eine Gänsehaut.

»Nie ganz.«

Er gab vor, den Schmerz in Evies Blick nicht wahrzunehmen, bevor sie sich rasch abwandte und die Decke fester um sich schlang. Die Angst, die sich in ihm regte, ignorierte er, ebenso wie er sich weigerte zu analysieren, warum sein Herz wie verrückt pochte und ihm Bilder durch den Kopf rauschten, wie sie bewusstlos auf dem Badezimmerfußboden lag. Sie hatte sich erholt, und alles war gut.

»Tut mir leid, dass ich dich ausgeschlossen habe. So ganz werde ich mich wohl nicht mehr ändern können.«

»Das verstehe ich«, sagte sie.

Aber ihm war bewusst, dass er nicht gesagt hatte, was sie zu hören hoffte. Er war vollkommen verspannt.

Dann sah er sie mit einer unterschwelligen Warnung an. »Es ist eine tolle Reise gewesen. Vielen Dank dafür.«

Er hatte nichts versprochen. Ihre Gesellschaft war nett gewesen, aber er liebte sie nicht. Wenn sie wieder in England waren, würde das normale Leben weitergehen, der Alltag wieder stattfinden, mit Spaziergängen mit Smoke, der Arbeit, den Reisen. Sie wäre gleich die Straße runter in ihrem Laden oder würde nach Old Hall kommen, um Vorhänge anzupassen und mit Smoke zu spielen, wobei ihre Grübchen sich zeigen würden und das schelmische Blitzen in ihren Augen.

Offenbar verstand sie die Warnung nicht, denn sie holte tief Luft, als wollte sie etwas Schwieriges sagen. »Jake …«, begann sie.

Er blickte rechtzeitig auf, um das Aufflackern von Angst in ihren Augen zu sehen, bevor sie leise fragte: »Was passiert, wenn wir morgen nach Hause kommen? Mit uns?«

Ihm kribbelte die Haut. »Was passiert? Alles wird wieder wie vorher sein. Wie wir es vereinbart haben.«

Schweigen.

»Aber können wir das? Noch?«

Er nickte. Natürlich konnten sie.

»Es ist abgemacht«, sagte er.

»Ich kann es nicht, Jake.« Ihre Worte klangen so ehrlich. Sie blickte zu ihren Zehen, die sie auf den Fliesen krümmte. »Dann würde ich dich lieber gar nicht mehr sehen.«

Er schluckte. »Verstehe.«

Das Schweigen dehnte sich in die Länge. In der Ferne schrie ein Nachtvogel, und Jake sah wieder seitlich zu Evie, die an ihrer Unterlippe nagte. Sie sah gequält aus.

Was passiert? Sie würde ihn lieber gar nicht mehr sehen? Er ahnte, worauf dies hier hinauslief, und ihn überkam eine unheimliche, bleierne Angst.

»Warum?«, fragte er. »Oder werde ich die Frage bereuen?«

»Ich weiß, dass wir gesagt haben, es gibt keine Verpflichtungen, dass es nur Spaß ist und weiter nichts.« Wieder holte sie tief Luft und reckte das Kinn. »Aber die Sache ist die … Ich liebe dich.«

Er rührte sich nicht, war wie erstarrt. Es kann nie Liebe sein, hatte er sie gewarnt.

»Aber wir haben gesagt … ich habe nicht …« Er räusperte sich. »Du hast gesagt, dass du keine Beziehung willst.«

Ihre Augen schimmerten im Halbdunkel. »Weiß ich. Nur haben wir unsere Gefühle nicht immer im Griff. Ich habe nicht darum gebeten, so zu empfinden, Jake.« Ihre Stimme klang kleinlaut. »Aber hier, in den letzten Tagen … haben sich die Dinge zwischen uns verändert. Ich dachte, du würdest es auch fühlen. Doch selbst wenn nicht, kann ich es nicht ungeschehen machen oder einfach wieder abschalten.«

Jake atmete langsam aus.

Verdammt, Hartwood, was hast du getan?

Kapitel Neunzehn

Sie sprach die Worte aus und schloss sehr schnell den Mund. Es war, als hätte sie ihm ihr Herz auf einem Silbertablett serviert.

Ich liebe dich. Was für ein beängstigendes Geständnis. Und doch konnten diese wenigen Worte kaum vermitteln, welche Gefühle so schnell, so unwiderruflich von ihrem Herzen Besitz ergriffen hatten und es nun vollständig ausfüllten.

Evie zwang sich zu atmen. Die kalte, feuchte Luft kroch ihr die Beine herauf und ließ sie frösteln. Jake sagte nichts, und sein Schweigen war Folter.

Ihr wurde flau. Dabei hatte sie genau hiermit gerechnet. Sie hatte die Warnung in seinen Worten gehört. *Es ist eine tolle Reise gewesen. Vielen Dank.*

Auf Wiedersehen. Mach's gut. Lebwohl.

Doch sie hatte sich verpflichtet gefühlt, ihm die Wahrheit zu sagen. Deshalb hatte sie all ihren Mut in der Hoffnung zusammengenommen, dass vielleicht, nur vielleicht …

Manchmal war es zum Kotzen, optimistisch zu sein.

Und jetzt wappnete sie sich, denn so peinlich diese Unterhaltung auch sein mochte, sie war noch nicht vorbei. Wobei sie es hierbei belassen könnte. Es wäre möglich, sich umzudrehen und zu fliehen, wie sie es getan hatte, als sie Tim mit einer anderen im Bett gefunden hatte. Sie könnte sich die letzten Stunden vor der Abreise verstecken, rot vor Scham und Erniedrigung.

Doch wenn sie das tat, würde sie sich für ihre Feigheit hassen.

Gewiss war sie nicht vollkommen, aber sie war aufrichtig, und Jake musste erfahren, was in ihr vorging. Denn diese Gefühle würden sich nicht wieder in Luft auflösen. Bevor sie nach Frankreich gekommen war, hatte sie geglaubt, sie hätte mit Liebe und Romantik abgeschlossen, dass Verlobung, Hochzeitsglocken und ewiges Glück nicht für sie vorgesehen wären. Doch in dieser Woche war nicht bloß ihr Selbstvertrauen gewachsen. Ihre Träume waren es auch.

»Ich hatte gedacht – nach Tim – dass ich nie wieder eine Beziehung will, aber jetzt weiß ich, dass er mich eher in meinem Stolz verletzt hat, als mir das Herz zu brechen. Tim und ich waren einander nie bestimmt. Es war von Anfang an keine Liebe für immer.«

Er atmete langsam aus, und ihre Augen mussten sich an die Dunkelheit gewöhnt haben, denn nun konnte sie seine Züge deutlich genug sehen, um zu erkennen, dass er entsetzt war.

Dennoch hatte es Momente in dieser Woche gegeben, in denen sie sicher gewesen war, dass er etwas für sie empfand. Als er mit ihr gelacht und getanzt hatte, als sie von ihrer Näharbeit aufgeblickt und festgestellt hatte, dass er sie beobachtete, als sie sich geliebt hatten, er ihr in die Augen geschaut und ihren Namen geflüstert hatte wie ein Gebet.

»Tim hat mich nie geliebt. Er hat mir das Gefühl gegeben, klein, unzulänglich und dumm zu sein, aber ich begreife jetzt, dass es nicht heißt, ich wäre all das. Und – und ich glaube, dass es da draußen jemanden gibt, der mich so annehmen wird, wie ich bin …« Sie umklammerte die Brüstung so fest, dass ihr die Finger wehtaten. »Und mich liebt.«

Sie verstummte, konnte sich jedoch nicht dazu durchringen, Jake anzusehen. Stattdessen blickte sie in die Leere vor ihr, wo die in der Dunkelheit unsichtbaren Olivenbäume leise im Wind raschelten. »Und ich weiß jetzt, dass ich mein eigenes Happy End möchte.« Sie hob die linke Hand und sah den Finger an, an dem einst Tims Verlobungsring gesteckt hatte. »Ich verdiene, um meinetwillen geliebt zu werden. Und ich hoffe, dass ich jemanden finden werde, der nur Augen für mich hat.« Sie holte tief Luft, und jetzt schaute sie Jake an. »Ich will nicht im Schatten einer anderen Frau leben.«

Er schwieg. Ihr Herz schlug schnell und laut, während sie ihm Zeit ließ zu reagieren.

Was er nicht tat. Also wandte sie sich zum Gehen. Schultern und Beine waren ihr schwer vom Schmerz der Zurückweisung.

»Ich habe dir nie Liebe versprochen.«

Bei seinen Worten blieb sie stehen.

»Ich bin von vornherein ehrlich zu dir gewesen, Evie.«

Sie warf ihm über die Schulter einen Blick zu. Reue spiegelte sich in seinem Gesicht. »Ich weiß«, sagte sie. »Ja, ich weiß.«

Nun runzelte er die Stirn. »Und du hast recht. Du verdienst all das. Du bist …«

Ihr stockte der Atem, als sie darauf wartete, dass er den Satz beendete.

»Du bist sehr besonders, Evie.«

Das war es. Sie versuchte zu lächeln, brachte aber keinen Ton heraus.

Kapitel Zwanzig

Jake stieg aus dem Wagen und trat nach hinten an den Kofferraum. Smoke sprang heraus und legte eine Menge mehr Energie an den Tag als Jake nach ihrem zweitägigen Ausflug zu einem Londoner Kunden.

»Ist ja schon gut«, murmelte er, als ihn der Hund umkreiste und ungeduldig darauf wartete, dass er die Haustür aufschloss.

Er musste sich eingestehen, dass die Fahrt überflüssig gewesen war. Er hätte sich auch per Telefon und E-Mail um die Lieferprobleme kümmern können, hatte sich aber vorgemacht, dass es gut für die Geschäftsbeziehung wäre, den Kunden persönlich zu besuchen. Im Grunde hatte er bloß versucht, sich abzulenken. Auf dass seine Gedanken nicht ständig abdrifteten und er endlos die Momente und Gespräche mit Evie durchspielte, die sie miteinander erlebt und geführt hatten.

Mit einem dumpfen Knall warf er die Haustür zu und blickte sich um. Alles war wie immer, dennoch schienen seine Schritte lauter durch die leere Diele zu hallen und fühlte sich das Haus unangenehm still an. Er ging zu seinem Arbeitszimmer, wo er sein Jackett über die Stuhllehne hängte. Instinktiv wanderte sein Blick zum Fenster, durch das er die Dächer von Willowbrook sah. Er betrachtete den Kirchturm mit den hohen Bäumen daneben und stellte sich das Dorfzentrum vor. Vor zwei Tagen war er am Button Hole vorbeigekommen, weil Smoke ihn dorthin gezogen hatte. Er hatte Evie zugewunken und war weitergeeilt. Smoke hatte er mit einem Hundekeks trösten wollen, damit der Hund nicht allzu enttäuscht war, dass sie nicht stehen blieben und mit ihr sprachen. Smoke hatte das Leckerli verweigert und verwirrt zum Laden geblickt – sehnsüchtig.

Jake fragte sich, wie es Evie ging. Hoffentlich war sie nicht allzu verletzt.

Seufzend setzte er sich an seinen Schreibtisch. Schuldgefühle nagten an ihm, nur was hätte er anderes tun können? Sie war mutig gewesen, ihm ihre Gefühle zu offenbaren, und er hatte keine andere Wahl gehabt, als zu wiederholen, was sie bereits wusste: Dass er ihr nie mehr als Freundschaft anbieten konnte. Er war immer aufrichtig zu ihr gewesen.

Trotzdem tat ihm leid, dass es sie beide so viel kostete. Ihre Freundschaft hatte ihm eine Menge bedeutet. Ihm fehlten Evies lebhafte Gegenwart und ihr sonniges Gemüt. Er vermisste es, neben ihr aufzuwachen und ihren Apfelduft einzuatmen, ihr dichtes, weiches Haar an seiner Wange zu spüren.

Also nahm er sein Telefon und schrieb ihr eine Textnachricht – erkundigte sich nach ihrem Befinden und wann sie ihre Eltern besuchen wollte.

Dann lehnte er sich zurück. Wahrscheinlich würde sie nicht antworten. Eigentlich rechnete er sogar damit. Dennoch kehrten seine Gedanken immer wieder zu ihr zurück.

Aus Sorge, weiter nichts. Sorge um eine Freundin.

Er strich über den Schal, den sie ihm geschenkt hatte, und musterte die unterschiedlichen Stoffe, die verrückte Kombination von Streifen, Karos und Blumen, die miteinander konkurrierten in ihrer bizarr harmonischen Farbexplosion. Winzige, saubere Stiche hielten alles zusammen, und er stellte sich vor, wie sie sich auf die Arbeit konzentriert über das Stück gebeugt hatte. Sie hatte dies hier für ihn genäht.

Er trug ihn bloß, weil ihn der Schal an ihre Frankreichreise erinnerte. Es war der perfekte Urlaub gewesen – bis sie ihn mit jenen drei Worten ruiniert hatte. Er ließ den Schal fallen und schob die Hände in die Taschen.

Sie verdiente etwas Besseres als ihn. Sie verdiente einen Mann, dessen Herz nicht befleckt, beschädigt und verdreht war. Sie verdiente das Märchen, von dem sie träumte, und er war sicher, dass sie das Ende ihres Regenbogens finden würde.

Es war für alle das Beste so.

Am nächsten Tag hatte sich seine Stimmung nicht gebessert. Vielmehr war er sogar dankbar für die Ablenkung, als seine Schwester anrief: sie sei in der Gegend, ob sie auf einen Tee vorbeikommen dürfe? Sie werde nicht lange bleiben, versicherte sie ihm, denn sie müsse zurück zu den Kindern.

»Wow!«, rief sie, als er die Tür öffnete. Mit großen Augen musterte sie ihn von oben bis unten. »Was für eine Veränderung!«

»Was meinst du? Sind meine Haare geschnitten worden, und keiner hat mir was gesagt?«

Sie umarmte ihn, trat wieder zurück und konnte nicht aufhören zu lächeln. »Du bist ein ganz neuer Mann. Deine Wangen haben Farbe, das Stirnrunzeln ist weg, und du trägst kein Schwarz!«

Er schaute hinunter zu seinem roten Pullover und der blauen Jeans.

»Die Reise hat dir eindeutig sehr gutgetan!«

»Ja«, antwortete er und dachte an die intensiven mediterranen Farben im warmen Sonnenlicht und Evies Grübchen und ihre leuchtenden Augen, wenn sie sich über ihn lustig gemacht hatte. Reue regte sich in ihm, doch die verdrängte er rasch. »Es war eine dringend benötige Auszeit.«

Louisa folgte ihm ins Haus, und auf dem Weg zur Küche war ihm bewusst, dass sie ihn neugierig beobachtete, als wollte sie ein komplexes Rätsel lösen.

»Kaffee?«, fragte er und füllte den Wasserkocher.

»Ja, gerne.« Sie setzte sich auf einen Barhocker und blickte sich um. »Und ... wo ist Evie?«

»Evie?« Er nahm die Becher und war froh, dass er mit dem Rücken zu seiner Schwester stand, sodass sie sein Gesicht nicht sah. »Weiß ich nicht.«

»Du weißt es nicht?« Sie klang enttäuscht.

»Warum sollte ich?« Er öffnete den Kühlschrank.

»Ich dachte, ihr beide wärt ... du weißt schon ...«

»Was?« Es klang schärfer als beabsichtigt. Die Kühlschranktür knallte zu, und er stellte die Milch unsanft ab.

»... ein Paar«, beendete seine Schwester ihren Satz ruhig. Seine schlechte Laune beeindruckte sie nicht.

Nur haben wir unsere Gefühle nicht immer im Griff. Evies Worte kamen ihm in den Sinn.

»Wir sind nur befreundet. Das habe ich dir bereits gesagt.«

Sie lachte. »Erwartest du ernsthaft, dass ich das glaube?«

»Ja«, antwortete er verbissen, »weil es die Wahrheit ist.«

Ihr Lächeln verschwand, und sie sah ihn einen Moment prüfend an. »Wie du meinst.«

Zum Glück ließ sie es gut sein und erzählte ihm beim Kaffee, wie ihre Familie und sie Silvester verbracht hatten.

»So, ich fahre jetzt lieber«, sagte sie wenig später. »Wenn ich mich beeile, schaffe ich es noch vorm Feierabendverkehr nach Hause.«

Jake begleitete sie zu ihrem Wagen. Dort räusperte er sich. »Ich, äh, dachte, dass ich am Wochenende vielleicht mal zu Besuch komme – falls ihr da seid.«

Sie drehte sich um. »Ja, wir sind zu Hause«, sagte sie strahlend. »Das wäre wunderbar!«

»Oder wollt ihr vielleicht lieber herkommen? Du könntest Harry und die Jungs mitbringen, und ich könnte auch Scarlett mit ihren Kindern einladen. Wir könnten zum Beispiel ein verspätetes Truthahnessen veranstalten.«

Louisa war entzückt. »Klingt super! Die Jungs werden es hier klasse finden.« Sie zeigte auf den Garten und die umliegenden Wiesen. »Hier gibt es so viel für sie zu erkunden, so viel Platz!«

Er war froh, dass er seine Schwester ausnahmsweise mal zum Lächeln brachte. »Dann arrangiere ich alles.«

Sie küsste ihn auf die Wange. »Ich bin so froh, dass es dir besser geht, Jakey.«

Er hörte ihre Erleichterung und fühlte sich mies, weil sie sich in den letzten paar Jahren solche Sorgen um ihn gemacht hatte.

»Aber tu mir einen Gefallen, ja?« Sie wiegte den Autoschlüssel in ihrer Hand.

»Was?«

»Bieg das mit Evie wieder hin. Sie ist gut für dich.«

»Wie? Ist sie jetzt so was wie eine Medizin?«

»Ich mag sie«, sagte Louisa. »Sie ist offen und ehrlich. Ein Sonnenstrahl. Genau das, was du brauchst.«

»Ist sie das?«, fragte er trocken.

»Ja, und dir fehlt sie auch, stimmt's?«

Er wollte verneinen, aber sein Mund spielte nicht mit. Also blickte er zu seinen Schuhen, weil er seine Schwester nicht ansehen konnte.

Louisa neigte den Kopf ein wenig. »Was ist geschehen? Hast du mit ihr geschlafen?«

Er versteifte sich. »Das geht dich wirklich nichts an.«

»Ich deute das mal als ein Ja. Und was dann?« Sie verengte die Augen. »Warte, lass mich raten. Du hast Schluss gemacht.«

Fest presste er die Lippen zusammen. Es war sinnlos, sich dem Verhör seiner Schwester widersetzen zu wollen. Sie durchschaute ihn wie niemand sonst.

»Du Schwein!« Louisa sah ihn wütend an.

»So war das nicht!«, entgegnete er hastig. »Wir waren uns einig. Keine Verpflichtungen …«

Louisa verdrehte die Augen und machte Anstalten, ins Auto zu steigen, hielt allerdings wieder inne. »Verrate mir eines, Jake. Wie fühlst du dich jetzt? Denkst du jemals an sie?«

Sein Herz wummerte. *Die ganze Zeit.* »Ja«, antwortete er leise.

»Vermisst du sie?«

Schrecklich. »Ein bisschen.«

Erinnerungen prasselten auf ihn ein: Evie mit dem Wind in

ihrem Haar, den Kopf nach hinten gelehnt und grinsend; sie beide, wie sie durch die Küche und hinaus auf die Terrasse tanzten; gemeinsames Einschlafen, die Gliedmaßen ineinander verschlungen und ihr Kopf auf seiner Brust. Ihr Lachen klang in seinen Ohren; ihre geflüsterten Worte in jener Nacht verfolgten ihn. Ihm wurde die Brust eng.

Louisa stemmte eine Hand in die Hüfte. »Also?«

»Also was?«

»Was willst du tun?«

Er runzelte die Stirn. »Was meinst du?«

Sie tippte ihm mit einem Finger gegen die Brust. »Du liebst sie und hast bloß Schiss, dir das einzugestehen.«

»Ich liebe sie nicht.«

Tat er nicht. Hatte er nie. Im Geiste sah er sie regungslos auf dem Badezimmerfußboden liegen und danach in dem grellen Licht des Krankenhauszimmers.

Es kann nie Liebe sein. Falls du die willst, solltest du jetzt gehen.

Allein zu sein, war vertraut. Es war sicher. Er versuchte, den hohlen Schmerz in seinem Bauch zu verscheuchen.

»Und ich bin nicht – war nie – auf der Suche nach einer neuen Beziehung.«

Louisa betrachtete ihn mit versteinerter Miene. »Du hast vor, nie wieder eine Beziehung zu haben? Willst du für den Rest deiner Tage im Zölibat leben?«

Wut brodelte in ihm auf. »Was würdest *du* denn tun, nach dem, was mir widerfahren ist?«

»Ach, Jake. Du hast deine Frau verloren, und das war schmerzlich, unfair, tragisch und ein entsetzliches Unglück. Aber inzwischen bist du über das Schlimmste hinweg. Du wirst es durchstehen. Und, sei ehrlich, Evie hat dir erheblich geholfen, an diesen Punkt zu gelangen, oder?«, entgegnete sie leise, und ihre Züge wurden weicher.

Er reckte das Kinn und sträubte sich gegen die Wahrheit in ihren Worten, konnte jedoch nicht widersprechen. Die Finsternis der letzten Jahre stürmte auf ihn ein. Nie wieder wollte er so etwas erleben. Sollte ihr irgendetwas zustoßen ... Er durfte nicht riskieren, sein Herz ein zweites Mal zu öffnen und einen solchen Schmerz ein zweites Mal zu erleben.

Und dennoch blieben die Worte seiner Schwester nicht wirkungslos. Evie *hatte* ihm geholfen. Sie tat ihm gut. Sie hatte den Mann in ihm hervorgelockt und geholfen, die Bestie zu verbannen, die er bei ihrer ersten Begegnung gewesen war.

Sie hatte ihn verändert.

»Du bist positiver, gehst aufrechter und lächelst sogar – gelegentlich – wieder.« Louisa sah ihn mitfühlend an, während sie Luft holte. »Was auch mit Evie passiert sein mag, du musst das wieder hinbekommen, Jake. Du leidest. Ich schätze, sie leidet auch, und die Lösung ist offensichtlich. Aber zuerst musst du den Kopf aus dem Sand ziehen und dir deine Gefühle eingestehen.«

»Ich werde nicht ...«, begann er. »... Ich würde nie ...«

Doch Louisa saß bereits in ihrem Wagen, winkte ihm und fuhr weg. Er blieb noch lange stehen, nachdem ihr Auto nicht mehr zu sehen war. Smoke zupfte winselnd an seinem Ärmel, was eine wenig subtile Aufforderung zu einem Spaziergang war.

»Ist gut, Smoke. In einer Minute.«

Er strich mit dem Finger unter dem Kragen seines Pullovers entlang, der sich eng anfühlte. Und seine Haut wirkte klamm. Dann löste er die Kette von seinem Hals und umfasste sie mit der Hand. Der schmale Goldring war matter, als Jake ihn in Erinnerung hatte, und er kam ihm leicht vor.

Ein Gefühl wie von brechendem Eis ließ ihn die Stirn runzeln. Über ihm zogen dicke Wolken über den Himmel, getrieben vom Winterwind und verstreut wie lose Puzzleteile.

Er würde Maria immer lieben, doch er wusste nun, dass er bereit war loszulassen.

Evie beeilte sich, eine Kundin zu Ende zu bedienen und sich danach der nächsten in der Schlange zuzuwenden. Im Button Hole war so viel los, dass sie eine Frau namens Liberty eingestellt hatte, damit die ihr im Laden aushalf. Sämtliche neuen Kurse waren ausgebucht, und bei einigen gab es sogar eine Warteliste. Die Bank war glücklich, und Evie war es auch. Oder sie wäre es zumindest gewesen, hätten ihre Gedanken sich nicht andauernd verselbstständigt.

»Ich nehme je einen Meter von diesen vier Stoffen bitte«, sagte ihre Kundin.

Evie rollte ein Stück von dem ersten Ballen ab und griff nach ihrem Rollschneider.

»Soll ich das übernehmen, damit du endlich Pause machen kannst?«, fragte Liberty. »Du hattest den ganzen Vormittag noch keine.«

»Oh, danke, aber es geht schon«, antwortete Evie und schnitt den türkisen Batikstoff. Es passte überhaupt nicht zu ihr, doch in letzter Zeit hatte sie keinen Appetit. »Geh du in die Pause, Liberty. Ich komme hier klar.«

Liberty verschwand im hinteren Raum.

»Liberty, wie der Stoff?«, fragte die Kundin.

Evie grinste. »Ja, und sie kann zarte Blumenmuster nicht ausstehen. Ihre Quilts bestehen aus starken, leuchtenden Farben und sind sehr modern.«

Ihre Kundin lächelte und wandte sich wieder den Stoffen zu, die sie kaufte. »Ich habe noch nie einen Quilt gemacht, wollte es aber immer schon, und meine Tochter hat mir den Gutschein für Ihren Laden zu Weihnachten geschenkt. Jetzt, da ich in Rente bin, kann ich es mal versuchen.«

»Es ist die ideale Jahreszeit, um mit dem Nähen anzufangen«, sagte Evie. »Wenn es draußen kalt ist und man nicht so viel rauskommt, wie man möchte, ist nichts besser, als mit einem kuscheligen Quilt auf dem Schoß am Kamin zu sitzen und daran zu arbeiten.«

Ihr selbst hingegen war in der letzten Woche die Begeisterung fürs Nähen abhandengekommen. Nach Feierabend graute ihr davor, in die Love Lane zurückzukehren. Die Abende fühlten sich lang und einsam an. Sie drängte die negativen Gedanken beiseite und versuchte, sich auf ihre Kundin zu konzentrieren. »Die sehen sehr hübsch aus. Was wollen Sie daraus machen?«, fragte sie, als sie die Stoffstücke zusammenlegte und in eine Papiertüte steckte.

»Es soll ein Überwurf für mein Sofa werden.«

Im Geiste schweifte Evie ab, während die Frau ihr beschrieb, welches Muster sie erzielen wollte. Draußen kam eine große Gestalt am Laden vorbei – doch Evies Hoffnung verpuffte sogleich, denn es war nicht Jake.

Sie hatte gesehen, wie er mit Smoke vorbeigegangen war. Es hatte sie gekränkt, dass er nicht stehen geblieben war, obwohl sie eigentlich nichts anderes erwartet hatte. Sie stellte ihn sich allein in seinem großen Haus auf dem Hügel vor. Er hatte ihr eine Textnachricht geschickt, aber sie wusste, dass er bloß höflich hatte sein wollen, und letztlich war die Mitteilung sehr kurz gewesen. Er hatte sich erkundigt, wann sie ihre Eltern besuchen wollte; sie hatte geantwortet und seitdem nichts mehr von ihm gehört. Offensichtlich war er schon dabei, sie zu vergessen.

Könnte sie es doch auch! Aber ihre Gedanken hingen fest wie ein verknoteter Faden in einer Nadel. Sie fragte sich, ob er froh gewesen war, Smoke wieder bei sich zu haben, ob er den Urlaub bereute. Hielt er sie für eine Idiotin? Schließlich hatte sie die Affäre vorgeschlagen. Sie *war* idiotisch, weil es ihr nicht gelungen war, sich an die vereinbarten Regeln zu halten.

Hör auf, befahl sie sich. An ihn zu denken, war sinnlos. Er hatte sich entschieden, allein zu leben, und sie verstand, dass er noch Gefühle für seine Frau hatte. Seine Treue war eines der Dinge, die sie an ihm liebte. Ein stechender Schmerz durchfuhr sie, als wäre ihr Herz zerrissen worden und nun an den Rändern ausgefranst. Wenn sie ehrlich sein sollte, war sie zutiefst neidisch auf seine Treue zu Maria. Sie sehnte sich danach, so geliebt zu werden.

Und eines Tages werde ich es auch, sagte sie sich. Sie hatte nur noch nicht den richtigen Mann getroffen.

Vor zwei Wochen hatte sie es nicht zu hoffen gewagt, und sie war Jake dankbar dafür, ihr Selbstvertrauen gestärkt zu haben. Er hatte ihr geholfen zu erkennen, dass nicht alle Männer wie Tim waren und es vielleicht irgendwo einen gab, der sie so lieben und akzeptieren würde, wie sie war. Ihr Lächeln war dünn und wässrig.

Kritisch betrachtete Evie sich im Dielenspiegel. Der rote Wollmantel machte sie blass, und sie strich mit dem Finger über die Schatten unter ihren Augen. Ihr wurde bei der Aussicht, heute ihre Eltern zu besuchen, nicht gerade leichter ums Herz.

Sie straffte die Schultern. Selbstmitleid änderte nichts. Sie musste es von der positiven Seite betrachten: Zumindest konnte sie ihrem Vater berichten, dass ihr Laden anfing, Gewinn zu machen. Vor wenigen Wochen noch wäre ihr nichts wichtiger gewesen. Also warum fühlte es sich jetzt wie ein hohler Triumph an? Ein Kurzurlaub in Frankreich hatte genügt, um ihre Welt auf den Kopf zu stellen. Sie griff nach ihrem Schal, als ein lautes Klopfen an der Tür sie zusammenzucken ließ.

Die Tür quietschte beim Öffnen, und Evie blinzelte, als sie die große Gestalt in dem langen Mantel und mit dem Dalmatiner an der Seite sah.

»Jake!«, rief sie und zwang sich, ihre Freude zu bändigen – zusammen mit der Hoffnung, dass er sich umentschieden haben könnte. Sie wickelte sich den Schal fest um den Hals und schaute sich nach ihren Autoschlüsseln um. Wo hatte sie die hingelegt? »Leider ist es momentan ungünstig. Ich will zu …«

»Deinen Eltern«, beendete er den Satz für sie. Sein Lächeln war zugleich versöhnlich und skeptisch. Er beobachtete sie, als wäre er unsicher, wie sein Kommen aufgefasst würde.

Wieder blinzelte sie. »Woher weißt du das?«

»Du hast es mir erzählt. Darf ich dich begleiten? Ich hatte dir moralische Unterstützung angeboten.«

Richtig. Obwohl er ihr das Angebot vor ihrem chaotischen Liebesgeständnis gemacht hatte. Aber er steht zu seinem Wort, dachte sie mit einem Anflug von Bewunderung. Er war noch immer bereit, sein Versprechen zu halten, trotz allem, was zwischen ihnen vorgefallen war. Sie überlegte. Würde es den Besuch komplizierter machen, wenn der Mann bei ihr war, der ihr kürzlich das Herz gebrochen hatte?

Nein, entschied sie, denn ihr fiel ein, wie er sie vor ihrem Vater verteidigt hatte. Jede moralische Unterstützung war gut. »Tja ... ich schätze schon«, sagte sie, wobei sie bemüht war, einen lässigen und nicht zu begeisterten Eindruck zu machen.

Smoke bellte einmal kurz, und sie kraulte ihn hinter den Ohren. »Hallo, Hübscher.« Sie blickte zu Jake. »Kommt Smoke auch mit?«

»Falls das in Ordnung ist. Wir können meinen Wagen nehmen.«

»Ja, alles gut. Meine Eltern haben einen großen Garten, in dem er herumflitzen kann.«

Während er fuhr, unternahm sie ein oder zwei Versuche, eine Unterhaltung zu führen. »Was macht die Arbeit?«, fragte sie.

»Läuft gut.«

Sie fragte sich, ob er mit François ins Geschäft gekommen war, wollte ihn jedoch nicht darauf ansprechen. Es war zu schmerzlich, sich an ihre Nacht in dem Château zu erinnern. Da hatte sich alles verändert. Als sie so blöd gewesen war, eine Erweiterung ihrer Freundschaft vorzuschlagen, und geglaubt hatte, sie könnte mit den emotionalen Folgen umgehen.

Wie naiv sie gewesen war!

»Ich wette, du bist froh, dass der Schnee geschmolzen ist.«

»Eigentlich wird mir jetzt klar, dass er ziemlich hübsch ausgesehen hat.«

Evie starrte ihn an. Was war aus Mr. Arktis geworden, der in allem nur das Negative ausmachte?

Er lächelte geheimnisvoll und blickte weiter auf die Straße.

»Warst du viel beruflich unterwegs?«

»Ein bisschen. In dieser Jahreszeit ist nicht viel los.«

Ihr fiel nichts anderes ein, was sie hätte fragen oder sagen können, also schwieg sie. Um sie herum erhoben sich sanft die Hügel und bildeten mit den kahlen Feldern ein Patchworkmuster aus dunklen Braun- und schmutzigen Grüntönen.

»Ich habe ein Vorstellungsgespräch für einen neuen Job«, sagte Jake plötzlich.

Evie sah ihn erschrocken an. Ihr Herz schlug schneller. Ging er fort?

Sie gab ihr Bestes, neutral zu klingen. »Ach ja? Was für ein Job?« Gott, sie hätte es ahnen müssen. Er zog weg, um ihnen die Peinlichkeit zu ersparen, sich dauernd über den Weg zu laufen. Ihre Augen brannten, und sie blinzelte energisch.

»Als Hausarzt.«

»Du willst wieder als Arzt arbeiten?«

Er lächelte. »Es fehlt mir. Du hast recht gehabt – es war sehr viel erfüllender, als Wein zu importieren.«

»Jake, das ist wunderbar!« Sie ballte die Hände zu Fäusten, weil sie sich für ihn freute. Er war bestimmt ein hervorragender Arzt. »Ich hoffe sehr, dass du den Job bekommst.«

»Falls ja, wirst du mich weit häufiger sehen. Die Praxis befindet sich im Nachbardorf.«

»Im Nachbardorf?«

Er nickte. »Ich werde nicht mehr reisen müssen.«

Sie wusste nicht, wie sie reagieren sollte. Oder wie sie es fand, ihn häufiger zu sehen. Es könnte heikel werden. Aber sie war froh, dass er endlich zur Ruhe kam. Vielleicht bedeutete es, dass er Frieden mit seinem Verlust geschlossen hatte. Dass er nun bereit war, nach vorn zu schauen. Sie hoffte es. Ungeachtet ihrer eigenen Gefühle, wünschte sie ihm nur das Beste. Dass es mit ihnen nicht geklappt hatte, hielt sie nicht davon ab, ihm zu wünschen, dass er eines Tages wieder glücklich sein würde.

»Und, wie war euer Weihnachten?«, fragte Evie ihre Eltern höflich.

Sie stellte ihre Teetasse auf den Tisch neben sich, weil sie Angst hatte, sie würde den teuren weißen Teppich ihrer Mutter bekleckern oder, noch schlimmer, das teure Royal Doulton-Porzellan fallen lassen. Neben ihr lehnte Jake sich in seinem Sessel zurück. Seine Anwesenheit hatte bei ihren Eltern für Verwunderung gesorgt, doch Evie hatte ihn als einen Freund vorgestellt. Hoffentlich hielt seine Gegenwart ihre Eltern davon ab, Evies Liebesleben zu diskutieren – oder vielmehr: ihr nicht vorhandenes.

»Gut«, antwortete ihr Vater.

»Es war in Ordnung«, pflichtete ihre Mutter ihm bei.

Sie wechselten einen Blick, und Evie merkte auf. Was verschwiegen sie?

Durch die Terrassentür konnte sie Smoke sehen, der in dem ummauerten Garten schnüffelte, ein Rotkehlchen jagte und alles erkundete.

»Wie geht es Tim?«, fragte sie.

Ihre Mutter betrachtete eingehend ihre Füße. Ihr Vater schlug die Hände zusammen. »Er … ähm … Es war gut, dass du nicht da warst.«

Warum wirkte er so verlegen? Jetzt war ihre Neugierde geweckt. »Aha. Warum?«

Wieder wechselten ihre Eltern einen Blick, dann platzte ihr Vater heraus: »Weil er mit einer anderen Frau dort aufgekreuzt ist! Glaubt man das? Wir waren ziemlich schockiert.«

»Ach ja?« Evie strengte sich an, nicht zu grinsen, und schaute zu Jake. Ein warmes, zufriedenes Gefühl von *Hab ich doch gesagt* breitete sich in ihr aus.

»Ja, und seine Eltern waren es auch. Sie haben nichts davon gewusst, bis er mit ihr vor der Tür stand. Er hat gesagt, dass es noch ganz frisch ist, aber …«

Als er verstummte, hakte Eve nach. »Aber?«

»Na ja, mir kam es so vor, als würden sie sich sehr gut kennen.« Er räusperte sich. »Sie heißt Anna.«

»Ah ja. Sie ist die Frau, mit der er mich betrogen hatte«, sagte Evie und stellte erfreut fest, dass die Erinnerung nicht mehr wehtat. »Dann sind sie also wieder zusammen?«

»Anscheinend ja. Ich würde sagen, die Verlobung mit dir ist für ihn kein Thema mehr. Der Zug ist abgefahren.«

»Ja.« Das war er bereits vor einem halben Jahr, wollte sie sagen, verkniff es sich aber.

»Also«, sagte ihr Vater und blickte zu Jake. »Ihr zwei. Gibt es etwas, das ihr uns sagen wollt?«

Evie wurde rot. »Oh nein!«, erwiderte sie hastig. »Wie gesagt, wir sind nur befreundet.«

Ihr Vater nickte und griff in seine Tasche. »In dem Fall wird dich dies hier interessieren.«

Er reichte ihr ein zusammengefaltetes Blatt. Ein kalter Schauer lief Evie über den Rücken, als sie es auseinanderfaltete. Sie würden doch nicht, oder? Gewiss nicht, wenn Jake dabei war.

»Ich bin meine Kontakte durchgegangen und habe einige Namen für dich aufgeschrieben.«

»Namen?«

»Von jungen Männern mit guten Beziehungen. Aus anständigen Familien, du weißt schon.«

Evie legte das Blatt hin und sah ihren Vater an. »Nein, weiß ich nicht.«

»Ach, Evie, sei nicht so sperrig. Wir wollen dir helfen, eine gute Partie zu machen. Einen Mann zu finden, der dich unterstützt, wenn dein alberner Laden Pleite macht.«

Jake setzte sich auf. Er sagte nichts, aber sie spürte seine Anspannung, und ein Muskel in seiner Wange zuckte.

Evie holte tief Luft. »Genau genommen läuft mein Laden richtig gut. In den letzten Wochen ist es steil bergauf gegangen. Ich habe viel gearbeitet, um …«

»Es ist sinnlos, das aufzuschieben, Evie«, fiel ihr Vater ihr ins Wort. »Du musst an deine Zukunft denken.«

»Ich denke an meine Zukunft, und die beinhaltet nicht, jemanden zu heiraten, den meine Eltern für mich ausgesucht haben«, erklärte sie.

Sie griff nach dem Ende ihres Pferdeschwanzes und warf Jake einen Seitenblick zu. Obwohl sie ihre Ansichten zur Ehe geändert hatte, hoffte sie, dass sie eines Tages einen Mann kennenlernte, der sie so liebte, wie Jake seine Frau geliebt hatte, mit derselben unverbrüchlichen Treue und Hingabe.

Nun färbte sich das Gesicht ihres Vaters rot, und er wirkte zornig. »Tja, dann musst du noch mal über deine Karriere nachdenken, Mädchen. Mit Stoffstücken herumzuspielen, sichert dir kein Dach über dem Kopf. Du hattest die beste Schulbildung, die man für Geld kaufen kann, aber die ist vollkommen vergeudet!«

Dachten sie das wirklich? Sie zuckte zusammen. Inzwischen hatte sie ihr Haar so fest aufgewickelt, dass ihr die Kopfhaut brannte. Sie ließ es los. »Ich … ich …«

»Nimm die Liste, Schatz, und sieh sie dir wenigstens mal an«, sagte ihre Mutter.

Evies Wangen waren tiefrot. Was musste Jake denken? Sie hätte ihn nie mit hierherbringen dürfen. »Ich brauche keine Liste, Mum. Wir leben nicht im achtzehnten Jahrhundert.«

»Wir wollen dir helfen, aber du stellst dich immer so an!«, sagte ihr Vater.

Evie erstarrte. Warum mussten alle Unterhaltungen mit ihren Eltern in einem Streit münden? Egal was sie tat oder sagte, es war nie richtig, nie gut genug. Würden die beiden sie auf ewig so erschöpft und wütend ansehen?

Jake setzte sich ein Stück vor und öffnete den Mund, doch Evie hob eine Hand. Diesen Kampf musste sie selbst ausfechten. »Ich stelle mich nicht an«, erwiderte sie. »Ihr sagt mir dauernd, dass ich nicht gut genug bin, aber hört mir bitte zu: Ich wünsche mir nicht dasselbe wie ihr. Gesellschaftliche Verbindungen interessieren mich nicht. Ebenso wenig wie die Karriere, die ihr euch vorstellt. Ein hohes Gehalt zu haben und in der City zu arbeiten, ist nicht das, was ich will.«

Halbwegs rechnete sie damit, dass ihr Vater sie wieder unterbrechen würde, was ausnahmsweise nicht geschah. Vielleicht waren er und ihre Mutter zu perplex angesichts ihres selbstbewussten Auftretens.

Sie bemühte sich, möglichst ruhig zu sprechen. »Ich liebe es zu nähen. Mein Geschäft fängt an, gut zu laufen, und ich … ich bin glücklich! Richtig glücklich mit meinem Laden und dem Leben an einem Ort, an dem mich die Leute so annehmen, wie ich bin. Wenn das für euch nicht reicht, dann … tja, Pech!«

Ihr Vater schüttelte seufzend den Kopf. »Warum muss es mit dir immer so sein? Deine Schwester war nie so schwierig. Sie hat nie mit uns gestritten oder sich uns so widersetzt …«

»Schluss damit!«, rief Evie. Erschrocken sahen ihre Eltern sie an. »Hört auf, mich mit Zara zu vergleichen. Die meiste Zeit weigert ihr euch, über sie zu reden, habt sie zum Tabuthema gemacht, aber mich vergleicht ihr mit ihr und kommt stets zu dem Ergebnis, dass ich weniger wert bin. Es reicht. Sie hätte das nicht gewollt, und es ist nicht … nicht hilfreich.« Sie holte Luft und fügte leiser hinzu: »Ich bin nicht Zara und werde es nie sein. Ich bin ich. Evie. Und … und es wäre wirklich schön, wenn ihr mich so akzeptieren könntet.«

Plötzlich empfand sie eine enorme Erleichterung, weil sie endlich ausgesprochen hatte, was sie schon so lange fühlte. Stille senkte sich über den Raum. Sogar Jake sah verblüfft aus.

Dann trat ein stolzes Lächeln auf seine Züge. Er wandte sich ihren Eltern zu. »Evie hat recht«, sagte er mit seiner tiefen Stimme.

»Wie bitte?«, fragte ihr Vater.

»In Ihren Augen ist Evies Schwester vollkommen, nicht wahr?«, fuhr Jake fort. Es klang nicht provozierend, sondern mitfühlend. »Sie ist so perfekt, dass sie beinahe ... unwirklich ist.«

Evie starrte ihn an. Worauf wollte er hinaus?

Ihre Eltern wurden rot. Es war offensichtlich, dass sie wütend waren, trotzdem redete Jake weiter. »Aber wissen Sie, was? Sie war eigentlich nicht perfekt. Sie war menschlich. Sie hatte ihre Fehler, genau wie der Rest von uns.«

»Wie können Sie es wagen, so über unsere Tochter zu sprechen? Sie haben sie nicht mal gekannt!«

»Wie ich es wagen kann? Weil ich es selbst getan habe.«

Ein Ausdruck tiefer Trauer erschien in seinen Augen, der Evie mitten ins Herz traf.

Sanft sagte er: »Ich bin so schuldig wie Sie, weil ich einen geliebten Menschen auf ein Podest gestellt habe.«

Ihre Eltern rissen die Augen weit auf und sahen einander unsicher an. Sein gewaltiges Geständnis schien ihre Wut zu dämpfen.

»Ich habe meine Frau mehr geliebt als das Leben. Und das noch lange nach ihrem Tod. Keine konnte es mit ihr aufnehmen – mit meiner Erinnerung an sie. Doch inzwischen erkenne ich, wie verzerrt diese Erinnerungen waren. Wie ungenau. Idealisiert. Und erst jetzt, da mir das klar geworden ist, kann ich sie endlich loslassen. Und ich kann glauben, dass ich eines Tages wieder lieben könnte. Eine andere.«

Er richtete das Wort an Evie. »Maria war nicht so heiter und extrovertiert wie du. Sie hatte nicht dein Talent, aus Stofffetzen schöne Dinge zu machen, in allem, was das Leben ihr oder den Menschen um sie herum zuwarf, das Gute zu sehen. Sie besaß weder deine Arbeitsmoral noch deine Entschlossenheit oder deine Großzügigkeit gegenüber jedem, dem du begegnest.«

Für einen Moment wurde es sehr still.

Dann sagte er zu ihren Eltern: »Also, anstatt sich an das zu klammern, was Sie verloren haben, könnten Sie Ihre Augen für das öffnen, was Sie haben?«

Draußen bellte Smoke. Dann hörte Evie ihn über den Kies laufen, und sein Kopf erschien am Fenster. Niemand sonst bemerkte es, denn ihre Eltern schauten sich abermals unsicher an.

Nach einer Weile räusperte ihr Vater sich. »Wir nehmen sie so an, wie sie ist«, sagte er matt und wenig überzeugend.

Evie stutzte. »Ihr kritisiert mich immerzu.«

»Haben Sie Evie jemals unterstützt?«, fragte Jake.

»Wir haben ihr die besten Schulen bezahlt und ihr einen Job besorgt. Außerdem haben wir versucht, sie einem jungen Mann mit guten Aussichten vorzustellen.«

»Aber haben Sie Evie jemals emotional unterstützt?« Wieder sahen sie einander an. »Haben Sie Evie jemals in dem unterstützt, was *sie* will? Ist Ihnen bewusst, wie viel sie arbeitet und wie viel Zeit und Mühe sie in den Erfolg ihres Geschäfts investiert? Ist Ihnen aufgefallen, wie begabt sie ist? Nähen ist ihre Leidenschaft, dennoch haben Sie nie irgendwelches Interesse gezeigt. Soweit ich es mitbekommen habe, tun Sie es eher ab.«

Seine Fragen hatten ein verlegenes Schweigen zur Folge.

Ihr Vater räusperte sich, und ihre Mutter rutschte in ihrem Sessel hin und her.

»Ich denke, wir sollten jetzt gehen«, sagte Evie leise. »Ich hole Smoke.«

Da niemand reagierte, stand sie auf.

Jake und Evie fuhren schweigend zurück. Ihr behagte es nicht, ihre Eltern nach dieser Konfrontation zu verlassen, doch ehe sich nicht alle beruhigt und das Gesagte verdaut hatten, war räumlicher Abstand das Klügste.

Sie blickte zu Jake, der konzentriert auf die Straße schaute, als er sich in einen Kreisverkehr einfädelte.

Und erst jetzt, da mir das klar geworden ist, kann ich sie endlich loslassen. Und ich kann glauben, dass ich eines Tages wieder lieben könnte.

Sein Geständnis war so unerwartet gekommen, dass sie immer noch versuchte, es zu verstehen. Es konnte nur gut sein, wenn er endlich mit seiner Trauer im Reinen war. Gewiss würde es nicht lange dauern, bis er jemanden kennenlernte. Evie versuchte, sich ihn mit einer anderen Frau vorzustellen, doch es tat zu sehr weh, weshalb sie den Gedanken sofort verbannte.

»Danke«, brach sie das Schweigen.

»Wofür?«

»Für das, was du gesagt hast. Dafür, dass du dich für mich eingesetzt hast.«

»Ich habe bloß gesagt, was ich denke.« Er warf ihr einen besorgten Blick zu. »Hoffentlich habe ich dein Verhältnis zu ihnen nicht kaputtgemacht.«

»Ich rede mit ihnen. Ehrlich gesagt war es befreiend, all diese Sachen offen auszusprechen.«

»Tja, ich hoffe, sie denken darüber nach.«

»Ich bin froh, dass du das Gefühl hast, nach vorn blicken zu können. Sicher hätte Maria es für dich gewollt.«

Er antwortete nicht, und seine Miene war nicht zu entschlüsseln. Sie bogen von der Hauptstraße zum Dorf ab.

»Ich, äh, wünsche dir alles Gute für dein Vorstellungsgespräch.«

»Vorstellungsgespräch? Ach so, ja, danke.«

Sie wickelte mal wieder ihren Zopf auf und wünschte, zwischen ihnen herrschte nicht solche Anspannung. Jake sah versonnen aus. Er war eindeutig mit den Gedanken woanders.

»Sagst du mir Bescheid, ob es mit dem Job geklappt hat?«

Er nickte. Eine tiefe Furche hatte sich zwischen seine Augenbrauen gegraben.

»Dr. Hartwood.« Sie lächelte. »Das hört sich nett an.«

»Wo soll ich dich absetzen? Zu Hause?«

Sofort war ihr Lächeln weg. Er konnte es nicht erwarten, sie loszuwerden. Sie schluckte. »Eigentlich brauche ich noch einigen Stoff aus dem Laden.«

Er parkte vor dem Button Hole.

»Gut«, sagte Evie.

»Gut.«

»Danke fürs Fahren. Und … und alles.« Sie wollte schnell aussteigen, dieser erdrückenden Atmosphäre entkommen; zugleich wollte sie ihn nicht verlassen.

»Wir kommen mit dir«, sagte Jake, stieg aus und öffnete die hintere Wagentür. »Raus, Smoke.«

Sie war erstaunt. Eigentlich hätte sie gedacht, der Hund hätte sich schon im Garten ihrer Eltern hinreichend ausgetobt. Aber was wusste sie schon?

»Wie ich höre, sind all deine Kurse ausgebucht«, sagte Jake, als sie die Ladentür aufschloss. Er bückte sich, um Smoke die Leine anzulegen.

»Wer hat dir das erzählt?«

»Natasha.«

»Ja, sind sie. Und ich habe jede Menge Aufträge für Quilts. Die machen viel mehr Spaß als Vorhänge. Und sie bringen mehr ein.«

Es war alles, was sie sich erhofft hatte. Doch jetzt sehnte sich ihr Herz nach etwas anderem, nach mehr. Ihr fehlte Jake.

»Das freut mich«, sagte er lächelnd, wobei sich kleine Fältchen in seinen Augenwinkeln bildeten.

Evie wurde wohlig warm. »Danke.«

Ein Wagen fuhr vorbei.

Sie räusperte sich. »Der Stoff ist hinten. Ich hole ihn kurz.«

Jake wartete draußen, während sie hineinlief und zusammensuchte, was sie brauchte. Er hörte, wie sie vor sich hin summte, und es war eine traurige Melodie – aus dem Musical *Oliver!*? Er war sich nicht sicher. Es klang ein wenig schief, aber so unglaublich liebenswert, dass er grinsen musste.

Sie kam mit einer Tasche voller Stoff im Arm zurück, und als sie die Ladentür abschloss, versuchte er, den Mut aufzubringen, das zu sagen, was er ihr vor ihren Eltern nicht hatte sagen können.

»Das ist alles«, verkündete sie. »Willst du …?«

»Ich liebe dich, Evie.«

»Was?« Verwirrt schaute sie ihn an.

Er lächelte. »Ich liebe dich, Evie.«

Ihr stand der Mund offen. Die Türglocke drinnen war noch leise zu hören, und Smoke bellte zweimal begeistert.

»Ich liebe es, wie du mein Leben und das aller anderen erhellst. Ich liebe es, welche Leidenschaft du beim Nähen, gegenüber diesem Dorf und deinem Leben beweist. Ich liebe es, wie großzügig du deine Zeit hergibst, um anderen zu helfen. Ich liebe es, wie entschlossen du in allem und jedem das Positive sehen willst. Ich liebe es, wie ungeschickt, kreativ und mutig du bist, dich gegen mich zu behaupten und mir zu sagen, wenn ich mich wie ein Idiot aufführe. Du hast mich gelehrt, wieder zu leben und zu lachen … und wieder zu lieben.«

Er verstummte und hielt den Atem an, während er betete, dass es nicht zu spät war, und hoffte, sie könnte ihm vergeben, dass er sie weggestoßen und verletzt hatte, weil er blind für das gewesen war, was sein Herz die ganze Zeit empfand, sein Kopf aber nicht akzeptieren wollte.

Ihm war bewusst, dass Evie niemals Maria ersetzen konnte, sie es aber auch nicht musste. Sie war anders, einzigartig, seine Pollyanna.

»Oh, Jake …«, flüsterte sie. Ihre Augen glänzten.

»Ich liebe dich, Evie.« Ihn überraschte, wie leicht ihm diese Worte über die Lippen kamen. Wie natürlich sie sich anfühlten. Überfällig sogar.

Sie lächelte, und erneut bellte Smoke.

»Er stimmt zu«, sagte Jake.

»Tut er das?«

»Ja, denn er liebt dich auch. Wir beide lieben dich, vermissen dich und …« Seine Stimme war belegt. »Und brauchen dich.« Er lächelte reumütig. »Mein Leben hat keine Farbe ohne dich darin, Evie Miller.«

Sie runzelte die Stirn. »Aber du liebst Maria«, sagte sie leise. »Du hast gesagt, dass du sie immer lieben wirst.«

»Ich habe mich geirrt. Ich hatte Angst, wieder zu lieben. Und die habe ich noch, wenn ich ehrlich bin. An der Trauer und den Schuldgefühlen festzuhalten, kam mir weniger Furcht einflößend vor, als noch einmal Liebe zu riskieren. Aber du hast mir geholfen, wieder zu leben, Evie. Du bist in mein Leben gepurzelt und hast alles verändert! Mich verändert.« Sie hatte Licht gebracht, wo er vorher nur Dunkelheit gesehen hatte, und Lachen, wo für ihn nur Stille gewesen war, und Wärme, Energie, Hoffnung. »Ich brauche dich.«

Sie strahlte. »Ich bin hier. Und ich gehe nirgends hin.«

»Ich werde alles tun, was ich kann, um dich glücklich zu machen und dich zu beschützen – falls du es mir erlaubst.«

Er war ungemein erleichtert, als sie sich auf die Zehenspitzen stellte, die Arme um ihn schlang und ihn intensiv küsste.

Gegenüber blieben Passanten stehen, zeigten auf sie und tuschelten miteinander. Über ihnen ging ein Fenster auf, und Marjorie aus der Bäckerei nebenan blickte zu ihnen herunter und grinste.

Jake schüttelte den Kopf. In diesem Dorf gab es wirklich keine Privatsphäre, doch ausnahmsweise störte es ihn nicht. Er neigte den Kopf und küsste Evie sicherheitshalber noch einmal.

Die kleine Zuschauermenge klatschte und pfiff.

»Oh, Jake.« Evie strahlte. »Ich liebe dich auch.«

Epilog

Evie hockte auf der Sofakante und wünschte, sie könnte sich entspannen. Smoke lag zusammengerollt zu ihren Füßen, und Jake saß neben ihr. Er griff nach ihrer Hand und drückte sie, was Evie ihm mit einem Lächeln dankte.

»Nett hast du es hier, Jake«, sagte ihr Vater.

Sie hatten ihre Eltern lieber nach Old Hall als in ihr Cottage eingeladen, weil hier mehr Platz war. Aus der Küche wehte der Geruch von etwas herbei, das im Ofen schmorte, und nebenan war der Esstisch gedeckt.

»Ich mag die Möbel«, sagte ihre Mutter, die mit einem Finger über die Armlehne des Sessels, in dem sie saß, strich. Der Stoff war ein moderner Druck, mit dem Evie die Ansammlung nicht zusammenpassender Sessel und Sofas neu bezogen hatte. Zusammen mit den neuen Läufern und Kissen war die Wirkung elegant und passend zum Haus, zugleich aber auch warm und einladend.

»Evie hat die Einrichtung ausgesucht«, erklärte Jake. »Sie hat einen guten Geschmack, nicht wahr?«

Evie wurde rot, und ihre Eltern murmelten zustimmend.

Ihr Vater sah sie an. »Hast du auch die Vorhänge gemacht?«

»Nein, die mussten wir nähen lassen. Ich habe zu viel mit Quilt-Aufträgen und den Kursen im Laden zu tun.«

Er nickte, und für einen Moment wurde es still.

»Wisst ihr schon, dass Jake einen neuen Job hat?«, fragte sie. »Er arbeitet jetzt als Arzt in der hiesigen Praxis.«

»Ach ja? Und macht es dir Spaß?«

Jake grinste. »Und ob. Ich hatte vergessen, wie erfüllend die Arbeit ist. Außerdem muss ich nicht mehr reisen, bin also viel mehr hier.«

Er und Evie wechselten einen Blick. Sie genossen die ruhigen gemeinsamen Abende.

Jake stand auf. »Ich gehe mal nach dem Essen sehen.«

Er schloss die Tür hinter sich, und Evie wappnete sich. Sie hatte mit ihren Eltern telefoniert, doch dies war das erste Mal, dass sie sich nach der Szene bei ihnen wiedersahen.

Ihr Vater hüstelte. »Es tut mir leid, dass wir dir das Gefühl gegeben haben, wir hätten Zara lieber gehabt. Ihr Tod hat uns schwer getroffen, aber wir hätten nicht so hart zu dir sein dürfen.«

Seine kleine reuevolle Ansprache war so untypisch für ihn und kam so überraschend, dass sie Evie aus dem Konzept brachte. »Weiß ich. Es war für uns alle ein Schock. Und ich vermisse sie auch.«

»Aber wir haben immer noch dich, und wir wollen dich nicht verlieren«, fuhr ihr Vater fort.

In ihr regten sich plötzlich so intensive Gefühle, dass Evie aufsprang und ihn in die Arme nahm. Es fühlte sich fremd an, aber gut. Und sie war froh. Sie hatte sich Sorgen gemacht, dass sie mit ihrem Ausbruch das letzte Mal zu weit gegangen war. Offenbar war es aber hilfreich gewesen, dass sie direkt ausgesprochen hatte, worüber sie vorher nie hatten reden können.

Sie umarmte auch ihre Mutter.

»Wir werden ihr Zimmer ausräumen und es umgestalten. Einen Neuanfang machen.«

»Wirklich?«

Ihre Mutter nickte. »Es ist an der Zeit, dass wir loslassen.«

Evie schluckte, weil sie einen Kloß im Hals hatte. »Möchtet ihr, dass ich aus Zaras Kleidern und Blusen einen Quilt mache? Etwas, um an sie zu erinnern? Ich könnte einen für euch und einen für mich nähen.«

Zunächst wirkte ihre Mutter überrascht, dann aber sagte sie begeistert: »Das wäre reizend. Danke.«

Die Tür ging auf, und Jake erschien mit einem Tablett mit Gläsern und einer großen grünen Flasche. Er betrachtete die Szene vor sich und grinste. »Champagner für alle?«

»Unbedingt«, antwortete ihr Vater. Sie füllten die Gläser und stießen an. »Auf Neuanfänge. Wir wünschen euch beiden das Beste – in euren Jobs und in eurer Beziehung.«

Evie und Jake blickten einander in die Augen, als sie anstießen. »Auf Neuanfänge.«

Danksagung

Dank an Megan Carroll, meine Agentin, für alles, was du getan hast, damit ich heute dort sein kann, wo ich bin. Ein Verlagsvertrag ist der goldene Preis, den alle anderen sehen, aber ich weiß, wie viel mehr du hinter den Kulissen getan hast, als du für mich verhandelt und stets meine Interessen vertreten hast.

Dank an meine Lektorin, Kimberley Atkins, und ihre Assistentin, Madeleine Woodfield, dass sie das Risiko mit mir eingegangen sind, immer so professionell waren und die Zusammenarbeit zu einem Vergnügen gemacht haben.

Dankbar bin ich auch Peter Moss für seinen ausführlichen Rat zu Jakes Bentley (1952er R, falls sich jemand fragt). Nachdem ich mit dir gesprochen hatte, Peter, wollte ich mir beinahe selbst einen kaufen – eines Tages vielleicht.

Dank auch an Louise Barrett, die mir geduldig alle Fragen zum Anpassen von Vorhängen beantwortet hat.

Ein riesiges Dankeschön an meine gute Freundin Jacqui Cooper, die immer da ist und mich versteht. Ohne dich hätte ich dies hier nicht geschafft, Jacq.

Dank an Ian, der geduldig zugehört hat, wenn ich über die jüngste Plot-Falle stöhnte, in die ich mich manövriert hatte, und mich immer wieder mit seinen richtig guten Vorschlägen überraschte.

Ein besonderer Dank geht an Marian Keall, die mein Buch gelesen und die Nähbeschreibungen überprüft hat. Und schließlich Dank an die Bowdon-Quilter, die mich in ihre Gruppe aufgenommen und mich zu unzähligen Nähfragen beraten haben, vor allem zu dem Patchwork-Schal, den Evie gemacht hat (und der ein Schlips geworden wäre, hättet ihr mich nicht aufgeklärt, wie schwer so einer zu nähen ist! Uff). Ihr seid die begabteste, klügste und warmherzigste Gruppe, die mir je begegnet ist, und ich freue mich auf noch viele weitere gemeinsame Nähabende. XXX